# LE VIEIL HOMME
# ET M. SMITH

DU MÊME AUTEUR
AUX ÉDITIONS BELFOND

*Le Désinformateur*, 1991

# PETER USTINOV

# LE VIEIL HOMME ET M. SMITH

*Traduit de l'anglais
par Jean Rosenthal*

**BELFOND**
216, boulevard Saint-Germain
75007 Paris

Cet ouvrage a été publié sous le titre original
*THE OLD MAN AND Mr. SMITH*
par Michael O'Mara Books Limited, Londres.

Si vous souhaitez recevoir notre catalogue
et être tenu au courant de nos publications,
envoyez vos nom et adresse, en citant ce livre,
aux Éditions Belfond,
216, bd Saint-Germain, 75007 Paris.
Et, pour le Canada, à
Edipresse Inc., 945, avenue Beaumont,
Montréal, Québec H3N 1W3.

ISBN 2.7144.2960.2

*A mes enfants*
*Tamara, Paula, Igor et Andrea*

## 1

« Dieu ? Sans doute avec un "x", dit le concierge sans lever les yeux.

— Sans "x", répondit le Vieil Homme en s'excusant.

— C'est bizarre, observa le concierge.

— Bizarre ? C'est unique. » Et le Vieil Homme rit doucement de la remarque qu'il venait de faire.

« Prénom ?

— Je n'en ai pas.

— Vos initiales feront l'affaire.

— Il va de soi que, puisque je n'ai pas de prénom, je n'ai pas non plus d'initiales. »

Le concierge lança au Vieil Homme un regard pénétrant ; c'était la première fois. Le Vieil Homme se dandina d'un pied sur l'autre, impatient de mettre un terme à cette scène gênante.

« Vous allez me dire que c'est bizarre aussi ? » suggéra-t-il, puis il poursuivit d'un ton rassurant : « Il y a à cela une raison parfaitement normale, qui devrait vous satisfaire : vous comprenez, je n'ai pas eu de parents.

— Tout le monde a des parents, déclara le concierge en se faisant menaçant.

— Pas moi », répliqua le Vieil Homme.

Pendant un moment, les deux protagonistes se jaugèrent l'un l'autre. Le concierge renoua le contact en se forçant à détendre l'atmosphère.

« Et vous comptez rester combien de temps ?

— Je ne pourrais pas vous dire. Je suis sujet à des caprices.

— Des caprices, répéta le concierge. Et comment comptez-vous régler votre note ?

— Je n'en ai aucune idée, dit le Vieil Homme, trahissant des signes de lassitude. J'aurais imaginé que dans un hôtel de cette classe...

— Bien entendu, répondit le concierge sur la défensive. Mais même dans un palace on doit se poser des questions quand un client éventuel annonce être monsieur Dieu, sans "x" et sans prénom, pour ne pas parler des bagages.

— Je vous l'ai dit, mes bagages sont en route.

— Avec votre ami?

— Oui. Nous nous sommes tous les deux rendu compte qu'il est pratiquement impossible de trouver une chambre d'hôtel sans bagages.

— Oh, vous avez déjà essayé?

— Bien sûr.

— Et alors? Si je puis me permettre?

— Et alors, il est allé acheter des bagages.

— Simplement des bagages? Sans rien dedans?

— Ce que vous êtes curieux!

— Pardonnez-moi. Mais j'aimerais connaître la méthode de paiement que vous adopterez pour régler votre note. Je ne suis pas particulièrement curieux, comprenez-moi, mais mes employeurs...

— On me réclame d'habitude bien plus qu'une simple méthode de paiement... la santé, la paix, la victoire, le salut... des choses importantes, vous comprenez, impliquant souvent des nations, ou au moins des peuples. Je dois dire qu'en général j'éconduis ce genre de requêtes qui me paraissent trop imprécises, trop vagues. Je ne sais pas pourquoi je suis si agacé par votre demande tout à fait raisonnable. Ce doit être l'âge qui me gagne... Tenez, est-ce que ceci peut vous être d'une quelconque utilité?»

Puisant une poignée de pièces dans les caverneuses profondeurs de ses poches, il les répandit à profusion sur la plaque de verre qui recouvrait le bureau du concierge. Certaines tombèrent et roulèrent sur le sol, mais pas bien loin, car rares étaient celles qui étaient parfaitement rondes.

«Chasseur!» appela le concierge, et un jeune garçon en

uniforme se mit à quatre pattes pour ramasser les pièces. Le concierge examina celles qui restaient devant lui.

« J'espère que vous ne pensez pas payer avec ça.

— Qu'est-ce qu'elles ont de mal ? s'enquit le Vieil Homme.

— Elles me paraissent grecques, et anciennes par-dessus le marché.

— Comme le temps passe », soupira le Vieil Homme. Et d'ajouter : « Je vais faire une nouvelle tentative. »

Tandis que le concierge tapotait nerveusement son crayon sur la plaque de verre de son bureau, le Vieil Homme fouillait ses poches pour y trouver quelque chose de plus valable. Il parut alors se livrer à un effort physique, comme si son activité était tout à la fois plus obscure et plus compliquée qu'il ne voulait bien le montrer. Puis il exhiba des billets verts comme des feuilles de laitue.

« Ça, c'est bon ? » interrogea-t-il, essoufflé par son récent exercice.

Le concierge examina les billets qui s'épanouirent comme des fleurs, à croire qu'ils étaient dotés d'une vie propre.

« A première vue...

— Avec ça, combien de temps pourrons-nous rester ?

— Nous ?... Oh, avec votre ami... A première vue, environ un mois, mais naturellement ça dépend du service d'étage, du linge que vous donnerez à laver, du minibar et tout ça...

— Un mois. Je ne pense pas que nous puissions rester aussi longtemps. Nous avons beaucoup trop de choses à voir.

— Vous allez faire du tourisme ici, à Washington ? » demanda le concierge, s'efforçant d'être aimable afin de dissiper tout risque de friction.

« Partout où nous allons, nous voyons des paysages nouveaux. Tout est neuf pour nous. »

Le concierge ne savait trop comment affronter cette exubérante innocence, qui semblait étrangement se suffire à elle-même et peu soucieuse d'être communiquée. Il s'obstina pourtant à conserver l'initiative. En sa qualité de concierge réputé, il devait être capable de reconnaître une nuance quand il l'observait, et de n'en tenir aucun compte quand cela servait ses intérêts professionnels.

«Il y a d'excellentes visites guidées, organisées par les gens de Yankee Heritage, dit-il en produisant une poignée de brochures. Elles vous permettront de visiter la National Gallery, le Smithsonian...

— La Maison Blanche, avança le Vieil Homme, en consultant un bout de papier.

— Ça, c'est plus difficile, fit le concierge en souriant. Pour des raisons de sécurité, on n'autorise plus les groupes.

— De toute façon, dit le Vieil Homme, je ne voudrais pas y aller avec un groupe. Quand je visite, je veux le faire seul, ou peut-être avec mon ami.

— Pour ça, il vous faut une invitation.»

Le Vieil Homme manifesta une surprenante autorité.

«Je n'ai jamais reçu d'invitation de toute mon existence, et ce n'est pas maintenant que j'ai l'intention de commencer.

— Vous n'avez *jamais* reçu d'invitation?

— Non. J'ai reçu des prières, des demandes d'intercession, même des sacrifices, des offrandes autrefois, mais jamais d'invitations.»

Sur ces entrefaites, un autre vieillard attira sur lui l'attention en tentant de négocier son entrée dans la porte à tambour qui donnait accès à la rue, chargé qu'il était de deux abominables valises en matière plastique. Ses cheveux noirs et humides tombaient autour de son visage qui affichait l'expression même du désespoir. Ce visage, qui offrait un contraste frappant avec les rondeurs potelées et lisses comme de la porcelaine du Vieil Homme, était terriblement ridé, grêlé, martelé en un masque mélancolique; on y remarquait surtout deux yeux noirs qui semblaient avoir à regret observé tout ce qu'il y a d'horrible, flottant sur des larmes tremblantes qui débordaient de temps en temps pour aller se perdre dans les crevasses de ses joues parcheminées.

«Mon Dieu, dit le concierge en le voyant se débattre. Il a l'air encore plus vieux que Dieu.

— Non, protesta le Vieil Homme, nous avons à peu près le même âge.

— Bertolini, Anouar», appela le concierge.

Les deux employés de l'hôtel étaient trop fascinés pour bouger sans avoir été rappelés à l'ordre. Ils se précipitèrent afin d'aider le nouveau venu dont les valises semblaient étrangement légères.

Celui-ci s'approcha du bureau d'un pas mal assuré.

«Enfin! fit le Vieil Homme sur un ton de reproche.

— Comment ça : enfin? ricana le nouveau venu.

— J'ai été obligé de faire la conversation en vous attendant. Vous savez comme je trouve ça épuisant. Où avez-vous trouvé les bagages?

— Je les ai volés. Vous ne vous attendiez tout de même pas à ce que moi je les achète, non? D'ailleurs, je n'avais pas d'argent!

— Et votre nom est...?» interrogea le concierge, en faisant semblant de ne rien entendre.

Sans laisser à son ami le temps de répondre, le Vieil Homme dit : «Smith». Le concierge ne leva pas les yeux de son registre. «Dans les hôtels, monsieur Smith est invariablement accompagné de madame Smith», déclara-t-il.

Le Vieil Homme arborait un air aussi surpris que celui du nouveau venu paraissait hostile.

«En l'occurrence, lança le Vieil Homme, il n'y a pas de madame Smith. Un mariage a toujours pris trop de temps, était trop contraignant, impliquait trop d'obligations.

— C'est votre faute! Tout a toujours été votre faute! s'exclama M. Smith, ses larmes volant en l'air comme des gouttes d'humidité sortant du naseau d'un cheval. Sans vous, j'aurais pu connaître une vie domestique douce et ensoleillée!

— Ça suffit!» tonna le Vieil Homme, avec une si stupéfiante véhémence et une voix si forte que les rares personnes qui passaient dans le hall s'affolèrent et coururent se mettre à l'abri.

«Chambres 517 et 518», cria le concierge à pleins poumons, ce qui semblait un filet de voix après les sonorités majestueuses qui avaient précédé. Qu'importe; dans l'hôtellerie, il fallait se contenter de ce qu'on avait. L'essentiel était de ne voir que la moitié de ce qui se passait, à condition de deviner plus de la moitié de ce qui ne se passait pas.

«Et, s'il vous plaît, reprenez votre argent.

13

— Gardez-le pour moi.

— Je préférerais que vous le conserviez avec vous », dit le concierge en rassemblant tout son courage.

Le Vieil Homme prit une poignée de billets, en laissant une autre sur le bureau.

« C'est pour vous. Pour votre peine.

— C'est pour moi ? demanda le concierge d'un ton calme.

— Oui, répondit le Vieil Homme. Par pure curiosité, combien ça fait ? »

Le concierge jeta un coup d'œil.

« Il me semble... entre quatre et cinq mille dollars.

— Bon. Vous êtes content ? Je n'ai aucune idée de la valeur de l'argent.

— Je le crois volontiers, monsieur. Pour répondre à votre autre question, monsieur, je ne suis ni heureux ni malheureux. Je suis dans l'hôtellerie. Si par hasard vous changiez d'avis... »

Il était trop tard. Les grilles de l'ascenseur se refermaient déjà sur les deux vieux messieurs, accompagnés de Bertolini, d'Anouar, et des deux affreuses valises.

Une fois dans leurs chambres, ils parvinrent, non sans mal, à ouvrir les portes de communication. Le Vieil Homme avait distraitement donné quelques pièces grecques en pourboire à Bertolini et à Anouar, qui ne savaient pas très bien quelle reconnaissance ils devaient manifester, et même si c'était nécessaire. Dès que les deux messieurs furent seuls, ils se mirent à discuter dans la chambre de M. Smith. Celui-ci ouvrit sa valise posée sur le support pliant.

« Qu'est-ce que vous cherchez ? demanda le Vieil Homme.

— Rien. J'ai simplement ouvert ma valise. Est-ce que ce n'est pas normal ?

— Ce n'est pas normal si vous n'avez rien à l'intérieur. Refermez-la tout de suite. Fermez-la à clé et gardez-la comme ça jusqu'à ce que nous partions.

— Vous êtes toujours aussi assommant, grommela M. Smith, en faisant ce qu'on lui disait.

— Il y a une raison à tout ce que je fais, dit le Vieil Homme d'un ton pontifiant.

— C'est ce qui rend la chose si exaspérante.

— La seule chance que nous ayons de réussir dans notre mission, c'est d'avoir l'air aussi normal que possible.

— Ça ne va pas être facile, avec nos grandes crinières et notre drôle de costume.

— Il se peut que nous devions changer cela aussi avant de pouvoir dire que nous sommes parvenus à ce que nous avions décidé de faire. Je me rends compte que les gens ne s'habillent plus comme nous. Certains d'entre eux ont encore les cheveux longs, comme l'exige la nature, mais ils les coiffent ou les coupent de façon à imiter l'aspect des animaux, ou bien ils les graissent pour les faire se dresser en stalagmites poisseuses, comme ces freluquets aux cheveux huileux et noirs.

— Noirs ? J'en ai vu de jaunes, de bleus, de rouges, de verts. J'espère que vous ne pensez pas que nous...

— Non, non, non... » Le Vieil Homme était agacé par cette continuelle opposition à tout ce qu'il disait, par ces incessantes protestations. « Simplement je ne voudrais pas que nous soyons en butte à la curiosité des femmes de chambre, qui remarquent les cas de valises vides par exemple pour les rapporter ensuite à leurs employeurs, après quoi la nouvelle se répand comme un feu de broussaille.

— Vous avez clairement fait comprendre qu'elles étaient vides à l'homme de la réception en me demandant où je les avais achetées...

— Je sais, et vous, avec un tact exemplaire, vous avez déclaré que vous les aviez volées.

— Parfaitement. Peut-on se fier plus à cet homme qu'aux autres domestiques ?

— Mais oui ! »

Il y eut un silence durant lequel l'écho des paroles du Vieil Homme se perdit au loin.

« Pourquoi ? demanda M. Smith, d'une voix qui avait une sonorité de serpent à sonnettes.

— Parce que je lui ai donné cinq mille dollars de pourboire, voilà pourquoi. J'ai acheté son silence ! »

Le Vieil Homme insista sur sa réponse, pour lui donner un poids supplémentaire.

« Vous n'avez qu'à laisser quelques milliers de dollars aux femmes de chambre, murmura M. Smith.

— Vous croyez que je vais distribuer l'argent autour de moi ? Certainement pas quand il est beaucoup plus simple de fermer votre valise à clé.

— De toute façon, ce n'est pas votre argent. »

Le silence se fit lorsque M. Smith tourna sa clé dans les serrures.

« Quand vous aurez fini, nous descendrons dîner.

— Nous n'avons pas besoin de manger.

— Personne n'a besoin de savoir ça.

— Tout pour la galerie, hein ?

— Oui, n'oubliez pas que nous sommes sur la Terre. Tout pour la galerie. »

Comme ils se dirigeaient vers la porte, M. Smith retrouva soudain son énergie. Avec un cri qui évoquait celui d'un corbeau scandalisé, il s'arrêta net.

« Pourquoi avez-vous dit que mon nom est M. Smith ? »

Le Vieil Homme ferma les yeux une seconde. Il s'attendait à ce reproche ; il était surpris en fait de ne pas l'avoir entendu plus tôt.

« Écoutez, dit-il, j'ai eu assez de mal à me donner une identité. Je n'allais pas recommencer tout ça.

— Comment avez-vous dit que vous vous appeliez ?

— J'ai stupidement donné mon vrai nom.

— Ah ! La sincérité a toujours été votre privilège.

— En effet ; et le mensonge n'a-t-il pas été le vôtre tout au long de l'Histoire ?

— Grâce à vous, oui.

— Oh, j'espère que nous n'allons pas revenir là-dessus. Je dois vous faire remarquer que le restaurant ferme dans peu de temps.

— Comment le savez-vous ?

— Je le devine. Et, comme d'habitude, je ne me trompe pas. »

M. Smith sombra dans une profonde bouderie.

Le Vieil Homme se fit pressant.

«Pensez-vous sérieusement que cela va nous aider dans nos enquêtes si le bruit se répand que non seulement nous n'avons pas besoin de linge propre mais que nous n'avons même pas besoin de nourriture? Je laisse la réponse à votre sens du fair-play.»

M. Smith se leva, avec un caquètement sinistre.

«C'était une chose terriblement stupide à dire. Si stupide, en fait, qu'elle a touché mon sens aigu du ridicule. Bon, je vais descendre, mais je ne peux vous promettre de ne pas évoquer de nouveau ce sujet, tant je suis profondément blessé, tant ma douleur est vive.»

Il y avait quelque chose dans les derniers mots de M. Smith, prononcés lentement et avec une totale simplicité, qui fit courir un frisson là où aurait dû être l'échine du Vieil Homme.

«Et avec cela, puis-je vous conseiller un cabernet des Frères Chrétiens, ou bien un sauvignon de Mondavi, tous deux d'excellents vins, ou, si vous cherchez quelque chose de plus vieux, mais pas nécessairement meilleur, nous avons un bordeaux, le fort-de-la-tour, 1972, ou bien, à deux mille quatre-vingts dollars la bouteille, un la-tâche 59, un bourgogne, ou quelques autres excellents crus intermédiaires, déclara le sommelier sans reprendre son souffle.

— Pour nous, dit le Vieil Homme en souriant, tous les vins sont jeunes.

— Monsieur aime plaisanter, dit le sommelier.

— Ce n'est pas une plaisanterie, lança M. Smith.

— Touché, dit le sommelier, histoire de dire quelque chose.

— Apportez-nous une bouteille du premier vin qui vous tombera sous la main.

— Rouge ou blanc?»

Le Vieil Homme jeta un coup d'œil à M. Smith.

«Il n'y a pas de compromis?

— Du rosé.

— Bonne idée», dit le Vieil Homme.

M. Smith hocha sèchement la tête et le sommelier s'éloigna.

«Les gens nous regardent, murmura M. Smith. Nous avons eu tort de venir.

— Au contraire, répliqua le Vieil Homme, ce sont ces gens qui ont tort de nous dévisager.»

Le Vieil Homme fixa les autres convives, les uns après les autres; et, tour à tour, leurs regards revinrent à leur assiette.

Le dîner ne fut pas une réussite. Il y avait si longtemps que ni l'un ni l'autre n'avait mangé qu'il leur fallait acquérir le sens du goût pour chaque mets et l'intervalle entre les plats semblait interminable. Il n'y avait guère autre chose à faire que de bavarder et, quand ces deux-là parlaient, ils attiraient l'attention. Même si les autres dîneurs avaient été gênés à la fois par le regard pénétrant du Vieil Homme et par l'atmosphère lugubre qui s'était abattue sur la salle à manger — cela avait affecté jusqu'au pianiste, généralement insensible, qui, après avoir frappé quelques fausses notes en jouant *Granada*, avait fini par quitter la pièce en s'épongeant le front —, ils lançaient maintenant des regards furtifs aux deux vieux messieurs qui ressemblaient à deux petites tentes, l'une noire, l'autre blanche, dressées sous le masque écœuré d'un triton dans une niche, crachant de l'eau dans une fontaine en marbre.

«Allons, murmura le Vieil Homme, finissons-en. Contrairement à ce que vous dites d'habitude, votre dernier reproche au moment où nous quittions nos chambres était si sincère qu'il m'a touché. Quoi que vous puissiez penser, je ne veux pas vous voir souffrir.»

M. Smith se mit à rire d'une façon plus déplaisante qu'ironique. Puis il redevint sérieux, semblant avoir toutefois quelques difficultés à trouver ses mots.

«Ce sont **vos** mobiles qui sont toujours particulièrement transparents et blessants, réussit-il enfin à dire.

— Est-ce quelque chose que vous m'avez déjà dit, ou est-ce tout à fait nouveau?

— Oh, comment voulez-vous que je m'en souvienne?

s'écria M. Smith. Ça fait des siècles que nous ne nous sommes pas vus. Il se peut que je l'aie évoqué, mais je crois que c'est un très vieux reproche dont je n'ai jamais fait état auparavant. »

Le Vieil Homme essaya de l'aider.

« Je me rappelle votre cri bouleversant quand vous avez plongé par-dessus bord. C'était un cri qui devait me hanter pour bien des années, reconnut-il.

— Des années..., répéta en écho M. Smith. Oui... oui... ça a été assez pénible. Je vous tournais le dos, je regardais par-dessus le bord d'un cumulus et puis, soudain, sans crier gare, cette brutale poussée, cette chute terrifiante. En termes de mortels, c'était un meurtre.

— Vous êtes toujours là.

— J'ai dit : en termes humains.

— Je vous présente mes excuses, dit le Vieil Homme, s'attendant manifestement à ce que l'affaire en restât là.

— Des excuses? croassa M. Smith, stupéfait.

— Quand aurais-je eu l'occasion de le faire plus tôt? demanda le Vieil Homme.

— Peu importe, reprit M. Smith. Il ne s'agit pas de mon expulsion. Ça, j'ai dû m'y faire et je serais sans doute tôt ou tard parti de mon plein gré. Non, c'était le motif! Il vous a fallu rectifier une terrible négligence dans la Création qui, à cela près, avait été menée avec compétence.

— Une négligence? interrogea le Vieil Homme, trahissant un sentiment qui frôlait la nervosité.

— Mais oui. Si tout le monde était blanc, comment pouvait-on vous reconnaître pour ce que vous êtes?

— Qu'est-ce que vous dites? fit le Vieil Homme en s'humectant les lèvres.

— Le blanc a besoin du noir pour qu'on le reconnaisse comme tel, déclara M. Smith avec une redoutable précision et cette fois sans tourner autour du pot. Quand tout est blanc, il n'y a pas de blanc. Vous avez dû me pousser dehors pour qu'on vous reconnaisse vous-même. Votre motif, c'était... de la vanité.

— Non! » protesta le Vieil Homme. Puis, comme s'il avait une arrière-pensée, il ajouta : « Oh, j'espère bien que non!

— Vous avez envers moi une dette de gratitude qu'aucune contrition ne peut jamais espérer rembourser. Jusqu'à mon expulsion, personne, pas même les anges, ne vous comprenait ni ne sentait la chaleur de votre rayonnement. Avec moi pour constituer l'arrière-fond de ténèbres, le contraste, on a pu voir ce que vous êtes, et ce que vous êtes toujours.

— C'est pour savoir si je suis toujours, si nous sommes toujours, que nous sommes descendus sur Terre.

— Sans mon sacrifice, sans *moi*, vous êtes invisible ! lança M. Smith.

— Je veux bien croire que c'est en partie vrai, répondit le Vieil Homme, qui avait retrouvé son sang-froid, mais n'allez pas prétendre que vous n'avez pas aimé cette expérience, du moins au début. Vous m'avez dit vous-même voilà un instant, avec beaucoup de grâce et de sincérité, que, si on ne vous avait pas poussé, vous seriez sans doute parti tôt ou tard de votre plein gré. Cela signifie que les germes étaient là. J'ai poussé l'ange qu'il fallait.

— Je ne le conteste pas. Les collègues que vous avez créés pour moi étaient totalement dépourvus de caractère, à l'exception peut-être de Gabriel qui se portait toujours volontaire pour des missions difficiles, toujours prêt à délivrer au loin des messages compliqués. Et savez-vous pourquoi ? Par ennui. Il s'ennuyait autant que moi.

— Il ne l'a jamais montré.

— Vous ne reconnaîtriez pas l'ennui si vous le voyiez.

— Je le reconnaîtrais maintenant. Parfaitement. Mais je conviens qu'alors, quand le monde sentait encore le linge fraîchement aéré...

— Et ces abominables séraphins et chérubins, avec leur voix de fausset, vociférant en chœur leur office du soir dans un unisson intolérable, sans la plus petite dissonance, sans une harmonie cajoleuse ni la plus subtile variation alors qu'ils étaient des millions, ces horribles petits ornements de jardin, façonnés en massepains, trop juvéniles, trop pimpants pour qu'un seul d'entre eux eût besoin d'une couche ou d'un pot de chambre... »

Le Vieil Homme fut alors secoué d'un rire aussi généreux que silencieux. Il tendit la main. Surpris, M. Smith la prit.

«Ces séraphins et ces chérubins n'étaient pas une réussite, gloussa-t-il. Vous avez raison. Vous avez souvent raison. Et, par-dessus tout, vous avez l'art de divertir. Votre façon de décrire les choses est un enchantement, même si parfois le mélange de vos métaphores menace d'obscurcir certaines des plus sombres de vos perles. Je suis cette fois vraiment ravi d'avoir pris l'initiative — l'initiative qui a abouti à cette réunion.

— Je n'ai pas de rancune. Je vois simplement les choses avec lucidité.

— Trop de lucidité...

— Ce sont ces siècles de tromperie, de ressentiment.

— Je comprends.»

Le Vieil Homme regarda M. Smith au fond des yeux et, dans ses mains chaudes, serra ses mains glacées.

«S'il est vrai que sans vous on ne reconnaît pas ma présence, il est non moins vrai que sans moi vous n'avez pas d'existence. Nous ne pouvons pas aller l'un sans l'autre. Ensemble, nous formons une gamme, une palette, un univers. Jamais nous n'osons être amis ni même alliés ; au moins ne pouvons-nous éviter d'être des connaissances. Tâchons de tirer le meilleur parti d'une situation difficile en conservant l'un envers l'autre notre civilité tout en cherchant à savoir si nous sommes encore une nécessité et non pas simplement un luxe, du superflu. Dans la réussite ou dans l'échec, nous sommes, pour le meilleur ou pour le pire, inséparables.

— Je ne trouve rien à redire à vos propos, sauf...» M. Smith parut soudain plein de malice.

«Prenez garde, déclara le Vieil Homme. Je suis parvenu à rétablir une sorte d'équilibre entre nous. J'ai fait des concessions. N'allez pas tout gâcher, je vous en supplie.

— Il n'y a rien à gâcher, fit M. Smith d'un ton grinçant. Je ne suis pas stupide. Je comprends la géométrie de nos positions, ce qui est possible et ce qui ne l'est pas. Je ne suis pas ici pour marquer des points qui, après tout ce temps, ne comptent plus pour rien. J'estime simplement...

— Oui ? interrompit le Vieil Homme, espérant pousser M. Smith à réfléchir encore.

— J'estime qu'il y a bien de l'ironie à ce que, afin de créer pour moi une fonction nouvelle, vous ayez dû me jouer un sale tour, bien digne de moi, mais pas de vous.»

Le Vieil Homme parut immensément triste.

«C'est vrai, dit-il d'une voix qui révélait soudain son âge. Pour créer le Diable, j'ai dû faire quelque chose de diabolique. Vous pousser dans le dos au moment où vous vous y attendiez le moins.

— C'est exactement ce que je voulais dire.»

Le Vieil Homme eut un sourire attristé.

«Vous ne voulez plus de potage? juste un petit peu? du gibier? une truite? une grouse? du thé à la menthe?»

M. Smith d'un geste écarta toutes ces propositions.

«C'était inévitable, dit-il. Merci pour l'invitation.»

Tous deux n'avaient pas remarqué, lancés qu'ils étaient dans leur conversation, que l'éclairage était devenu de plus en plus tamisé, signe subtil habituellement employé pour montrer que la cuisine est sur le point de fermer irrévocablement et que les derniers dîneurs transgressent les accords passés entre la direction de l'hôtel et les syndicats. Tous les autres convives s'étaient éclipsés, même si certains avaient éprouvé quelques difficultés à obtenir leur addition. Au plus fort de la discussion, dont on entendait distinctement l'essentiel, les serveurs n'avaient plus osé remettre les pieds dans la salle à manger, tandis que les dîneurs restants étaient cloués sur place.

«Allons-nous-en, dit le Vieil Homme. Nous pourrons payer demain.

— Donnez-moi un peu d'argent pendant que vous y êtes, sinon il va falloir que j'en vole.

— Bien sûr, bien sûr», fit le Vieil Homme, ravi.

Personne n'avait remarqué que le pianiste était de nouveau à son clavier, sans doute dans l'espoir qu'on allait au moins lui manifester un peu de gratitude. Lorsque les vieux messieurs se dirigèrent vers la sortie, il attaqua la chanson: «Un Don du Ciel...»

## 2

C'était le lendemain matin. Ils n'avaient nul besoin de dormir, aussi la nuit leur avait-elle paru longue, d'autant plus qu'ils étaient un peu à court de conversation depuis qu'une certaine harmonie s'était instaurée entre eux. Le Vieil Homme venait de créer un peu d'argent de poche pour M. Smith, que ce dernier était en train de ranger soigneusement dans sa poche. On frappa discrètement à la porte.

«Entrez, lança le Vieil Homme.

— La porte est fermée à clé, dit une voix.

— Un instant.»

Quand M. Smith et lui eurent terminé leur transaction, le Vieil Homme se dirigea vers la porte, tira le verrou et ouvrit. Sur le seuil apparurent le concierge et quatre policiers qui s'avancèrent aussitôt avec une précipitation bien inutile.

«Qu'est-ce que c'est?

— Je dois m'excuser, dit le concierge. Je dois vous remercier encore pour votre générosité excessive, mais je suis également au regret de vous annoncer que les billets sont faux.

— Ce n'est pas vrai, déclara le Vieil Homme. Je les ai faits moi-même.

— Êtes-vous disposé à signer une déclaration dans ce sens? demanda le chef des policiers qui s'appelait Kaszpricki.

— Qu'est-ce que c'est que cette histoire?

— Vous ne pouvez pas fabriquer de l'argent vous-même, dit le sergent O'Haggerty.

— Je n'ai besoin de l'aide de personne, répliqua le Vieil Homme d'un ton hautain. Regardez!»

Il plongea la main dans sa poche et, après quelques instants de concentration, des centaines de pièces étincelantes tombèrent en cascade sur le tapis comme d'un appareil à sous.

Deux des policiers étaient déjà agenouillés avant d'être rappelés à l'ordre par Kaszpricki. Le concierge, lui, resta à genoux.

«Bon, qu'est-ce que c'est? interrogea Kaszpricki.

— Des pesos, je crois. De Philippe II d'Espagne.

— Vous êtes dans la numismatique? C'est ça? s'enquit Kaszpricki. Mais ça ne vous permet pas de faire des singeries avec des billets verts. C'est un délit fédéral, et je m'en vais vous arrêter.

— Menottes? demanda le sergent Coltellucci.

— Ma foi, autant faire ça avec du style», répondit Kaszpricki.

M. Smith s'affola.

«Faut-il que nous disparaissions? que nous utilisions nos tours?

— Restez tranquille», lança le sergent Schmatterman, dégainant son pistolet et se positionnant en le tenant à deux mains, comme s'il urinait par-dessus un fossé.

«Mon cher Smith, nous devons nous soumettre à ces petits désagréments, si nous voulons découvrir comment vivent ces gens et, surtout, comment ils se traitent entre eux. N'est-ce pas pour cette raison que nous sommes venus?»

On leur boucla les menottes, et le cortège quitta la chambre. Le concierge fermait la marche, réitérant ses regrets pour cet incident, aussi bien les siens que ceux de la direction.

Au poste de police, on les débarrassa de leur manteau et ils furent cuisinés par le chef Eckhardt, qui les dévisagea sans sourciller, avec ses cheveux gris fer taillés en brosse surmontant un front ridé comme une portée musicale. Il avait des lunettes sans monture qui donnaient à ses yeux la dimension de petites huîtres.

«Bon, vous vous appelez Smith, à ce que j'ai cru comprendre. Prénom?

— John, dit le Vieil Homme.

— Smith ne peut pas parler lui-même?

— Pas quand il s'agit... de questions personnelles... vous comprenez, il a fait une mauvaise chute.

— Il y a combien de temps?

— Ce temps n'était pas le vôtre. »

Le chef Eckhardt les considéra un moment.

« Est-ce qu'il est simplement un peu dingue... ou est-ce que vous êtes tous les deux fous à lier?

— Il n'y a jamais d'excuse à la grossièreté, fit le Vieil Homme d'un ton de reproche.

— Bon, on va passer à vous. Nom?

— Dieu... donné.

— J'ai cru un instant que nous allions avoir à subir un blasphème. Qu'est-ce que vous avez trouvé dans leurs bagages?

— Rien, répondit un des deux policiers qui venaient d'entrer dans la pièce.

— Et rien dans leurs poches non plus, ajouta l'autre, sauf quarante-six mille huit cent trente dollars, en billets, dans la poche intérieure droite.

— Quarante-six mille? s'exclama le chef Eckhardt. Dans la poche de qui, dans quelle poche?

— Celle du type brun.

— Smith! Bon, alors, qui a fabriqué cet argent, vous, Smith?

— C'est moi, dit le Vieil Homme avec une immense lassitude, et je le lui ai donné.

— Pour faire quoi?

— Pour le dépenser. Comme argent de poche.

— Quarante-six mille dollars d'argent de poche? Bon sang, qu'est-ce que vous considérez alors comme de l'argent normal? s'écria Eckhardt.

— Je n'y ai pas vraiment réfléchi, dit le Vieil Homme. Comme je l'ai expliqué au monsieur de l'hôtel, je n'ai aucune idée de la valeur de l'argent.

— Vous la connaissez assez pour en fabriquer.

— Je n'en fabrique pas. J'ai des poches comme une corne d'abondance, pratiquement sans fond, des poches d'abondance si vous voulez. Je n'ai qu'à penser à l'argent et mes poches peu à peu s'en remplissent. Le seul problème c'est qu'au terme d'une assez longue histoire j'ai parfois du mal à me rappeler où et quand je suis. Par exemple, je ne sais absolument pas pourquoi j'ai répandu ce matin sur le plancher de l'hôtel

25

autant de doublons espagnols ou je ne sais quelle autre monnaie. Inspiré par le mobilier de notre chambre, j'ai dû avoir une pensée fugitive pour le pauvre Philippe II, qui avait une façon si tortueuse d'exprimer ce qu'il imaginait être son amour pour moi, à demi enfoui dans une hermine mangée aux mites, l'odeur du camphre se mêlant à celui de l'encens dans les couloirs glacés de l'Escorial. »

M. Smith eut un rire sans gaieté.

« Mes mites ont remporté la victoire contre le camphre par la seule force de leurs effectifs.

— En voilà assez, lança le chef Eckhardt. Nous nous écartons du sujet et je ne veux pas de ça. Vous allez tous les deux comparaître demain matin devant le juge, sous la double inculpation de contrefaçon et de tentative de fraude. Comment comptez-vous plaider et avez-vous besoin d'un avocat ?

— Comment paierais-je l'avocat ? demanda le Vieil Homme. Je ne pourrai que créer de l'argent à cet effet.

— On peut vous attribuer un avocat commis d'office.

— Non, merci, j'ai horreur de faire perdre leur temps aux gens. Mais dites-moi une chose, de façon que M. Smith et moi ayons au moins une petite chance de notre côté pour nous défendre. Comment pouvez-vous dire que ces billets sont faux ? »

Le chef Eckhardt eut un sourire ravi. Il préférait quand on parlait de choses claires et terre à terre, soutenues par des faits irréfutables et qui illustraient ainsi la supériorité technique des États-Unis d'Amérique.

« Nous avons beaucoup de méthodes, toutes résultant de notre savoir-faire technologique... et celles-ci changent sans cesse... elles sont de plus en plus perfectionnées. Je ne vais pas m'étendre sur ces méthodes parce que, dans une certaine mesure, nous sommes du même métier, vous essayant de vous en tirer et moi réussissant à vous en empêcher. Mais laissez-moi vous expliquer une chose. Ce grand pays qui est le nôtre est un endroit de rêve pour les initiatives privées, mais il faut aussi que je vous dise, la contrefaçon ne figure pas parmi celles-ci. J'y veillerai. Moi et les autres représentants de l'ordre. »

Le Vieil Homme prit son air le plus désarmant.

« Dites-moi quand même une chose par courtoisie, avant de nous remettre aux pouvoirs impersonnels de la loi. Que vaut mon argent comparé aux vrais billets ? »

Le chef Eckhardt était un homme équitable. Équitable et impitoyable, reflet d'un monde où même la justice était prise de court et où même une décision brutale valait mieux que l'embarras du doute, qui vous a des relents d'incompétence. Il prit un billet et l'examina avec une négligence étudiée.

« Sur une échelle de zéro à cent, je vous donnerais trente. Un filigrane mal fait, un peu d'imprécision dans la facture, et la signature est lisible : elle ne devrait pas l'être. Comme contrefaçon, ça laisse beaucoup à désirer. »

Le Vieil Homme et M. Smith se regardèrent avec une certaine inquiétude. Les choses n'allaient pas être aussi faciles qu'ils l'avaient espéré.

Par bonté d'âme, le chef Eckhardt les mit dans la même cellule. Pour une tout autre raison, il se trouva que c'était la cellule n° 6.

« Combien de temps encore allons-nous rester ici ? demanda M. Smith.

— Pas longtemps, répondit le Vieil Homme.

— C'est très déplaisant.

— Ça l'est.

— Je sens l'hostilité tout autour de moi. Pour je ne sais quelle raison, je n'ai pas confiance. Et puis vous ne voulez pas que je parle. Ça rend les choses encore pires. J'ai fait une mauvaise chute, vous pouvez le dire. C'est une plaisanterie d'un goût épouvantable.

— Personne ne sait que c'est une plaisanterie.

— Vous le savez et je le sais. Est-ce que ça ne suffit pas ? »

Le Vieil Homme sourit en s'allongeant sur le lit de fer, un peu sur le côté, ses mains jointes sur son ventre en un geste bienveillant.

«Comme les choses ont changé, songea-t-il. Voilà 24 heures que nous nous retrouvons sur Terre, et nous voici déjà en prison. Qui aurait pu imaginer que ça arriverait si vite? Et qui aurait pu prévoir la raison de notre infortune?

— Vous auriez pu, mais vous ne l'avez pas fait.

— Non, en effet. Je n'ai jamais été très rapide à remarquer, encore moins à prévoir le changement. Je me rappelle, à l'époque de notre adolescence, avant que nous soyons confirmés dans notre état divin, quand les mortels croyaient encore que nous étions installés au sommet de l'Olympe. Ils nous considéraient comme un simple reflet de leurs propres existences, une sorte d'interminable comédie domestique qu'on apercevrait des cuisines, avec un tas de fins, heureuses et malheureuses, résultat de superstitions, de fantasmes et d'allusions. Des nymphes se transformant en arbres, en génisses et en tristes petits ruisseaux. Toutes sortes d'absurdités, avec moi qui étais tantôt un taureau, tantôt une mouche ou un vent échappé des entrailles flatulentes de la Terre. Mais, d'une certaine façon, c'était le bon temps. Chaque divinité avait son lot d'autels, sa ration de prières. Nous étions tous trop occupés pour être constamment jaloux les uns des autres : nous n'étions jaloux en fait que lorsque nous rivalisions pour faire avancer l'intrigue. La vie était une aventure, ou peut-être ce que j'ai entendu appeler un feuilleton télévisé. La religion était le prolongement de la vie elle-même sur un plan plus élevé, mais pas nécessairement meilleur. On ne considérait pas encore le remords comme un poison dans le vin sacramental. L'humanité n'était pas encore torturée par les impondérables ni par les inventions des intermédiaires.»

M. Smith éclata soudain d'un rire joyeux.

«Vous vous rappelez l'affolement quand le premier grimpeur hellène a atteint le sommet du mont Olympe et qu'il n'a rien trouvé là-haut?»

Le Vieil Homme s'abstint de faire chorus.

«Oui, mais l'affolement n'était que chez nous, pas chez eux. Quand il est redescendu, l'homme a été trop effrayé pour annoncer que le sommet était désert, de crainte de se faire réduire en charpie par les croyants. Faute d'avoir eu le courage de se résoudre à la première chose stupide à faire, il a fait la seconde : il a confessé cette situation à un prêtre. Le prêtre, qui était sans doute un élu local, déclara à l'homme que la nouvelle ne devait pas aller plus loin. Le malheureux a juré qu'il n'en parlerait à personne. Le prêtre a dit : "Comment puis-je te croire dès l'instant que tu me l'as dit ?" L'homme ne trouva rien à répondre et mourut la nuit même dans des circonstances mystérieuses. Mais, comme on dit, les chiens étaient lâchés. Certains avaient vu grimper un aventureux alpiniste — d'autres l'avaient vu redescendre, sombre et silencieux. Peu à peu, à mesure que la qualité des sandales s'améliorait, les gens se sont mis à faire l'ascension du sommet pour y pique-niquer, et l'endroit a gagné en détritus ce qu'il perdait en mystère divin.

— Et, peu à peu, le siège des dieux s'est élevé dans des zones de brumes et d'arcs-en-ciel, aussi bien physiques qu'imaginaires. Le symbolisme a dressé sa tête embrouillée, et nous avons été embarqués dans une époque où l'on étouffe les vérités premières dans la sauce opaque de la superstition. Une nuée d'orchestrateurs s'est acharnée sur une simple mélodie », conclut M. Smith.

Le Vieil Homme était ému.

« Comment pouvez-vous parler avec autant d'émotion de choses qui ne vous concernent plus ? demanda-t-il.

— Faut-il que je perde tout intérêt à votre Paradis uniquement parce que vous m'en avez chassé ? Rappelez-vous, les criminels hantent les lieux de leurs crimes, les gens reviennent visiter les écoles où ils ont grandi. Pour avoir jadis été un ange, je m'intéresse à ces détails — et puis l'Enfer avec les années a beaucoup moins varié que le Ciel. Ce n'est pas un endroit qui encourage le changement, alors que vous avez dû vous adapter à toutes les nouvelles conceptions morales, à tous les caprices de la mode théologique.

— Je ne crois pas. Je ne suis pas d'accord.

— De mon temps, vous insistiez sur l'ennuyeuse idée de la perfection comme étant le principe qui devait nous guider. Or la perfection est l'antithèse de la personnalité : nous étions tous identiques et parfaits. Pas étonnant que j'aie connu des élans de révolte, Gabriel de même, et sans doute aussi les autres. C'était vivre dans le palais des glaces : partout où l'on portait ses regards, on se voyait soi-même. Oui, j'en conviens : quand vous m'avez poussé dehors, au moment où je plongeais dans une éternité incertaine, j'ai éprouvé une immense sensation de soulagement. Me voilà seul, et moi-même, ai-je pensé, tandis que l'air autour de moi devenait plus tiède et plus agité. Je me suis enfui ! C'est seulement plus tard que je me suis raccroché à cet amer ressentiment, que j'ai cultivé comme on soigne une plante, au cas où nous nous rencontrerions de nouveau. Mais maintenant que cette réunion est devenue réalité, je trouve plus intéressant de dire la vérité. Le mal m'ennuie souvent, pour des raisons évidentes. La vertu aussi est assommante, mais il n'y a rien dans toute votre Création d'aussi stérile, d'aussi dénué de vie, d'aussi terriblement négatif que la perfection. Osez me dire le contraire !

— Non, dit le Vieil Homme d'un ton raisonnable, mais avec un soupçon de tristesse. Je ne suis que trop d'accord avec bien des choses que vous dites. La perfection est un de ces concepts qui semblent merveilleux en théorie jusqu'au jour où sa pratique en fait un bâillement contagieux. Nous n'avons pas tardé à y renoncer.

— Y avez-vous jamais renoncé... tout à fait ?

— Oh, je pense que oui. La chose existe peut-être encore comme une ambition chez quelques esprits particulièrement soumis, chez ceux qui sont si saints qu'ils pensent que l'ennui n'est qu'une pause prolongée avant que soit promulguée une vérité éternelle, et qui passent leur vie à attendre, avec un affreux petit sourire d'omniscience sur les lèvres. Mais pour la plupart d'entre nous — et aussi pour les anges, lesquels sont si émancipés que c'est à peine si je les vois ces temps-ci —, on reconnaît que le bien absolu et le mal absolu sont des conceptions archaïques. Je n'aime pas parler de moi, simplement parce que je peux vous voir avec une plus grande lucidité que je n'en ai pour moi ; et, sans chercher à vous flatter, ni même à vous insulter, je dois vous dire, à en juger par ce que j'ai observé depuis nos récentes retrouvailles, que vous êtes bien trop intelligent pour être totalement mauvais. »

Comme une tache de soleil sur l'eau, une fugitive expression d'ironie parut se répandre sur les traits taillés à coups de serpe de M. Smith. «Autrefois, dit-il, j'étais un ange» et une étincelle de tendresse brilla dans les profondeurs de ses yeux noirs. Puis ses traits de nouveau se durcirent. Ils avaient perdu toute chaleur. «Dans l'Histoire, les grands scélérats qui ont été élevés par les prêtres sont légion. Staline, par exemple.

— Qui ça? demanda le Vieil Homme.

— Peu importe. C'est simplement un exemple de séminariste devenu dictateur d'un pays voué à l'athéisme.

— Ah! la Russie.

— Pas la Russie. L'Union soviétique.»

Le Vieil Homme fronça les sourcils en essayant de comprendre cette distinction, tandis que M. Smith songeait que le fait de tout savoir n'impliquait pas forcément la capacité de choisir rapidement ses informations dans le vaste inventaire ainsi mis à disposition.

«En tout cas, reprit M. Smith, quand il eut estimé que le Vieil Homme avait eu le temps de remettre un peu d'ordre dans l'ordinateur céleste logé dans son esprit, nous aurons de nombreuses occasions de nous livrer à d'autres vagabondages éthiques, dans toutes les prisons où nous sommes destinés à nous retrouver durant notre séjour sur Terre. Ce qui me préoccupe le plus, c'est de savoir comment nous allons sortir de celle-ci.

— Utilisez vos pouvoirs mais, par égard pour moi, ne vous éloignez pas trop. Je me sentirais perdu si je vous perdais maintenant.

— Je veux simplement m'assurer que mes pouvoirs opèrent encore.

— Bien sûr que oui. Ayez la foi. Vous savez faire ça. Et puis, ils ont bien dû fonctionner pour que nous nous retrouvions avec une telle ponctualité sur un trottoir de Washington après des millénaires de séparation.

— D'accord, ils opèrent, mais pour combien de temps? J'ai cette inquiétante impression que, dans une certaine mesure, ils pourraient être rationnés.

— Je sais ce que vous voulez dire. Il semble soudain qu'il y ait une limite à nos possibilités, mais peut-être n'est-ce qu'une illusion créée par la longévité. Je ne pense pas que ce soit exact.

— Je me sentirais émasculé si un jour je n'avais plus aucun tour dans mon sac. »

Le Vieil Homme parut un instant irrité. « J'aimerais que vous n'employiez pas le mot tour. C'est de miracles qu'il s'agit. »

M. Smith eut un de ses sinistres ricanements. « Les vôtres sont peut-être des miracles, dit-il. Les miens sont des tours. »

Il y eut un silence.

Le chef Eckhardt, installé avec les membres de son équipe dans une pièce insonorisée au sous-sol, leva les yeux. Son visage exprimait toute la stupéfaction d'un policier moyen confronté à l'obscur. La cellule n° 6 était évidemment équipée d'un micro caché et ils avaient écouté la conversation des deux vieillards, les sourcils froncés comme des écoliers en plein examen, les mâchoires crispées par la détermination sous sa forme la plus pure et la plus dénuée de sens.

« Qu'est-ce que vous dites de ça, chef ? se risqua à demander Kaszpricki.

— Pas grand-chose, répondit Eckhardt, et je ne me fierais guère à un type qui prétendrait savoir de quoi diable ces deux-là pouvaient parler. Écoutez, O'Haggerty, montez à la cellule et voyez ce qui s'y passe. Je n'aime pas ce silence, ni toutes ces histoires de tours et de projets pour sortir d'ici. »

O'Haggerty quitta la salle d'écoute pour monter à la cellule n° 6. Il remarqua aussitôt que le Vieil Homme était seul.

« Hé, où est votre ami ? » demanda-t-il d'un ton théâtral.

Le Vieil Homme parut surpris de se retrouver seul.

« Oh, il a dû sortir un moment.

— La porte était fermée à triple tour !

— Je n'ai rien d'autre à ajouter. »

Ça, Eckhardt et les autres qui écoutaient le comprirent.

« Kaszpricki, montez voir... non, à la réflexion, je vais y aller moi-même. Schmatterman, laissez tourner le magnétophone. Je veux que tout soit enregistré. Vous autres, venez avec moi. »

Quand Eckhardt arriva à la cellule n° 6, il trouva l'agent

de police O'Haggerty à l'intérieur en compagnie des deux vieux messieurs.

« Qu'est-ce qui se passe ici ? demanda-t-il d'un ton bourru.

— Quand je suis monté, ce vieux type était tout seul dans la cellule, haleta O'Haggerty.

— C'est ce que j'ai compris, dit Eckhardt en se tournant vers M. Smith. Où étiez-vous ?

— Je n'ai jamais quitté la cellule. J'ai tout le temps été ici.

— Il ment ! s'écria O'Haggerty. Il est revenu quelques secondes avant que vous arriviez, chef !

— Comment ça : il est revenu, O'Haggerty ? Il est entré dans la cellule par la porte ?

— Non. Non. Il a dû se matérialiser.

— Se matérialiser ? » fit lentement Eckhardt, comme s'il avait un autre cinglé sur les bras. « Et vous, qu'est-ce que vous faites à *l'intérieur* de la cellule ?

— Je suis entré pour voir si je pouvais ressortir, déclara O'Haggerty.

— Et vous le pouvez ?

— Non, je ne peux pas. Alors je ne vois pas comment Smith y est parvenu.

— C'est peut-être parce que Smith ne l'a pas fait. Peut-être que Smith est resté là tout le temps ?

— Exactement, dit Smith.

— Nous n'avons pas besoin de votre aide. Contentez-vous de la boucler, voulez-vous, répliqua Eckhardt.

— Je ne peux encourager tous ces mensonges, affirma le Vieil Homme.

— Tut-tut-tut, lança M. Smith.

— Je parle sérieusement, reprit le Vieil Homme. Comme je l'ai dit à votre subordonné, M. Smith est sorti un moment.

— Il n'aurait pas pu, répliqua Eckhardt d'un ton sévère. Ces serrures sont le dernier modèle incrochetable venant de chez "Fort Comme Un Coffre". Impossible de sortir sans dynamite. »

Le Vieil Homme sourit. Il sentait que le moment était venu.

« Vous voulez que je vous montre ?

— D'accord, montrez-moi », fit Eckhardt d'un ton traînant,

en laissant sa main droite descendre jusqu'à la crosse du revolver dans son étui ouvert.

«Très bien, mais avant que je parte, laissez-moi vous remercier pour votre charmante hospitalité.»

Un aimable sourire encore aux lèvres, il se volatilisa. Une fraction de seconde plus tard, Eckhardt fit feu par deux fois à l'endroit où se trouvait le Vieil Homme.

Le cri que poussa M. Smith vint aussitôt effacer ce choc, un cri aussi étrange que les clameurs d'une volière, un hurlement lugubre et discordant.

«Alors, comme ça, vous tirez! Vous croyez que vos tours peuvent surpasser les nôtres. Essayez donc! Je m'en vais! Tâchez de m'arrêter!» Et M. Smith leur rit au nez, un rire cruel et dédaigneux.

Eckhardt tira une troisième balle. Le rire de M. Smith hésita entre l'exclamation de surprise et le cri de douleur, mais il n'en disparut pas moins avant qu'aucun des assistants ait pu en déduire de conclusion.

Eckhardt se répandit aussitôt en excuses.

«J'ai essayé de le toucher au pied.

— Laissez-moi sortir d'ici», supplia O'Haggerty.

Sur le trottoir, M. Smith se matérialisa au côté du Vieil Homme; tous deux rayonnaient de soulagement et de plaisir devant leur double succès. Comme ils s'éloignaient, M. Smith s'attarda auprès d'une poubelle, provoquant brièvement l'agacement du Vieil Homme. Fouillant parmi les ordures, il en retira un journal maculé qu'il fourra dans sa poche. Puis ils reprirent leur chemin.

Au poste de police, Eckhardt avait cette fois les idées plus claires, même si ses oreilles retentissaient encore du fracas des détonations.

«O.K., Schmatterman. Vous pouvez arrêter l'enregistrement, lança-t-il en direction du plafond. Rangez les bobines, marquez-les et classez-les. Et en attendant, surveillez-les comme la prunelle de vos yeux.

— Qu'est-ce que vous allez faire, chef?» demanda Kaszpricki, en parfait second qui relève le moral de son chef en le forçant à prendre d'énergiques résolutions.

« C'est une trop grosse affaire pour nous, marmonna Eckhardt, mais de façon que tout le monde pût l'entendre. Je
vais prendre la seule décision qui s'impose : en référer à la
plus haute autorité.

— L'Archevêché », suggéra O'Haggerty, qui était catholique. Eckhardt lui lança un coup d'œil dédaigneux.

« Au Président ? » Coltellucci était républicain.

« Au Federal Bureau of Investigation, dit Eckhardt en arti-
culant chaque syllabe. Le FBI... vous avez entendu parler ? »

Nulle réponse : il n'en attendait d'ailleurs aucune.

# 3

Ce n'est que lorsque M. Smith eut repêché son troisième journal puant dans une poubelle attendant les éboueurs sur le trottoir que le Vieil Homme lui fit des remontrances.

« Est-il nécessaire de voler dans les ordures de vieilles feuilles imprimées ? demanda-t-il, tandis qu'ils arpentaient une des nombreuses avenues de Washington plantées d'arbres.

— Ça ne s'appelle pas voler, si c'est pris dans des détritus par définition rejetés par leur propriétaire, sinon ils ne finiraient pas sur le bord du trottoir dans des sacs en plastique noirs. Vous voulez que j'aille les piquer à des marchands de journaux ? *Ça*, ce serait du vol, répliqua M. Smith, tout en parcourant du regard les pages graisseuses auxquelles des pelures de pomme restaient vaillamment collées.

— Qu'est-ce que vous lisez ?

— Y a-t-il une meilleure façon de comprendre la mentalité de ceux qui jusqu'à maintenant ont rendu si déplaisante notre existence sur Terre que de lire par devoir ce qu'ils lisent par plaisir ?

— Et qu'avez-vous découvert ? interrogea le Vieil Homme, avec une nuance de scepticisme dans la voix.

— J'ai parcouru pendant que nous marchions trois ou quatre éditoriaux, et je crois que je commence à comprendre que ces gens sont très bien informés, et même extrêmement efficaces à propos de tout ce qui les concerne, mais qu'ils sont d'une ignorance presque absolue pour ce qui ne les touche pas. La fausse monnaie, par exemple, les concerne, puisqu'elle porte atteinte à leur prospérité d'une façon qui nargue leur sens aigu de la légalité. C'est pour cela qu'ils ont mis au point

36

des méthodes extrêmement sophistiquées leur permettant de découvrir que des billets, même d'origine divine, n'ont pas été fabriqués dans un Hôtel de la Monnaie autorisé.

— La légalité ? Vous voulez dire qu'ils sont respectueux des lois ?

— Non. Je veux dire qu'ils ont horreur qu'on utilise de la fausse monnaie pour des opérations louches. Il leur semble, pour qu'il y ait vraiment corruption, que les transactions malhonnêtes doivent être effectuées avec de vrais billets. »

Le Vieil Homme fronça les sourcils.

« Je vois que vous avez beaucoup réfléchi pendant que mon esprit vagabondait çà et là. Pourquoi dites-vous qu'ils ne s'intéressent guère à ce qui ne les concerne pas ?

— Il y a un ou deux éditoriaux à propos de changements de portefeuilles dans le gouvernement autrichien, du cabinet israélien dans l'impasse et de la visite du pape en Papouasie, etc. Tous semblent écrits par des gens à la fois remarquablement informés, très imbus d'eux-mêmes et très malhabiles dans l'usage qu'ils font des informations dont ils disposent.

— Je vais vous dire, murmura le Vieil Homme, un peu déprimé, vous avez traversé les siècles mieux que moi. Je ne me doutais absolument pas que l'Autriche avait un gouvernement, qu'Israël avait un cabinet ou que... où disiez-vous donc qu'était le pape ?

— En Papouasie. Demain aux îles Fidji. Après-demain à Okinawa et à Guam. De retour à Rome mardi.

— Ne vous moquez pas de moi... où donc est la Papouasie ?

— En Nouvelle-Guinée, au nord de l'Australie.

— Et, au nom de moi, pourquoi Israël a-t-il besoin d'un cabinet ?

— Tout le monde en a. Il leur en faut un aussi.

— Et ça ne leur suffit pas d'être le peuple élu ?

— Deux précautions valent mieux qu'une. Ils s'élisent ainsi eux-mêmes. Et pour ça, bien sûr, il leur faut un cabinet.

— J'ai beaucoup à apprendre. » Un nuage passa sur le visage pensif du Vieil Homme. Tout d'un coup, il se ragaillardit. « Et, grâce à votre lecture de journaux souillés, avez-vous des solutions pratiques pour remédier aux difficultés de notre situation?

— Parfaitement, répondit M. Smith. Nous devons changer notre aspect physique.

— Pourquoi?

— Nous sommes bien trop faciles à identifier. Rappelez-vous, nous sommes peut-être ravis de déambuler sous des arbres verdoyants en longeant des maisons néo-georgiennes, ça peut même paraître un passe-temps civilisé par beau temps, mais nous sommes des criminels en fuite.»

Le Vieil Homme haussa les sourcils.

«Des criminels?

— Certainement. On nous a appréhendés comme faux-monnayeurs et nous nous sommes évadés.

— Continuez.

— J'ai maintenant un plan, fondé sur ma lecture des pages financières.

— C'est donc à ça que vous vous occupiez? Je ne vous ai jamais connu aussi peu communicatif que durant cette promenade, même autrefois.

— Il n'y a pas de temps à perdre, c'est pour ça. Voici mon plan. Je vais me déguiser en Oriental...

— Pourquoi donc?

— Il est tout à fait clair que la grande angoisse des Américains provient de la formidable poussée de la concurrence orientale. Dès l'instant où je me serai métamorphosé, vous allez vous concentrer et produire de grosses quantités de leurs billets, qu'on appelle des yen.

— C'est toujours de la contrefaçon.

— Quelle autre méthode y a-t-il, à part voler? Nous ne pouvons guère gagner cet argent. Ou bien estimez-vous que j'aie un avenir comme garde d'enfants?» Les ricanements de M. Smith résonnaient comme un carillon de cloches fêlées.

«Expliquez-moi votre plan, dit le Vieil Homme d'un ton maussade.

— Ils connaissent tous les détails de leur propre monnaie, répondit M. Smith, qui se calmait lentement, mais ils ne connaissent pas grand-chose, sinon rien aux billets de banque japonais dont la calligraphie est pour eux indéchiffrable. Le fait que j'ai l'air japonais sera pour n'importe quel employé de banque américain la garantie que les billets sont authentiques.

— Que comptez-vous faire avec, si je réussis à les créer?»

M. Smith était un peu peiné que le Vieil Homme n'eût pas encore compris.

«Je les changerai à la banque.

— Contre quoi?

— Contre de *vrais* dollars.»

Le Vieil Homme interrompit sa marche.

«Brillant, dit-il doucement. Tout à fait malhonnête, mais brillant.»

A cet instant, une voiture surmontée d'une lumière bleue déboucha du carrefour dans un crissement de pneus, heurta et érafla plusieurs automobiles en stationnement et fit un tête-à-queue pour venir bloquer cette rue paisible et résidentielle. Instinctivement, le Vieil Homme et M. Smith firent demi-tour pour prendre la direction opposée. Un policier à motocyclette remontait le trottoir, suivi d'un second. Sur la chaussée, une autre voiture de police surgit de façon tout aussi spectaculaire que la première. Des hommes en jaillirent, mais tous en civil. Les plus âgés portaient des chapeaux. Tous brandissaient des pistolets; ils poussèrent le Vieil Homme et M. Smith jusqu'à l'une des voitures. Là, on les força à poser leurs mains sur le toit tandis que les nouveaux venus palpaient leurs amples robes.

«Qu'est-ce que je vous disais? fit M. Smith. Nous devons changer notre apparence, que ce soit tout de suite ou plus tard.

— Qu'est-ce qu'il y a? lança l'un des inspecteurs qui les fouillaient.

— Plus tard», répondit le Vieil Homme.

On les fit monter sans ménagements dans un des véhicules et on les emmena jusqu'à un vaste bâtiment, à la sortie de la ville.

«Qu'est-ce que c'est que ça... la Préfecture de police? demanda le Vieil Homme.

— Un hôpital, répondit le chef des agents du FBI, le capitaine Gonella.

— Un hôpital, répéta le Vieil Homme.

— Disons que vous êtes un vieux type très malade, susurra Gonella. En fait, c'est votre cas à tous les deux. Nous allons essayer de prouver que vous ne saviez pas ce que vous faisiez quand vous avez fabriqué tout cet argent. Que vous avez fait ça en état d'aberration mentale, vous comprenez ? On va vous donner toutes vos chances. Seulement, il va falloir nous aider. Je veux que vous répondiez à toutes les questions que le docteur vous posera. Je ne vous dis pas ce que vous devez répondre, attention... contentez-vous de rester tranquille, ne parlez que lorsqu'on vous adressera la parole... et pas trop. Calmos. Ayez l'air aussi dingue que vous voudrez, il s'y attend, seulement n'embrouillez pas les docteurs avec un tas de paroles inutiles... Bon sang, je n'ai pas besoin de vous dire quoi faire... et — oh, un dernier mot. Arrêtez de disparaître, voulez-vous ? Le FBI n'aime pas ça. Je ne sais pas comment vous vous y prenez. Je ne veux pas le savoir. Tout ce que je vous dis, c'est de ne pas le faire. C'est tout. »

On les amena devant une femme terrifiante, vêtue comme une sorte d'infirmière-chef ou d'intendante, assise à la réception. Au premier coup d'œil, M. Smith et la réceptionniste se firent peur l'un l'autre, non sans raison. La femme arborait un badge en plastique annonçant qu'elle s'appelait Hazel McGiddy. Ses yeux globuleux, d'un bleu si clair qu'on aurait presque dit du blanc d'œuf, lancèrent aux nouveaux venus un regard inquisiteur. Il semblait que ses paupières lui maintenaient les yeux dans les orbites par un pur effort de volonté, et la bouche, comme une blessure écarlate au centre d'un visage ridé et figé, était le seul endroit où l'on pût déceler un mouvement puisqu'elle se crispait de façon presque imperceptible, comme si la femme s'acharnait à ôter de la cavité d'une de ses dents un reste du déjeuner de la veille.

« Très bien », aboya-t-elle.

Ce genre de femmes-là, ainsi que les sergents des deux sexes, entament toujours leurs déplaisantes litanies militaires par ces deux mots.

« Lequel de vous deux est Smith ?

— Lui, répondit le Vieil Homme.

— Un à la fois!

— Moi, fit Smith.

— Voilà qui est mieux, jeune homme.

— D'abord ce n'est pas mon vrai nom, ensuite je ne suis pas jeune.

— Sur le rapport de police, vous êtes inscrit en tant que Smith, et vous n'avez aucun droit de changer ça. Si vous ne vouliez pas qu'on vous appelle Smith, vous auriez dû y penser avant de vous faire enregistrer sur l'ordinateur. Maintenant, vous êtes Smith pour la vie. Religion?»

Smith fut secoué d'un long fou rire silencieux qui agitait sa silhouette dégingandée sur un rythme manifestement douloureux et qu'il avait peine à réprimer.

«J'attends, Smith.

— Catholique! hurla-t-il, comme s'il posait pour le Greco.

— Je ne vous permets pas de dire des choses pareilles! tonna le Vieil Homme.

— Un à la fois!

— Non, non. C'en est trop. D'ailleurs, pourquoi avez-vous besoin de connaître notre religion?»

Miss McGiddy ferma un moment les yeux, comme pour bien faire comprendre qu'elle avait une grande habitude des idiots et que ce n'étaient pas des poids plume de leur genre qui allaient lui poser des problèmes.

«Nous le faisons, répondit-elle, comme si elle dictait à des écoliers, de sorte que, si un membre du troisième âge comme vous jugeait bon de trépasser durant son séjour dans notre hôpital, nous sachions dans quelle église célébrer la cérémonie et où envoyer les cendres en cas d'incinération.

— Nous ne sommes pas morts depuis des siècles. Pourquoi donc en prendrions-nous maintenant l'habitude?» demanda le Vieil Homme.

Miss McGiddy jeta un coup d'œil au capitaine Gonella, qui haussa les épaules d'un air entendu. Miss McGiddy eut un bref hochement de tête.

«Bon, fit-elle au Vieil Homme, nous allons laisser votre ami se reposer et nous occuper de vous. Vous êtes monsieur Dieudonné.

— Non, répondit froidement le Vieil Homme.

— C'est ce qui est écrit ici.

— C'est déjà assez agaçant que des circonstances que nous ne contrôlons pas nous obligent à fabriquer de l'argent — mais ces perpétuelles déformations de la vérité commencent à m'ennuyer. Mon nom est Dieu, tout simplement. Dieu avec un D majuscule, si vous avez envie d'être polie.»

Miss McGiddy haussa un sourcil orange.

«Vous comptez me surprendre? interrogea-t-elle. Nous avons trois pensionnaires en traitement ici même qui sont persuadés d'être Dieu. Pour leur propre sécurité, nous devons les séparer.

— Je ne crois pas être Dieu, dit le Vieil Homme. Je suis Dieu.

— C'est ce que disent les autres. Nous les appelons Dieu Un, Deux et Trois. Vous voulez être Dieu Quatre?

— Je suis Dieu du zéro à l'infini. Il n'y en a pas d'autre!

— Mettez-le à part. Je vais appeler le docteur Kleingeld», annonça Miss McGiddy au capitaine Gonella.

Le Vieil Homme regarda le capitaine, qui sourit.

«Il existe aux États-Unis sept cent douze hommes et quatre femmes qui croient être Dieu. Ce sont les chiffres du FBI. Y compris Guam et Porto Rico bien entendu. Vous avez de la concurrence.

— Combien prétendent être Satan? demanda soudain M. Smith.

— Ça, répliqua Gonella, c'est nouveau pour moi. Aucun à ma connaissance.

— C'est merveilleux de se sentir unique, fit doucement M. Smith, d'un petit air satisfait qui de toute évidence exaspéra le Vieil Homme.

— C'est ce que vous êtes? Satan? fit Gonella en riant. Parfait, parfait. Satan Smith. J'aurais aimé être à votre baptême. Ça se passe comment : l'immersion totale, le feu? Bon, Miss McGiddy, notez seulement les éléments essentiels que nous connaissons, je contresignerai le formulaire d'admission. Et il faut qu'on se dépêche un peu.

— Les éléments essentiels?

— Dieu et Satan. C'est un grand jour pour nous. Il y a de quoi se sentir fier.

— J'ai déjà marqué M. Dieudonné et M. Smith, ça va rester comme ça.

— D'accord, d'accord, de toute façon tout ça c'est bidon.

— Et l'acompte réglementaire ?

— Nous nous en chargerons, à moins que vous ne soyez disposée à accepter de la fausse monnaie ?

— Vous plaisantez ? »

Ce glacial badinage terminé, on emmena les deux captifs passer un examen médical avant leur entrevue avec le docteur Mort Kleingeld, le célèbre psychiatre auteur de *Le Si, Le Ça et Le Je* ainsi que du plus accessible *Tout Ce Qu'il Faut Savoir Sur La Folie*.

On essaya de prendre le pouls du Vieil Homme, mais sans y parvenir. On fit des radiographies, mais rien n'apparut sur les clichés. Selon les propres termes du docteur Benaziz, le coordinateur de l'équipe médicale, « nous n'avons trouvé ni cœur, ni côtes, ni vertèbres, ni veines, ni artères et, je suis heureux de le signaler, pas le moindre symptôme de maladie ».

Parmi les autres remarques qui figuraient sur le rapport se trouvait l'observation d'après laquelle la peau du Vieil Homme avait par moments une consistance de « céramique » et, à d'autres, « qu'elle donnait au toucher une sensation d'élasticité qui n'était pas sans rappeler celle de la chair humaine ». Il semblait capable d'en changer à son gré la texture.

M. Smith provoqua une perplexité plus grande encore, étant donné la stupéfiante chaleur qui émanait de lui quand on le déshabilla, et notamment ces petites bouffées de fumée qui jaillissaient de façon presque imperceptible de ses pores noircis et emplissaient la salle d'une vague et déplaisante odeur de soufre, et cela bien qu'au toucher son corps fût d'un froid de glace.

On essaya de prendre sa température, mais le thermomètre explosa dans sa bouche. Il mâchonna gaiement les éclats de verre et avala le mercure comme s'il s'agissait d'un petit verre d'un grand cru. On tenta de lui mettre sous l'aisselle un thermomètre de remplacement, lequel explosa à son tour.

En dernier ressort, on recourut à un thermomètre rectal, ce qui le fit se retourner gaiement dans son lit étant donné ses tendances à l'exhibitionnisme. Le docteur vint retrouver les autres avec cette nouvelle alarmante : « Pas de rectum.

— Allons donc, s'écria Gonella, il doit bien le cacher quelque part.

— Vous savez où ? demanda le docteur Benaziz, exaspéré.

— Il y a des gens qui ont eu des opérations, certains défèquent par les hanches, non ?

— Ce serait encore plus voyant qu'un orifice à l'endroit prévu par la nature.

— Bon sang ! s'exclama Gonella qui perdait patience. Emmenons-les chez le psy. C'est pour ça qu'on les a amenés ici. Nous savons qu'ils sont vivants et ils n'ont pas l'air d'être au seuil de la mort. Même si c'est le cas, ils y sont depuis si longtemps que ça ne change pas grand-chose. Il nous faut le témoignage du psy.

— Vous ne l'aurez pas tout de suite, fit remarquer le docteur Benaziz. Kleingeld prend son temps.

— Le temps de tout le monde, commenta un autre médecin.

— L'argent de tout le monde, ajouta un troisième.

— Le temps de tout le monde, c'est l'argent de tout le monde », déclara le docteur Benaziz.

Le docteur Kleingeld était un homme de petite taille avec une tête d'une grosseur disproportionnée et qui parlait en chuchotant. Il jugeait manifestement opportun de dominer ses patients en les contraignant à tendre l'oreille, en leur donnant l'impression que, s'ils se risquaient seulement à respirer trop fort, ils pourraient manquer quelque chose. Il étudiait ses notes depuis les profondeurs d'un vaste fauteuil en arborant sur ses lèvres minces un sourire assuré et supérieur. Le fauteuil était à peine plus incliné que le divan sur lequel le Vieil Homme était allongé.

«Vous aimez mon divan? murmura le docteur Kleingeld.

— Je ne vois pas la différence.

— Quelle différence?

— Entre votre divan et d'autres divans.

— Très bien. Parce que vous êtes Dieu?» L'idée amusa le docteur Kleingeld.

«Peut-être. Probablement.

— J'ai eu ici il n'y a pas longtemps un homme qui prétendait être Dieu. Il assurait qu'il aimait beaucoup mon divan.

— Ça prouve, si une preuve était nécessaire, qu'il n'est pas Dieu.

— Quelle preuve avez-vous que vous êtes bien Dieu?

— Je n'ai pas besoin de preuve. Justement.»

Il y eut une pause durant laquelle le docteur Kleingeld prit quelques notes.

«Vous souvenez-vous de la Création?»

Le Vieil Homme hésita.

«Ce dont je me souviens n'aurait pas de signification pour vous.

— Voilà une observation intéressante. En général, ils répètent de longs passages de la Genèse, comme s'ils se souvenaient des événements. Ils ne se rappellent que le texte.

— De qui parlez-vous?

— Des patients qui disent être Dieu.»

Kleingeld prit encore quelques notes.

«Puis-je vous demander pourquoi vous êtes revenu sur Terre?»

Le Vieil Homme réfléchit.

«Je ne saurais vraiment pas vous dire. Une soudaine... une surprenante solitude. Un désir de constater par moi-même les variations particulières d'un thème qui m'avait paru si magnifique il y a bien longtemps. Et puis... c'est trop difficile à exprimer en mots... pour l'instant. Puis-je vous poser une question?

— Bien sûr, mais je n'ai pas autant de réponses que vous.

— Est-ce que vous...? Vous avez l'air de croire que je suis... ce que je dis que je suis.»

Le docteur Kleingeld eut un rire silencieux.

45

« Je n'irais pas jusque-là, dit-il doucement. Vous savez, j'ai le plus grand mal à croire à quoi que ce soit.

— C'est la preuve de votre intelligence.

— C'est bien aimable à vous de le dire. Je n'ai pas peur de changer d'avis. En fait, je m'encourage à le faire régulièrement. Pour harceler mon souci de la vérité, comme un chien s'acharne sur un os. Rien n'est constant. Tout change sans cesse. Les humains vieillissent. Les idées aussi. La foi également. Tout est érodé par la vie et c'est pourquoi je n'éprouve pas grande difficulté à vous parler comme si vous étiez Dieu, sans vraiment savoir, ou chercher à savoir, si vous l'êtes ou pas.

— Comme c'est curieux ! dit le Vieil Homme, plein d'animation. Je ne me suis jamais rendu compte combien ce serait embarrassant d'être cru. C'est si inattendu. Quand vous m'avez dit que peu vous importe que je sois vraiment Dieu, ça m'a fait comme un soulagement, passé le premier moment d'affolement. Voyez-vous, ici-bas, sur la Terre, c'est tellement plus facile de prétendre être Dieu que de L'être pour de bon.

— Plus facile d'être considéré comme fou que de s'entendre reprocher tout ce qui semble avoir mal tourné dans le monde...

— Ou que d'entendre chanter ses louanges en tant que personnification de la toute-puissance. Il n'y a pas de pression plus terrible que d'être l'objet de leurs prières. »

Le docteur Kleingeld nota encore quelque chose.

« Puis-je vous demander l'identité de votre compagnon de voyage ?

— Ah ! s'écria le Vieil Homme. Je savais que tôt ou tard vous me poseriez la question. » Il y eut un bref silence. « Vous m'avez demandé pourquoi je suis descendu sur Terre après une si longue période... Eh bien ! je vous en prie, ne le lui dites pas, mais ça fait si longtemps que j'ai de temps à autre des remords à son propos... vous comprenez, c'est moi qui l'ai poussé dehors.

— Dehors ?

— Je vous demande peut-être d'accepter trop de choses d'un coup — mais... je veux dire du Paradis.

— Ça existe ?

— Oh, oui, mais l'endroit n'est pas aussi enviable qu'on l'a toujours représenté. Et la solitude y est parfois assez oppressante.

— La solitude ? Vous me surprenez. Je ne pensais pas que vous seriez sujet à des faiblesses aussi humaines.

— Je suis censé avoir créé l'homme à mon image. Il faut bien que je garde le contact, non ? Il me faut posséder le mécanisme du doute, et même la capacité d'éprouver de la joie ou de l'angoisse. Si j'ai créé l'homme, je dois connaître ce que j'ai créé.

— Cela veut-il dire que même l'imagination de Dieu a ses limites ?

— Je n'ai jamais considéré les choses sous cet angle mais, bien sûr, il doit y en avoir.

— Pourquoi ?

— Parce que... parce que je ne puis créer que ce qu'il m'est possible d'imaginer, et il doit bien y avoir des choses que je suis incapable de concevoir.

— Dans l'univers ?

— L'univers est mon laboratoire. Je deviendrais fou dans les vastes étendues du Paradis si je ne pouvais jouer avec l'univers. Il me garde dans une certaine fraîcheur et une jeunesse d'esprit — jusqu'à un certain point — alors même que l'univers est principalement là pour la découverte et pour l'interprétation humaine, puisqu'il est fait de matières connues de lui. C'est dans l'univers que les limites de mon imagination deviennent évidentes — car, bien entendu, l'immortalité exige un cadre, tout comme la mortalité. Les limites à l'imagination sont également nécessaires pour l'immortalité car, sans elles, le chaos l'emporterait rapidement par simple épuisement de l'éternité.

— Tout cela est très éclairant, murmura le docteur Kleingeld, mais dans l'excitation de toutes ces confidences, vous avez bien sûr évité de me révéler l'identité de votre compagnon. C'est bien Satan ?

— Je croyais vous l'avoir dit.

— Vous l'avez dit dans une certaine mesure... mais,

n'oubliez pas, je ne crois pas nécessairement à *tout* ce que vous dites. Est-ce qu'il a autrefois fait du cirque ou du music-hall ? »

Le Vieil Homme parut un peu perplexe.

« Je n'en ai aucune idée. C'est possible. Depuis... depuis son départ... j'ai perdu contact avec lui... jusqu'à hier. Du cirque ? du music-hall ? pourquoi ?

— Je ne sais pas. Il semble capable de faire disparaître des choses, jusqu'à certaines parties de son corps, et il paraît avoir des relations amicales avec le feu. Il y a ainsi des gens qui sont des cracheurs de flammes et qui font des tours. Ils travaillent généralement dans les cirques ou les music-hall.

— Des tours ! Il appelle même ça des tours. Il est un peu plus extraverti que moi et il aime surprendre et faire étalage de ses pouvoirs. Sur Terre, je préfère vivre comme un homme, si tant est que la chose soit possible. » Il médita un instant. « J'avais envie de le revoir, après tout ce temps. J'ai envoyé un message un peu furtif. Il a tout de suite réagi. Nous nous sommes rencontrés avant-hier pour la première fois depuis la préhistoire, ici même, à Washington, sur le trottoir devant le Smithsonian Institute, à vingt-trois heures, comme convenu. Nous sommes allés droit à un hôtel dont on nous a refusé l'accès parce que nous n'avions pas de bagages. Nous avons passé la nuit entre le Smithsonian et la National Gallery.

— Qui sont l'un et l'autre fermés à cette heure.

— Les murs ne font pas problème, ni leur hauteur. Ce que nous avons vu concernant certaines réussites humaines m'a considérablement encouragé, mais cela a rendu M. Smith presque éperdu d'ennui.

— Le soir suivant, vous avez trouvé à vous loger et vous avez dû créer de l'argent afin de payer l'hôtel. C'est ce que j'ai cru comprendre.

— Exactement. »

Le docteur Kleingeld lança au Vieil Homme un regard où se mêlaient la malice et le défi.

« Le FBI vous a amené ici pour une évaluation psychiatrique de votre sens des responsabilités ou, si vous préférez, de votre santé d'esprit. Nous allons bientôt en arriver à la seconde partie du test. Mais tout d'abord, puis-je vous demander de fabriquer un peu d'argent?

— On me dit que c'est illégal.

— Je n'ai pas l'intention de l'utiliser. C'est juste pour pouvoir témoigner, en confidence bien entendu, de votre capacité ou de votre incapacité de le faire.

— Combien vous faut-il?»

Une lueur s'alluma dans l'œil du docteur Kleingeld.

«Si vous étiez un client normal, dit-il, les honoraires se monteraient aux environs de deux mille dollars la séance. Et, à en juger par ce que vous m'avez dit jusqu'à présent, il vous faudrait entre dix et vingt séances avant que je puisse estimer s'il vous en faut davantage. Comme vous pouvez le voir, c'est terriblement difficile de juger dans ce domaine. Disons trente mille dollars, ce qui est une approximation raisonnable.»

Le Vieil Homme se concentra et soudain l'argent jaillit de ses poches comme des pigeons que l'on vient de remettre en liberté. Les billets voletaient dans toute la pièce, mais ils n'étaient pas de couleur verte. Le docteur Kleingeld en saisit un au vol.

«Ce ne sont pas des dollars, cria-t-il, sortant complètement de son rôle. C'est de la monnaie autrichienne! Vous saviez que je suis né en Autriche?

— Non.

— Et ça ne vaut absolument rien. Ces billets ont été imprimés pendant l'occupation de l'Autriche par l'Allemagne, juste avant la guerre.

— Ah! dit le Vieil Homme avec une certaine satisfaction. Je ne suis sans doute pas un client normal. C'est dommage parce que à bien des égards vous êtes vraiment très perspicace.»

Peut-être était-ce par esprit de vengeance, ou encore n'était-ce que l'implacable curiosité de ceux qui consacrent leur vie à la recherche mais, quoi qu'il en soit, le docteur Kleingeld fit sortir Luther Basing de sa cellule pour qu'on le conduisît jusqu'à son cabinet. Luther Basing, jeune homme extrêmement robuste, aux cheveux coupés en brosse, et qui avait l'expression dangereusement endormie d'un lutteur de sumo, était connu dans l'établissement sous le nom de Dieu Trois; il avait aussi la réputation d'être le plus brutal des trois.

«Ah! J'ai pensé que vous devriez vous rencontrer tous les deux. Dieu Trois, je vous présente Dieu Quatre.»

Luther Basing fut agité d'un léger tremblement lorsqu'il regarda le Vieil Homme, et il sembla même au bord des larmes. Le docteur Kleingeld fit un geste bref aux deux infirmiers qui venaient d'accompagner Dieu Trois. Ils s'avancèrent d'un pas vif et silencieux pour se planter derrière le docteur Kleingeld.

Cependant le Vieil Homme et Luther Basing se dévisageaient, paralysés comme dans une étreinte oculaire. Impossible de dire qui allait l'emporter dans cette épreuve de force.

«Stupéfiant, murmura le docteur Kleingeld à l'intention des infirmiers. Normalement, Dieu Trois aurait mis en pièces tout nouveau venu. C'est pourquoi je vous ai demandé de venir avec lui et de rester dans mon cabinet pendant...»

Il n'avait pas terminé sa phrase que Luther Basing inclinait lentement jusqu'au sol son énorme carcasse pour s'agenouiller devant le Vieil Homme.

Le Vieil Homme s'avança lentement et tendit la main. Luther Basing la refusa, les yeux baissés, tournant ses pensées vers l'intérieur de lui-même de façon aussi perceptible que s'il repliait une nappe.

«Non, laissez-moi vous aider. Avec votre poids, je ne peux pas vous laisser vous agenouiller.»

Humblement, Luther Basing tendit une main qui ressemblait à un régime de bananes un peu rabougries.

«L'autre aussi. Il me faut les deux.»

Docilement, Luther tendit l'autre. Le Vieil Homme prit les deux mains dans les siennes et, d'une rapide secousse du poignet, souleva du sol l'énorme masse et la maintint en l'air.

Luther Basing poussa un hurlement d'une voix haut perchée et les courtes colonnes de ses jambes s'agitèrent dans des spasmes frénétiques. Pour des raisons évidentes, la terre était son élément, et il ne supportait pas d'en être éloigné.

Le Vieil Homme le lâcha avec tact et ouvrit grand ses bras pour consoler le géant gémissant qui vint poser sa tête sur l'épaule du Vieil Homme en émettant de petits bruits, comme un enfant qui cherche à se calmer après une crise de colère.

« Avec Dieu Un et Dieu Deux, il devient féroce, dit le docteur Kleingeld, et avec vous il est la douceur même. Pourquoi ?

— Au fond de son cœur, malgré son arrogante prétention d'être Dieu, il sait qu'il ne l'est pas. Avec les deux autres prétendants, il sait que, s'il n'est pas Dieu, eux non plus ne le sont pas. Le côté profane de la situation fait ressortir leur agressivité. Dans mon cas, il a reconnu une qualité autre que l'arrogance, ou même le désir de convaincre. Je ne prétends pas être Dieu. Je n'en ai pas besoin. »

Et le Vieil Homme jeta un coup d'œil au mammouth immobile appuyé sur lui. Il s'était endormi.

« Ça fait des semaines qu'il ne dort pas, remarqua le premier infirmier.

— Pouvez-vous le ramener dans sa cellule sans le réveiller ? demanda le docteur Kleingeld.

— On peut essayer. »

Les infirmiers tentèrent de s'occuper de Luther Basing. Mais il s'éveilla en poussant un rugissement et envoya valser les deux infirmiers. Le docteur Kleingeld se leva, terrorisé.

Le Vieil Homme tendit la main, toucha Luther et demanda de façon très directe : « Comment m'avez-vous reconnu ? »

Les yeux de Luther disparurent dans les plis de son visage tandis qu'il faisait un effort pour se souvenir.

« Un chœur céleste... je chantais dans une chorale... jusqu'à ce que ma voix mue... il y a un million d'années..., ou plus.

— Vous n'avez pas pu être un chérubin. Leur voix ne mue jamais. Malheureusement. Ils ont toujours la voix aussi perçante, mais ils chantent plus souvent faux qu'avant, par pure routine.

— Je ne sais pas où c'était... Mais, vous comprenez, je vous ai reconnu tout de suite... quand je suis entré ici.

— Ne vous inquiétez pas. L'imagination est un si étrange

substitut de l'expérience. Rien de ce qui a vécu n'est jamais vraiment mort, cela s'est simplement transformé. La nature est une immense bibliothèque dilapidée contenant tout ce qui a jamais été. Vous n'arrivez pas à vous y retrouver, et pourtant tout est là, quelque part. Les humains souvent ont un aperçu d'une chose ou d'une autre quand cela passe sur la longueur d'onde de leur esprit. Un instant de compréhension, une étincelle de lumière, voilà tout ce qu'il faut pour illuminer brièvement des endroits situés dans des mondes inconnus ou depuis longtemps disparus, dont jusqu'ici on ne soupçonnait pas l'existence. Tout est disponible pour tout le monde, mais que seulement quelques centimètres d'écart suffisent parfois à mettre hors de vue.»

Le grand gaillard grimaça un sourire.

«Je sais maintenant d'où je vous connais, dit-il.

— D'où?»

D'un doigt boudiné il tapota sa tête grotesque. «Dans mon esprit.»

Le Vieil Homme hocha gravement la tête et dit au docteur Kleingeld:

«Il ne vous causera plus d'ennuis. Et, je vous le dis en passant, il n'est pas fou. C'est simplement un visionnaire. La forme la plus rare, la plus précieuse de la santé d'esprit.»

Luther Basing se tourna vers les deux infirmiers. «Bon, les gars, allons-y. C'est l'heure du dîner.» Et il les attrapa, un sous chaque bras, puis les entraîna dans le couloir alors qu'ils se débattaient.

«J'imagine que vous êtes très fier de vous, dit le docteur Kleingeld, avec rancœur.

— Je ne pense jamais en ces termes. Je n'ai personne à qui me comparer.

— Qu'est-ce que je vais dire dans mon rapport?

— Racontez la vérité.

— Vous voulez qu'ils me prennent pour un fou?»

## 4

On avait mis le Vieil Homme sous tranquillisant et celui-ci faisait semblant de dormir afin d'éviter de faire la conversation avec la ravissante infirmière noire qui venait de lui administrer une pilule. Il ne se sentait tout simplement pas le courage d'échanger des banalités. Il y avait trop de choses auxquelles il lui fallait réfléchir.

Quand elle eut quitté la salle, il remarqua en entrouvrant les paupières qu'un Oriental en pyjama d'hôpital se frayait un chemin entre les lits, dans la lumière déclinante de cette fin d'après-midi.

Le Vieil Homme ouvrit les yeux.

« Qu'est-ce que vous faites ici, Smith ? demanda-t-il d'un ton sévère.

— Chut ! Chut ! implora ce dernier. J'essaie mon déguisement. Je suis Toshiro Hawamatsu. Pour l'instant, ça marche. Je vais partir bientôt, que vous vouliez m'accompagner ou non.

— Où allez-vous ?

— A New York. Washington, c'est pour vous. Grands problèmes moraux, groupes de pression, corruption dans les hautes sphères, et tout le reste. New York, c'est pour moi. On l'appelle même la Grosse Pomme. Vous vous souvenez de la petite pomme, dans ce jardin dont le nom m'échappe toujours, celui où j'ai dû apprendre à ramper ? Là-bas, tout est physique. Les drogues, la prostitution, accompagnées d'attitudes moralisatrices. C'est mon truc, comme on dit.

— Comment allez-vous faire pour l'argent ? »

Des millions de yen commencèrent à se matérialiser entre les draps et la couverture du lit du Vieil Homme.

«Merci, ou plutôt *Domo aregato gozaimas*, comme on dit en japonais, murmura le reconnaissant M. Smith en enfouissant l'argent dans ses maigres poches. J'en avais déjà volé un peu. Rien de plus facile dans un hôpital. Il y a une pièce au rez-de-chaussée où on garde les objets de valeur des patients. Tout ce qu'il me faut maintenant, ce sont des vêtements et une paire de lunettes. Oh!...»

Sur la table de chevet à côté de celle du Vieil Homme, il avait repéré une paire de lunettes, appartenant à un invalide qui pour l'instant était endormi. M. Smith les retira prestement d'un livre de poche ouvert dont les pages se refermèrent lentement.

«Pourquoi avez-vous fait ça? fit le Vieil Homme d'un ton de reproche. Vous n'avez même pas besoin de lunettes. Nous n'en avons besoin ni l'un ni l'autre. Mais il en faut à ce pauvre type.

— Pour être convaincant dans le rôle d'un Japonais, il faut avoir des lunettes, qu'on en ait besoin ou pas.

— Qu'est-ce que je fais s'il se réveille et s'il me demande où sont passées ses lunettes?

— S'il se réveille, vous vous endormez. C'est aussi simple que ça.

— Et mes vrais dollars?

— Venez avec moi. Je descends à la salle de radiographie prendre des vêtements. Il y aura sûrement de l'argent dans les poches. Assez pour nous permettre de nous débrouiller. Ensuite, je prendrai ce qu'on appelle un car Greyhound à sept heures et demie. Il nous amènera à New York vers minuit.

— Allez-y. Je vous suivrai.

— Mais si vous manquez le car?

— Je vous retrouverai dans quelque lieu de débauche.

— Il y en a beaucoup à New York, je suis heureux de vous le dire. On m'a parlé d'un établissement de bains pour homos et d'un sauna qui s'appelle le Sens Dessus Dessous, sur la 42ᵉ Rue.

— Je préfère ne pas penser à ce que peut être un établissement de bains pour homos : des orgies aquatiques?

— Non. Plutôt un bastringue pour pédés.

— Vraiment ? Ces choses-là existent ?

— J'oublie toujours à quel point vous êtes naïf.

— Pourquoi un homme d'affaires japonais irait-il dans un endroit pareil ?

— Le temps que j'arrive là-bas, je ne serai plus japonais. J'aurai converti mes yen en dollars dans un bureau de change et je pourrai redevenir moi-même, ou plutôt une version de moi-même acceptable pour les Américains. Je ne vais pas aux bains pour un début d'enquête relative aux dépravations sur Terre mais plutôt pour trouver quelques fringues intéressantes laissées au vestiaire par les baigneurs.

— Voyons, vous ne pouvez quand même pas vous procurer une garde-robe en volant, je ne le permettrai pas. Du moins pas tant que vous êtes avec moi.

— Je ne volerai pas à l'aveuglette. Je laisserai là-bas les vêtements que je vole ici. Échanger n'est pas voler.

— Un *juste* échange n'est pas du vol. Qu'est-ce qui ne va pas avec les vêtements que vous comptez voler ici ?

— Je ne crois pas avoir envie de garder aucun des vêtements que j'aurai volés ici. Avez-vous aperçu ceux qui viennent se faire radiographier ici ? »

Il leva les yeux pour souligner l'incurable ennui qui se dégageait de tous ces patients et donc de leurs vêtements. Deux agents du FBI entrèrent alors dans la salle, sans plus se soucier des malades qui dormaient que s'il s'était agi de voitures en stationnement.

M. Smith disparut avec alacrité.

« Smith est reparti, dit l'un d'eux.

— Qui donc était planté près de votre lit à l'instant ? demanda l'autre.

— Personne. »

Le Vieil Homme rougit puisque les circonstances l'obligeaient à mentir encore une fois.

« J'aurais juré avoir vu un visage d'Oriental, Coréen ou Vietnamien...

— Je n'ai vu personne. Écoutez, messieurs, M. Smith est quelqu'un d'extrêmement sociable. Il pourrait être n'importe où dans ce vaste hôpital, à se faire des amis et à bavarder. Avez-vous essayé la cafétéria?

— Bon, Hall, allons-y. Il faut qu'on le retrouve. Il doit bien être quelque part.

— A la maternité? lança le second agent du FBI.

— Ben, voyons», fit l'autre en riant.

A peine furent-ils partis que M. Smith se rematérialisa. «Maintenant, dit-il, il faut que je file.»

Le Vieil Homme sursauta.

«Vous m'avez fait un choc. Je croyais que vous étiez parti.»

Vexé, M. Smith disparut de nouveau.

Le malade qui occupait le lit voisin avait été réveillé par les hommes du FBI et avait cherché refuge dans le polar laissé sur sa table de chevet.

«Vous avez vu mes lunettes?» demanda-t-il.

Le Vieil Homme allait répondre par la négative quand il se dit que raconter de pieux mensonges risquait de devenir une habitude, une habitude si dangereuse qu'elle pourrait écorner les fondements mêmes de sa moralité.

«Oui, répondit-il avec force. Elles ont été volées par M. Smith.

— Smith, répéta le malade. C'est dommage. Sans elles, je ne vois rien.

— C'étaient des agents du FBI qui étaient là à l'instant, précisa le Vieil Homme en guise d'encouragement. Ils recherchent Smith.»

Le visage du malade s'éclaira. «Parce qu'il a volé mes lunettes?

— Oui», fit le Vieil Homme, en capitulant. La vérité était parfois bien embêtante et prolongeait indéfiniment des conversations sans intérêt.

La conférence qui se tenait dans le cabinet du docteur Kleingeld était difficile. Le docteur était maintenant assis à son bureau, dans un fauteuil qu'il faisait sans cesse pivoter pour suivre ou pour interrompre la conversation. Pour le moment, il tournait le dos aux autres. Gonella marchait nerveusement de long en large, tandis que les autres agents du FBI étaient juchés sur les bras d'autres fauteuils ou appuyés contre différents meubles. Le chef Eckhardt, du 16ᵉ commissariat, était présent lui aussi, tout comme le chef adjoint du FBI, Gontran B. Harrison, à qui Gonella avait demandé de façon insistante de participer à la réunion. Tous deux étaient calés dans des fauteuils.

«Où en sommes-nous? demanda-t-il.

— Si nous revenions au point de départ? suggéra Gonella.

— Voilà qui est constructif», déclara Harrison.

Gonella consulta ses notes: «Chef Eckhardt, si je comprends bien, vous avez été appelé quand le caissier du Waxman Cherokee Hotel, Doble K. Ruck, a porté à la Pilgrim Consolidated Bank pour vérification un lot de billets de banque remis au concierge de l'hôtel, René Leclou, par Dieudonné. Une minute à une minute et demie a suffi pour que le directeur de la succursale de la banque de K Street, Lester Kniff, déclare que ces billets étaient faux...»

Le docteur Kleingeld fit pivoter son fauteuil pour faire face à l'assemblée. Il avait pris sa voix hors consultation, une voix forte, claire et discordante.

«Nous avons déjà examiné tout cela, et à plusieurs reprises, messieurs. Il ne s'agit pas encore d'un procès mais simplement d'un phénomène psychique. Ça n'est pas la répétition de détails insignifiants qui va nous aider. Et je n'estime pas, monsieur Harrison, qu'il y ait rien là de constructif. Ce n'est que du temps perdu pour cause de confusion bureaucratique, la façon préférée de perdre son temps en haut lieu.

— Je proteste contre de tels propos, déclara M. Harrison.

— Le fait est que je ne suis disposé ni à confirmer ni à nier que ces deux hommes ne sont pas ce qu'ils prétendent être.

— Vous avez perdu la tête? ricana Harrison.

— J'ai envisagé cela aussi. J'ai demandé à Dieu Quatre ce qu'il comptait me voir faire. Il a répondu: "Dites la vérité." "Vous voulez qu'on me prenne pour un fou?" ai-je alors dit. Je savais pertinemment quelle allait être la réaction naturelle face à mon attitude, et pourtant je ne vois pas d'autre alternative.

— Docteur, insista Gonella, nous sommes quatre ici à occuper des postes importants. Pouvons-nous nous permettre de déclarer dans un rapport qu'une paire de vieux schnocks qui ont mis au point un numéro de prestidigitateur de salon pourraient bien être Dieu et le Diable ? Allons donc... on se paierait notre tête au tribunal. Et, ma foi, il y a assez de gens qui n'attendent qu'une occasion pour prendre nos places, mais c'est un sujet que je ne veux même pas aborder.

— Considérons un instant les choses sous un autre angle, reprit le docteur Kleingeld, retrouvant son calme et en même temps l'essentiel de son autorité quelque peu mise en doute. Séparons cet incident de toute question religieuse. La religion, qui est censée être la grande consolation, la grande inspiration, en réalité rend les gens nerveux.

— Je ne suis pas d'accord, dit M. Harrison.

— C'est néanmoins vrai, selon mon expérience. Traitons ce qui vient de se passer comme de la science-fiction. A en croire la télévision, l'invasion de cette planète par une gelée tremblotante ou par d'avisés petits hommes verts, asexués et munis de grosses têtes sur des corps d'enfants affamés, est tout à fait rationnelle ; alors les forces de l'ordre combattent ces envahisseurs, en utilisant finalement les forces armées de toutes les nations, à moins que ce ne soit grâce à la bonne volonté sirupeuse de l'humanité, à laquelle se sont joints tous les violons qu'Hollywood peut rassembler. Des millions de gens suivent ce genre de feuilleton et en sont profondément marqués. Ils sont parfaitement crédibles soit parce qu'ils représentent la prochaine étape où vont se déployer toutes nos capacités militaires, soit comme hymnes à la paix universelle qui voit l'amour se répandre sur l'âme humaine tel le miel sur un toast de la veille. Rappelez-vous, au bon vieux temps de la radio, comment Orson Welles a affolé le public américain en décrivant avec tous les détails l'invasion du monde par les Martiens. Personne n'a jamais affolé le public en racontant que Dieu et Satan nous avaient rendu visite.

— C'est ce que vous nous demandez de faire, observa Gonella.

— Je suis en train de dire que c'est impossible. Pourquoi donc ? Chaque candidat à la présidence doit donner l'impression de prier avec ferveur, même s'il ne fait qu'esquisser les gestes destinés à sauver les apparences. Les prières à domicile ou dans les occasions solennelles, voilà qui fait partie de la tradition américaine ; et pourtant l'idée de l'apparition physique de l'objet de nos prières est jugée impossible, voire blasphématoire. Il est plus facile de croire à une gelée menaçante ou à l'existence d'un dinosaure qui aurait survécu depuis l'époque de la création.

— Vous priez, monsieur ? demanda Harrison.

— Non, répliqua le docteur Kleingeld.

— C'est bien ce que je pensais. Eh bien, moi, je prie. C'est pourquoi je proteste si énergiquement contre tout ce que vous dites. Laissez-moi ajouter qu'il ne s'agit pas d'un cours d'université, mais d'une urgence très précise et bien réelle. Demain matin, Dieudonné et Smith comparaîtront devant un juge sous l'inculpation de contrefaçon et d'escroquerie qualifiée. Étant donné leur âge, nous espérions que vous pourriez suggérer certaines circonstances atténuantes à caractère mental qui plaideraient en leur faveur devant un juge ne disposant que de peu de temps et qui n'a pas la moindre possibilité de vérifier ce que même moi j'ai réussi à découvrir de l'affaire. Mais de toute évidence, une aide de ce genre, c'est trop vous demander.

— Vous me demandez de tricher, comme nous trichons tous sans arrêt, pour des vétilles et à petite échelle. Vous voulez me faire dire que ces deux vieillards ne sont pas tout à fait responsables de leurs actes, qu'ils méritent d'être laissés en liberté surveillée, afin de protéger la société, comme des délinquants dans leur seconde adolescence, qu'ils ont besoin d'aide, ce qui semble bien généreux, mais qui n'est que le premier des quelques pas menant à une incarcération permanente. Je veux simplement dire que les mots employés par Dieu Quatre pour calmer Dieu Trois témoignaient d'une autorité considérable, d'une intégrité intellectuelle sans faille et d'une enviable économie de moyens que nous pourrions tous tenter d'imiter avec profit.

— C'est votre dernier mot?

— Oh, non, je ne sais absolument pas quel sera mon dernier mot. Je peux seulement dire que, pendant que vous parliez, pour la première fois de ma vie j'ai prié... à titre d'expérience.

— Allons, messieurs, lança M. Harrison en se levant. Je ne vais pas m'éterniser sur ma déception. Chef Eckhardt, il va vous falloir poursuivre la procédure et traiter cela comme un cas ordinaire. Quant aux aspects anormaux de l'affaire, nous serions bien avisés de les oublier et de ne jamais plus les évoquer.

— Oui, monsieur. D'accord.» Puis Eckhardt ajouta, comme à la réflexion : «Et s'ils disparaissaient *pendant* l'audience?

— Le FBI fera tout ce qui est en son pouvoir pour prévenir pareille éventualité.

— Facile à dire, monsieur. Vous n'avez pas vu la façon dont ça se passe.

— Nous avons aussi pas mal de tours dans notre manche, chef.

— Bien, monsieur. C'est bon à savoir.

— Parfaitement.»

Gonella résuma la situation. «Bon, laissez-moi préciser les choses pour que nous nous comprenions bien tous. Nous inculpons ces vieux types comme de vulgaires criminels et nous tentons d'éviter toute allusion à la façon dont l'argent a été produit, c'est-à-dire à partir d'une poche. Aucune allusion aux pièces grecques ou espagnoles. Rien que les faits purs et simples, à savoir ces faux billets, et rien d'autre.

— Parfait», conclut Harrison en jetant un coup d'œil au docteur Kleingeld qui était assis, sourire aux lèvres, yeux clos, mains jointes devant son visage. «Nous pourrons discuter des détails techniques quand nous serons rentrés au bureau, ou bien au 16e commissariat. Il ne s'agit plus que de problèmes internes. Bon, allons-y.»

La porte s'ouvrit avant qu'ils aient eu le temps de l'atteindre. Elle livra passage aux deux agents du FBI.

«Ils sont partis, lança le premier, hors d'haleine.

— Partis? Tous les deux? s'écria Gonella.

— Oui. Le vieux, celui qui s'appelle Dieudonné, était au lit, vous comprenez, à quatre heures quarante-trois, et il a dit qu'il pensait que l'autre, Smith, était peut-être à la cafétéria puisque à ce moment-là il n'était pas dans son lit. Nous n'avons pas pu trouver Smith, alors nous sommes retournés parler à Dieudonné, mais, voyez-vous, il avait disparu. M. Courland, dans le lit voisin, a dit qu'il avait disparu en un rien de temps.

— C'est ça! C'est ça! gémit Eckhardt, qui avait reconnu les symptômes.

— Il a dit aussi que Smith lui avait volé ses lunettes.

— Une seule chose à la fois», glapit Harrison. Il privilégiait avant tout la clarté.

«Smith, ou Dieudonné, ou je ne sais qui, a volé les vêtements de ce type, M. Xyliadis, alors qu'il était dans la cabine de radiographie.»

Un homme brun, robuste et chauve, apparut, manifestement très en colère, vêtu de sous-vêtements à rayures, par-dessus lesquels il avait passé une robe de chambre empruntée.

«C'est scandaleux, s'écria-t-il. Je viens ici pour mon check-up semestriel, ponctuel comme une horloge — ça fait dix ans que je viens, sauf l'année dernière parce que j'étais à Salonique. Je laisse mes vêtements dans le vestiaire comme toujours...

— Quelqu'un note les détails, cria Harrison.

— D'accord, je m'en occupe, répondit le chef Eckhardt.

— Vous autres, écoutez bien, je vais porter cette affaire aussi haut qu'il le faudra... jusqu'au Président en personne si besoin est.

— Le Président? demanda Gonella, incrédule. Est-ce que ce n'est pas un petit peu prématuré?

— Non, monsieur, siffla Harrison. Est-ce que vous vous rendez compte qu'il s'agit peut-être d'une patrouille venue d'une autre planète, ou de quelque chose que ces foutus Soviétiques testent avant de l'utiliser? C'est peut-être un coup trop gros pour nous, et il se pourrait bien que le temps joue un rôle essentiel. Allons-y, les gars.»

Leur départ se trouva retardé par un joyeux éclat de rire émanant d'un docteur Kleingeld anormalement serein.

« Une patrouille venant d'une autre planète ? Qu'est-ce que je vous disais ? C'est plus facile pour nous à admettre et à porter sur le bureau du Président qu'une visite divine.

— C'est tout ce que vous avez à dire ? interrogea Harrison, furieux de voir de précieuses secondes perdues.

— Non. Je viens tout juste d'avoir l'expérience la plus enrichissante pour quelqu'un qui a passé plus de soixante ans sans prier. La première fois que j'essaie, on me répond.

— Qu'est-ce que vous avez demandé dans votre prière ? s'enquit Gonella, ricanant déjà.

— J'ai prié pour que ces deux vieux disparaissent. Il a de la chance, le juge : il ne saura jamais ce qu'il a manqué ! et quelle chance nous avons nous aussi !

— Allons. Nous avons assez perdu de temps », déclara Harrison, et les inspecteurs repartirent avec des hurlements de pneus, des crissements de freins et des hululements de sirènes, indicatif et musique de fond des Walkyries de l'ordre public.

Seul le chef Eckhardt resta sur place, occupé à prendre l'ennuyeuse déposition de M. Xyliadis, qui avait déjà fourni quatre inventaires différents de ce qui se trouvait dans ses poches.

Une fois dehors, M. Smith se déplaça avec une énergie et une détermination que ne lui permettait pas la compagnie du corpulent Vieil Homme, dont le rythme naturel était modéré, pour ne pas dire pesant.

Il héla un taxi et apprit grâce au chauffeur qu'il pouvait atteindre New York plus vite par la navette que par le car Greyhound, et également qu'il y avait un bureau de change à l'aéroport. Cette solution convenait aussi au chauffeur, comme il le fit lui-même remarquer, puisque le prix de la course jusqu'à l'aéroport était plus élevé que pour le conduire à la gare routière.

«Comme ça, tout le monde est content», gloussa-t-il tandis qu'ils roulaient dans le soir qui tombait.

Les vêtements de M. Xyliadis pendaient en plis sur la frêle carcasse de M. Smith. Il n'avait guère eu le choix. La seule autre personne à se faire radiographier à cette heure de l'après-midi était une petite fille de huit ans. M. Smith avait l'air maintenant aussi bizarre qu'une femme qui, ayant accouché, porterait encore ses vêtements de grossesse. D'ailleurs, une dame corpulente l'arrêta, alors qu'il se dirigeait vers le comptoir des billets, pour lui demander s'il suivait le régime de Westwood et, dans l'affirmative, à quelle semaine il en était. M. Smith répondit que ce régime était «inconnu au Japon». La dame éléphantesque réagit comme s'il n'était guère gracieux pour un visiteur oriental de nier qu'il suivait un régime californien, alors que de toute évidence c'était le cas.

On lui changea ses yen sans la moindre difficulté et il acheta son billet pour la navette. M. Smith avait voyagé sans bagages, mais il quitta l'aéroport de La Guardia à New York avec un sac élégant qu'il avait volé sans même y réfléchir sur un tapis roulant transportant les bagages arrivant de Cleveland. Il se fit ensuite conduire en taxi au sauna Sens Dessus Dessous. Le chauffeur était un bavard, natif d'Haïti, qui demanda à M. Smith s'il y avait beaucoup d'homos au Japon.

«Veuillez avoir l'obligeance de garder les yeux sur la route», voilà tout ce que Smith consentit à répondre. La raison de sa répugnance à bavarder était que, comme une salamandre au printemps, il entreprenait de passer d'un déguisement à un autre et que cela exigeait une certaine concentration.

La conduite du Haïtien devint de plus en plus hasardeuse à mesure qu'il remarquait dans son rétroviseur les changements qui s'opéraient sur les traits de son client. A vrai dire, il semblait absolument pétrifié quand celui-ci descendit sur la 42ᵉ Rue, plus du tout oriental mais avec un air vaguement anglo-saxon, longues boucles rousses et visage criblé de taches de rousseur, masque de plusieurs siècles de débauche.

«Je n'en ai pas fait trop, non? Je veux dire pour les taches de rousseur?» demanda-t-il au chauffeur en s'apprêtant à régler la course. Mû par une brusque impulsion, le chauffeur redémarra en trombe sans attendre d'être payé.

M. Smith était ravi, se rendant compte qu'il venait d'économiser une jolie somme en authentiques dollars. Il s'aperçut que, d'une certaine façon, c'était la première fois qu'il commercialisait un de ses tours.

Il descendit la rue, qui était encore très animée malgré l'heure tardive, ou plutôt à cause de ça. Des panneaux lumineux crachotaient leurs vulgaires promesses de titillation, sinon de vices. Le vice était plutôt le lot des silhouettes qu'on apercevait vaguement sur le trottoir et qui toutes semblaient attendre qu'il se passe quelque chose ou bien, comme des araignées guettant les mouches sans méfiance venues se prendre à leurs toiles invisibles, restaient aussi immobiles que possible.

Près de l'entrée du sauna était plantée une fille aux proportions majestueuses, les jambes découvertes jusqu'aux hanches dans des bas à larges mailles, déchirés par endroits. Ses chaussures avaient des talons aiguilles qui, quand elle se déplaçait, lui donnaient l'air de marcher sur des échasses. Elle portait une minijupe qui semblait avoir rétréci au lavage et ses seins étaient comme ces chiens qui nagent en s'efforçant de garder le museau au-dessus de l'eau. Son visage était jeune mais fatigué. Leurs regards se croisèrent un instant, provoquant une sorte d'étincelle de reconnaissance.

« Tu viens, chéri ?... je te donnerai du bon temps...

— Plus tard peut-être..., dit M. Smith en s'éloignant du nuage parfumé qui émanait de sa personne.

— Il n'y aura peut-être pas de plus tard... »

Il l'ignora et s'engouffra dans l'entrée brillamment éclairée du sauna Sens Dessus Dessous. Derrière un rideau, l'obscurité retomba. Une brute efféminée, déguisée en Popeye, arrêta M. Smith. Il était accompagné d'un homme d'un certain âge, aux cheveux blancs qui lui tombaient en franges sur les yeux, lui aussi habillé d'une façon qui évoquait les yacht-clubs.

« Il faut que j'inspecte ce sac, mon chou, dit la brute. Raisons de sécurité. Nous avons déjà eu deux alertes à la bombe d'organisations hétérosexuelles fascistes. »

M. Smith ouvrit son sac. Il contenait une trousse de maquillage, une combinaison de soie, une petite culotte, un soutiengorge et un pyjama rose saumon.

«Entrez, dit l'aîné des deux hommes. Je suis Oscar. Bienvenue au club. Venez, je vais vous faire visiter. Comment vous appelez-vous?

— Smith.

— Ici, on n'utilise que le prénom.

— Smith est mon prénom.

— Bon. Venez par ici, mon petit Smith.»

M. Smith suivit Oscar à travers un fouillis de plantes exotiques qui cédèrent soudain la place à ce qui semblait être une clairière en pleine jungle. Là, miraculeusement, apparut une piscine en marbre avec des motifs néo-classiques et des décorations érotiques un peu appuyées dignes de Pompéi. L'eau qui se déversait dans la piscine coulait d'un organe masculin doré, qui, malgré son éclat, faisait aussi camelote qu'un bijou de fantaisie. Les deux bourses, elles aussi d'un doré clinquant, produisaient à volonté vagues et courants perfides. L'eau, d'un vilain vert, était pleine d'hommes nus, qui poussaient des cris et manifestaient leurs dons par des propos exagérés. Au bord de la piscine se tenaient deux Noirs, nus, qui portaient des boucles d'oreilles en brillants. L'un d'eux avait plusieurs cordons de perles autour du cou.

«Ce sont mes porteurs indigènes, fit Oscar en pouffant. Mes gaillards, je vous présente Smith.

— *Jambo, jambo bwana*», crièrent les deux hommes sur un rythme compliqué, qui s'acheva par un pas de danse parfaitement synchronisé et une claque dans le dos.

Les baigneurs dans la piscine poussèrent des rugissements d'approbation.

«Les gars et les filles», lança Oscar en roulant les yeux d'un air suggestif. Applaudissements. «Je vous présente Smith.» Huées et cris d'oiseaux. Oscar claqua dans ses mains d'un air de réprimande. Quand le silence fut rétabli, il poursuivit d'un ton cajoleur : «Smith est *très bien*. Oscar a vu l'intérieur de son petit baise-en-ville.» Tout cela d'un ton chantant et séduisant. «Maintenant, allez vous débarrasser de ces *affreux* vêtements dans nos vestiaires baroques et montrez-vous dans *toute* votre gloire!»

Exclamations d'enthousiasme. Tandis qu'Oscar entraînait Smith, un nageur cria : «J'adore les taches de rousseur», ce qui lui valut de se faire mordiller pour rire par son amant, qui, lui, n'en avait pas la moindre sur le visage.

«Je vais te laisser *toute seule* ici. Mais pas *longtemps.*»

M. Smith inspecta le vestiaire tout en peluche rouge et draperie ivoire, avec ses statues de jeunes Romains dans des postures insensées. Il écarta le rideau des alcôves où étaient accrochés les vêtements et son regard tomba sur une paire de jeans peints à la main avec des paons et des oiseaux de paradis. Il éprouva des frémissements d'enthousiasme comme il n'en avait pas connu depuis des années. Il les enfila. Ils étaient à sa taille. Rien d'autre de ce qu'avaient laissé là les baigneurs n'allait vraiment bien avec le pantalon, mais il passa un tee-shirt violet pâle, un peu délavé et qui arborait sur le devant l'inscription «Appelez-moi Madame». Il se regarda dans un miroir et fut amusé de ce qu'il vit.

Reprenant son sac de voyage après avoir accroché la tenue plus guindée de M. Xyliadis au cintre où il avait dérobé ses nouveaux atours, il passa en trombe devant Oscar en l'écartant de son chemin, tout comme le robuste Popeye à l'entrée, et regagna la rue. La prostituée était toujours là où il l'avait vue pour la première fois. Lui saisissant la main, M. Smith siffla : «Vite! où va-t-on?»

Elle courut avec lui sur ses talons aiguilles, avec des airs de poulain.

«Cent billets, je ne prends pas moins! haleta-t-elle.

— D'accord, d'accord!»

Elle l'entraîna dans l'ombre d'une porte. Un homme était assis là, occupé à ne rien voir.

«C'est moi, Dolorès, dit-elle.

— Le 116», répondit l'homme en lui donnant une clé attachée à une étiquette.

Elle prit la clé et gravit un étroit escalier jusqu'au premier étage. Quand elle eut trouvé la porte, elle l'ouvrit, tourna le commutateur et fit entrer M. Smith pour lui faire partager la misère spartiate de cette alcôve consacrée au vice pour quelques précieux instants.

Elle referma la porte derrière lui et poussa le verrou. Elle l'invita ensuite à s'asseoir sur le lit, ce qu'il fit. Puis elle tourna un bouton près de la porte et la lumière blanche aveuglante fut remplacée par un horrible éclairage rouge. Elle alluma une cigarette et en offrit une à M. Smith, qui la refusa.

« Dolorès, dit-il.

— Oui ?

— C'est un joli nom. »

Elle n'avait pas de temps à perdre.

« Qu'est-ce qui te branche ? interrogea-t-elle.

— Me branche ? Je ne comprends pas la question.

— Tu n'es pas ici pour la position du missionnaire, hum ? Ça n'a pas l'air d'être ton genre.

— Je n'en sais rien. »

Elle tira sur sa cigarette avec agacement.

« Bon, je vais te donner le tarif, dit-elle. Les prix vont peut-être te paraître salés, mais j'ai pas mal d'expérience dans toutes les variantes, depuis l'amour à la papa jusqu'à toutes sortes de gâteries. Comme je te l'ai dit, le tarif de base, c'est cent billets. Ensuite, vingt dollars toutes les dix minutes sans fioritures.

— Sans fioritures ? demanda M. Smith, l'air perplexe.

— Bien sûr. L'amour comme ça, sans aucune complication. Après, si tu veux qu'on te fouette comme un collégien, c'est cinquante billets toutes les dix minutes en plus du tarif de base. Si c'est ce que tu veux, il faut que je monte à la garde-robe, tu comprends, pour m'habiller en institutrice. Ou alors, si tu veux être un esclave, c'est soixante-quinze billets le quart d'heure et je m'habille en maîtresse d'école ou en déesse, à ton goût. Si tu veux me fouetter, ça va monter à cent billets le quart d'heure, et il s'agira pas de frapper trop dur. J'ai des tenues de femme de chambre et d'écolière, des menottes en cuir cloutées, des colliers, des entraves en bois pour les chevilles, des pinces pour les boutons de seins, des vibromasseurs et des godemichets. Qu'est-ce que ce sera ?

— Où est la passion dans tout ça ? s'écria M. Smith d'une voix retentissante.

— La quoi ? demanda Dolorès, effrayée.

— La passion, cracha M. Smith. Il ne peut pas y avoir de vie sans passion, ce doit être un voyage fou jusqu'à l'extrême des possibilités humaines, un délire aussi proche que possible de la mort, un kaléidoscope de sensations, quelque chose qui défie la description. La passion, quoi. Ça n'a pas de prix.

— Alors, fous-moi le camp d'ici, hurla Dolorès, enhardie par sa terreur. Je n'ai rien à donner gratis.

— Voilà mille dollars, reprit M. Smith, soudain raisonnable. Fais ce que tu crois que je mérite pour ce prix-là.

— Mille dollars ! fit Dolorès, sans voix. Tu veux m'attacher ?

— Je ne veux faire aucun effort. Je suis extrêmement fatigué.

— Comment veux-tu que je m'habille ?

— J'ai payé pour un corps, pas pour des vêtements.

— Alors, déshabille-toi.

— C'est encore me demander un effort. »

Dolorès fut un instant déconcertée.

« Tu veux qu'on fasse ça à la Thai ?

— A la Thai ?

— Body-body ?

— Je ne sais pas de quoi tu parles.

— Mon vieux, où est-ce que tu as passé tous ces siècles ?

— Eh bien, vois-tu... »

Dolorès trouva de la musique rock sur le minable petit poste de radio posé sur la table de chevet et se mit à s'agiter en mesure, ce qui était pour elle une sorte de retour à la normalité. Se déhanchant d'une façon qui lui parut sensuelle, elle réagissait au rythme monotone de la musique et aux paroles incompréhensibles qui en composaient l'unique refrain exprimé dans une langue difficile à identifier et inlassablement répété.

M. Smith l'observait à travers ses paupières mi-closes. Tandis qu'elle commençait un numéro qui était pour elle la porte ouverte à tous les déchaînements rythmés du sexe, M. Smith eut le sentiment de s'être lancé dans un voyage jusqu'aux profondeurs mêmes de l'ennui.

Se trémoussant toujours, elle dégrafa sa minijupe qui glissa docilement jusqu'au sol. Elle essaya d'en débarrasser ses pieds en l'enjambant et tout en gardant la cadence, mais un de ses talons se prit dedans et elle manqua tomber. Une seconde d'amusement faillit arracher M. Smith à sa lassitude, mais Dolorès retrouva son équilibre et il sombra de nouveau dans sa torpeur. Dolorès ôta son soutien-gorge au rythme de la musique et libéra ses seins qui retombèrent en cascade dans leur position naturelle, ballottant en mesure comme s'ils étaient dotés d'une vie propre.

M. Smith nota les traces rouges là où l'élastique avait mordu dans la chair. Quand elle eut roulé ses bas résille, la petite culotte suivit, amenant son corps à passer par toute une succession de poses sans grâce. Et une fois de plus, alors que Dolorès apparaissait pour la première fois dans toute son arrogante nudité, la dernière chose que remarqua M. Smith avant de sombrer dans le néant fut les empreintes des élastiques, semblables aux traces de la progression d'un mille-pattes autour de la taille et en travers des fesses.

Quand M. Smith s'éveilla, la radio n'émettait plus qu'un crépitement déplaisant. Il regarda autour de lui et constata qu'une femme nue avait obtenu ce à quoi des siècles d'existence n'étaient jamais parvenus : elle l'avait endormi. Il fouilla dans ses poches. Son argent avait disparu. Furieux, il se précipita vers la porte et dévala l'escalier. L'homme qui ne voulait rien voir n'était plus là. La lumière au-dessus du bureau était éteinte.

M. Smith déboucha dans la rue. Il commençait à faire jour et les trottoirs étaient à peu près déserts. Il revint en courant jusqu'à l'entrée du sauna Sens Dessus Dessous. Aucune trace de Dolorès. Mais le Vieil Homme était planté à la place de celle-ci, ses cheveux et sa barbe blanche comme toujours ruisselant en cascade par-dessus sa robe. Il avait auprès de lui deux petites valises.

« Vous m'avez donné l'adresse, vous vous souvenez ? dit le Vieil Homme. Je nous ai pris des chambres dans un hôtel au coin de la rue. Ça s'appelle le Mulberry Tower. Ce n'est peut-être pas ce qu'il y a de mieux, mais nous ne sommes pas sur Terre pour faire l'expérience du meilleur.

— Vous pouvez le dire », murmura M. Smith d'un ton amer, et il ajouta : « Vous m'avez demandé au sauna ?

— Non. J'ai jugé préférable de ne pas le faire.

— Vous êtes vraiment étonnant.

— Pas vraiment. J'ai simplement le sentiment de vous connaître, voilà tout.

— Qu'est-ce que vous faites avec deux valises?

— Il y en a une pour vous. J'ai pensé qu'entre-temps vous auriez pu perdre la vôtre.»

M. Smith éclata soudain en sanglots, et de façon fort gênante.

«Qu'est-ce qui se passe maintenant? soupira le Vieil Homme.

— Ce n'est pas tout ce que j'ai perdu, sanglota M. Smith. Tout mon argent a disparu! Volé! Volé!»

Le Vieil Homme poussa un profond soupir. Il fouilla dans ses poches et en tira quelques centaines de yen.

«Oh non, ça suffit! supplia M. Smith en larmes. Je ne peux plus supporter d'être japonais. Je suis mauvais dans ce rôle.»

Le Vieil Homme commençait à perdre patience. Il se concentra brièvement et farouchement. Puis il exhiba une poignée de billets de banque. «Vous préférez ceux-là?»

M. Smith les prit.

«Des francs suisses. Vous êtes vraiment un chic type. Comment pourrez-vous jamais me pardonner? conclut-il en se remettant à pleurer.

— Je ne sais pas, mais je trouverai un moyen. Mais ce que je refuse de continuer à faire, c'est de porter vos bagages. Ayez l'obligeance de prendre votre valise et de me suivre.»

## 5

Le Mulberry Tower n'était pas le genre d'hôtel à insister pour que des gens de quelque sexe que ce soit et sans aucun lien de parenté occupent des chambres séparées. M. Smith et le Vieil Homme partagèrent donc un abominable réduit dont le piètre éclairage était compensé au-dehors par des néons éblouissants, sans parler de l'ombre de l'escalier d'incendie qui dessinait sur les murs humides toutes sortes de motifs géométriques. De plus, une aube malsaine ne faisait qu'ajouter à la dysharmonie de l'ensemble.

«Je vous en prie, essayez de vous maîtriser», dit le Vieil Homme à M. Smith, qui s'était remis à pleurnicher comme un enfant puni, avec parfois des paroxysmes de colère et de dégoût.

«N'oubliez pas, nous qui n'avons pas besoin de sommeil devons supporter les nuits qui permettent aux hommes et aux femmes de récupérer les ardeurs du jour. Ce passage quotidien de la lumière à l'obscurité et de l'obscurité à la lumière est une épreuve. Mais il nous faut l'accepter. Cela faisait partie du projet d'origine, et nous ne pouvons rien modifier sans bouleverser l'équilibre écologique. Il faut nous montrer patients.

— Oh, Dieu, grommela M. Smith, vous parlez comme l'un de vos évêques, entassant platitude sur platitude, généralité sur généralité. Vous croyez que la nuit est respectée par tous ces pédérastes qui passent les heures de ténèbres à barboter dans la piscine du sauna Sens Dessus Dessous. Ils se bordent les uns les autres dans leur lit pendant la journée, décrochent leur téléphone et attrapent ce qu'ils peuvent de sommeil, avec

71

un masque sur les yeux, des boules Quiès dans les oreilles et des appareils électroniques imitant la rumeur d'une chute d'eau. Il n'y a plus de règle gouvernant le comportement des hommes, comme il pouvait y en avoir au Moyen Age, où les chandelles seules rivalisaient avec la lumière du jour et les rideaux avec l'obscurité de la nuit. Aujourd'hui, les gens peuvent se livrer au péché vingt-quatre heures sur vingt-quatre, où et quand leur désir le leur permet. Je les ai vus brancher des appareils électriques dans des prises murales pour les faire fonctionner. Ils font de même entre eux avec les parties de leur corps : ils les branchent l'une sur l'autre pour quelques brefs moments d'extase puis, après quelques rots, quelques pets de satisfaction et quelques mots aimables, ils dégustent une bouteille d'un liquide plein de bulles et une cigarette mentholée à faible teneur en goudron.

— Voilà donc ceux qui traitent l'acte de procréation avec la piété qu'il mérite, lui dit le Vieil Homme d'un ton de reproche.

— Eux, eux, toujours eux, s'écria M. Smith. Mais il y en a d'autres, la multitude sans nombre. Oh, vous parlez toujours comme si vous examiniez le projet initial, le grand dessein. La réalité, c'est ce que le projet est devenu. Ils ont compris comment ça marche. Ils n'ont plus besoin de lire les instructions sur le couvercle de la boîte. D'ailleurs, la boîte, ils l'ont jetée ! C'est pourquoi nous sommes revenus, n'est-ce pas ? Pour une tournée d'inspection ? Est-ce que vous ne souhaitiez pas vous rappeler comment l'humanité s'est adaptée pour survivre sur cette planète ? Ce n'était pas ça, l'idée ? Refaire connaissance ? Pour le meilleur et pour le pire ? »

Le Vieil Homme sourit. « Bien sûr. Votre question est purement rhétorique. Vous ne vous attendez vraiment pas à ce que je vous réponde. » Le Vieil Homme fronça les sourcils. « Ayez un peu de patience avec moi. Tâchez de modérer vos reparties et vos plaisanteries faciles. Elles vous viennent trop facilement aux lèvres, mais il y a des moments où il faut renoncer à la tentation de se laisser distraire, puisque l'amusement nous détourne trop facilement du cours de notre enquête. »

Le Vieil Homme marqua un temps. Puis il poursuivit, avec une lenteur délibérée :

« Vous comprenez, exister en tant qu'ambiance, qu'esprit sans forme, en prêtant à un paysage de soudains rayons de soleil ou de sinistres rafales de pluie, en organisant des catastrophes naturelles avec toute la macabre magie que les siècles m'ont enseignée, tout cela est très bien, mais j'ai découvert que, si je voulais aider ma mémoire à reconstruire la vie comme nous l'avions jadis imaginée, il me fallait retourner dans les limites d'une forme humaine. J'ai éprouvé le besoin de ces contraintes mortelles, de cette incapacité de voler sans un aéroplane, de parcourir des distances sans une automobile, de changer rapidement d'altitude sans ascenseur, de parler jusqu'à l'autre bout de la Terre sans téléphone. Toutes ces choses ont été inventées par l'homme pour lui donner l'illusion d'être un dieu. Et ce sont des inventions brillantes, si l'on considère qu'au départ je ne leur avais pas donné la **moin**dre indication. La dernière fois que j'ai vu l'homme, il essayait encore de voler en se lançant d'un endroit élevé et en battant des bras. La multitude des corps disloqués n'arrivait pas à le détourner de ses efforts. Il a trimé pendant des siècles pour essayer de trouver au cheval un substitut moins capricieux, et peu à peu il a plié à sa volonté les métaux et les huiles minérales pour arriver aujourd'hui à nous imiter dans nombre de nos pouvoirs, par pur entêtement et grâce à ce paradis personnel et privé qu'on appelle l'intelligence ; à la faculté de rassembler des abstractions pour donner naissance à une forme, maintenue en place par l'habile logique de l'existence. J'admire ce qu'a accompli le bébé que j'ai tout d'abord vu tenter d'atteindre les objets flous qui apparaissaient dans son champ de vision. En quelques secondes, il peut parler d'un bout de la Terre à l'autre. Si ce qu'il dit ne s'est guère amélioré depuis l'époque où on ne l'entendait qu'aussi loin que sa voix pouvait porter — eh bien, n'en soyons pas trop promptement désappointés. La sagesse est bien plus lente à mûrir que la connaissance scientifique.

— Vous voyez toujours le côté positif, marmonna M. Smith. J'imagine que c'est normal. D'une certaine façon la vertu est liée à l'optimisme. La béatitude professionnelle des prêtres est leur marque de fabrique, et ça me fait grimper au plafond. Mais dans tout ça, ne peut-on pas songer à quel point le vice s'est dégradé ? A quel point il est devenu froid et mécanique ? Jamais je n'oublierai cette plantureuse putain avec son vulgaire catalogue de plaisirs, proposant des délices présélectionnés à l'homme qui s'ennuie. A quoi bon la sensualité si elle n'est pas le résultat de quelque ardente folie, d'un élan incontrôlable et pourtant, dans l'acte, contrôlé ? Si vous devez manier le fouet, faites-le comme le divin marquis de Sade, jusqu'aux portes de la mort. S'il faut souffrir, que ce soit comme martyr. S'il faut baiser, que ce soit comme Casanova...

— Il n'a jamais fait qu'écrire là-dessus...

— J'ai donc choisi un mauvais exemple. Vous savez ce que je veux dire. La passion n'a de prix que si l'on se donne soi-même. Seules des illusions ternies peuvent être à vendre, et elles sont si loin de la vérité qu'elles sont aussi fausses que vos billets ; pourtant le commerce du corps est une monnaie légale.

— Dès l'instant qu'on le paie en vrais dollars », ajouta le Vieil Homme avec un clin d'œil, puis il reprit d'un ton différent : « Vous savez, nous en avons appris si peu jusqu'à maintenant qu'il y a à peine de quoi échanger plus que des impressions. Je veux bien admettre que vous en savez plus que moi, puisque vous vous obstinez à lire avec autant d'assiduité vos journaux défraîchis. Mais il doit y avoir un moyen plus rapide de prendre le pouls de l'opinion publique.

— Il y en a un, dit M. Smith, en désignant un petit cube.

— Ça ? Qu'est-ce que c'est ?

— Un téléviseur. J'ai vu un enfant qui en tripotait un à l'aéroport. Le père s'était mis à regarder je ne sais quel jeu de balle. L'enfant n'arrêtait pas de tourner le bouton pour voir ce qu'il y avait sur les autres chaînes. Je ne sais qui l'a emporté. J'ai dû courir pour prendre ma navette.

— Comment ça marche ? »

M. Smith, malgré ses plaidoyers enflammés en faveur de la passion, avait un certain sens de la technique, bien plus que le Vieil Homme qui évoluait sur un plan supérieur, moins terre à terre. En un clin d'œil, le récepteur fut allumé et révéla un groupe d'hommes entre deux âges avec des cheveux longs et d'étranges coiffures en train de tirer n'importe comment dans un supermarché avec toutes sortes d'armes à feu. Le tir d'un fusil-mitrailleur fit littéralement exploser la tête d'une femme qui faisait ses courses. Un homme, chargé de provisions, fut touché : des trous rouges apparurent dans son dos, d'autres, noirs, dans ses sacs. Le tout se déroulait au ralenti dans une abominable chorégraphie de morts, le sang giclant comme du lait avec une exagération voulue, tandis que sur la bande sonore, outre les obligatoires hurlements de panique, s'entendait une exaspérante petite mélodie jouée par une formation de jazz, avec un piano aussi délibérément désaccordé que les événements qu'il tentait d'illustrer.

Une fois le carnage terminé, le personnel et les clients jonchaient les allées comme des jouets cassés ; les envahisseurs se mirent alors à charger de provisions les chariots du supermarché, manifestement agacés de découvrir, au milieu de volées de jurons, d'exclamations et de dialogues incompréhensibles, qu'il n'était pas si facile de faire passer des caddies pleins par-dessus des cadavres.

Le Vieil Homme et M. Smith, le visage pétrifié, regardèrent ces horreurs jusqu'au bout, ou plutôt juste avant la fin, puisque, quand cela se termina, M. Smith s'était endormi.

Le film apparemment s'appelait *Retour de la Casemate Strawberry*, et le programme que l'hôtel avait placé sur le récepteur de télévision le présentait comme un drame sur les soldats démobilisés de retour du cauchemar du Viêt-nam et confrontés tout à la fois à un accueil hostile et à des supermarchés regorgeant de friandises. On disait tout net : « Voici un film qu'un Américain qui réfléchit et qui a du cœur ne peut se permettre de manquer. »

Le Vieil Homme donna un coup de coude à M. Smith qui s'éveilla en sursaut.

« Qu'est-ce qui s'est passé à la fin ? » demanda-t-il, puis son empressement retomba. « Non, ne me dites pas, je m'en fous.

— Votre langage est influencé par ce que vous venez d'entendre.

— C'est possible, et je vous prie de m'en excuser. Je ne voudrais surtout pas être influencé par ce film.

— C'est ce que c'était, un film ?

— Oui, et il a réussi à m'endormir : deux fois en douze heures ! C'est honteux.

— Je ne suis pas arrivé à comprendre l'histoire, bien que je sois parvenu à rester éveillé. Alors, soyez rassuré, vous n'avez rien manqué. On dit dans la petite brochure que le film est classé DP. Et puis une note explicative précise plus loin que DP signifie à la Discrétion des Parents. Pouvez-vous imaginer des parents dignes de ce nom conseillant vraiment à leur enfant d'assister à un pareil carnage ?

— Pour empêcher les petits monstres de faire des bêtises, certains parents choisissent presque n'importe quelle solution.

— Même de leur faire regarder ça ?

— Écoutez, reprit M. Smith, dans certaines parties du monde moins développées, le spectacle des parents occupés à copuler figure parmi les distractions des enfants et on aurait davantage raison de classer cette activité sous la rubrique DP, puisqu'il s'agit d'un spectacle résolument éducatif. »

Cette révélation parut attrister le Vieil Homme qui se mit à manipuler les boutons d'un air navré. Le maire d'Albany fit une brève apparition pour expliquer pourquoi les poubelles étaient parfois ramassées par de la main-d'œuvre non syndiquée ; puis on vit une salle pleine de femmes échangeant des informations confidentielles sur les déficiences sexuelles de leurs maris alcooliques. Sur une autre chaîne encore, trois rabbins discutaient de ce qui constituait l'essence du judaïsme. Ils n'étaient bien entendu pas d'accord et demeuraient en outre inaccessibles à tout compromis. Un homme vendait des véhicules d'occasion avec l'aide d'un vieux chien de berger écossais qu'on avait dressé à sauter sur le toit des voitures en aboyant. Une femme décrivait à la communauté hispanique la dernière catastrophe naturelle, des inondations dans l'Utah. Et enfin, dans un autre film, cinq policiers, bien reconnaissables malgré leur démarche hésitante de robot, à moins qu'ils n'eussent tous des jambes artificielles, descendaient une rue en prenant toute la largeur du trottoir. Ils avaient l'œil vitreux, les traits crispés ; seuls leurs doigts collés à la détente semblaient doués de la sensibilité que donne la vie telle qu'on l'entend.

Devant eux, une poignée de types qui étaient manifestement des gangsters trébuchaient les uns sur les autres en essayant de s'enfuir. Il y avait l'inévitable Noir en béret écossais et lunettes de soleil, qui exprimait sa terreur en poussant des cris dignes d'un soprano lyrique. Le chef de la bande, un bandeau blanc autour des cheveux, le nez chaussé de lunettes à monture métallique et un fume-cigarette au bec, semblait moins enclin que les autres à la fuite et ne battait en retraite qu'à contrecœur. Il avait tort, car la fusillade éclata sur un signal donné par un zombie dans une voiture de patrouille blindée.

Les policiers se mirent à tirer dans une horrible cacophonie, le regard plus vitreux que jamais. Ils devaient être de piètres tireurs car un seul gangster fut mortellement blessé, sautant très haut en l'air pour plonger par-dessus un parapet et atterrir dans une bétonneuse sur un chantier de construction une douzaine de mètres plus bas que le niveau de la rue.

« Rechargez », ordonna le zombie de la voiture blindée, son visage exprimant une sorte de froide satisfaction. Les marionnettes en uniforme obéirent comme un seul homme.

Le moment était venu pour les gangsters de riposter. Des lambeaux d'uniformes furent calcinés mais les policiers étaient manifestement à l'épreuve des balles.

« Feu », dit le zombie et une fois de plus la police déclencha un tir de barrage aussi éprouvant pour les yeux que pour les oreilles, ne réussissant une fois encore qu'à tuer un seul gangster, qui fut projeté par la vitrine d'un magasin pour se retrouver mort dans les bras d'un mannequin en robe du soir.

Comme les malfrats étaient plus d'une douzaine et que les policiers avaient apparemment besoin de cinq chargeurs pour en tuer un, cette boucherie prit un certain temps et ne s'acheva que lorsque le chef de la bande, poursuivi bien entendu sur les toits à la fin du film afin d'avoir à tomber de plus haut, éclata d'un rire dément devant l'ironie du sort. Ce bruit attira l'attention d'un des policiers mécanisés qui leva les yeux, contrairement aux autres qui attendaient toujours des instructions. Une crispation indiqua un subtil retour à un certain degré d'humanité. De vitreux qu'il était, son regard se chargea d'une expression qui donnait à penser qu'il revivait l'horreur d'événements récents. Au prix d'un formidable effort de concentration, il braqua son pistolet et, au cri de « Voilà pour mes copains morts! », il abattit le chef des bandits à trois cents mètres.

Le chef vacilla, puis tomba dans le vide pour s'écraser au pied d'une pompe dans une station d'essence. Compte tenu de la chute qu'il venait de faire, l'expression de son visage était béate et, pour que ce miracle s'accompagnât d'un autre encore plus impressionnant, la cigarette qu'il avait aux lèvres était toujours allumée, serrée entre ses mâchoires crispées.

Les dernières étincelles tombèrent dans une flaque d'essence et l'écran s'embrasa dans un final digne d'une pareille aventure, un jaillissement de flammes assez énorme pour dévorer toutes les questions et toutes les réponses, tous les détails et toutes les grandes lignes de l'histoire, toute crédibilité, enfin tout.

« Qu'est-ce que c'était que ça? » demanda M. Smith.

Le Vieil Homme consulta la brochure.

« Ça s'appelle *Le Commissariat fantôme*, et c'est l'histoire de policiers morts, ressuscités par un sergent, mort lui aussi, qui a trouvé un moyen pour les ramener tous, lui-même compris, à une sorte de semi-conscience. Ils ne peuvent avoir qu'une existence d'automate, n'ayant que la vengeance en tête. Le sergent, vu son grade, a une semi-conscience supérieure à celle des hommes et peut donc prendre des initiatives limitées. A la fin, l'agent de police O'Mara accède au rang de sergent semi-posthume en se libérant des contraintes de l'obéissance aveugle. Il se hisse jusqu'à un niveau de conscience plus élevé en criant "Voilà pour mes copains morts!" et en faisant tomber du toit l'horrible bandit d'un seul coup de feu, exploit qui en dit long sur l'entraînement rigoureux qu'on suit à l'école de police. On répète encore qu'aucune famille américaine ne peut se permettre de manquer cette histoire exaltante de courage et de refus d'accepter la mort comme ultime solution. Et je n'ai pas besoin de vous indiquer le classement du film.

— DP?

— DP.»

★

Ils regardèrent des films sans s'arrêter de cinq heures et demie du matin à trois heures et demie de l'après-midi. Toutes les heures environ, une femme de chambre exaspérante tapait avec ses clés sur la porte en chantonnant : «Il y a quelqu'un?» Mais, à part cela, rien ne vint interrompre le déferlement de sénateurs déments et de chefs de laboratoires secrets avides de s'emparer du pouvoir au nom de la patrie, de la démocratie et du reste, et qui voyaient leur plan contrecarré juste à temps par l'esprit d'initiative, la perspicacité ou les pouvoirs spéciaux d'un individu.

«Le désir d'immortalité est partout évident, et c'est très perturbant, dit le Vieil Homme, allongé sur le lit, épuisé par dix heures de fusillade sans pratiquement rien d'autre pour s'occuper l'esprit. Imaginez qu'ils trouvent vraiment un moyen de ne pas mourir? Les premiers temps, ce sera trop cher pour la plupart des gens, et donc seuls des idiots ayant hérité d'une fortune ou des criminels récemment enrichis survivront pour donner ses lois au monde des immortels. Les pauvres fous! Ils ne se rendent donc pas compte que c'est la mortalité qui donne au monde son étalon de qualité? Si Beethoven avait été immortel, il aurait produit des centaines de symphonies, infiniment répétitives, qui auraient fini par ne plus se distinguer les unes des autres même par leur degré de médiocrité. Dans un monde pareil, la sénilité serait aussi contagieuse que le rhume de cerveau et les naissances d'enfants seraient de plus en plus rares, chacune finissant par être proclamée fête nationale, tandis que la civilisation, c'est-à-dire tout ce que l'homme a péniblement édifié et qu'on appelle le progrès, s'effriterait dans les ténèbres de plus en plus épaisses de l'incapacité : sourires édentés, filets de bave glissant aux commissures des lèvres, mucosités s'écoulant comme une lave glacée de narines encombrées seraient les derniers signes de vie que ma rêverie avait de plus heureux.

Les yeux du Vieil Homme étaient brillants de larmes.

M. Smith se montra compatissant, mais non sans un soupçon d'ironie.

« Nul besoin de grands discours, mon cher, dit-il. Comme argument contre l'immortalité, est-il besoin de regarder plus loin que vous et moi ? »

Le Vieil Homme saisit la main que lui tendait M. Smith et la serra avec énergie, les yeux fermés avec un air de majestueuse gravité.

Un peu plus tard, M. Smith voulut récupérer sa main, mais ne trouva pas le moyen d'y parvenir. « Je ne vois pas pourquoi ces scènes de meurtres auxquelles nous avons assisté sont commerciales », dit-il en essayant de changer de sujet. Comme le Vieil Homme ne réagissait pas, M. Smith poursuivit : « Les gens paient donc du bon argent pour être terrifiés, assourdis jusqu'à l'abrutissement, éblouis, houspillés et bastonnés jusqu'à l'asservissement ? Ce que nous avons vu, est-ce du divertissement ? »

Le Vieil Homme ouvrit les yeux sans lâcher pour autant la main de M. Smith.

« Ça ressemble aux vieilles discussions des jésuites. De l'avis général, César Borgia et la Sainte Inquisition ont été des moments répréhensibles d'une histoire sublime, mais quelle religion solide pour être capable de survivre à de tels épisodes et pour en ressortir renforcée ! L'Amérique se considère comme une société si infiniment désirable et d'une si formidable puissance qu'elle est capable d'encourager tout défi à ce qu'elle imagine être sa suprématie morale et d'en sortir malgré tout victorieuse. Tous les films que nous avons vus expriment le même absurde optimisme, où les dés sont pipés en faveur des vertueux tout en donnant jusqu'au dénouement l'impression qu'ils le sont en faveur des corrompus. Quoi qu'il en soit, il y a une chose dont on peut être sûr, c'est que les dés sont pipés. Et cette attitude morale est inflexible, même si le vice semble s'étaler et la malhonnêté être récompensée. Mais, à l'arrivée, il y a toujours décision sur photo. Toujours. C'est là, j'imagine, où doit intervenir le divertissement. Même s'il faut que le bien l'emporte (c'est la règle), le risque doit paraître énorme alors que, statistiquement, il n'a aucune chance. L'ultime gloire n'en est que plus grande.

— C'est bizarre de vous entendre dire que l'optimisme est absurde. C'est ainsi que j'ai souvent qualifié le vôtre. Il est plus étrange encore de vous entendre traiter d'idiots ceux qui héritent d'une fortune ancienne et de criminels ceux dont la fortune est récente. Ce sont là des exagérations dignes de moi. D'une façon qui ne vous ressemble pas, vous m'avez ôté les mots de la bouche.

— Nous ne pouvons éviter de nous influencer l'un l'autre, dit le Vieil Homme d'un ton vibrant d'émotion, resserrant son étreinte sur la main de M. Smith.

— Voyez-vous, poursuivit celui-ci, je crois que dans ce pays la corruption envahissante décrite par les films que nous avons vus est un ajout nécessaire, une flatterie à l'égard de son immense richesse. Sans une pareille richesse, sans de telles occasions de s'enrichir, la corruption et la pauvreté n'auraient aucune raison d'exister, il n'y aurait pas non plus de raison pour que pratiquement tout le monde soit armé. Avez-vous remarqué dans les films que, quand le danger approchait, plusieurs fois une main entrouvrait un tiroir pour s'assurer que le pistolet était toujours à sa place? Dans presque tous les films que nous avons vus, c'est arrivé au moins une fois. Pourtant nous n'avons rien aperçu de la pauvreté qu'il nous a été donné de découvrir en traversant la ville : les clochards endormis, ivres, drogués ou morts sur le trottoir, les logements avec des vitres cassées à bien des fenêtres, les rues transformées en terrains de jeux. J'imagine qu'il y a une raison à cela. » Il plissa les yeux en cherchant les mots qui convenaient.

« J'ai beaucoup lu et j'ai entendu beaucoup de choses à propos du Rêve américain. Personne n'en donne de définition. Personne n'ose. Il est là, comme une présence ectoplasmique aussi difficile à cristalliser sur l'autel de la conscience américaine que votre obscure invention, le Saint Esprit. Il est par définition inatteignable et pourtant on ne doit ménager aucun effort pour tenter l'impossible. Sous sa forme la plus tangible, c'est un prolongement des espoirs et des prières des Pères Fondateurs, adaptés par d'innombrables amendements aux conditions perpétuellement changeantes du monde moderne. Sous son aspect le plus irritant, c'est une lueur, dessinant des formes monstrueuses et vibrant de voix chantant à l'unisson. Mais, voyez-vous, je crois qu'il existe déjà, ce rêve, ou cet assemblage de rêves, sous une forme tout à la fois infâme et profondément destructrice.

— Oh, où ça ? demanda le Vieil Homme, un peu nerveux.

— Ici, répliqua M. Smith, en tapotant affectueusement le téléviseur, comme si c'était la tête d'un enfant.

— La télévision ? La télévision est un moyen, pas une fin. Comme le téléphone ou l'aéroplane. Vous ne pouvez pas reprocher à de malheureux instruments les usages que les hommes en ont faits !

— La fin est servie par de tels moyens : c'est ce que je veux dire. Le rêve américain est un éternel fantasme comme on dit, une interminable parade de notions trop complexes pour que les uns les assimilent, mais avec des solutions trop simples pour que les autres les encouragent. Les rêves sont contenus dans des messages d'une demi-heure, d'une heure, parfois de deux heures. Leur message est que les balles règlent les discussions, que la foi n'est pas tant simple que simpliste et que, si les hommes sont libres, on s'attend quand même à les voir se soumettre à la dictature de la vertu telle qu'elle est formulée dans la Bible. Ce n'est pas seulement le divertissement qui doit obéir à ces pieuses restrictions, mais la politique aussi, qui est une branche de ce qu'on appelle le show-business. Et, sans vouloir vous choquer, il en va de même de la religion.

— Vous me choquez. Bien sûr que vous me choquez ! Mais quel soulagement et quel encouragement que d'avoir avec vous une conversation sérieuse. J'irai jusqu'à dire qu'on peut apprendre beaucoup en n'étant pas d'accord avec vous », dit le Vieil Homme d'un ton satisfait.

M. Smith alluma le poste.

«Oh non, je ne veux plus voir de télévision, pas pour l'instant, protesta le Vieil Homme.

— Vous ne me croyez pas. Il y a plus de quarante chaînes. Il doit bien y avoir une émission religieuse quelque part.»

Il passa d'une chaîne à l'autre avec une impatience croissante. L'écran fut soudain empli par le visage d'un homme qui semblait dans les dernières affres de l'agonie ; les larmes, qui se mêlaient à la transpiration, tremblaient sur ses joues et sur son front comme du tapioca.

«Voilà qui m'a l'air d'être religieux, murmura M. Smith.

— Ce pourrait être du delirium tremens», suggéra le Vieil Homme d'un ton espiègle.

Sur ces entrefaites, l'homme retrouva sa voix, une pauvre voix fêlée poussée au-delà de ses capacités normales par un pur effort de volonté.

«J'ai été tenté de pécher !» cria-t-il en étouffant un sanglot.

«Voilà qui est mieux», dit M. Smith.

Le silence ménagé par le prédicateur était énorme, inconvenant. Il y eut un plan sur la congrégation. Des têtes ovales avec des lunettes sans monture, des femmes aux visages ridés, les mains tendues, prêtes à toutes les urgences, des jeunes gens, ouverts comme des livres, mais avec ici et là quelques traces de scepticisme.

«J'ai été tenté de pécher !» répéta le prédicateur d'une voix cette fois normale, comme s'il récapitulait une dictée pour des écoliers.

Un homme dans l'auditoire cria : «Oui.

— Gloire à Dieu !» fit un autre en écho.

Le silence se prolongea tandis que le prédicateur semblait s'efforcer de croiser tous les regards de ses ouailles.

Il finit par murmurer : «J'ai été tenté de pécher !

— Finissons-en», s'écria M. Smith.

Le prédicateur s'exclama de nouveau, pointant un doigt tremblant dans l'espace devant lui :

«J'ai eu le Diable devant moi !

— Menteur ! hurla M. Smith, arrachant sa main à l'étreinte du Vieil Homme.

— Il m'est apparu juste au moment où Mme Henchman s'apprêtait à se mettre au lit, après une rude journée passée à m'aider dans mon ministère... Charlène Henchman est une merveilleuse créature...»

Il y eut des cris : «oui», «amen», «alléluia», et «il n'y en a pas de meilleure».

«Je lui ai dit, allez dans votre chambre, ma fille, j'ai ici la visite de ce vieux Satan et il faut que je trouve moyen de l'éconduire.» Il marqua un temps spectaculaire. «Mme Henchman est montée dans sa chambre sans même poser de question», fit-il doucement. Puis, d'une voix vibrante d'émotion : «Je me suis tourné vers Satan... Je me suis tourné vers lui, je l'ai regardé droit dans les yeux et j'ai crié, je cite : "Ôte de ma vie Linda Carpucci, Satan... j'ai déjà une épouse... je n'ai nul besoin d'une Linda Carpucci qui remplisse mes moments de loisirs de l'idée du péché et de désirs lubriques. Mme Henchman m'a donné de si merveilleux enfants, depuis Joey Henchman junior jusqu'à La Verne, notre petite dernière. Tu dois être fou si tu crois que je puisse sacrifier toutes les bontés que Dieu Tout-Puissant a eues pour moi et qu'il a répandues sur ma tête indigne, simplement parce que cette engeance de Satan a jeté Linda Carpucci sur mes pas un soir où ma précieuse Charlène travaillait tard à cacheter des enveloppes pour que notre grand message parvienne aux centaines de pays étrangers où nous officions." » Sa voix reprit de l'ampleur et il poursuivit en sanglotant : «J'ai paraphrasé les mots que Notre Seigneur adressa à Satan et j'ai crié : "*Vade retro, Satanas*, et emmène Linda Carpucci avec toi!"»

Les applaudissements et les acclamations montèrent de la salle, tandis que M. Smith piquait sa crise de colère.

«Menteur! abominable et ridicule menteur! je ne t'ai jamais vu de ma vie! et qui diantre est Linda Carpucci?»

Sur l'écran, le révérend Henchman salua avec reconnaissance son public, comme l'aurait fait un présentateur de télévision, marmonnant quantité de merci et de merci beaucoup.

«Il faut que j'aille là-haut! tout de suite! c'est une intolérable provocation! je pars!

— Nous n'avons pas d'argent.

« — Au diable l'argent.

— Nous ne pouvons pas payer l'hôtel.

— Au diable l'hôtel. »

Sur le petit écran, la grande salle disparut et une voix annonça : « Nous retrouverons le révérend John Henchman en direct de l'Église aux Vitraux Multicolores, Université de l'Âme, Henchman City, Arkansas, après un message de publicité des Cakes instantanés de la mère Whistler. »

« Voilà l'adresse, lança M. Smith. Est-ce que vous allez vous remuer, ou est-ce qu'il faut que j'y aille seul ?

— Réfléchissez encore. Ce n'est probablement qu'une des nombreuses sorties du même genre...

— Celle-ci m'a frappé en pleine figure. J'ai été calomnié, diffamé. Je suis impulsif. Je ne peux pas le supporter. Je ne le supporterai pas ! C'est trop injuste ! »

Il tendit la main et le Vieil Homme la prit.

Juste avant de disparaître, le Vieil Homme eut le temps de demander avec un soupçon de malice : « Quel effet ça fait donc de faire partie du rêve américain ? Certes une partie négative, mais ô combien importante. Hein, mon vieux ? »

« Il y a quelqu'un ? » appela la femme de chambre qui, n'entendant ni voix humaine ni télévision, entra. « Leurs bagages sont toujours là, murmura-t-elle. C'est drôle, je ne les ai pas vus sortir. »

Elle alluma alors la radio sur la table de chevet. Un peu de musique légère sans laquelle on ne saurait faire un lit.

« C'est drôle, dit-elle tout haut, ils n'ont même pas couché dans leur lit. Ah, on en voit de drôles dans ce métier... »

Sur quoi, elle mit à son tour en marche le téléviseur afin d'avoir sa dose de divertissement. Puis elle s'assit sur un des lits et alluma une cigarette.

# 6

Dans une bouffée de vent tiède, qui délogea un ou deux chapeaux, le Vieil Homme et M. Smith atterrirent dans le bas-côté de l'Église aux Vitraux Multicolores, une surprenante construction entièrement composée de scènes bibliques translucides réunies par une structure moderne en forme de tente, le vif soleil du Sud faisant ressortir les bleus, les rouges et les ocres dans toute leur intensité première.

Un groupe d'hommes en smokings verts et de femmes en tenues de soirée roses démodées constituaient un chœur qui chantait de temps à autre une hymne ou une ritournelle religieuse sur une harmonie syncopée, en faisant claquer leurs doigts et en fléchissant les genoux en mesure.

Le prédicateur en transpiration, le révérend Henchman, était sur l'estrade, exactement là où il se trouvait avant la coupure publicitaire, mais, privé de la magnification du petit écran, il semblait presque impitoyablement petit. Ce n'était que sur les moniteurs de télévision, suspendus partout, qu'on pouvait distinguer chaque goutte de sueur.

« Je vais interrompre mon sermon pour laisser notre belle chorale chanter l'hymne que j'ai écrite de mes propres mains, inspiré par... vous savez qui... » (Vaste rugissement de confirmation. Il s'agissait manifestement d'un réflexe conditionné, d'un signal déclenchant des « alléluia » et des « je pense bien », accompagnés sur le visage de Henchman par une grimace de confirmation qui fit choir de son front quelques gouttes de transpiration comme un vol d'insectes affolés.) « ... A l'occasion... à l'occasion de la naissance de notre second fils... de la venue de Lionel Henchman, ici même, sur le campus...

la musique... la musique a été composée par Charlène Henchman...» («Nouveau tonnerre d'applaudissements, tandis qu'une dame corpulente à la poitrine plate avec tout un clavier de grandes dents et des cheveux bouffants comme une barbe à papa pétrifiée marmonnait : «Béni soit le Seigneur»; sur l'écran de télévision, ses lunettes en forme de papillon reflétaient le faisceau des projecteurs multicolores.) «... Elle a dicté la mélodie depuis son lit de douleurs... en le fredonnant à l'oreille de notre merveilleux orchestrateur et organiste, Digby Stattles — saluez, Digby...» (Et un orgue apparut on ne sait d'où, au clavier duquel était assis un homme en boléro blanc à paillettes, qui plaqua quelques accords sirupeux en se retournant autant qu'il le pouvait sur son siège pour accueillir les applaudissements attendus. Les notes tremblaient comme de la gelée. De faux tuyaux d'orgue, fabriqués dans quelque chose qui ressemblait à du Plexiglas et contenant des tubes lumineux qui représentaient des symboles religieux comme des croix, des étoiles, ou des mains stylisées avec deux doigts levés, ainsi que des couronnes d'épines et des auréoles, changeaient sans cesse de couleur dans un déchaînement de nuances pastel contrôlé par ordinateur.)

«L'hymne sera exécutée par les membres de notre chorale de l'Église Multicolore... mais oui, mes enfants, applaudissons-les...» Henchman, quand l'orgue eut atteint tout son volume sonore, lança d'une voix tonitruante : «Ce n'est pas ici un ministère qui insiste sur le silence... à quoi... à quoi associe-t-on le plus souvent le silence?... à la tombe... parfaitement!... Nous sommes un ministère de l'enthousiasme. De la vie! oui... de l'humour!» (Et il rit à perdre haleine.) «Un ministère de l'humour! Dieu a le sens de l'humour! Allons donc, il doit bien l'avoir!... à en juger par certaines des créatures dont il a orné notre terre verdoyante... les hippopotames... vous n'en avez jamais vu?» (Oh si!) «Eh bien, celui qui a conçu un hippopotame ne peut qu'avoir le sens de l'humour, vous voyez ce que je veux dire?... vous voyez ce que je veux dire?...» Henchman jeta un coup d'œil à Charlène que tout sourire avait quittée. «Mais je m'égare, reprit-il d'un ton grave. Allez, mes enfants... l'hymne de Charlène!» (Celle-ci retrouva alors son sourire.) «Joignez vos petites mains en prière, et je veux que vous chantiez tous en chœur "Mains en prière, Mains en prière, Mains en prière" répété trois fois. C'est compris? Allez-y, Digby.»

Comme l'hymne commençait, quelques membres de la congrégation, inspirés par l'esprit de partage, s'écartèrent pour laisser passer M. Smith et le Vieil Homme. M. Smith s'assit avec allégresse, juste sur un journal que son voisin avait abandonné là. Le Vieil Homme s'installa dans la travée non sans difficulté, car l'espace qu'y avait laissé M. Smith suffisait à peine à sa large stature. M. Smith se souleva un peu et ôta le journal sur lequel il était assis. La manchette attira aussitôt son attention. «Une ancienne strip-teaseuse réclame six millions de dollars au prédicateur Henchman en reconnaissance de paternité.»

Il apparaissait que Linda Carpucci avait chanté dans la chorale voilà un an, après avoir, disait-on, attiré l'attention du révérend Henchman dans une boîte de nuit de Baton Rouge, où sa principale activité consistait à faire tournoyer des pompons au bout de ses seins. Elle accomplissait cette tâche avec tant d'application et de diligence que le révérend, avec une extraordinaire perspicacité, avait aussitôt reconnu en elle un précieux élément pour la section musicale de son ministère. Elle fut alors initiée, si l'on en croit le journal, tout à la fois à la découverte de Jésus et du révérend Henchman. Le journaliste, non sans malice, soulignait un fait curieux : neuf mois jour pour jour après sa renaissance, Miss Carpucci transmit la révélation de ces merveilles à un petit bébé bouclé qu'on prénomma Josie. Pesant six livres et demie et les yeux bleus, il avait pour signe particulier une tendance à la transpiration excessive et une prédilection pour les hurlements. A partir de là, il était presque automatique qu'un grand avocat comme Philip Requin, toujours à fouiner dans les poubelles de la société pour ce qu'il appelait des angles intéressants, estimât que six millions de dollars constituait un montant honorable pour une plainte en reconnaissance de paternité.

«Ne vous demandez même pas si c'est juste ou injuste, avait-il déclaré au téléphone depuis son cabinet de Portland, dans l'Oregon. Demandez-vous simplement si cet enfant de salaud peut se le permettre. Si cet argent doit sortir des poches de ceux qui ont eu la révélation grâce à lui, eh bien, tant pis. Mais, grâce à moi, au moins retrouveront-ils la sagesse. »

M. Smith donna un coup de coude au Vieil Homme qui ne sembla pas disposé à prendre le journal. Il était subjugué par la ritournelle simpliste, et entonnait d'une voix de stentor « Mains en prière » chaque fois qu'on le demandait. En matière de musique d'église, Bach effrayait un peu le Vieil Homme par sa farouche logique et son extraordinaire esprit d'invention qui exigeait, en toute sérénité, un total asservissement. Haendel lui semblait plus flamboyant, plus théâtral, suggérant qu'une accumulation de notes pleines de grâce conduisait inévitablement à un état de grâce. Mais ce genre de berceuse pour enfant, aussi doucereux que de la pâte d'amande, n'offensait rien d'autre que d'occasionnels sursauts d'intelligence et donnait le temps au révérend de s'essuyer le front avec une serviette-éponge.

Quand les jeunes gens eurent terminé leur péan à la piété infantile sur un ultime accord acidulé, le révérend, maintenant séché et pommadé, sortit de son coin pour le round suivant du Bon Combat, tandis que ses soigneurs se retiraient en coulisses avec peignes, brosses et serviettes.

« J'en ai fini avec Satan », déclara Henchman d'un ton jovial.

Il y eut des frissons d'enthousiasme dans l'église.

« Savez-vous où peut aller Satan ? Il peut aller là où il a choisi de s'installer. Il n'y a rien d'indigne dans le terme que je vais utiliser. Il décrit simplement un état d'esprit : que Satan aille au diable ! »

Vive excitation, tandis que Smith s'efforçait de se mettre debout. Mais le Vieil Homme le retenait avec une force surhumaine.

« Ne soyez pas stupide ! souffla le Vieil Homme. Si vous tenez à perdre votre sang-froid, il y aura sûrement des occasions meilleures que celle-ci. »

M. Smith brandit le journal sous le nez du Vieil Homme et celui-ci comprit que M. Smith ne se calmerait que s'il y jetait un coup d'œil.

Là-dessus, la tension retomba. Le révérend Henchman se détendit, l'auditoire se mit à bavarder.

«Bon, les enfants. Détendez-vous. C'est la pause publicitaire!» lança l'animateur de l'émission.

«Qu'est-ce qui se passe?» demanda le Vieil Homme, en essayant de lire l'article.

M. Smith ricana.

«Le rêve américain a été provisoirement interrompu par un message publicitaire.

— Vous voulez dire qu'ils interrompent un service religieux pour des messages de nature commerciale?

— Oui, toutes les cinq minutes, on laisse les marchands revenir dans le temple pour vendre leur camelote.

— Ce n'est pas une pratique que je puisse approuver. Et voilà un article bien stupéfiant. Le révérend Henchman me semble anormalement vulnérable à la beauté féminine.

— Oh, vous avez vu sa femme. Il a des excuses.

— Je n'aime pas manquer de charité. Mais je dois dire qu'elle m'a fait l'effet d'un jeu de massacre.

— Qu'entendez-vous par là?

— Je n'aurais pas dû dire ça. Je n'aurais pas dû dire la plupart des choses que j'ai dites depuis que je vous ai retrouvé.»

«A vos places! cria le responsable de l'enregistrement. La retransmission reprend dans trente secondes. Il nous faut maintenant une atmosphère de dévotion. C'est la dernière partie avant les guérisons miraculeuses. Que tous ceux qui souffrent de maladie et qui se sont inscrits avant l'émission auprès de moi ou d'un de mes assistants se préparent à prendre leur place. Dix secondes. Faisons une belle émission, mes enfants, et ne ménagez pas vos applaudissements. Joey! on reprend!»

Henchman revint à son style habituel, s'égarant dans les allées de son paysage émotionnel. «Mes frères... certains d'entre vous pensent peut-être que j'ai traité le Diable de façon quelque peu cavalière...

— Moi, par exemple!» lança M. Smith de sa voix la plus grinçante.

Henchman parut un moment surpris.

«Je suis sincèrement désolé d'entendre cela, monsieur.» Il écarta les bras pour prendre le public à témoin. «Il y a là quelqu'un qui estime que j'ai traité le Diable de façon cavalière.»

Il y eut un déferlement de «pas du tout», «maudit soit Satan», «que le mal soit avec lui», etc.

Le révérend, d'une main indulgente, réclama le silence. «J'ai une bonne raison de ne pas vouloir consacrer plus de temps à Satan. Voyez-vous, il pourrait bien être ici même dans cette église, mais je dois pourtant vous dire que je l'ai vu clairement l'autre soir et qu'il n'y a personne ici qui réponde à ce signalement. Cependant...» (et sa voix monta en tremblant un peu) «... il y a une présence qu'il n'est guère besoin d'identifier... on la sent simplement dans son cœur de pécheur... mon ami, Dieu est ici ce soir...

— Vous avez entendu ça? chuchota le Vieil Homme.

— Il parle de Dieu. Pas de vous, lança méchamment M. Smith.

— Dieu est ici ce soir. C'est sa maison. Ce sont ses vitraux... Tout autour de nous il nous raconte son histoire comme le feraient des films d'amateurs... A nous, ses enfants pécheurs... c'est ici même qu'il vit, avec nous... dans nos cœurs et dans nos esprits... et laissez-moi vous dire ceci, mes frères... s'il décidait de se matérialiser aujourd'hui... de prendre la forme... qu'Il choisirait dans son Infinie sagesse... je Le reconnaîtrais aussitôt et je dirais... de votre part : "... ô Seigneur Dieu, nous T'accueillons en toute simplicité, impressionnés par ta majesté drapée dans les plis de ton amour... blottis dans la chaleur de ton affection... et au nom de la congrégation de cette Église Multicolore du Campus de l'Université de l'Ame, à Henchman City, Arkansas, avec sa radio et sa télé qui émettent dans des centaines de pays... nous te disons les mots les plus chaleureux de notre langue... Seigneur, bienvenue chez toi..." »

Il y eut une formidable ovation et le révérend se retrouva en larmes, bouleversé par ses propres sentiments et la beauté de son discours.

Le Vieil Homme se leva et voulut grimper sur l'estrade. Un agent de la sécurité l'arrêta.

« Vous ne pouvez pas monter là-haut, mon vieux. On va passer aux guérisons.

— J'ai été reconnu, dit le Vieil Homme.

— Qu'est-ce qui se passe, Jerry ? » demanda Henchman. Il n'arrivait pas à imaginer qu'un vieillard en robe flottante pouvait représenter une menace ou un trouble pour le programme. Tout au contraire, Henchman avait le sentiment profond qu'un vieillard au visage si puérilement ouvert pourrait même contribuer à l'illusion de sainteté des lieux.

« Vous m'avez reconnu, cria le Vieil Homme avec une force immense, et je suis profondément touché. »

Chez lui, en Virginie de l'Ouest, Gontran B. Harrison, le directeur adjoint du FBI, qui était un fan du révérend Henchman, renversa son verre d'alcool quand le visage du Vieil Homme apparut sur l'écran.

« Le voilà, cet enfant de salaud ! cria-t-il à Mme Harrison, abasourdie.

— Qui ça ?

— Branche le magnétoscope, veux-tu, chérie ? Une cassette neuve. Je vais appeler Gonella. Tu te souviens de la photo d'identité que je t'ai montrée ?

— Dieu ?

— Tout juste. C'est lui. Ah, j'ai l'Arkansas. Bonjour, madame Gonella. Est-ce que Carmine est là ? C'est urgent. »

Là-bas, dans le temple, Henchman, suivant ses intuitions comme une vedette de télé, pria le Vieil Homme de monter sur l'estrade.

« N'ayez pas peur, lança-t-il d'un ton charmeur, persuadé qu'un vieil homme comme lui avait toutes les raisons d'être intimidé.

— Pourquoi aurais-je peur après l'accueil que vous venez de me faire ? répondit le Vieil Homme d'une voix qui retentit dans toute l'église.

— Donnez-lui un micro, dit le révérend.

— Il n'en a pas besoin, répliqua le technicien du son, impressionné.

— L'accueil que je vous ai fait ? Qui êtes-vous, vieil homme ?

— Ça fait à peine quelques jours que je suis de retour sur

la Terre. Vous êtes le premier à découvrir mon identité dans un lieu public, et je vous en félicite. Je suis Dieu.»

Le révérend prit un air accablé. Il avait commis une erreur d'appréciation. Si le Vieil Homme avait annoncé qu'il était Ellsworth W. Tidmarsh, de Boulder City et qu'il avait quatre-vingt-quinze ans, l'église aurait croulé sous les applaudissements, mais Dieu, c'était bien la dernière forme de concurrence dont il avait besoin. Et on ne pouvait tout de même pas demander à Dieu s'il regardait régulièrement l'émission de Joey Henchman.

«Vieil Homme, vous rendez-vous compte que vous commettez un blasphème?

— Oh, ne gâchez pas tout maintenant, fit le Vieil Homme, peiné. Ça marchait si bien.

— Faut-il que je vous dise que je *sais* que vous n'êtes *pas* Dieu?

— Vous ne pouvez pas savoir ça, s'écria le Vieil Homme. Vous avez dit vous-même : quel que soit le déguisement sous lequel il aura choisi d'apparaître.

— Je l'ai dit, c'est vrai. J'ai bien dit ça. Ce sont mes propres termes. J'accueillerai Dieu sous quelque forme qu'il choisisse d'apparaître. Après tout, contrairement à Satan, je n'ai jamais vu Dieu. Il pourrait surgir ici sous n'importe quelle forme et, même si je reconnaissais son Saint-Esprit, je ne pourrais pas le reconnaître physiquement.

— Il pourrait même me ressembler, dit le Vieil Homme.

— Tout à fait. Vous ressembler. C'est une possibilité. Je m'attendrais pourtant à le voir manifester un goût peut-être meilleur...»

La foule éclata de rire en approuvant, tandis que Henchman, qui ne voulait pas donner l'impression de tourner en ridicule un vieux fou inoffensif, s'empressa d'ajouter : «Pour ce qui est du costume, vous comprenez.» Puis sa voix monta et prit un accent agressif.

«Mais il y a une chose que vous faites et que Dieu n'oserait jamais. Il s'agit ici d'une entreprise multinationale au service de Dieu et qui diffuse son message dans une centaine de pays. Connaissant le prix de la minute d'émission aujourd'hui, car Dieu sait tout — il est omniscient — Dieu jamais, au grand jamais, ne gaspillerait ces précieuses minutes en les accaparant aux dépens de leur légitime propriétaire, de l'homme qui les a achetées, le révérend Joey Henchman qui, à longueur de journée et à ses frais, répand la sainte parole. Dieu serait mieux informé que ça, on l'aurait mis au courant. N'ai-je pas raison?»

Il y eut de grands cris d'approbation, avec les vociférations habituelles du genre : «a-men», «assis», «retournez d'où vous venez». Même le Vieil Homme, si doué qu'il fût en matière d'acoustique, n'arrivait pas à se faire entendre par-dessus la vague montante de vertueuse indignation. Il resta planté là, désemparé, tandis que deux agents de la sécurité essayaient de le faire descendre de l'estrade. Les cameramen bien dressés l'évitèrent, cadrant soit sur Joey Henchman, satisfait d'avoir réglé un point de religion de façon si succincte et si parfaite, soit sur la congrégation en colère qui semblait sur le point de perdre tout contrôle.

Il fallait un geste spectaculaire pour reprendre l'initiative. En un instant, M. Smith fut debout et se dirigea à grands pas vers l'estrade. Les agents de la sécurité étaient trop occupés avec le Vieil Homme pour réagir aussi prestement qu'ils étaient censés le faire. M. Smith criait et gesticulait mais il n'arrivait pas plus facilement que le Vieil Homme à forcer la muraille sonore. Il s'enflamma alors d'un coup.

Un hurlement d'horreur monta de l'auditoire, puis un silence stupéfait tandis que les gens se demandaient s'ils avaient vraiment vu ce qu'ils croyaient avoir aperçu, ou si une hallucination collective leur avait joué un mauvais tour.

«Joey Henchman, vous êtes un tricheur et un menteur, et je peux le prouver.»

Le révérend était de nouveau en nage, mais ce n'était pas dû cette fois à ses efforts physiques.

— Allez-y. Prouvez-le, dit-il en s'humectant les lèvres.

— Vous vous souvenez de moi? cria M. Smith. De face? Il tourna la tête. De profil?

— Ma foi, je ne me souviens pas, dit Henchman d'un ton ferme.

— Et vous prétendiez pourtant me connaître si bien. Vous mentiez. Vous avez associé mon nom à celui de Miss Linda Carpucci. Je n'ai jamais eu le plaisir de rencontrer cette jeune personne. Encore un mensonge. Vous disiez vous souvenir de ma présence physique et vous affirmiez que je n'étais pas dans l'église alors que j'étais assis au premier rang, juste dans votre champ de vision. Troisième mensonge.

— Bon, bon, attendez, laissez-moi deviner. Vous êtes Satan», lança Henchman, nullement impressionné et d'un ton plutôt railleur.

Avant que M. Smith ait eu le temps de confirmer cette brillante hypothèse, Henchman se retourna vers la congrégation, sa grande alliée.

«Est-ce que ce n'est pas formidable? lança-t-il. Le *Diable* qui vient à l'aide de *Dieu*. Quel scénario! Tous les deux dans le même camp, essayant de ridiculiser Joey Henchman et une entreprise multinationale consacrée à répandre la Parole de Dieu Tout-Puissant!»

Les rires s'enflèrent pour tourner à l'acclamation.

«Voilà, mes frères. C'est de nouveau le moment de la coupure publicitaire, et je crois vous avoir montré comment nous traitons les faux prophètes et tous ceux qui voudraient déformer la parole divine pour servir leurs sombres et louches intentions.»

Tonnerre d'applaudissements: Joey Henchman et ses amplificateurs électroniques avaient remporté la victoire.

M. Smith et le Vieil Homme, menacés de tous côtés, se tenaient par la main. En désespoir de cause, M. Smith agita l'autre et l'édifice s'enflamma.

«Ne soyez pas stupide», cria le Vieil Homme en éteignant l'incendie. Il y eut un autre hurlement collectif, suivi d'un lourd silence.

— Je ne veux pas qu'on dise que je ne suis pas de bonne foi! vociféra M. Smith, et des flammes jaillirent derrière la congrégation.

— Je vous interdis! cria le Vieil Homme en éteignant le nouvel incendie.

— Fichez-moi la paix», gémit M. Smith en mettant le feu à ses propres vêtements.

Le Vieil Homme souffla et les flammes s'évanouirent.
«Je suis mon propre maître, hurla M. Smith. Laissez-moi
anéantir ce qui mérite de l'être. Le temple de Mammon!
— Je refuse de vous laisser faire mon travail à ma barbe,
lança le Vieil Homme. Derrière mon dos, libre à vous. Vous
pouvez même prier, si d'aventure la nostalgie vous prenait.
— Halte-là!»
Une voix nouvelle interrompit la discussion. Un homme
coiffé d'un panama était planté à l'entrée, brandissant une
plaque dans une main et un pistolet dans l'autre.
«Smith et Dieudonné!» cria-t-il.
Le Vieil Homme et Smith tressaillirent, mais se gardèrent
bien de répondre.
«Gardner Green, FBI, Little Rock, Arkansas. Vous êtes
en état d'arrestation pour trafic de fausse monnaie. Jetez sur
le sol devant vous toute arme que vous pourriez avoir.»
M. Smith tremblait.
«Qu'est-ce qu'on fait?
— Serrez ma main et videz votre esprit.
— De quoi?
— De tout.
— On ne parle pas! dit l'agent du FBI en s'avançant dans
la nef. Et n'essayez pas de disparaître.
— Où allons-nous? cria M. Smith.
— Au sommet d'une montagne de l'Arizona, là où il n'y
a pas d'hommes.»
Et ils disparurent. Il y eut un frisson de stupeur, mais le
message publicitaire venait de commencer et ceux qui regardaient la télé furent dispensés du spectacle, si l'on peut dire,
des disparitions. L'agent du FBI se retourna vers la congrégation. Un assistant se précipita, micro en main.
«Bon, pas de panique. Ce à quoi vous venez d'assister est
parfaitement normal et bien connu de tous ceux qui étudient
la perception extrasensorielle et autres phénomènes psychiques. Ces individus, d'origine incertaine, ont commencé par
s'évader d'un commissariat de Washington où ils étaient en
garde à vue il y a quelques jours. Ils sont considérés comme
des délinquants primaires et n'ont pas de violence physique

à leur actif dans leur dossier. Alors, détendez-vous. Et laissez faire le FBI, un des facteurs qui contribuent à la grandeur de ce pays. »

Il y eut des applaudissements et l'homme du FBI fit sa sortie, en remettant son pistolet dans son étui.

Les guérisons se passèrent aussi bien que d'habitude : l'incontinence, l'asthme, la cécité, les hémorroïdes et le sida figurent parmi les fléaux dont s'occupait le révérend Henchman, dans un style très Ancien Testament. Le dernier cas, celui du sida, fut traité dans les trente dernières secondes du programme. La victime affirma se sentir beaucoup mieux après qu'elle eut été frappée sur la tête, avec accompagnement d'insultes adressées à Satan.

Ce fut seulement quand la retransmission télévisée fut terminée et que le révérend Henchman eut été démaquillé que commença à se faire sentir le plein impact de ce qui s'était passé. Gardner Green, l'agent du FBI de Little Rock, était assis sur un tabouret à siroter un Martini avec un zeste de citron, comme il l'aimait, verre préparé par Joey Henchman en personne. Le révérend avait besoin d'alliés. De gens à qui parler. Dans certains moments difficiles, il s'était montré extrêmement courageux et professionnel, mais il se pouvait que maintenant le contrôle des choses lui échappât un peu. Le téléphone ne cessait de sonner. Nombre de ceux qui appelaient chantaient les louanges du révérend Henchman, mais il y avait des gens qui disaient : et si c'était vraiment Dieu, et si c'était vraiment le Diable ? Comment pouvait-on être sûr qu'ils n'étaient pas ce qu'ils prétendaient être ? D'autres avaient bel et bien senti des vibrations positives quand le Vieil Homme était apparu à la télé, et des vibrations négatives quand M. Smith avait pris feu. Les quotidiens allaient sans doute aussi commenter la chose. Les grandes chaînes de télévision avaient déjà prévu d'acheter le droit de diffuser l'enregistrement dans leurs journaux du soir.

Gardner Green était soulagé que l'histoire, pour reprendre ses propres termes, fût devenue publique.

« C'est une affaire pas commode, murmura-t-il, en agitant le Martini dans son verre et en regardant tournoyer l'olive.

Voyez-vous, ces vieux types ont un truc pour disparaître et réapparaître ailleurs en quelques secondes... et, quand je dis ailleurs, cela veut dire à deux ou trois mille kilomètres de là. Selon le directeur d'un hôtel de Manhattan, la femme de chambre a entendu leur télé à quatre heures et demie, quand elle a fait sa ronde. A cinq heures... Dix-sept heures... elle est repassée... c'était sa dernière chance de faire la chambre avant de rentrer chez elle, et elle l'a trouvée inoccupée... deux valises, pas ouvertes... toutes les deux vides... la nuit précédente on n'avait pas utilisé les lits. Mais, ce qui est intéressant dans tout cela, c'est que, quand elle est passée à quatre heures et demie, c'est-à-dire à seize heures trente... elle a distinctement entendu votre voix. Ils regardaient votre émission.

— Ma foi... c'est probable... il devait être quatorze heures trente, heure locale. A ce moment-là nous étions en pleine émission. J'ai dû continuer.

— Bon. Maintenant il a dû y avoir quelque chose dans votre programme qui les a fait décoller entre quatre heures trente et cinq heures. Pouvez-vous imaginer ce qui les aurait suffisamment excités pour leur faire parcourir la distance de New York à Henchman City en deux secondes?»

Joey Henchman se mit à rire tandis que la ravissante maquilleuse lui appliquait sur le visage une lotion hydratante.

«Tout d'abord, je tiens à déclarer que rien au monde ne me ferait voyager aussi vite.

— Pour la bonne raison que vous en seriez incapable, même en essayant.

— D'accord, d'accord. Mais, pour répondre à votre question, je ne sais pas ce qui aurait pu provoquer leur décision. J'ai commencé mon petit sermon du milieu de semaine... je le prêche une fois par semaine... le reste du temps, j'officie le soir... l'Heure Multicolore de Joey Henchman...

— Je sais ça, dit Green.

— Vous regardez mon émission? interrogea le révérend, rayonnant.

— Quand il n'y a rien d'autre à la télé.»

Henchman fut un instant piqué au vif par cette marque

inattendue d'hostilité, mais il fit comme si Green avait répondu oui.

«Non, j'ai commencé le petit sermon en évoquant brièvement le moment où Satan est venu me rendre visite, et j'ai fait une allusion rapide à toutes ces rumeurs sur... vous savez... Linda Carpucci... ça n'avance à rien d'avoir l'air de fuir... cette... cette racaille...

— Quelle racaille?

— La foutue presse... "Heures de Béatitude à Henchman City"... "On ne s'ennuie pas au bar Topless"... "Joey fait ses devoirs derrière le dos du professeur"... vous avez vu les titres des journaux.

— Non.»

Joey Henchman était incrédule.

«C'est impossible.

— Mais si.

— Pourquoi?

— Sans doute que ça ne m'intéressait pas. Ma réponse vous satisfait?»

Henchman revint vaillamment à l'attaque.

«Cette Carpucci est une mau-au-auvaise fille, je vous assure. Il n'y a qu'une chose qui compte pour elle. L'argent. L'argent sous toutes ses formes. Et, pour en avoir, elle est prête à tout donner, son corps, son âme, tout ce que vous voulez.

— Elle me semble être exactement la compagne qu'il vous faut. Il devait y avoir entre vous pas mal de liens tacites. Vous étiez trop occupé pour parler.»

Joey Henchman repoussa la maquilleuse et se redressa dans son fauteuil, l'air furibond.

«Au fait, dans quel camp êtes-vous?

— Moi? Je travaille pour le FBI. Je pense être dans le camp de la justice. Quand j'ai de la chance. Mais je vais vous dire une chose, mon patron, Gontran B. Harrison, ce vieux Gon de Harrison, est un de vos fans... il ne manque jamais une émission de Joey Henchman à moins, bien sûr, d'être de service... il a regardé votre confrontation avec le vieux type... vous savez, Dieudonné... et il a eu la présence d'esprit d'appeler le bureau de Little Rock... en fait, j'étais dans ma voiture, pas loin d'ici... et j'ai pu venir aussitôt... en recueillant des renseignements supplémentaires sur mon téléphone de voiture, vous comprenez.

— Eh bien, il faut rendre cette justice au FBI. Ces gens-là travaillent vite. Comment avez-vous su dans quel hôtel le trouver ?

— C'est eux qui nous ont appelés. Depuis une bonne partie de la semaine, nous avons un portrait-robot du plus gros des deux vieux qu'on a fait circuler dans tous les hôtels, et ils l'ont reconnu aussitôt après qu'ils eurent disparu.

— Formidable. Mais, dites-moi... » Henchman prit un ton confidentiel, pour donner l'impression d'avoir droit à ce qu'on lui fasse confiance. «Dites-moi... ce sont des faussaires à la petite semaine, n'est-ce pas ?

— A la petite semaine, je ne sais pas, mais ce qui est sûr, c'est que le mandat est lancé pour fausse monnaie...

— Pourquoi n'y a-t-il pas de portrait-robot du petit maigre ?

— Il change sans cesse d'identité, jouant tantôt les vieux artistes, tantôt l'industriel japonais, et maintenant une pédale du Village. La ressemblance n'est pas facile à saisir.

— Mais... qui sont-ils à votre avis ?

— A mon avis ? Moi, je ne compte pas. Je ne suis qu'un maillon de la chaîne. Mon seul devoir était de venir ici et d'essayer de les arrêter sur les informations dont je disposais et d'éviter la panique. Pendant la dernière partie du programme, les guérisons, j'ai pu téléphoner à nos gens de Phoenix et ils vont examiner tous les sommets de l'Arizona en jeep, en hélicoptère et à pied, en essayant de réussir là où j'ai échoué.

— Mais ce sont des moyens très importants, que je sache... pour des raisons évidentes... qui le FBI pense-t-il qu'ils sont ? »

Green prit une gorgée de Martini, la dégusta et l'avala avec un soupir de satisfaction.

«Il y a à l'heure actuelle deux théories, dit-il. D'autres vont sûrement apparaître par la suite quand on aura écarté celles-ci. La première est due au chef de l'état-major interarmes, le général Anzeiger. Il croit plus aux extraterrestres qu'à l'Union soviétique. Il estime qu'il s'agit d'une patrouille venue d'une autre planète pour mettre à l'épreuve notre système de défense. Cette théorie semble un peu romanesque à quelqu'un qui a les pieds sur terre comme le conseiller du Président à la Sécurité, Pat Gonzales, lequel est, bien sûr, un civil. Il croit un peu plus à l'Union soviétique qu'aux petits hommes en massepain venant de la planète Béta. Il croit que ce sont les Soviétiques et non pas les extraterrestres qui expérimentent quelque chose de nouveau, déjà désigné par le nom de code RSVP, Repérage Supersonique Vidéo Personnel. Je pense pour ma part que c'est là le genre de théorie juvénile que ne cessent d'énoncer ces fonctionnaires haut placés qui ne risquent pas d'être considérés comme timbrés.

— De quoi s'agit-il à votre avis ? Vous n'avez encore rien dit, sinon que ce n'est pas à vous d'avoir des théories.

— Exact.

— Bon sang, jusqu'à quel degré d'humilité êtes-vous disposé à descendre ? Il n'y a rien dans le Saint Livre qui dit que vous deviez tendre l'autre joue avant qu'on ait frappé la première. Nous sommes en démocratie, mon vieux. Même un pochard de Manhattan a le droit d'avoir une théorie. »

Green sourit.

« Bon, si vous insistez, dit-il. Eh bien, ma théorie, c'est que ces vieux mecs pourraient bien être précisément ce qu'ils disent être, Dieu et Satan.

— Vous essayez de m'énerver, c'est tout ! s'écria Henchman. Sortez d'ici !

— Comme vous voudrez. Mais, comme l'a fait remarquer mon patron, quelle que soit la vérité, cet incident a certainement détourné l'attention de vos cabrioles avec Miss Carpucci. »

Henchman surmonta sa colère pour réfléchir un instant.

« Vous croyez ?

— Oh, sûrement. Qui va se préoccuper d'une plainte en recherche de paternité quand le FBI est sur la piste de deux vieux types qui se font appeler Dieu et le Diable, qui peuvent voyager plus vite que le jet le plus rapide qui existe sur Terre et qui échappent à toute arrestation en se volatilisant ?

— Tiens, vous avez peut-être raison. Attendez un peu que j'en parle à Charlène.

— Ben voyons. »

Le sourire s'effaça soudain sur le visage soulagé de Joey Henchman.

« Vous priez, monsieur Green ?

— Non, monsieur.

— Êtes-vous chrétien ?

— Non, monsieur.

— Êtes-vous prêt pour une nouvelle naissance ?

— Non, monsieur. »

Un sanglot fit vibrer la voix de Joey Henchman tandis qu'il fermait les yeux.

« Je prierai pour vous.

— Je pourrais vous suggérer de meilleures façons de perdre votre temps. »

Joey rouvrit les yeux, surpris, n'ayant pas l'habitude d'un tel détachement.

« Vous êtes un agnostique, accusa-t-il.

— Exactement.

— Et pourtant vous êtes prêt à croire qu'une paire de charlatans sont vraiment ce qu'ils prétendent être, c'est-à-dire Dieu Tout-Puissant et Satan ?

— Parfaitement, monsieur. L'idée ne vous est pas venue que je pourrais regretter de ne pas croire ?

— Vous *pourriez* croire, si vous le vouliez. »

Henchman s'avança et tenta de prendre les mains de Green dans les siennes. Celui-ci esquiva cette manœuvre en reculant, tout en tendant devant lui son verre de Martini vide, que Joey saisit par réflexe.

« Non, monsieur. Je ne pourrais jamais croire, pas plus que je n'en ai l'envie dans les circonstances actuelles. Mon travail m'a montré que quelques-uns des pires gangsters de ce pays sont ceux qui commercialisent leur croyance.

— Qui commercialise sa croyance ? répéta Henchman, incrédule.

— Oui... dans une centaine de pays... ça n'est pas la formule ? Enfin, même si je ne peux pas renaître, merci pour le Martini... c'était... comment dire... divin ? »

## 7

Le Vieil Homme était assis sur un rocher, dans le somptueux soleil de fin d'après-midi qui baignait l'incroyable beauté des collines d'un or rougeâtre et les lointains noyés dans le mauve. L'air était pur et tiède, car la chaleur de la journée avait lentement décliné. M. Smith était allongé sur le sol derrière lui, épuisé par la rapidité du voyage. Il surveillait avec fascination la progression frénétique des fourmis. C'était leur heure de pointe et leurs efforts désespérés pour arriver à destination les faisaient trébucher les unes sur les autres. De toute évidence, malgré leur intelligence, elles n'avaient pas encore atteint le degré de cohésion qui impose à une colonne de fourmis de demeurer sur un côté du chemin, et à celles qui circulent en sens inverse d'emprunter l'autre bord.

« Tout ça se tient, déclara le Vieil Homme d'un ton jovial.

— Quoi donc ?

— Ça me rappelle tant de choses, d'être assis dans un endroit élevé, loin de toute influence. Notre adolescence, vous vous souvenez ? L'Olympe ?

— L'Olympe était froid, noyé dans les nuages, tristement inconfortable. Ce n'était pas du tout comme ça.

— Ah, je m'en souviens comme d'un endroit comparable à celui-ci — peut-être pas dans ma mémoire céleste, mais dans la mémoire mortelle que j'ai endossée afin de prendre la mesure de la condition humaine. Moïse aussi. Moïse et les Tables de la Loi. C'était en altitude.

— Je n'y étais pas.

— Mon attention a été attirée par l'événement. C'est pourquoi je m'en souviens. »

Il y eut un silence tandis que chacun poursuivait ses pensées.
«Où allons-nous passer la nuit? interrogea M. Smith.

— Ici.

— C'est infesté d'insectes.

— Un peu de lévitation, dit le Vieil Homme, comme si c'était la chose la plus naturelle du monde.

— La lévitation requiert de l'énergie. Je suis absolument épuisé par tous ces déplacements rapides et incessants.

— Je vous prêterai ma robe pour vous allonger, rien ne vous touchera. Vous allez même peut-être dormir un peu.

— Non, grommela M. Smith; deux choses seulement semblent capables de m'endormir, le sexe et la télévision. A la réflexion, c'est ce qui me manque ici. La télévision. Est-ce qu'on ne pourrait pas aller se reposer quelque part où il y a la télévision?

— Non, fit le Vieil Homme d'un ton étonnamment sec.

— Pourquoi pas?» grogna M. Smith, comme un enfant boudeur. Il avait trouvé la longueur d'onde des pensées du Vieil Homme et il s'amusait à les brouiller avec l'égoïste perversité d'un enfant malveillant. «Pourquoi pas?» répéta-t-il, et au bout d'un moment, d'un ton plus fort et plus traînant : «Pourquoi pa-a-as?»; soudain la bouilloire arriva à ébullition. «Pourquoi pas?» hurla M. Smith, en donnant des coups de pied dans le vide et en frappant le sol de ses poings.

Le Vieil Homme ferma les yeux, comme pour maîtriser son impatience.

«Vous passez vraiment les bornes, dit-il. Après tout ce que nous avons entrepris ensemble, après tous les moments où nous avons manifesté l'un pour l'autre générosité et considération, vous trouvez le moyen de troubler mes méditations cosmiques. Où voulez-vous en venir?»

Le Vieil Homme remarqua un petit mouvement défensif au moment où se tourna M. Smith, comme un collégien cachant son cahier aux regards d'un voisin trop curieux.

«Otez votre bras!» ordonna le Vieil Homme.

A contrecœur, M. Smith obéit, pour découvrir un cercle de petits feux qui entourait un scorpion, la queue brandie, comme s'il s'apprêtait à lancer un javelot. Les cadavres d'autres scorpions gisaient alentour comme des crevettes qu'on vient de dévorer.

«Pouah... c'est dégoûtant, comme si vous vous mettiez les doigts dans le nez, dit le Vieil Homme. Vous me surprenez. Pauvres petits scorpions.

— Pauvres petits scorpions, voyons! s'écria M. Smith. Vous parlez comme s'il s'agissait d'un meurtre. Ça n'est pas du tout le cas, je m'empresse de vous le faire remarquer! C'est du suicide.

— Suicide? C'est bien dans votre style d'utiliser pour votre système de défense un point technique.

— La télévision me manque.

— Je croyais que vous détestiez ça.

— J'ai détesté beaucoup de choses la première fois que j'y ai goûté : les camemberts, les huîtres, les cigarettes mentholées, la marijuana. Je m'habitue facilement aux choses qui me répugnent au premier contact. Vous avez devant vous un drogué de la télé qui a un besoin urgent de sa dose.

— Qu'est-ce que vous y trouvez de fascinant?

— Je ne sais pas. Je n'ai pas analysé le phénomène. Peut-être parce que des millions de gens y sont tués sans que personne soit blessé. Ces petits scorpions que j'ai exterminés pour passer le temps, ils sont vraiment morts. Ils ne reviendront plus menacer le pied nu d'un imprudent en train de prendre un bain de soleil. Et savez-vous pourquoi ils sont morts? Parce qu'ils n'étaient pas à la télévision.»

Le Vieil Homme eut un sourire narquois.

«Depuis quand vous préoccupez-vous de savoir si la mort est réelle ou feinte?

— Depuis que j'ai commencé à voyager avec vous, ô Seigneur.

— Hypocrite.

— Oh oui! quelle flatterie!» ajouta-t-il en ricanant comme un fou. Puis il redevint sérieux. «Je faillirais à ma mission si je me mettais tout d'un coup à faire des distinctions entre la vraie mort et la fausse mort, entre la vraie souffrance et la fausse souffrance, entre la vérité et la comédie.

— Je suis enchanté de vous entendre le reconnaître.

— Il n'y a aucun risque, dit M. Smith d'un air sombre. Mais vous vous rendez compte, j'espère, que j'aurais dû venir au secours du révérend Henchman et non pas au vôtre. C'est un homme à moi.

— Si vous aviez volé à son secours et exposé vos raisons avec le genre de modération qu'il faut pour être convaincant dans la politique américaine, vous auriez anéanti son ministère d'un seul coup au corps. Vous auriez fait sauter sa couverture, avec ou sans Miss Carpucci. Mais vous êtes bien trop agité pour une stratégie aussi compliquée. Vous perdez la tête, vous oubliez votre projet initial, vous vous affolez et vous mettez le feu partout. »

Il y eut un long silence.

« Pourquoi ne répondez-vous pas ? demanda le Vieil Homme.

— Est-il vraiment dans mon intérêt de détruire son ministère ? Comme je vous l'ai dit, c'est un homme à moi, pas à vous. Voyez ces pauvres invalides qui commençaient à faire la queue quand nous nous sommes enfuis : leurs espoirs brisés, les illusions d'une amélioration, leur sensation psychosomatique d'un soudain bien-être. Tout cela, c'est mon domaine. Seul leur optimisme fondamental à propos de leur état vient de vous. La vérité irréfutable, c'est à moi. Et c'est peut-être pourquoi je trouve soudain la télévision à mon goût. Il n'y a rien là d'intime ni de discret. C'est vulgaire comme une place de marché, où tout est à vendre, où l'on ne perd pas de temps à réfléchir. Il n'y a que l'action qui compte, allez, allez, allez ! »

Claquant des doigts, il se mit à inventer une petite musique qui évoquait l'exubérance et l'abandon.

« Nous avons regardé une partie de l'émission sur les rituels d'accouplement des pingouins, réalisée, m'a-t-il semblé, avec beaucoup de goût, mais vous avez insisté pour passer sur une autre chaîne, vous vous souvenez ? Toute la télévision n'est pas du genre qui vous plaît. En fait, j'irai jusqu'à dire que, si nous restions quelque temps ensemble, il nous faudrait avoir des récepteurs séparés. »

Il y eut un nouveau silence, tandis que le soir tombait. Le

soleil d'un orange profond perdait de son éclat derrière des nuages aux formes voluptueuses, dont les replis captaient divers reflets comme des paraphrases abstraites du corps humain. C'est du moins ainsi que M. Smith les voyait, avec une sorte de triste satisfaction. Le Vieil Homme y lisait la révélation de grandes vérités, trop obscures pour supporter d'être traduites par le grossier moyen du langage.

«Je pense, déclara le Vieil Homme, que jusqu'à présent notre aventure, si nécessaire qu'elle ait été à notre bien-être, ne s'est pas révélée entièrement satisfaisante.

— Je suis d'accord.

— Je l'avais envisagée comme beaucoup plus simple. Je ne me doutais absolument pas que cette société sophistiquée avait évolué au point d'être pratiquement impénétrable à un safari mené en son sein par un couple de vieux excentriques.

— Puis-je émettre un mot de critique?

— Depuis quand ai-je jamais essayé de vous museler?

— Peu importe. N'entrons pas dans ce débat. Ne croyez-vous pas que nous avons eu tort de tenter cette expérience du côté sophistiqué de la gamme? Après tout, nous n'avons jusqu'à présent commis qu'une grosse erreur, et ce dès notre première journée sur Terre. Vous laissez s'envoler des poignées de dollars qui se sont révélés être faux. C'était la seule erreur à ne pas faire. Après ça, notre existence est devenue de plus en plus précaire, avec des brutes qui brandissent des revolvers, nous ordonnent de rester tranquilles et essaient de nous faire jurer sur l'honneur de ne pas disparaître avant même qu'ils aient eu la possibilité de nous châtier. Je ne veux jamais plus sentir le froid glacé de ces menottes, pas plus que me retrouver derrière des barreaux ou être soumis à un examen médical.»

Le Vieil Homme sourit. «J'en conviens, il y a eu des moments tout à la fois embarrassants et désagréables, mais nous avons appris plus que nous ne le pensions. Et si nous avions effectué notre atterrissage dans la brousse africaine ou dans les jungles de l'Inde, nous nous serions dit que pas grand-chose n'avait changé et nous nous serions probablement trompés. Mais je n'ai pas l'impression que l'authenticité des billets jouerait un rôle aussi important en un lieu où l'on en est dépourvu ; vrais ou faux, je crois qu'on les accueillerait plutôt avec délices et reconnaissance.

— Alors pourquoi avons-nous commencé par l'Amérique ?

— C'est certainement le plus difficile des obstacles que nous aurons à franchir, et je pense qu'avant de retourner à notre vie habituelle, peut-être même bien avant ce moment-là, nous serons contraints de quitter les États-Unis.

— Est-ce que les autres pays ont une télévision comparable ?

— Quelle étrange question ! Vous êtes vraiment mordu.

— Ma foi, hier j'ai eu mon moment de gloire sur le petit écran, et dans des conditions tout à fait extraordinaires. Je me berce de l'idée qu'on me reconnaîtrait presque partout aujourd'hui si nous n'étions pas ici dans cet endroit dépourvu de tout public.

— Voilà sans doute pourquoi il nous faudra quitter les États-Unis : à cause de votre soif de publicité. Mais, n'oubliez pas, ils sont si enracinés dans leur scepticisme qu'on ne vous prendra jamais pour Satan mais pour le type qui croit qu'il est Satan !

— Eh bien, au moins ai-je changé mon apparence physique pour éviter d'être repéré. Vous, vous ne faites aucun effort. Avez-vous jamais vu au cours de nos déplacements quelqu'un qui vous ressemble, même vaguement ? Et serions-nous allés en Afrique ou en Inde avec la tenue que vous avez ? Comment auriez-vous expliqué le fait que vous êtes d'un blanc aussi fade ? Non seulement votre peau est blanche, tout comme votre chevelure et votre barbe, mais votre robe l'est aussi et vous portez même aux pieds des chaussures de tennis. Pourquoi ? Vous avez donc si peur de la moindre souillure ? Vous ne vous contentez pas d'arborer votre perfection sur votre manche, vous en êtes imbibé. Bon sang, ce que je peux penser au Ciel quand je vous regarde !

— En voilà assez ! » s'écria le Vieil Homme d'une voix quelque peu stridente et en devenant noir en un instant.

M. Smith se mit à toussoter et à s'étrangler, saisi d'un rire irrépressible.

Le Vieil Homme commença à cligner les yeux d'agacement.

Il n'était pas très bon en noir ; il ne s'était jamais sérieusement entraîné et il n'avait rien du talent de M. Smith pour le déguisement. Il n'était pas non plus très bon en blanc, il faut bien le dire, car un autre que lui, doté d'un teint semblable, passerait non seulement pour être aux portes de la mort mais pour en avoir franchi le seuil. A présent, le Vieil Homme était totalement et si exagérément noir qu'il n'avait pas l'air vrai ; il ressemblait plutôt à un artiste de music-hall qui se serait foncé le visage dans les années vingt qu'à un Noir authentique.

« Qu'est-ce qu'il y a maintenant ? » demanda-t-il d'un ton agacé, tandis que M. Smith parvenait enfin à maîtriser son hilarité.

M. Smith tourna vers lui des yeux pleins de reconnaissance ; entre les verrues à demi cachées et les points noirs, un flot de larmes avait dévalé le long des sillons de ses joues et séchait en petits jets de vapeur accompagnés de brefs sifflements.

« Nous ne sommes pas nous-mêmes, n'est-ce pas, quand nous sommes enfermés dans les contraintes de la forme humaine ? Nous ne sommes pas conçus pour être tangibles, dit-il, soudain grave et raisonnable.

— Comment pouvons-nous nous embarquer dans un voyage d'exploration sans faire ce sacrifice provisoire mais essentiel qui consiste à assumer la forme et, si possible, l'esprit de nos créations ? »

M. Smith eut une nouvelle crise d'hilarité mais plus affaiblie et plus douloureuse qu'auparavant.

« Oh, je vous en prie, ne vous lancez pas dans une conversation sérieuse avec cet air-là. Je veux dire que votre ancienne apparence physique était tout aussi ridicule, mais au moins j'y étais habitué. »

En un instant, le Vieil Homme revint à son apparence vieil ivoire, mais il était de fort méchante humeur.

« Vous dépassez vraiment les bornes, dit-il en s'éloignant à grands pas.

— Où allez-vous ? »

Le Vieil Homme ne daigna pas répondre.

« Pardonnez-moi ! Je vous présente mes excuses ! »

Le Vieil Homme s'arrêta. M. Smith trébucha dans sa hâte à gravir la pente.

« Où allons-nous ? demanda-t-il. Je croyais que nous devions passer la nuit ici. Vous m'avez même recommandé d'utiliser la lévitation.

— J'ai eu pitié de vous. Il n'est pas dans mon caractère d'être capable de savourer l'extase des hauts sommets si je sens que vous êtes mal.

— L'extase des hauts sommets ? Je pense bien : vous m'emmenez au-dessus de la ligne des neiges éternelles. Tenez, la voilà. On la voit droit devant. La neige !

— Il y a aussi un chalet là-haut. On aperçoit une vague lueur qui filtre par les fenêtres et se réverbère sur la neige.

— Où ça ? interrogea M. Smith, incrédule, le visage crispé par l'effort qu'il faisait pour apercevoir l'invisible.

— Faites-moi confiance. Ils ont peut-être même la télévision.

— Oh, laissez tomber, dit M. Smith. Je peux vivre sans télévision. Qu'est-ce que j'ai fait pendant des millions d'années ? J'ai simplement pensé que ce serait agréable, voilà tout. »

Ils cheminèrent en silence, l'atmosphère alourdie par tant de choses non dites qui s'étaient accumulées au cours des siècles.

Le Vieil Homme tout à coup s'arrêta :

« D'où avez-vous sorti ces scorpions ?

— Je les ai trouvés, répliqua M. Smith, qui semblait barboter dans le remords.

— Allons donc. Il fait bien trop froid à cette altitude pour des scorpions, sauf une heure ou deux vers midi, et en plein été. Si j'y réfléchis un peu, je me rappelle très bien les conditions d'existence des scorpions.

— Oh, si vous tenez à le savoir, je les ai apportés avec moi dans un carton, au cas où je me trouverais à court de distractions.

— De distractions ? s'écria le Vieil Homme.

— Vous préférez fabriquer de la fausse monnaie dans vos poches. C'est une question de goût, n'est-ce pas ? Il se trouve que j'aime bien regarder les scorpions mourir, arracher les pattes aux grenouilles et noyer les insectes dans des soucoupes — des sports sanglants, vous comprenez. »

Le Vieil Homme s'abstint de répondre. Il continua d'avancer, le regard flamboyant. M. Smith feignit de bouder, comme si on violait sans raison ses droits démocratiques.

Ils atteignirent la porte de la maison sans avoir échangé un mot. Le Vieil Homme sonna. On entendit aussitôt les aboiements d'un chien très âgé, dont la voix était mêlée d'incertitude et du vague sentiment du devoir accompli.

« Si nous étions des chiens, voilà le son que nous émettrions, dit M. Smith.

— Je n'ai pas envie de rire », répondit le Vieil Homme en réprimant avec difficulté un sourire.

Un homme vêtu d'une sorte d'uniforme vint ouvrir la porte. Sa femme était debout derrière lui. Sitôt qu'ils aperçurent le Vieil Homme, tous deux tombèrent à genoux.

« Mais je n'ai pas encore expliqué qui je suis, dit le Vieil Homme.

— Ils ont la télévision ! » s'exclama M. Smith, ravi.

Au fond de la pièce, deux jeunes enfants étaient en train de dîner et, surpris de voir leurs parents à genoux, se mirent à taper sur leur assiette avec leur cuillère.

« Silence, les enfants, dit leur mère, de sa voix d'église.

— Bienvenue, Seigneur, dans notre humble demeure, psalmodia le père.

— Levez-vous, je vous en prie, supplia le Vieil Homme.

— Il ne serait pas convenable de nous lever, déclara le père, cherchant à s'exprimer d'une façon suffisamment dévote.

— Oh, au nom du ciel, s'exclama le Vieil Homme, nous ne sommes pas dans la Bible. Et certainement pas au XVIIe siècle. Puis-je vous demander votre nom ?

— Thomas K. Paix, monsieur.

— C'est un beau nom, même si vous insistez pour rester à genoux. Pourquoi faites-vous cela ?

— On vous a vu à l'émission de Joey Henchman, Seigneur.

— Ce n'était pas très réussi, j'en ai peur. C'était naïf de ma part, mais il semblait avoir senti ma présence dans la salle. Et j'ai été pris par ses paroles. Je croyais qu'il était sincère.

— J'aurais pu vous parler de Joey Henchman, Seigneur. C'est une des choses qui ne vont pas dans notre grand pays.

— Tu peux te relever, Tom. Tu vas mettre le Seigneur en boule en restant comme ça, dit sa femme avec inquiétude, quêtant une confirmation du Vieil Homme.

— Me mettre en boule ? demanda le Vieil Homme un peu inquiet.

— Mais oui. Vous mettre en colère, expliqua la femme.

— Ah. Je crois bien que je ne connais pas les plus récentes nuances linguistiques. Non, je ne me mettrai certainement jamais en colère. Il y a des fanatiques et il y a eu des pèlerins qui ont passé le plus clair de leur vie à genoux. Il y a ceux qui ne comprennent la religion que comme une forme de torture physique, et la tendance est, hélas, particulièrement répandue chez ceux qui y consacrent leur existence. Je le regrette. »

Aussitôt après avoir entendu ces propos, Tom Paix se releva d'un bond.

« Je ne voulais pas vous presser, dit le Vieil Homme.

— Seigneur, j'ai servi dans les Marines.

— Oh, c'est ce qui explique la brusquerie de vos mouvements ?

— On répétait tout, de façon que chaque geste en cas d'urgence devienne une seconde nature, Seigneur.

— Les Marines. C'est une organisation militaire ?

— Je pense bien, Seigneur.

— Seigneur, nous sommes justement en train de souper avec nos enfants, Tom Junior et Alice Jayne. Nous n'avons pas grand-chose à offrir, mais nous serions assurément ravis si vous... vous et votre ami... rompiez le pain avec nous, déclara la femme.

— Avec plaisir. Vous avez conscience, bien sûr, que nous ne mangeons rien. Non, ce n'est pas une question de principe. C'est simplement que la nourriture ne fait pas partie de nos besoins. Mais nous allons nous asseoir avec vous, en toute simplicité. »

Le Vieil Homme et M. Smith prirent place timidement sur de petites chaises en bois.

« Nous voulons bien faire, vous comprenez, Seigneur, reprit Tom. Souhaitez-vous que nous vous lavions les pieds ?

— Bonté divine, non.

— Ça ne me gênerait pas, si ça fait partie du service, fit remarquer M. Smith.

— Non!» fit sèchement le Vieil Homme.

Le chien qui avait aboyé tout à l'heure se mit à geindre et à gratter à une porte.

«Vous n'avez rien contre les animaux, n'est-ce pas, Seigneur?» interrogea Tom.

Le Vieil Homme se mit à rire.

«Comment pourrais-je avoir quelque chose contre les animaux?

— Personne ne m'a encore demandé mon avis, observa M. Smith, d'un ton un peu acide.

— Ma question était d'ordre général, dit Tom avec tact.

— Mon ami et moi n'avons pas l'habitude qu'on nous pose des questions d'ordre général.»

Le Vieil Homme interrompit cet échange.

«Avant de faire la connaissance du chien, il me semble que nous avons déjà rencontré tout le monde sauf votre épouse.

— Pardonnez-moi, Seigneur. Je vous présente Mme Paix.

— Je l'avais deviné.

— Nancy, précisa Mme Paix en donnant à manger aux enfants.

— Et mon ami s'appelle... M. Smith.

— Chérie, je vais m'occuper de Satan.

— Satan? fit M. Smith en se redressant comme si un insecte l'avait piqué.

— N'y voyez nulle offense, monsieur.» Tom, qui allait libérer le chien, hésita soudain.

«C'est comme ça qu'il s'appelle? demanda le Vieil Homme, très amusé.

— Oui, Seigneur.

— Sans doute parce qu'il est noir.»

M. Smith, après un instant de rage contenue, retomba dans une bouderie marquée.

«Est-ce que le chien a bon caractère? demanda le Vieil Homme, toujours désireux d'être conciliant.

— Oh, il a l'air terrifiant comme ça, mais il a un cœur d'or.

113

— Eh bien alors, je pense que son nom lui va bien.

— Je crois qu'une des raisons pour lesquelles il fait peur aux gens, c'est qu'il est aveugle.

— Aveugle? demanda M. Smith, comme s'il sentait venir une nouvelle insulte.

— C'est qu'il a dix-sept ans, monsieur.

— Dix-sept ans! s'exclama M. Smith. Un jeune chiot!»

Le Vieil Homme était visiblement satisfait de voir que M. Smith s'était calmé.

Tom ouvrit la porte et Satan surgit en bondissant, renversant une petite table. Ses yeux jaunes semblaient ne voir que trop bien, mais ils n'accommodaient pas du tout. L'animal s'immobilisa, comme s'il s'efforçait d'évaluer la nouvelle situation en utilisant des sens cachés. Il se mit soudain à remuer la queue et, la tête baissée, il se dirigea prudemment vers le Vieil Homme.

«Eh bien, Satan, en voilà une surprise», fit doucement ce dernier en tendant la main pour caresser la noble tête aux yeux aveugles. Soudain une odeur attira l'attention du chien et, tournant la tête vers M. Smith, il commença à émettre un grognement si sourd que c'était à peine si on l'entendait.

M. Smith se leva précipitamment.

«Je le savais, cria-t-il. J'ai horreur des chiens et ils ont horreur de moi. Personne ne m'a demandé mon avis. Je savais que ça allait arriver! je le savais!»

Tom et le Vieil Homme unirent leurs efforts pour tenter de détourner l'attention de Satan et de le rassurer, mais en vain. Des effluves de soufre, des relents de la corruption originelle, un courant d'air passant par d'antiques trous de serrure, tout cela pouvait fort bien échapper aux hommes, mais certainement pas aux chiens. Comme il penchait la tête de côté, on se mit à voir le blanc de ses yeux jaunes et le grondement passa du registre de la basse à celui du ténor.

«Allons, mon garçon, doucement», insista Tom, tandis que les enfants observaient la scène avec de grands yeux, en mâchonnant machinalement leur biscotte.

Une inquiétante écume commençait à se former autour de la gueule de Satan.

«Il veut me tuer, siffla M. Smith.

— Il ne peut pas vous tuer. Personne ne peut! fit le Vieil Homme en essayant de le rassurer.

— Je ne laisserai pas ça arriver. Si personne ne veut me protéger...»

Le chien semblait prêt à renoncer aux ténèbres où il végétait pour plonger dans une lumière impitoyable.

M. Smith ouvrait des yeux horriblement exorbités et, à l'instant où Satan, malgré Tom qui s'efforçait de le retenir par son collier, fut près de bondir, M. Smith se transforma en un grand ours grisonnant avec de petits yeux porcins et des pattes aux griffes jaunes.

«Arrêtez ça tout de suite! cria le Vieil Homme. Ce chien est absolument inoffensif!»

Le plus petit des enfants, visiblement impressionné par les dimensions de l'ours, commença à hurler. Le plus grand se contenta de tendre le doigt, comme si les autres n'avaient rien remarqué.

Satan se mit brusquement à trembler, percevant une situation nouvelle impossible à évaluer sur-le-champ.

«Si ça ne vous ennuie pas, monsieur Paix, remettez le chien d'où il vient. Sinon, nous n'arriverons jamais à persuader M. Smith de reprendre sa forme initiale, dit le Vieil Homme.

— Que votre volonté soit faite», psalmodia Tom, puis il ajouta : «Allons, mon vieux, au panier.»

Sitôt la porte refermée sur Tom et sur le chien qui maintenant geignait, M. Smith reprit sa forme habituelle.

«Vous pouvez toujours me réprimander en me disant que ce chien est inoffensif, lança-t-il une fois la transformation terminée. Il vous a laissé le caresser. Il allait m'attaquer comme si c'était moi qui lui avais volé son identité alors que c'est le contraire.

— Calmez-vous, et essuyez tout ça. Vous avez bavé sur la table.

— Il y a des serviettes en papier là-bas», dit Nancy, toujours complaisante.

L'enfant qui hurlait examinait maintenant M. Smith, un pli soucieux barrant son visage encore baigné de larmes. Son frère appréciait les changements à vue et semblait en réclamer d'autres en agitant dans l'air une cuillère qu'il finit par laisser tomber sur le sol.

Pendant que M. Smith essuyait la salive d'ours sur la table, Tom réapparut avec un sourire penaud. «Il ne vous ennuiera plus. Ce pauvre Satan est en état de choc.»

M. Smith s'empressa de prévenir toute remarque que le Vieil Homme aurait pu faire.

«Il faut me pardonner ce changement précipité d'apparence physique. Je n'avais pas l'intention de vous faire peur, ni à vous ni à vos enfants. J'agissais simplement en légitime défense, dit-il d'un ton quelque peu belliqueux.

— Je dois avouer que je n'avais encore jamais vu Satan comme ça. Ah, Seigneur, on en apprend tous les jours. C'est peut-être l'âge.

— Puis-je vous demander de l'appeler simplement "le chien", dans la suite de notre conversation? demanda M. Smith avec douceur.

— Bien sûr, bien sûr. Nancy, mon chou, je crois qu'il y a eu un peu trop d'excitation ici pour les plus jeunes membres de notre famille..., dit Tom.

— Compris», répondit Nancy et, claquant dans ses mains, elle annonça : «Au lit!»

Les enfants regardèrent une dernière fois M. Smith.

«Au lit!» cria-t-il, claquant dans ses mains comme une nurse diplômée.

Les deux enfants éclatèrent de nouveau en sanglots.

«Ils sont fatigués, dit Nancy avec tact, en les retirant de leur chaise haute.

— Je vais les porter, chérie. Si vous voulez bien m'excuser un moment, Seigneur.

— Bien sûr.»

Dès que le Vieil Homme et M. Smith se retrouvèrent seuls, ils se regardèrent d'un air courroucé.

«Un ours, je vous demande un peu, murmura le Vieil Homme.

— Il a fallu que je prenne une décision rapide, dès l'instant où vous aviez décidé de ne pas venir à mon secours...

— A votre secours?

— Vous auriez pu l'endormir en le caressant, ou bien le plonger dans un état d'euphorie canine. Je vous ai observé, espèce de vieux...

— Je vous ai expliqué une fois pour toutes que je veux ménager mes pouvoirs pendant que je suis sur Terre...

— Oui, mais pas à mes dépens, je l'espère. Faut-il vous rappeler que je suis ici sur votre invitation? En fait, je suis, techniquement parlant, votre invité sur la Terre. Vous êtes responsable de ma sécurité!

— Ce chien n'aurait pu vous faire aucun mal, même s'il avait essayé, même avec l'usage de ses yeux!

— Je me suis senti plus en sécurité sous la forme d'un ours, voilà tout. J'aurais pu devenir un crocodile, mais ces animaux-là ne peuvent guère s'asseoir à table et, d'ailleurs, j'aurais risqué de mordre un pauvre chien aveugle. J'entends déjà vos reproches. J'aurais pu devenir quantité de choses. Une girafe ne tiendrait pas dans cette pièce, et d'ailleurs, c'est un animal absolument inoffensif. Un éléphant serait passé à travers le plancher et il aurait bavé beaucoup plus sur la table. Non, non, je crois que, au plan de l'environnement comme on dit maintenant et d'un point de vue fonctionnel, j'ai pris la bonne décision, mais si le chien devait retrouver ses instincts agressifs et réapparaître, je passerais probablement à un autre extrême et personne alors ne serait en sûreté.

— Qu'est-ce que vous deviendriez?

— Une guêpe!»

Tom revint.

«Ça va être dur de faire s'endormir les petits», dit-il.

Le Vieil Homme lui fit signe d'approcher.

«Dites-moi, Tom. Ou plutôt, dites-nous. Pourquoi avez-vous manifesté si peu de surprise en nous voyant?

— Eh bien, comme je vous l'ai dit, nous regardons l'émission de Joey Henchman...

— Oui, mais pourquoi l'avez-vous regardée, puisque vous nous avez dit que c'est une des choses qui ne vont pas dans votre grand pays?

— Je crois que nous avions le pressentiment que si jamais

117

il devait y avoir un second avènement du messie — et nous étions tout à fait sûrs, Nancy et moi, qu'au train où vont les choses il devrait y en avoir un tôt ou tard — eh bien alors, ça avait toutes les chances d'arriver dans une émission comme celle de Joey Henchman. Il y en a pas mal — celle du révérend Obadiah Hicks, l'Heure des Murmures de Brian Fulbertsen — mais on peut dire que Joey Henchman est le plus affreux de la bande.

— Mais nous reconnaître si vite...

— Seigneur, je vais être franc. Nous n'avons pas tout de suite reconnu... M. Smith, c'est bien cela? Seulement juste avant la fin de l'émission. Je crois que c'est parce que nous avons toujours pensé à vous, Seigneur, ou aux membres de votre famille, en attendant un second avènement. Le... M. Smith, nous pensons qu'il est là tout le temps.» Il eut un petit rire. «Peut-être que c'est dans la nature humaine de penser que le mal est toujours présent et que le bien est quelque chose dont il faut attendre la venue. Quoi qu'il en soit, dès l'instant où vous êtes apparu sur l'écran, Seigneur, Nancy et moi on est tous les deux tombés à genoux. Je me souviens qu'elle a crié Alléluia!

— C'est tout à fait extraordinaire, observa gravement le Vieil Homme. Et vous n'avez jamais eu un instant de doute quant à notre — enfin quant à mon... authenticité?

— Pas un instant, Seigneur.

— Et si je m'étais transformé en ours au lieu que ce soit mon collègue?

— J'aurais pensé qu'il devait y avoir une raison pour que le Seigneur ait accompli ce miracle... un jour, avec de la chance et avec la foi, cette raison nous sera révélée.

— C'est tout?

— C'est tout, Seigneur. C'est aussi simple que ça.»

Le Vieil Homme resta un moment plongé dans sa perplexité.

«Mais votre dévotion semble si naturelle, si exempte de tout complexe.

— Je suis un type assez direct, Seigneur. J'ai été soldat, bien sûr, pour servir mon pays. Vous comprenez, on m'a envoyé au Viêt-nam pour combattre le communisme. Vous savez ce que c'est, monsieur ?

— Je ne suis pas totalement ignorant, fit le Vieil Homme en souriant.

— C'est simplement que je ne veux pas vous entraîner sur des terrains où il faut trop d'explications pour qu'on y comprenne quelque chose.

— Je connais le communisme, mais, attention, sans être bien au courant des changements qu'il a pu y avoir là-bas. Est-ce que M. Staline est toujours en activité ?

— Il est mort en 1953, à mon grand regret, déclara M. Smith d'un ton méprisant.

— Maintenant que vous en parlez, je crois me rappeler avoir noté ça, murmura le Vieil Homme. Je vous en prie, continuez.

— Eh bien, le Viêt-nam était une drôle de guerre qui ne ressemblait à rien de ce à quoi on nous avait préparés. Je crois que, si c'était notre pays que nous avions défendu, nous aurions par moments perdu la tête et que nous aurions fait des choses insensées et parfaitement répugnantes aux gens qui nous envahissaient — alors, avec le recul, je peux comprendre. Mais sur le moment... on ne nous a pas dit que c'était nous les envahisseurs, voyez-vous. On nous a laissé découvrir ça nous-mêmes plus tard. On nous a dit que nous étions des vaillants messagers du Mode de Vie américain, du Rêve américain. Ce n'est qu'après qu'on nous a laissés nous apercevoir que c'était un cauchemar, la façon dont on nous faisait interpréter ça. Les gosses mutilés, des défoliants sur les forêts, l'alcool et la drogue.

«En fait, c'est nous qui étions mutilés, Seigneur. Sans que ça se voie tout de suite, quelque chose s'est faussé, ç'a été la pire espèce de trouble mental. Certains se sont réfugiés dans la haine. Ça ne vaut pas mieux. Il y a ceux qui sont tombés en route. Vous comprenez, toute cette stupide histoire nous a imposé une trop grande tension. S'il y avait au monde des soldats qui pouvaient supporter ça, c'était bien nous, seulement, vous comprenez, nous n'en fûmes pas capables, voilà. Ils avaient eu tort d'attendre ça de nous. Et ils ont eu tort de ne pas mieux nous accueillir quand ceux d'entre nous qui ont tenu le coup sont rentrés.

— Mais vous disiez que votre pays était grand, se souvint le Vieil Homme.

— Il l'est, Seigneur, grâce à vous. Seulement peut-être qu'il a grandi trop vite. Quand il n'y avait que treize États, comme au début, nous savions à peu près de quoi il s'agissait. Nous étions comme un nouveau-né encore pur de tout péché. Nous connaissions notre devoir, clair comme de l'eau de roche. C'était de survivre. Nous étions ce qu'on appellerait aujourd'hui un pays du tiers monde. Et puis, vous comprenez, nous avons commencé à nous développer... avec tout cet espace. Comme un gosse qui grandit nous avons appris à marcher en procédant par tâtonnements. Nous nous sommes fourré dans la bouche des choses qui n'étaient pas faites pour nous. Les maladies nous ont endurcis. L'enfance est arrivée. L'école. L'héritage d'une grande fortune quand nous étions encore trop jeunes. Le pétrole, le blé, tous les trésors de votre belle Terre, Seigneur. Des fortunes colossales se sont faites, tandis que la pauvreté était alimentée par l'immigration. Nous avons grandi et grandi, nous avons commencé à rouler des mécaniques, à prendre plaisir à notre force physique, mais nos idéaux sont restés les mêmes qu'à notre naissance, quand nous étions une jeune nation avec la tête pleine de rêves. Je veux dire, quand il n'y a rien encore sur l'ardoise, tous les rêves sont possibles, pas vrai ? Allons, Seigneur, je ne veux pas vous ennuyer avec tout cela.

— Mais pas du tout, allez-y.

— Eh bien, maintenant, vous comprenez, nous sommes adolescents. Nous aimons bien descendre les collines sur nos planches à roulettes, faire du surf en remontant la vague, essayer des sensations nouvelles, nous exposer, nous et d'autres gens, au danger, faire toutes ces choses irresponsables qui amusent un gosse de quinze ans — mais notre rêve est resté là où il a toujours été, au berceau. Un rêve d'ouverture, de liberté, de bonne volonté envers tous. Tous autant que nous sommes, même les pires meurtriers, les marginaux, les clochards, nous portons en nous des fragments de ce rêve.

C'est la tradition. Et ce que nous trouvons chaque matin au réveil, c'est la réalité. Le besoin de gagner notre vie, de réussir, de nous démener, de courir, d'éviter la mort, de vivre pour l'apparence, de soigner nos ulcères, de regarder la télé et, à la fin de la journée, juste avant de nous endormir, de nous rendre compte qu'il n'y a pas eu beaucoup de temps pour le rêve — ni pour l'amour. Et notre dernière pensée consciente, c'est : demain, ce sera différent.

— Stupéfiant, murmura le Vieil Homme. Parfois, j'espère qu'il ne me reste plus rien à apprendre, mais je suis toujours déçu. Quand avez-vous réfléchi à tout ça ?

— Oh, le temps n'a pas manqué. Au Viêt-nam, pendant les pauses entre deux combats. Au bout d'un moment, vous comprenez, je me suis dit que je n'étais pas là pour me battre, comme on me l'avait dit. J'étais là pour apprendre, ce qu'on ne m'avait jamais expliqué.

— Et vous êtes encore soldat ?

— Non. » Un grand sourire s'épanouit sur le visage de Tom. « Mais vous êtes toujours en uniforme ?

— Hé oui... ma foi, je crois que je suis retourné au berceau et que j'ai rassemblé les pièces du rêve brisé comme un puzzle. Cet uniforme n'est pas militaire. Je suis garde forestier maintenant, là-haut dans le parc national d'El Cimitero. Mon travail, c'est de protéger la nature. Je ne peux pas faire ça pour le monde entier. Je n'en ai ni la personnalité ni la conviction. Seul un fou en serait capable, et je ne suis pas fou. Alors... comme je ne peux pas faire ça pour toute la planète, je vais le faire pour quelques kilomètres carrés. Ça au moins, c'est ma responsabilité. Je vais protéger mon petit coin de paradis avec ma vie, Seigneur.

— Étonnant.

— Oui, je dois le dire : étonnant, renchérit M. Smith. C'est assez pour me détourner des tordus et des débrouillards. Toute cette réflexion ! toute cette méditation vagabonde condensée en quelques gouttes de clairvoyance ! Il y a de quoi vous faire perdre vos illusions ! »

Sur ces entrefaites, un bruit, comme un grand battement d'ailes, se mit à s'amplifier avec une menaçante intensité.

«C'est drôle, fit Tom. Un hélicoptère. On ne laisse personne survoler la région, et certainement pas de nuit.»

Un éblouissant faisceau lumineux éclaira la maison de l'extérieur, en balayant toute la surface.

Le Vieil Homme dit :

«J'ai l'horrible sentiment que ce pourrait bien être le FBO.

— FBI, corrigea M. Smith.

— Quoi que ça puisse être, si vous estimez que votre devoir est de nous livrer, nous comprendrons très bien.

— Parlez pour vous ! Je n'ai aucune envie de passer la nuit au bloc parce que *vous* avez fabriqué de la fausse monnaie, s'écria M. Smith.

— Montez dans la chambre d'amis, ordonna Tom. C'est la seconde porte à gauche en haut de l'escalier. Et n'allumez pas.

— Il n'y a pas d'autre chien là-haut ? demanda M. Smith.

— Non. Ne faites pas de bruit. Ne bougez pas trop. Trouvez de quoi vous asseoir et écartez-vous des fenêtres.»

Les deux visiteurs commencèrent à exécuter ces ordres brefs et précis, tandis que Tom, éclairé par le projecteur, maintenant immobile, s'apprêtait à faire face aux visiteurs. Le battement des grandes ailes commença à s'apaiser, accompagné d'un vrombissement métallique.

## 8

Assis dans le noir et parlant d'une voix étouffée, le Vieil Homme et M. Smith percevaient des bruits de voix provenant d'en bas. Manifestement, les cloisons étaient très minces.

«J'en ai assez de courir. Après tout, s'il y a d'autres gens comme Tom, notre visite pourrait bien se révéler bénéfique, dit le Vieil Homme.

— Croyez-moi, il est unique en son genre. Oh, il y en a peut-être d'autres qui pourraient être comme lui si seulement ils se fiaient à leur intelligence naturelle plutôt qu'à ce qu'on leur dit ou même à ce qu'on leur ordonne de faire. Non, croyez-moi, les habitués du Sauna Sens Dessus Dessous sont bien plus nombreux que les Tom d'ici-bas, même si à leur façon ils sont tout aussi non conformistes. La plupart des hommes et des femmes, dans leur vaste majorité, s'imitent les uns les autres, singent les opinions d'autrui, coupes de cheveux, façon de s'habiller et tics de langage. Pour ces gens-là, l'originalité fait obstacle aux rapports sociaux.

— C'est bien déprimant si c'est vrai, murmura le Vieil Homme. Vous savez, quelque chose en moi a envie de renoncer à la lutte, d'aller en prison, de suivre la logique humaine jusqu'au bout du chemin. Sans cela, je ne crois pas que nous aurons rempli le mandat que nous nous étions fixé.

— On dirait que ce sinistre vieux pessimisme redresse la tête.

— Peut-être bien... peut-être bien.»

M. Smith reprit d'une voix grinçante :

«Résignez-vous à une chose, mon pauvre pharisien d'ami, dit-il. Vous n'avez rien fait qui mérite la peine de mort. Vous avez simplement fabriqué pour quatorze mille huit cent soixante-quatre dollars de faux billets...

— Comment connaissez-vous le chiffre exact ? Même moi, je ne le connais pas.

— Le FBI le sait. Dans cet abominable hôpital de Washington, j'ai lu le rapport. Je suis très fort pour lire à l'envers. Je suis un véritable spécialiste de la lecture rapide à l'envers. La somme est donc confortablement inférieure à quinze mille dollars. C'est votre premier délit... ça, ils le savent. Ils n'ont pas encore découvert les cinq millions de yen et toutes les autres gâteries de notre trousse de survie, et avec de la chance ils ne les découvriront jamais. Étant donné votre grand âge, on vous remettra sans doute en liberté surveillée, avec obligation de vous présenter une fois par semaine à un abruti à qui on n'a pas pu trouver de meilleur emploi. Pareille perspective ne mérite guère le sacrifice suprême et, dans tous les cas, comme vous me l'avez si désagréablement fait remarquer quand j'allais me faire mordre par un chien enragé, il ne peut nous arriver aucun mal. Alors laissez tomber.

— Avec vos seaux d'eau froide, vous êtes toujours prêt à éteindre tout enthousiasme que je pourrais provisoirement éprouver. C'est dommage. »

Dans le salon en bas, Tom se trouvait confronté à Guy Klevenaar, au docteur Dockerty et à Luis Cabestano, tous du FBI.

Klevenaar examinait la table en marchant autour et en la considérant sous tous les angles.

« Je vous l'accorde, aucun aliment n'a été consommé, déclara-t-il, mais les chaises sont déplacées d'une façon qui suggère qu'elles ont été récemment occupées.

— Qu'est-ce que vous essayez de prouver, les gars ? demanda Tom, les yeux flamboyants. Que j'abrite des criminels ou, pis encore, que je suis leur complice ? »

Le docteur Dockerty se pencha, l'air tendu.

« Je me demande simplement si vous vous rendez bien compte à quel point ces hommes sont dangereux. Je ne crois trahir aucun secret en disant que l'idée a traversé plusieurs grands cerveaux de cette Administration qu'ils pourraient fort bien travailler pour le camp adverse. Tout d'abord, ils ont pénétré illégalement aux États-Unis, peut-être grâce à un sous-marin. Ensuite, on les a pris en flagrant délit à Washington essayant de faire passer près d'un million de faux dollars pour de vrais billets. Ils ont échappé à la garde de la police. Ils ont disparu d'un hôpital psychiatrique. Nous les avons rattrapés à l'émission de Joey Henchman — vous avez peut-être lu ça dans les journaux — où ils ont essayé de mettre le feu. Ils se sont de nouveau enfuis. Le bruit court maintenant qu'ils seraient dans ces parages, et *ils sont dangereux.*

— Pas possible. Dites-moi, comment font-ils pour s'enfuir tout le temps ? Je croyais que vous autres étiez très forts pour garder les prisonniers. »

Les trois agents du FBI échangèrent des regards qui trahissaient leur perplexité.

Luis Cabestano dit, avec un petit accent espagnol :

« C'est dou matériel confidentiel. Nous n'avons même pas le drroit d'en discouter.

— Parfaitement, confirma Klevenaar.

— Malgré tout, fit le docteur Dockerty d'un ton traînant, personne ne peut empêcher quelqu'un de faire des hypothèses et, d'après ce que j'ai entendu dire dans les milieux bien informés de Washington, ils ont mis au point une nouvelle technique qui leur permet de se volatiliser. Alors, s'ils en sont capables, ça ne peut vouloir dire qu'une chose : ils possèdent des connaissances que nous n'avons pas. Et qui pourrait avoir des connaissances que nous ne possédons pas ? Un individu ? Vous êtes fou ! Une organisation ? Il faut vous faire examiner ! Une autre nation ? Voilà ! Il faut toutes les ressources de tout un pays. Une technologie comme celle-là, ça ne se trouve pas du jour au lendemain. Maintenant, vous commencez à y voir clair ? Bon ! Alors, vous pouvez deviner pourquoi des personnalités bien informées estiment que ces individus sont au service de... de l'autre camp ?

— L'autre camp ?

— Vous n'avez pas besoin d'être super intelligent pour savoir qu'il s'agit des Russkis... Seulement nous n'avons pas le droit de le dire au cas où il y aurait une taupe dans les parages, du fait que nous sommes si gentils avec eux ces temps-ci, en mettant à la ferraille notre armement démodé et tout le tremblement. Bon sang, je n'ai pas besoin de vous faire un dessin.

— Où mène cet escalier ? demanda Klevenaar, son pied sur la première marche.

— Où mène généralement un escalier ? répliqua Tom. Au premier étage. Seulement je vais vous dire une chose, messieurs. Cette porte-ci mène dehors. Et c'est là où j'aimerais que vous exploriez un peu. On n'aime pas beaucoup les hélicoptères par ici. Ils perturbent la vie sauvage, surtout la nuit, et ils sont polluants. Je vous ordonne donc présentement de quitter le secteur du parc national, parce que vous êtes en train d'enfreindre plusieurs des règlements qui gouvernent cet endroit.

— Et qu'est-ce que vous faites en cas d'urgence ? s'écria le docteur. Quand vous vous cassez la jambe, ou que votre femme a une crise d'appendicite ?

— Ça n'est pas pareil. Il ne s'agit pas d'une urgence.

— Pas d'une urgence ? s'exclama le docteur. Avec deux dangereux ennemis des États-Unis qui courent la campagne... et plus que probablement au service du foutu... camp adverse ? Allons, les enfants, fouillez-moi cette maison.

— Il y a là-haut ma femme dans sa chambre et les gosses qui dorment ! fit Tom d'un air menaçant.

— Je suis certain qu'oncle Sam sera tout prêt à leur présenter ses excuses », répondit le docteur sur le même ton.

Là-dessus, Guy Klevenaar, à mi-chemin de l'escalier, poussa un cri de douleur en secouant sa main.

« Qu'est-ce qu'il y a ? cria le docteur, prêt à dégainer son pistolet.

— J'ai été piqué par une sale bête.

— Regardons ça, fit le toubib en bondissant en avant.

— Ici, à l'arrière du poignet !

— Vous êtes sûr que ce n'est pas une sarbacane ? fit le docteur d'une voix étouffée. Rappelez-vous cette conférence sur les sarbacanes et leur usage. » Et il ajouta : « Merde ! » tout en reculant précipitamment et en portant la main à son cou.

«Qu'est-ce qu'il y a? demanda Luis Cabestano d'une voix endormie.

— J'ai été piqué aussi!

— Tous les deux. C'est oune coïncidence. Voyons un peu.»

Doc se laissa examiner le cou.

«C'est oune piquoure de gouepe.

— De quoi.

— De gouepe.

— De guêpe?

— Oui. Oh-oh.

— Qu'y a-t-il? Vous aussi?

— Oui. Mais je ne réagis pas comme vous. Zé souis piqué presque tous les jours dans le jardin.

— Où ça?

— A la cheville, dit Cabestano, en retroussant sa jambe de pantalon.

— Tous les trois, marmonna Guy. A plus de trois mille mètres d'altitude, au-dessus de la ligne des neiges éternelles, en pleine nuit, piqués par une guêpe.

— Ça ne tient pas debout.»

Ils se regardèrent, de plus en plus conscients de l'absurdité de la situation.

Le toubib se rembrunit et dit d'une voix douce et grave :

«Vous croyez que ce pourrait être une autre arme qu'ils possèdent... et que nous n'avons pas?»

Tom sentit soudain quelque chose lui chatouiller le revers de la main. Il jeta un coup d'œil sans bouger. Il avait deux frelons posés sur la main, l'un foncé, l'autre d'un blanc de neige.

«Bon sang, un frelon albinos?» se dit-il, et il comprit soudain ce qui s'était passé. Un miracle.

Sans bouger la main, il ouvrit de l'autre la porte d'entrée. Puis il se pencha à l'extérieur. Les frelons décollèrent en formation, et Tom eut l'impression qu'ils agitaient leurs ailes pour le saluer.

«Qu'est-ce que vous faites là? lança le docteur, toujours méfiant.

— C'est étouffant ici, vous ne trouvez pas?

— J'allais justement remarquer combien il fait froid, observa Guy.

— Exact », commenta Cabestano.

Tom referma la porte.

« Ne vous gênez pas si vous voulez monter, messieurs. Tout ce que je peux faire pour aider des agents du FBI dans l'exercice de leurs fonctions...

— Qu'est-ce qu'il y a là-haut au fait, à part le premier étage ? demanda Guy, une fois arrivé au milieu de l'escalier.

— Ces fichus frelons ont dû faire un nid sous les poutres, comme l'année dernière. Il va falloir les enfumer.

— Des frelons ? C'est pire que des guêpes !

— Ouais. Quatre piqûres de frelons, ça suffit pour tuer un homme. Trois, s'il est fragile.

— Et vous savez, cette douleur ne se calme pas », dit le toubib en se palpant le cou.

Guy redescendit l'escalier à pas lents.

« Je pense que nous sommes disposés à vous croire sur parole quand vous affirmez que vous n'abritez personne.

— Vous avez ma parole, assura Tom, en brave et loyal Américain, que je n'ai jamais abrité un être humain ici depuis le blizzard de l'hiver dernier. »

Là-dessus, le vieux chien, s'étant éveillé d'un sommeil agité, hanté par des visions de monstre salivant, flaira des présences étrangères et se mit à aboyer.

« Vous avez un chien ?

— Oui... je n'aime pas le laisser sortir.

— Quelle race ?

— Un croisement de doberman et de berger allemand.

— Comment l'appelez-vous ? demanda le toubib.

— Satan.

— Bah... je pense que je suis satisfait, si vous l'êtes tous aussi. Il faut que je fasse soigner cette piqûre, déclara le docteur.

— D'accord pour moi, répliqua Guy. Je ne vais pas fermer l'œil si cette douleur ne se calme pas.

— Vous savez, les gars, déclara Cabestano, j'étais prêt à déclarer la journée finie avant même qu'on se fasse piquer.

— Merci de votre aide », dit le docteur en sortant ; puis,

à la réflexion, il revint sur ses pas. «Écoutez, si ces suspects se présentent après notre départ, vous n'avez qu'à nous appeler à Phoenix, au 79 21 43 ou 44. Voici ma carte. Et ne leur dites pas que nous étions ici à leur recherche. Nous ne voulons pas qu'ils sachent que nous sommes sur leur piste, vous comprenez? Si vous devez mentir, souvenez-vous que vous le faites pour votre patrie. Dites-leur simplement, non, personne ne vous recherche. Appelez-nous et continuez à leur faire la conversation. Nous ferons le reste.

— Très bien, docteur.»

Après une petite hésitation due au froid, les pales se redressèrent et l'hélicoptère disparut; bientôt on ne l'entendit plus.

Tom rouvrit la porte de l'escalier et cria : «Vous pouvez revenir maintenant...»

Il attendit un moment, puis comprit qu'ils étaient partis pour toujours, laissant derrière eux bien des réflexions pour un homme à la foi simple.

## 9

Ils avaient volé toute une nuit et tout un jour quand le frelon foncé se posa sur un quai de gare quelque part dans le Middle West. Le frelon blanc se mit à tournoyer autour de lui avec sollicitude jusqu'au moment où il put observer que son compagnon se transformait lentement et de façon très hésitante en M. Smith. Il se posa alors à son tour, se changeant rapidement et gracieusement en Vieil Homme.

M. Smith secoua sa tête échevelée. Il haletait, gémissait et soupirait.

«Vous en avez assez? demanda le Vieil Homme d'un ton indulgent.

— Je n'aurais pas pu rester ainsi une seconde de plus, proclama M. Smith. Vous savez, avoir piqué ces trois idiots m'a demandé beaucoup d'énergie, bien plus que je n'aurais cru.

— Voilà où mène l'esprit de vengeance!

— Oh, ils l'ont bien mérité. Si j'en avais eu le temps, j'aurais piqué le chien pendant que j'y étais. C'est tout simplement cauchemardesque d'être confiné dans un espace aussi restreint que le corps d'un frelon — et aussi de se retrouver dans le cadre d'une durée de vie aussi limitée! J'avais l'impression de devenir plus vieux et plus grincheux à chaque mètre que je parcourais en volant. Rien d'autre dans les narines que l'odeur poussiéreuse du pollen. Aucun intérêt dans la vie que cette triste industrie. Nul autre but que de sauter de fleur en fleur. Je vous assure, pendant le vol j'avais du mal à me rappeler qui j'étais vraiment!

— Vous êtes trop impressionnable, mon cher. Je n'ai aucune difficulté à me souvenir de mon identité.

— Évidemment. Qui a jamais entendu parler d'un frelon blanc ? Même sous forme d'insecte, il a fallu que vous affichiez votre identité. C'était on ne peut plus gênant de voler à côté de vous. Heureusement que nous n'avons rencontré personne susceptible de nous reconnaître en chemin.

— Où allons-nous maintenant ?

— Quelque part où nous n'aurons pas à nous enfuir sans arrêt. Quelque part où nous aurons un dossier vierge.

— Je veux ignorer cette allusion. »

M. Smith réagit avec force.

« C'est vrai. Grâce à mes enquêtes ici et là, aux éditoriaux glanés dans des journaux sales et à des remarques surprises au hasard, je sais que dans ce pays tout écart de conduite, si innocent qu'il soit, toute infime entorse à la loi, toute anomalie qui révèle des opinions considérées comme non conventionnelles, est enregistré dans la mémoire d'un ordinateur — et chaque fois que quelqu'un a des ennuis, la machine débite à nouveau tous ces détails sordides comme s'ils dataient d'hier. Voilà en quoi consiste l'égalité des chances... Ils partent *tous* avec un handicap.

— Un ordinateur ? demanda le Vieil Homme d'un ton hésitant.

— Une imitation faite par l'homme de l'esprit humain.

— Ils y sont parvenus ? fit le Vieil Homme, soudain tout tremblant.

— Il y a deux grandes différences. D'abord il n'a et ne peut avoir aucune imagination, pour la simple raison que, si jamais il devait en acquérir une afin de rivaliser avec les êtres humains, il deviendrait aussi inefficace que ceux-ci le sont déjà, et donc d'un intérêt limité pour eux. Ensuite, alors que les hommes ont tendance à perdre la mémoire avec le temps, un ordinateur n'oublie jamais. Dans les cas que j'ai décrits, c'est comme une machine à laver qui, au lieu de nettoyer, ressortirait le même linge sale décennie après décennie, le passage du temps ne servant qu'à rendre la crasse encore plus tenace qu'elle ne l'était à l'origine.

— Pourquoi est-ce que je sais si peu de chose là-dessus ? C'est vraiment décourageant, soupira le Vieil Homme.

— Fiez-vous à moi pour les détails. Votre terrain de pâture naturel, c'est la vaste courbe de l'histoire, la tapisserie du temps, les perspectives gigantesques, les sommets... pour ne rien dire des chorals en mode majeur. Pour moi, ce sont les potins, les commérages, les rumeurs et la méchanceté qui rendent supportable la communication entre humains. Vous n'êtes absolument pas capable d'additionner deux et deux. C'est trop facile. Mais demandez-vous quelle est la racine carrée de neuf millions quatre cent six mille deux cent soixante-sept trois quarts, et vous répondrez d'un air distrait, tout en ayant l'air de penser à autre chose.»

Le Vieil Homme était rayonnant.

«Voilà une façon terriblement séduisante d'affirmer que nous sommes complémentaires.»

M. Smith soupira.

«Vous saviez ce que vous faisiez quand vous m'avez flanqué dehors. Vous êtes le poète de l'infini. Je ne suis que le chroniqueur du quotidien, heure par heure, minute par minute.

— Les deux sont complémentaires aussi. Si j'étais parti seul dans cette expédition, je n'aurais absolument rien appris. Tout en contemplant l'horizon, j'aurais trébuché sur chaque caillou.

— Assez de flatteries! lança M. Smith avec agacement. Ce n'est pas naturel.

— Qu'allons-nous faire? Je ne pense pas que nous puissions rester ici beaucoup plus longtemps. Après tout, si le FBO nous suit jusqu'en haut d'une montagne à bord d'une machine volante, ils sont capables de tout, excepté de nous arrêter.»

M. Smith ne releva pas l'erreur de sigle. Il en avait assez de toujours paraître avoir raison.

«Nous avons exploré les vallées, reprit le Vieil Homme. Nous ne pouvons pas partir sans faire une visite au sommet.

— Au sommet?

— Le Président, qui habite la Villa Blanche, à Washington. Ce n'est pas ça?

— Presque. C'est une maison, pas une villa. Mais avant de nous mettre en route, décidons d'un endroit où nous retrouver ensuite. Je suis certain que nous ne parviendrons pas à quitter la Maison Blanche de façon digne. Il y a trop d'agents de sécurité dans les parages.

— Bien raisonné. Je suggère l'aéroport. Au moins devrions-nous pouvoir quitter le pays avec dignité.

— J'en doute. Cela signifie qu'il faudra acheter des billets, première classe de préférence. Changer d'autres yen. Nouveau déguisement japonais.» M. Smith poussa un gémissement. «Et d'ailleurs, où irions-nous?

— Au Royaume-Uni, dit le Vieil Homme d'un ton décidé. Les Anglais possédaient une bien plus grande partie du monde qu'ils n'en avaient le droit, et ils ont cru que la chose leur était due. Je suis fasciné par des gens capables de se faire à ce point des illusions et de s'en tirer avec une vertueuse tranquillité et la conviction que, s'ils n'avaient pas fait ce qu'ils ont fait, d'autres s'en seraient chargés, ce qui veut dire, en général dans leur cas, les Français.

— Vous avez l'air de les connaître étonnamment bien.

— Ils ont attiré mon attention à travers les âges, comme beaucoup d'autres peuples, toujours à la veille d'une guerre. Ils avaient la touchante habitude de célébrer des grand-messes pour m'inciter à bénir les armes d'un camp ou d'un autre avant le déclenchement des hostilités, comme si j'allais jamais faire une chose pareille. Et, comme ils avaient prononcé toutes les formules qu'il fallait, ils étaient persuadés que ça marche-rait. Vous vous l'imaginez bien, ça n'a jamais été le cas. Mais je leur ai donné de bonnes notes pour leurs efforts. Seuls les Allemands ont passé les limites de la décence, voilà quelques années, en proclamant que j'étais dans leur camp. *Gott mit uns*, si je me souviens bien. J'ai refusé d'écouter ces absurdi-tés, mais j'ai le regret de dire que ça n'a pas changé grand-chose. Ils se sont comportés comme si j'avais soutenu leurs tendances belliqueuses. Au bout du compte, ils ont perdu, bien sûr. Ils n'ont eu que ce qu'ils méritaient.

— Vous n'avez jamais pris parti?

— Jamais. J'avais mieux à faire. Je vous ai laissé ça. Les seuls conflits que j'ai vraiment détestés, ce sont les guerres de reli-gion — les croisades... Les passions étaient si déchaînées. Je n'ai jamais supporté d'être un sujet de dispute, comme un os que s'arrachent les chiens de guerre. Mais récemment les grand-messes ont cessé. Des funérailles, oui, mais personne ne réclame plus de bénédiction. Les guerres sont devenues quelque chose de subreptice, de furtif et de secret. Personne doué d'un peu de bon sens ne les associe plus à la morale. Ce sont des blasphèmes contre l'ensemble de la Création.

— Qu'est-ce que vous vous attendez à m'entendre dire ? Que je suis d'accord avec vous ? Eh bien, figurez-vous que oui. A bien des égards. Trop de temps s'est écoulé depuis la Création pour que je prenne encore plaisir à ces conflits. Le mal, après tout, doit être savouré. Comment peut-on savourer des guerres dans lesquelles la planète entière est transformée en une sorte de discothèque démente ? Non, le mal est dispersé, dilué, pis encore, gaspillé dans de grandes réceptions. Le mal est fait pour les petits dîners intimes. Le mal doit être savouré, pas consommé. »

Tous deux méditèrent un moment en silence, reposant leur corps sur la pente herbue déjà saturée de rosée.

« Je ne me suis jamais entendu parler comme ça, dit le Vieil Homme avec un étonnement croissant.

— Oh, vous n'avez jamais eu personne à qui parler. Vous m'avez appelé des profondeurs pour vous servir d'auditeur.

— Peut-être. Mais il ne s'agit pas seulement de ça. J'avais besoin d'un contradicteur.

— D'une caisse de résonance ?

— Non, non. D'un contradicteur. De quelqu'un qui réanimerait les braises mourantes de l'opinion en s'y opposant, en aiguisant ma sensibilité émoussée, en mettant un terme, du moins pour quelques instants, à la terrible hibernation que j'ai subie.

— Le blanc appelle le noir, comme une femme appelle le miroir.

— Ma foi, c'est vrai. Ma vision des choses peut avoir momentanément changé car, ayant adopté les limitations d'une forme humaine, je suis influencé dans ma pensée par ses limites mêmes. Je vois tout comme pourrait le faire un homme, sans même une trace de ce détachement postolympien qui m'a permis de vaquer parmi les firmaments, sans être troublé par aucun autre sentiment que la morsure de l'ennui, avec parfois l'impression de manquer quelque chose, d'être sans appétit et sans ressort, sans avoir non plus la possibilité d'éprouver de l'épuisement ou de la souffrance. En ce sens, ma mission ici est en passe de s'accomplir. Je suis en train de redécouvrir lentement ce que c'est qu'être un homme. J'éprouve un sentiment fugitif de fragilité physique et de confusion intellectuelle. » Le Vieil Homme se mit à rire doucement. « Vous n'allez pas me croire ; mais ça ne me dirait pas grand-chose d'être un mortel. Je ne crois pas que je pourrais supporter la tension, le stress d'avoir à juger chaque geste à la lumière des dangers et des possibilités d'échec qu'il présente. Et pourtant, malgré tout cela, je suis un peu jaloux de mes créatures.

— Que voulez-vous dire ? interrogea M. Smith.

— Quand elles sont lasses, elles peuvent s'endormir.

— C'est tout ?

— Quand elles sont très lasses, elles peuvent mourir. »

Les deux immortels étaient à ce point plongés dans leurs pensées qu'ils n'entendirent absolument pas le train de marchandises qui s'avançait avec des cliquetis métalliques dans la nuit cristalline et qui passa tout près de leurs têtes dans un lugubre gémissement. Une étrange présence vint un moment brouiller leurs visions, puis une créature débraillée et à moitié ivre roula sur le remblai, précédée de relents d'alcool et de vêtements sales.

« Salut, les copains », cria-t-il en s'arrêtant auprès d'eux. Il était indemne et avait de toute évidence acquis la technique qu'il fallait pour sauter en marche et sans encombre de trains roulant au ralenti.

« D'où venez-vous ? interrogea le Vieil Homme.

— De ce train, cria le nouveau venu.

— Quelle était votre destination ?

— Saint Louis, Missouri. Jusqu'au moment où je vous ai vus tous deux allongés sur le talus. Je me suis dit : ces deux gars ont dû sauter du trois heures quarante-deux qui va de Lincoln, Nebraska à Terre Haute, Indiana, et qui passe ici vers cinq heures. Ils ont sans doute quelque chose à manger. Vous comprenez, je n'ai pas dîné.

— Nous ne mangeons pas, dit le Vieil Homme d'un ton sévère.

— Comment ça ? Vous ne mangez pas ? Vous êtes vivants quand même ? » et le vagabond éclata d'un rire sonore.

« Nous n'avons pas faim.

— Nous n'avons jamais faim, ajouta de façon gratuite M. Smith, du même ton moralisateur.

— Ah bon..., fit le vagabond d'un air songeur ; alors, il n'y a qu'une explication. Vous devez être camé, comme moi.

— Camé ? demanda M. Smith.

— Bien sûr. Qu'est-ce qui fait qu'un type se drogue, allez-vous me demander. Eh bien, je vais vous le dire. J'aime ce monde avec passion, vous comprenez ? Seulement je l'aime nu, comme une vierge. J'aime ce que le seigneur Dieu nous a donné...

— C'est très bien de votre part, fit le Vieil Homme en l'interrompant.

— Mais je déteste tout ce que nous en avons fait. Je sais que c'est difficile à croire, mais je suis né riche. Fils unique. J'avais tout ce que je voulais quand j'étais jeune. Un cabriolet Packard, des poneys de polo. Je suis allé à l'école militaire, à l'Université de Princeton. J'ai épousé la fille de E. Cincinnatus Browbaker, qui à cette époque possédait le plus clair de l'Ouest, y compris les chemins de fer des Rocheuses et du Pacifique, les studios Pinnacle à Hollywood, le *Reno Daily Prophet*, la Banque de la Vallée de La Mort, et ainsi de suite. Ce fut le plus grand mariage du siècle à Denver. On a liquidé sept mille bouteilles de champagne et tiré un feu d'artifice de quatre cent mille dollars. Et comment voulez-vous qu'un mariage survive à ça ? »

Le silence était seulement rompu par le discret sifflement du vent dans les fils télégraphiques et le doux murmure de l'herbe qui se couchait sur son passage.

« Pas de questions pour l'instant ? demanda le clochard d'un ton enjoué.

— Non, dit le Vieil Homme. Ça ressemble à un classique conte moral comme on en trouve dans la Bible.

— C'est drôle que vous disiez ça. Mon père a fait fortune dans les chasses d'eau. Les chasses silencieuses Lamington. Il allait régulièrement à l'église. Quelque part au fond de lui-même, il s'en était toujours tenu aux Saintes Écritures et ne voulait rien lâcher malgré toute la richesse qu'il accumulait. Cette parabole du chameau et du chas de l'aiguille l'avait toujours inquiété. Quand il a fini par devenir assez riche pour ne plus savoir combien il possédait ni s'y intéresser, il a fait fondre à Wilkes-Barre, Pennsylvanie, une énorme aiguille. Je me souviens du jour où elle est arrivée, portée sur quinze camions, mis bout à bout sur la pelouse, juste sous le balcon de la chambre de papa. Et puis il a acheté un couple de chameaux en Égypte et, chaque matin, on faisait passer l'un d'eux par le chas de l'aiguille, et papa levait les yeux au ciel en disant : "J'espère que vous contemplez ça, Seigneur. Vous devez savoir pourquoi j'en arrive à ces extrémités." Et il se mettait à glousser pieusement en disant, comme à un associé : "Gardons le secret, n'est-ce pas ?" Je n'ai aucune idée de l'endroit où il est maintenant.

— Il est mort ? demanda le Vieil Homme.

— Oh, il ne peut être vivant, je vous le certifie, fit le vagabond en riant. Sinon, je n'aurais pas hérité... » Il poussa un profond soupir. « Il ne me faisait pas confiance, aussi s'est-il arrangé pour qu'il me soit pratiquement impossible de mettre la main sur plus d'un milliard de dollars avant l'âge de cinquante ans.

— Comme c'est ennuyeux ! dit M. Smith. Comment vous en êtes-vous tiré ?

— Je vais vous dire comment je m'en suis tiré. Dès l'instant où j'ai été sûr que mes trois garçons travaillaient bien en classe et que ma femme avait une liaison passionnée avec mon psychiatre, j'ai tout bonnement disparu dans la nature, et me voilà. Par chance, j'avais la passion des trains quand j'étais gosse. C'était le seul aspect de la civilisation avec lequel je m'identifiais vraiment. J'avais un petit cahier bourré de numéros de locomotives, d'horaires et d'itinéraires et j'ai gardé à jour mes renseignements. Alors, je voyage ici et là, de long en large dans notre grand pays, en évitant les villes,

137

en sautant des trains en marche et en me laissant rouler sur les talus grâce à une technique spéciale à laquelle je me suis aguerri.

— Notre grand pays? répéta le Vieil Homme. Vous êtes la seconde personne que nous ayons rencontrée qui ait employé cette expression, mais l'autre, c'était dans des circonstances très différentes.

— Meilleures? Pires? demanda le clochard avec un rire qui aéra ses dents gâtées. Bah! c'est parce que c'est une sorte de slogan, notre grand pays, souvent utilisé par des militaires inculpés d'actes criminels ou par des Présidents contraints de prendre des mesures impopulaires — mais, selon toute vraisemblance, il est grand. Regardez par là. Le jour se lève, il y a juste quelques traînées violettes et une touche d'orange dans le ciel, comme si l'orchestre du jour s'accordait. Il y a un tel sentiment de puissance dans le ciel, un tel murmure de richesses cachées sous la terre. Tout y respire l'*assurance*. Je ne me lasse jamais de me repaître les yeux de ce spectacle, les oreilles aussi, et ce qui reste de ma pauvre cervelle.

— Si par nature vous êtes à ce point exubérant, je ne vois pas pourquoi vous prenez de la drogue», remarqua M. Smith.

Le clochard se remit à rire doucement.

«Comment pouvez-vous dire que mon exubérance, si c'est bien le mot qui convient, n'est pas due à la drogue?

— La drogue n'est qu'une façon coûteuse de transformer une mauvaise situation en ce qu'il y a de pire.

— C'est ce que vous croyez. Quel âge avez-vous? demanda le vagabond en commençant à révéler le vilain côté de son caractère.

— Un peu plus âgé que vous, fit doucement M. Smith.

— Bah, je parie que non.

— Je parie que si.

— Je vous assure que non, cria le vagabond, cherchant la bagarre.

— Oh, voyons, dit le Vieil Homme, comment pouvez-vous vanter un instant les merveilles de la nature, avec des formules dont certaines m'ont paru tout à fait remarquables, et l'instant d'après vous lancer dans une discussion totalement futile?

— Parce que j'ai soixante-huit ans, figurez-vous! cria le clochard.

— A notre échelle, vous n'êtes qu'un enfant. Seuls les enfants utilisent ce qu'ils imaginent être un langage coloré.

— Quel âge avez-vous, alors? demanda le vagabond, soudainement méfiant.

— Un si grand âge que vous ne le croiriez pas.

— Oui, et nous avons à peu près le même, ajouta M. Smith, sur un ton moralisateur que cette information ne justifiait guère.

— Comment se fait-il que vous n'ayez pas protesté parce que je sens mauvais? demanda le vagabond d'un air sombre.

— Pourquoi le ferions-nous?» C'était M. Smith qui se donnait la peine de poursuivre la conversation, alors que le Vieil Homme semblait avoir coupé le contact.

«Partout où je vais, quand je m'approche vraiment des gens, comme je suis près de vous deux, on me dit que je pue. De temps en temps, ça déclenche des bagarres. Je l'emporte toujours. Les autres mecs peuvent bien être plus forts et plus jeunes, l'odeur que je dégage comme un putois les jette sur le flanc. Et je gagne toujours.» Il les regarda de côté. «Vous deux, vous n'avez rien dit. Comment ça se fait?

— Aucun de nous n'a le sens de l'odorat. Mais nous avons de l'imagination. Et maintenant que vous en parlez, je peux me faire une idée de ce que vous sentez. Vous devriez avoir honte.

— Eh ben voilà! Vous voulez vous battre?

— Nous nous reposons. Vous ne le voyez donc pas?

— J'ai tué six hommes en mon temps. Six hommes et une femme.

— Vous avez de la chance de pouvoir en faire le décompte.

— Vous êtes en train de me dire que vous en avez tué plus que ça?

— Je ne tue pas. Je fais tuer. Souvent par négligence. Mais il est vrai que je ne peux pas être partout à la fois.»

Le clochard interrompit la conversation et s'apprêta à s'administrer une dose en disposant le petit matériel portable qu'il transportait dans son ample manteau. Pendant un moment la conversation s'interrompit, tandis que M. Smith détournait les yeux comme s'il était choqué. Ce fut le Vieil Homme qui reprit la parole.

« Qu'est-ce que vous faites ?

— Je me prépare à me tordre l'esprit, répondit le vagabond avec une rage contenue. Vous, vous avez déjà l'esprit tordu, et je me sens tout seul.

— Tordu ?

— Mais oui. Vous êtes une paire de sales vieux menteurs. Vous êtes camés tout comme moi, sinon vous ne parleriez pas comme vous le faites. Je m'en vais prendre une dose pour que nous puissions continuer une conversation normale. Et laissez-moi vous dire une chose : il existe une sorte de camaraderie parmi ceux que j'appelle les frères du chemin de fer ; ce que je pourrais appeler un esprit de communion et de partage auquel deux vieux schnocks comme vous ne connaissent rien. Nous partageons tout ce que nous avons : nourriture, boissons, marijuana, came. Tous pour un, et un pour tous. Personne ne doit rien à personne. L'argent, ce cancer de la société, n'existe tout simplement pas. Nous sommes comme des livres ouverts. Et c'est une chose qu'il faut que vous appreniez, si vous avez l'intention de voyager dans les fourgons. Sinon, il arrivera un jour où tout le monde vous connaîtra, et il n'y a rien de plus facile que de pousser un homme d'un train quand il n'y a pas de talus sur lequel rouler — le mieux, ce serait un pont ou un tunnel — ou peut-être quand on croise un autre convoi.

— Qu'avez-vous contre nous ? demanda le Vieil Homme.

— Vous mentez. Vous avez des secrets et vous ne les lâchez pas. Vous ne voulez pas me regarder dans les yeux. Vous êtes sournois. Vous prenez de la drogue en secret. Vous êtes probablement un couple de vieilles tantes et j'ai interrompu votre rendez-vous ou ce que vous appellerez comme vous voudrez. Vous essayez de m'écarter de vos vies !

— Cessez de blasphémer ! s'écria M. Smith, d'une voix stridente qui lacérait les tympans comme un bistouri.

— De blasphémer ? tonna le clochard, qui était justement en train de prendre sa dose. Pour qui vous prenez-vous... pour Dieu le Père ?

— Il est impossible que nous soyons Dieu le Père tous les deux à la fois, et ce n'est certainement pas moi.

— Oh! mon vieux, vous êtes sacrément paumé », dit le clochard, en s'allongeant pour attendre que la drogue fasse son effet.

Le Vieil Homme décida de calmer le jeu.

« Vous avez par nature une imagination riche, voire fébrile — vous êtes de toute évidence trop doué pour être un milliardaire — je ne vois pas pourquoi il vous faut une stimulation supplémentaire. »

Le vagabond avait les yeux clos et de petites gouttes de sueur perlaient sur son front.

« Bon sang, ce que vous êtes ignorant... si facilement satisfait... confinés dans la prison de vos corps... résignés aux barreaux des fenêtres et à l'obscurité au-delà, étouffant la fantaisie dans l'œuf... Seigneur, un homme a besoin de sortir du cadre que la vie lui impose... Vingt-quatre heures sur vingt-quatre, un mètre quatre-vingts, quatre-vingt-trois kilos, tension artérielle quinze-huit, numéro de sécurité sociale 5-28641BH, et ainsi de suite... tout est noté avec minutie... épinglé comme un papillon dans une vitrine... pas de vie, pas d'âme, rien que la réalité... oh! mes frères, quelle magie dans la masse des artères, des corpuscules, des cellules et des pores qui élaborent le métabolisme humain... mais à quoi bon, si le cerveau est ossifié comme un fossile dans le désert? Mais... »

Il fut pris d'un discret tremblement qu'il contrôlait encore.

« ... Ajoutez un petit peu de poudre, d'une innocente blancheur, ou une piqûre dans la veine, et un homme emprisonné peut survoler le paysage, embrasser le monde, en une demi-heure, comme Puck, gambader parmi les galaxies et se reposer quelques instants dans la stratosphère, sans bouger mais à des vitesses bien supérieures à celles de la lumière. » Il se mit à déclamer, en essayant de se remettre debout. « C'est un mélange à vous fracasser l'esprit, à vous briser les reins, comme si aviez abusé de ski, de plongée sous-marine et de sexe! »

Le Vieil Homme se leva sans effort.

« Je ne peux pas le supporter, dit-il d'un ton sévère. Dire

que je suis là, à faire tous mes efforts pour me confiner et à confiner inévitablement ma pensée dans les limites de la mortalité, et voilà que ce plus que misérable mortel, rendu incohérent par le vin et les stimulants, tire sur sa laisse pour essayer d'être un dieu. Cela devrait suffire à me guérir de jamais tenter encore ce genre de subterfuge. J'en ai assez. Je suis écœuré.»

Le clochard se mit à se tordre sur le sol comme s'il atteignait à l'orgasme grâce à une invisible partenaire.

«Ne me laissez pas seul avec lui, lança M. Smith. Il y a de quoi vous dégoûter du vice pour de bon.

— Je m'imagine même que je peux sentir son odeur maintenant, dit le Vieil Homme, déprimé, ses yeux regardant d'un côté à l'autre, les narines frémissantes et la lèvre retroussée dans un rictus. Quelle heure est-il?

— Pourquoi est-ce à moi que vous demandez ça?

— Vous savez tout.»

M. Smith regarda le ciel. «Je dirais entre cinq et six.

— Quelle heure à Washington?

— Si les renseignements que nous a donnés ce clochard sur l'endroit où nous sommes sont exacts, je dirais qu'il est entre sept et huit heures.

— Donnez-moi la main, dit le Vieil Homme.

— Nous ferions mieux de lui dire au revoir», suggéra M. Smith.

Tous deux regardèrent le vagabond qui semblait en proie au dernier stade d'une crise de malaria.

«Nous ne voulons pas vous déranger, mais il faut que nous y allions, dit le Vieil Homme.

— Adieu, et bonne chance», ajouta M. Smith.

Et ils disparurent.

Le vagabond ne fut pas surpris.

«Eh... quelle... quelle drogue... vous prenez? hurla-t-il. Je vous rejoins... tout de suite... laissez-moi le temps...» Il s'agrippa à ce mot de toute la force de son esprit, comme s'il s'agissait d'un trapèze se balançant au-dessus de la sciure, et il s'y accrocha avec tout ce qu'il avait de vie, criant d'une voix qui devint rauque, puis geignarde, et à demi éteinte : «Le temps... le temps... le temps.»

Finalement, il ne fut plus qu'une simple entité, dont on ne pouvait certifier qu'elle était toujours vivante qu'en raison des petits mouvements convulsifs qui la secouaient et d'une écume blanche qui filtrait par ses lèvres crispées jusque sur son menton.

Lentement, un autre train avança sur la voie, hurlant sa solitude au paysage qui ne l'entendait pas.

Comme il passait, un personnage enroulé dans une couverture se laissa tomber sur le talus. C'était de toute évidence un lieu de rendez-vous habituel pour vagabonds.

Le nouveau venu, un petit homme rabougri avec une barbe et des favoris, comprit aussitôt ce dont l'autre avait besoin. Il déboucha une vieille gourde militaire et, appuyant la tête du vagabond au creux de son bras gauche, il pressa le goulot du bidon contre les lèvres où bouillonnait toujours un peu d'écume.

## 10

Le Vieil Homme et M. Smith se matérialisèrent, se tenant toujours par la main, dans une antichambre de ce qui se révéla être la Maison Blanche. Par une porte entrebâillée, on entendait un homme fredonner, et même chanter un peu, comme on peut le faire en privé et sans grande préoccupation musicale : «It Ain't Necessarily So» de *Porgy and Bess* de Gershwin.

«Où sommes-nous? demanda M. Smith dans un chuchotement rauque.

— Chut! À la Résidence Blanche», répondit dans un murmure le Vieil Homme, et il ajouta : «Pas de temps à perdre. Si tout va mal, rendez-vous à l'aéroport.

— Où ça, à l'aéroport? C'est vaste.

— Si vaste que nous ne puissions pas nous apercevoir?

— Fichtre, oui! Vous vous rappelez la cathédrale de M. Henchman? Eh bien, il y a quinze ou vingt bâtiments comme ça, tous distincts.

— Oh, je vois. En effet, c'est grand. Il s'appelle comment, au fait?

— L'aéroport international Dulles.

— Vous voulez dire que c'est un seul homme qui en est propriétaire? Ah! ces Américains.»

M. Smith ferma un moment les yeux pour ne pas perdre patience.

«Il était Secrétaire d'État. C'est un des quelques hommages rendus à sa mémoire.

— Je vous remercie. Qu'est-ce que je ferais sans vous? Vous et vos extraordinaires connaissances générales.»

M. Smith haussa les épaules d'un air modeste.

144

« Ça fait partie de mon travail. Comment pourrais-je induire les gens en tentation en sachant seulement vers quoi je les pousse mais sans savoir de quoi je les écarte ?

— Oui, mais il ne s'agit que de tentations...

— Quand on y réfléchit, tout est tentation. L'ambition elle-même est une tentation. La drogue, qui permet de régir le monde pendant un malheureux quart d'heure, la vie tranquille au-dessus des neiges éternelles, quelques instants d'amour illicite avec Miss Carpucci derrière l'autel, tout cet argent autrichien qui ne vaut rien, tombant comme feuilles d'automne... Je vous crois sur parole. L'heure n'est pas à la discussion philosophique, surtout menée en chuchotant. Nous en aurons tout le loisir dans la machine volante. Écoutez ! Il s'est arrêté de fredonner. Brièvement. Pouvons-nous voyager sur un appareil britannique ?

— Pourquoi ?

— Il y aura probablement moins de surveillance de la part de ces Américains avec des initiales.

— Le FBI ?

— Exactement. Je n'ose plus prononcer ce mot, de crainte de me tromper.

— Le Federal Bureau of Investigation.

— Oh, c'est ce que ça veut dire ? Mais c'est bien plus facile à se rappeler que les initiales. J'imagine d'ailleurs que la partie britannique sera plus petite et qu'il nous sera donc plus facile de nous reconnaître dans la foule.

— Bien raisonné. Alors, rendez-vous au comptoir de la British Airways, à l'aéroport Dulles.

— Attention ! »

Un homme d'allure athlétique pour son âge, un sourire étudié fixé sur des traits un peu aigus mais pas déplaisants, entra dans la pièce, en caleçon. On avait préparé ses vêtements. Il avait à la main des lunettes sans monture qu'il entreprit de chausser. Il parut satisfait de la chemise choisie et l'ôta de son cintre. Puis il se retourna pour l'enfiler. Il eut aussitôt le choc de sa vie.

« Comment êtes-vous entrés ? balbutia-t-il.

— Peu importent les détails, répondit le Vieil Homme.

— Comment êtes-vous entrés? lança-t-il, cette fois d'une voix un peu plus forte.

— Nous en avons la faculté...

— Il est impossible d'entrer comme ça. Bon sang, quand je suis dehors, même moi je n'arrive pas à passer sans tout un tas de contrôles et de vérifications. Vous ne pouvez pas entrer ici! insista-t-il, presque au bord des larmes.

— Vous ne voulez pas savoir qui nous sommes?

— Surtout pas. Je veux savoir comment vous êtes entrés!» Et soudain il s'arrêta net. «Je vous connais, dit-il. Vous êtes les deux dingues. Ces deux hommes appréhendés à plusieurs reprises par le FBI. J'ai le rapport complet sur mon bureau. Je n'ai malheureusement pas eu le temps d'y jeter plus qu'un coup d'œil. Je l'avais pris pour avoir un peu de lecture à Camp David le week-end prochain.

— Un peu de lecture? demanda le Vieil Homme sans malice.

— Si vous saviez ce qu'il faut que je lise, dit le Président, presque comme s'il se parlait à lui-même. Il y a des jours où je me demande si tous ces efforts...»

Il s'abîma un instant dans la rêverie et passa distraitement sa chemise. Puis il eut un sourire engageant.

«Allons, de toute évidence vous n'êtes pas ici pour me tuer. Vous l'auriez fait au moment où je sortais de la salle de bains.

— Ne comptez pas trop là-dessus», dit M. Smith, l'air terriblement sinistre.

Le Président interrompit le boutonnage de sa chemise.

«Vous parlez sérieusement? demanda-t-il d'une voix blanche.

— Non. Mais ne jugez jamais une exécution à la vitesse à laquelle elle est menée. Il y a des sadiques qui aiment faire indéfiniment traîner ces moments-là.

— Bien sûr, nous ne sommes pas ici pour vous causer le moindre mal, ni même du souci, dit le Vieil Homme, agacé par M. Smith et son goût des propos obliques. Inutile de vous dire qui nous sommes, vous ne nous croirez jamais.

— Vous êtes supposés croire être Dieu et votre ami ici être le... déjà, c'est ridicule, car Dieu n'aurait pas de temps à perdre avec le Diable. On ne les surprendrait certainement pas à voyager ensemble.

— C'est ce que vous croyez, dit le Vieil Homme d'un ton de reproche. De toute évidence, vous croyez plus aux valeurs politiques qu'aux valeurs humaines. Il se peut en effet que nous ne soyons pas censés être vus ensemble — cela pourrait même passer pour de la collusion — mais, vous comprenez, contrairement à vous, nous ne sommes pas candidats à un poste, nous ne sommes pas en concurrence, nous n'avons pas à justifier notre existence ni insister pour qu'on nous soutienne : nous sommes, tout simplement. Et puisque nous sommes, que nous avons été et que nous serons toujours, autant nous entendre tous les deux. Après tout, nous ne connaissons personne d'autre. »

Le Président les examina avec attention.

« Pourquoi me racontez-vous tout ça ? Vous savez, je n'ai qu'à presser un bouton avec mon pied et les types de la sécurité seront ici en moins de vingt secondes. »

M. Smith eut un sourire un peu moqueur.

« Où est ce bouton ?

— J'en ai un dans la chambre, deux dans le Bureau ovale, ici... il doit y en avoir un, mais je n'ai jamais envisagé cette éventualité dans le secteur de la salle de bains.

— N'y pensez plus, dit le Vieil Homme. Nous n'avons même pas besoin de bouton. Si nous avons l'impression d'être indésirables, nous disparaissons tout bonnement.

— C'est ce que j'ai lu. Il y a des gens comme le sénateur de l'Ohio, Sam Stuttenberger, et le représentant de l'Arkansas, Newt Cacciacozze, qui jurent que ce sont les Soviétiques qui vous ont envoyés — que vous êtes en fait des savants qui essaient sur nous de nouvelles techniques d'espionnage. C'est à cause de vous, a dit le sénateur dans une réunion à huis clos de la Commission des Forces armées du Sénat, que les Soviétiques peuvent se permettre des initiatives unilatérales en ce qui concerne les missiles à courte portée. Évidemment, vous allez le nier si c'est vrai, mais nous sommes en assez bons termes avec les Soviétiques ces temps-ci, et nous finirons tôt ou tard par le savoir, quoi que vous choisissiez de nous raconter.

— Comment se fait-il, demanda le Vieil Homme d'une voix où perçait un certain amusement, que nous ayons eu des conversations intéressantes avec un garde forestier, un psychiatre et un clochard — dont le cynisme sans bornes compensait au moins le manque de clarté — alors que, pour l'idiotie à l'état pur, il nous faille à l'évidence accéder au sommet de l'État ? Nous avons assurément bien plus à faire que des espions, mais nous avons aussi bien mieux à faire que d'espionner. Ce serait perdre notre temps que de vouloir rivaliser avec des activités aussi méprisables. »

Le Président eut un sourire sardonique.

« Vous classez les soupçons du sénateur Stuttenberger et du représentant Cacciacozze dans la catégorie des idioties ? Il m'arrive de le penser par moments, mais je ne peux malheureusement m'exprimer avec autant d'audace.

— Croyez-vous que nous soyons des espions ? demanda M. Smith.

— A première vue, j'ai des doutes. Je n'arrive pas à imaginer ce que des espions chercheraient dans une salle de bains, habillés d'une façon calculée pour attirer l'attention sur eux dans la foule.

— Nous ne sommes pas habillés d'une façon calculée pour produire un effet particulier, déclara le Vieil Homme. Nous ne sommes simplement plus dans le coup, voilà tout. Ce n'est pas surprenant, après si longtemps.

— Un tee-shirt, avec un charmant message imprimé dessus ? Vous appelez ça plus dans le coup ?

— Je ne suis pas arrivé avec ça, expliqua M. Smith. Je l'ai volé dans un sauna pour homosexuels de la 42ᵉ Rue.

— Vous l'avez *volé*, répéta lentement le Président, dans un sauna pour homosexuels ?

— Oui. Depuis notre retour sur Terre, j'ai terriblement conscience de la bizarrerie de notre aspect. J'ai horreur qu'on me dévisage. Après tout, l'essentiel de mon travail se fait par le biais de la subversion, contrairement aux méthodes du Vieil Homme ici présent.

— Vous avouez donc ! s'écria le Président.

— Parce que je suis le Diable ! Oh, que vous m'exaspérez,

vous autres qui n'avez qu'une obsession en tête! Vous savez, le Diable n'est pas russe par définition, malgré tout ce qu'on a pu vous dire!» ricana M. Smith, sifflant comme une portée de pythons.

Alarmé par ce menaçant effet sonore, le Président tendit les deux mains dans un geste pacificateur.

«Bon, bon, laissez-moi vous poser une question. Qu'est-ce que vous me voulez, tous les deux?

— Nous avons maintenant passé quelque temps ici, commença le Vieil Homme.

— Dans notre grand pays?

— Précisément. Nous avons été derrière des barreaux; dans un immense hôpital, comme une ville consacrée aux égrotants, dans des hôtels aussi bien luxueux que minables; nous avons utilisé divers moyens de transport; nous avons été tout à la fois fascinés et bercés jusqu'à l'indifférence par la violence qui se déchaîne à la télévision; nous avons été scandalisés et réduits au fou rire par le message pastoral d'un charlatan de la religion qui prétendait nous connaître tous les deux personnellement; nous avons été touchés et impressionnés par la force extraordinaire de la foi d'un homme simple; et, pour finir, écœurés et dégoûtés par la faculté qu'ont les drogues de préserver quelques brefs instants la cohérence d'un homme puis de l'anéantir aux yeux de ceux qui l'observent. Ce ne sont là que quelques pierres disséminées sur une vaste mosaïque que nous n'aurons jamais le temps d'examiner dans toute son incontestable majesté et ses stupéfiantes contradictions. Je vais simplement vous demander ceci, monsieur... comment considérez-vous tout cela du point de vue qui est le vôtre et qui est sans pareil?»

Le Président prit un air grave, comme il le faisait toujours quand il était confronté à un problème insoluble.

«Vous voulez dire la façon dont je vois mon pays depuis mon bureau?

— Votre grand pays», corrigea le Vieil Homme avec tact.

Un léger sourire passa sur le visage du Président.

«La première chose qu'il faut comprendre, c'est que personne ne connaît tout de ce pays. Il se passe trop de choses.

149

Dans quatre fuseaux horaires simultanément. Des gens s'endorment et s'éveillent à des heures différentes. Et puis personne n'est en repos. La tradition n'a pas le temps de s'implanter dans nombre de nos villes. Actuellement, l'ère industrielle, avec sa pollution, ses fumées, ses nuisances, est en train de céder la place à l'ère de l'information, stérile, automatisée, robotisée. On abandonne le Nord industriel, en laissant de grandes usines comme des dents cassées et dévitalisées qui se dressent à l'horizon, tandis que jeunes et vieux accourent au soleil à mesure que les heures de loisir augmentent. Ce qui va se passer, nul n'en sait rien, mais je n'ai pas l'impression que cette perpétuelle agitation va jamais vraiment se ralentir.

— Quelle analyse intéressante dans sa concision!»

Le Président eut un sourire.

«Je cite mon propre discours sur l'État de l'Union que j'ai prononcé hier. Et puis il y a la drogue. C'est le numéro un sur notre liste de priorités. Ne me demandez pas pourquoi il en est ainsi, mais le désir de se procurer ces stimulants artificiels pernicieux ne cesse de croître. Et c'est une honte. Ce grand pays a tant à offrir à ceux qui sont prêts à relever le défi. Mais notre tâche immédiate, à la lumière de ce qui se passe dans les ghettos urbains, c'est d'empêcher par tous les moyens en mon pouvoir cette honte de tourner au désastre. Quand nous aurons rempli cette tâche, il ne s'agira pas d'arrêter nos efforts. Bien au contraire, nous attaquerons de plus belle les trafiquants de drogue et les profiteurs étrangers et nous extirperons de notre patrie cette horreur.»

Il semblait s'adresser à un bien plus large public qu'à ces deux hommes vénérables.

«Nous vous avons posé une question assez simple, fit observer M. Smith, et vous nous répondez avec des fleurs de rhétorique. Me permettez-vous de vous poser une question supplémentaire, en toute intimité?»

Le Président lança un regard inquiet à la pendule murale et dit :

«Accouchez.

— Je vous demande pardon?

— J'écoute.

— Oh! Ces phrases-là étaient de vous?»

Le Président se mit à rire.

«Fichtre, non. Personne de sensé n'écrit ses propres discours, pas dans ma situation. Pas le temps. C'étaient les phrases d'Arnold Starovic, mon rédacteur en second. Malheureusement, mon auteur de discours numéro un, Odin Tarbush, a dû être opéré des amygdales. Arnie écrit bien, sans aucun doute, mais il est un peu trop intellectuel pour l'image que je m'efforce de projeter.

— L'image?»

Le Président jeta un nouveau coup d'œil à la pendule et parut rassuré. Il sourit.

«De nos jours, nous devons tous travailler notre image. Les relations publiques, c'est capital. En politique. En religion. Partout. Tenez, si vous permettez que je vous donne un conseil, c'est là le domaine dans lequel il faut que vous agissiez tous deux. Votre image n'est pas bonne. Les Américains ne s'attendent pas à voir Dieu aussi... aussi corpulent. Il peut être vieux, d'accord. Compte tenu de son expérience et de sa longévité, ça se comprend. Mais il doit avoir un beau visage, des robes bien coupées, des robes de grand couturier, vous voyez ce que je veux dire? Les mains fines, les doigts fuselés et, si possible, une petite lumière diffuse derrière la tête. Ce que nous nous rappelons avoir vu dans nos bibles illustrées.

— Vous voulez dire : comme ceci?»

Le Vieil Homme se concentra et se changea lentement en une créature d'une extraordinaire beauté, comme un personnage de vitrail fin de siècle, deux doigts levés dans un geste de bénédiction, le visage de poupée n'exprimant rien qu'une gravité de routine. Sa robe devint d'un bleu azuré, avec des passementeries dorées, violettes et d'un vert inquiétant. Derrière sa tête, une lumière cachée irisait ses boucles blanches et les rendait lumineuses.

D'une voix chancelante, le Président demanda :

«Mais qui êtes-vous donc?»

Le Vieil Homme reprit son apparence imposante.

«Inutile. Je ne peux pas faire ça longtemps. Ce n'est tout simplement pas *moi*.»

Le Président rougit et passa sur son front une main un peu fébrile. «Je n'ai pas vu ce que vous venez de faire. C'est un tour, n'est-ce pas? Une illusion.» Il eut un rire sans gaieté. «Comment vous y prenez-vous, ou bien est-ce un secret? Bien sûr, si j'étais capable de faire des tours comme celui-là, je ne les divulguerais pas.

— Et moi? demanda M. Smith. Vous ne voulez pas me dire ce qui ne va pas dans mon image?

— Ah! là, vous me posez une colle, fit le Président avec un petit rire nerveux qui révélait sa tension intérieure. Dans notre imagerie populaire, le Diable est censé être partout, mais il n'a pas d'image précise. Un esprit perpétuellement maléfique qui réside dans tous les coins sombres de nos cœurs. C'est seulement Dieu le Père que notre imagination a immortalisé.

— Grâce à l'œuvre de certains des plus grands et des plus mauvais peintres de l'Histoire, soupira le Vieil Homme.

— Exact, fit le Président en riant.

— Voilà ce qu'il faut pour obtenir l'universalité.

— C'est de *moi* que nous parlions», remarqua M. Smith d'un air pincé et, sans crier gare, il se transforma en un Méphisto standard d'opéra de troisième ordre, avec collant noir tout chiffonné, souliers noirs à la poulaine, calotte noire avec une pointe au milieu du front, fine moustache et petit bouc. Il prit l'attitude d'une basse d'opéra de l'époque victorienne. Cette apparition permit de diminuer la tension, et le Président, libéré de toutes ses inhibitions, se mit à rire avec le joyeux naturel qui était le sien avant qu'il eût jugé nécessaire de penser à son image.

M. Smith savoura son triomphe en souriant, tandis que le Vieil Homme partait d'un petit rire étouffé en admirant le sens de l'absurde de son collègue.

M. Smith lentement reprit sa forme habituelle.

«Vous trouvez ça drôle? demanda-t-il gravement.

— Drôle? Écoutez, c'est à mourir de rire», dit le Président

en s'essuyant avec un mouchoir en papier qu'il avait pris dans une boîte en argent frappée d'un aigle. Il retrouva aussitôt son sérieux : ses conseillers lui avaient dit que, si une plaisanterie de temps en temps était une bonne chose, il ne fallait pas tomber dans la frivolité.

« Maintenant écoutez-moi, mes amis, dit-il, en s'exprimant avec une sorte de lucidité torturée que 64 % de l'électorat avait trouvée séduisante (19,5 % seulement des personnes interrogées étaient sans opinion), je ne sais absolument pas comment vous vous y prenez. C'est un tour, évidemment. Ce ne peut être rien d'autre. Bien sûr, il y a les bons tours et les mauvais : les vôtres sont bons. C'est une sacrément bonne série que vous avez là. Mais il y a deux petits conseils que j'aimerais vous donner, et vous aurez peut-être l'occasion de vous en souvenir un jour. Voici le premier. Évitez toute allusion à Dieu dans votre numéro. C'est une question de goût, vous comprenez. Dieu n'est pas amusant. Et puis, un grand nombre de mes compatriotes se font des idées très différentes de Lui, avec un L majuscule. Certains des premiers habitants de notre pays continuent à taper sur des tambours dans les clairières en dansant autour d'un totem. C'est leur droit. Certains citoyens sont musulmans, juifs, bouddhistes — tout ce que vous voulez — et quelques-uns se montrent extrêmement chatouilleux quand il s'agit de proclamer que leurs traditions sont les bonnes et que tous les autres sont dans l'erreur. Tout cela aboutit à un unique principe impitoyable : dans le show-biz, Dieu, ça fait un flop. Il est tabou. TABOU. Cela dit, le second conseil que j'aimerais vous donner est le suivant : organisez bien votre numéro. C'est aussi simple que ça. ORGANISER. D'accord ? Je veux dire par là que tout numéro doit avoir un commencement, un milieu et une fin. Exposition, Développement, Conclusion. Gardez bien ça à l'esprit et, avec le talent que vous avez, vous ne pourrez pas vous tromper. Même si vous avez l'impression que vous avez peut-être un peu tardé pour faire un début, ne croyez pas ça. Il n'est jamais trop tard pour la qualité. Trouvez-vous un bon agent et plus tard, quand ça se justifiera, un bon conseiller fiscal. Vous ne le regretterez pas. Et donnez le nom qu'il faut à votre numéro, un nom facile à retenir. Je ne manquerai pas de venir vous voir quand vous l'aurez mis au point, quand vous aurez poli tout ça et aplani les angles. Vous voyez ce que je veux dire?»

Le Vieil Homme jeta un coup d'œil à M. Smith, qui lui rendit son regard. Tous deux avaient un chaleureux sourire.
«Qu'y a-t-il d'écrit sur vos billets?
— Un dollar.
— Non, non. Un noble sentiment.
— Oh! "En Dieu nous mettons notre confiance."
— Quelle jolie pensée, fit le Vieil Homme d'un ton songeur. Si seulement...»
La porte s'ouvrit toute grande.
«Personne ne répond... Qu'est-ce qui se passe? lança le nouveau venu.
— Nous sommes très calmes et nous nous tenons très bien, murmura le Président, les deux mains tendues dans son geste habituel d'apaisement.
— Eh, attendez un peu... Est-ce que ce ne sont pas les deux types?...
— Précisément, dit le Président en souriant. Oh, je ne peux guère faire les présentations puisque vous n'avez pas encore eu le temps de choisir des noms de théâtre convenables, mais voici le Secrétaire de Presse pour la Maison Blanche, Glover Teesdale.»
Teesdale, qui sentait que le Président était occupé à désamorcer une situation qui pourrait devenir périlleuse, fit un bref salut de la tête aux deux vieillards, puis se dirigea le plus prestement du monde, mais sans avoir l'air de s'affoler, vers la psyché posée sur un pied en acajou, dont il se mit à manipuler discrètement les montures en cuivre.
«Glover, demanda le Président, qui faisait visiblement de grands efforts pour se maîtriser. Qu'est-ce que vous foutez?
— Saleté de bouton rouge, marmonna Teesdale. Je croyais que je connaissais par cœur tous les endroits où il y en avait.
— Où est-il?
— Quelque part derrière ce miroir.

— Est-ce que nous pouvons vous aider en quoi que ce soit ? s'enquit le Vieil Homme avec sollicitude.

— Non... non, répondit aussitôt le Président, en s'efforçant de ne pas parler de façon trop précipitée.

— Je l'ai !

— N'appuyez pas ! murmura le Président. Nous ne voulons pas les voir tous débouler ici l'arme au poing !

— Trop tard. Je viens de le faire.

— Seigneur !

— Je crois que nous avons vingt secondes de grâce, dit M. Smith.

— Asseyez-vous, je vous en prie, conseilla le Président. Je vais m'asseoir, moi aussi. Glover ? »

Ils s'assirent tous.

« J'espère qu'ils ne vont pas nous canarder », murmura M. Smith.

On entendit approcher des vibrations étouffées, comme si la cavalerie américaine arrivait au galop sur une épaisse moquette.

On avait répété bien des fois cet exercice d'alerte, en l'absence du Président, que ce soit lui ou un autre. Ils étaient six au total et tous prirent la même posture légèrement obscène, comme s'ils chevauchaient des motocyclettes imaginaires. Ils tenaient leurs pistolets braqués devant eux, comme des doigts accusateurs.

« Allons, vous deux. Debout, face au mur, mains au-dessus de la tête, penchez-vous en avant ! cria celui qui de toute évidence était le chef.

— Posez-moi ces armes, dit le Président d'un ton las.

— Nous avons une procédure à suivre !

— Vous m'avez entendu, Crumwell ?

— Monsieur, avec tout le respect que je vous dois, laissez-moi faire les choses à ma manière.

— Qui suis-je, Crumwell ?

— Le Président, monsieur, et je suis responsable devant le pays tout entier de votre sécurité, monsieur.

— Crumwell, je suis aussi votre commandant en chef, et je vous ordonne à tous de ranger vos armes. »

Crumwell semblait au bord de la mutinerie. Puis il céda dans un geste théâtral, sans rien cacher de ses sentiments.

«Bon, les gars. Je pense que vous avez entendu, grommela-t-il.

— Oh! Glover, quel dommage que vous ayez poussé ce foutu bouton», fit le Président d'un ton de reproche, puis son attention revint aux intrus.

«Ne vous méprenez pas, les gars. J'apprécie le fait que vous soyez arrivés si vite. Mais il s'agit simplement de deux vieux bouffons qui ont tous les éléments d'un formidable numéro de music-hall si seulement ils réussissent à trouver l'angle qu'il faut.

— Je les reconnais, monsieur le Président. Je n'avais pas remarqué quand je suis entré. Bouffons ou non, ils sont toujours sur la liste des criminels recherchés par le FBI.

— Vraiment? demanda le Président, l'air sincèrement surpris.

— Ils ont fait leur numéro de disparition dans tout le pays. Chaque fois que nos agents les rattrapent, ils disparaissent. Pour moi, ça constitue un crime.

— Un crime?

— Résistance aux forces de l'ordre, c'est aussi simple que cela, monsieur le Président.

— Pourquoi résisteraient-ils? Je suis désolé, je n'ai pas encore eu le temps de lire le rapport.

— Contrefaçon.

— Contrefaçon?

— Tentative d'incendie volontaire et autres peccadilles. Non-paiement de notes d'hôtel, menus larcins, délits divers.»

Le Président se tourna vers Glover.

«Comme on peut se tromper! J'aurais parié tout ce que vous voulez qu'ils ne sont que deux vieux idiots inoffensifs. En réalité, je cherchais à gagner du temps, à les faire tenir tranquilles jusqu'à ce que quelqu'un arrive ici. Je m'étais dit que la meilleure chose à faire était de me prêter à leur jeu. Et voilà maintenant que vous me dites...

— En fait nous n'avons rien contrefait du tout, protesta le Vieil Homme. J'ai simplement fouillé dans mes poches et les billets en sont sortis.

— Montrez-leur, insista M. Smith. Regardez un peu, c'est le meilleur numéro.

— Non, dit le Vieil Homme, de toute évidence ils considèrent ça avec désapprobation. Je ne tiens pas à les contrarier davantage.

— Si vous êtes véritablement innocent, reprit le Président, pourquoi ne pas vous fier à un tribunal pour vous acquitter ? Ce pays est un État de droit et aucun homme, pas même le Président, n'est au-dessus des lois. Rendez-vous, mon vieux. Vous ne pouvez pas passer le restant de vos jours en fuite, à disparaître à tout bout de champ. Ça ne vous mène à rien. Disparaître n'a rien de positif. C'est faire obstruction à la loi. C'est vous placer au-dessus d'elle.

— Il a peut-être raison, suggéra le Vieil Homme d'un air malheureux.

— Ne vous y fiez pas, répliqua M. Smith d'un ton agressif. Il parle comme la télévision. Ça me fait vomir.

— La télévision ? Expliquez-vous !

— Je me souviens assez de cette orgie d'émissions que nous avons eue dans cet hôtel afin de trouver un dénominateur commun à toutes ces séduisantes foutaises que nous avons regardées. C'étaient là des éléments calculés pour me donner du plaisir : viol, voies de fait, perversions, cruautés, manque de sensibilité, perversités, tortures, effusions de sang, cynisme. Et puis, pour tout gâcher quand on approchait du dénouement, invariablement le geste abominable et sirupeux à votre intention, une écœurante absurdité à propos du droit ou, plus prétentieux encore et plus gratuit, de la justice, comme si de simples mortels ont plus qu'une idée confuse de sa nature.

— Ne soyez pas trop précis dans vos accusations. Après tout, nous ne sommes pas ici pour prouver notre supériorité, supplia le Vieil Homme.

— Nous ne sommes pas non plus ici pour les écouter humblement nous donner des conseils absurdes, tonna M. Smith, qui à l'évidence était furieux. Des bouffons, mais comment donc ! Tendre l'autre joue, très peu pour moi ! Je peux supporter une certaine dose de comédie et de puérilité mais, quand la musique s'arrête, il y a quelque chose qui claque en moi!

— Il n'était pas dans mon intention de vous vexer, s'écria le Président, les mains tendues dans un geste implorant.

— Eh bien c'est fait! J'ai mon orgueil!» s'exclama M. Smith.

Le Président croisa brièvement le regard de Crumwell. A l'égard de toute enquête susceptible d'intervenir par la suite, Crumwell pourrait témoigner qu'il avait interprété le clin d'œil du Président comme un appel à l'aide. Compte tenu des circonstances, on le croirait.

«Opération Jessie James», cria-t-il soudain.

Les six pistolets réapparurent comme par magie et, en un clin d'œil, ils avaient tous repris leur posture légèrement obscène.

«Ne me menacez pas avec ces joujoux! lança M. Smith.

— Pas un geste, le prévint Crumwell.

— Et si je fais un geste? rugit M. Smith, fou de rage comme il ne l'avait pas été depuis sa chute.

— Vous allez recevoir une balle. C'est le dernier avertissement. Retournez à votre place et asseyez-vous, les mains sur la tête.»

Lentement, M. Smith avança sur Crumwell, qui battit lentement en retraite.

«C'est votre dernière chance!

— Oh, pas de cinéma!» s'écria le Vieil Homme en se levant.

Un instant il sembla que l'intervention du Vieil Homme avait eu son effet sur M. Smith, car celui-ci hésita.

«Du cinéma? demanda-t-il, comme s'il réclamait des éclaircissements.

— Je sais que vous pouvez faire des choses formidables. Nous en sommes tous les deux capables. Il n'y a pas grand mérite à le prouver. Je pense au papier peint. Vous pouvez survivre à une balle, pas le mur.

— Dans un moment pareil, il pense au papier peint! murmura M. Smith d'un ton farouche, montrant que sa fureur n'avait nullement diminué. Au nom du papier peint, qui ne peut pas plaider sa cause, puis-je vous remercier de votre sollicitude?»

Son regard revint à Crumwell, et il continua d'avancer lentement vers lui comme s'il avait l'intention de lui arracher son arme des mains.

«Tout cela peut se négocier! dit le Président. J'ai le sentiment que c'est possible.»

Crumwell fit feu une fois. Deux fois.

M. Smith le regarda, surpris. Il porta la main à sa poitrine et parut y voir du sang. Puis, sans changer d'expression, il chancela un moment, ses jambes se dérobèrent sous lui et il s'effondra. Le Vieil Homme eut un geste d'agacement et s'assit.

«Pourquoi avez-vous fait ça? interrogea le Président.

— On ne peut pas négocier avec un timbré.

— Glover, il faut absolument cacher cela à la presse, dit le Président, qui savait ce qui passait en priorité. Pas un mot de cet incident ne doit sortir d'ici. Je peux compter sur vous, mes amis?»

Tant bien que mal, ils acquiescèrent en chœur.

«Je ferais peut-être mieux d'expliquer pourquoi ce petit incident exige un innocent camouflage. Le récit d'une fusillade au sein de la Maison Blanche ne manquera pas d'éclairer d'un jour défavorable nos mesures de sécurité. Cela portera tort au FBI et fera peut-être même plaisir à la CIA.»

Il y eut quelques rires discrets. Les gars appréciaient vraiment l'objectivité du Président.

«Bon. L'opération Jessie James est terminée, les enfants.»

Ils replacèrent tous leurs armes dans leurs étuis.

«J'espère que vous comprenez la nécessité de ce petit stratagème et que vous êtes disposés à faire tous vos efforts pour que rien ne filtre de ce qui s'est passé ici aujourd'hui.» Le Président cette fois s'adressait au Vieil Homme.

Le Vieil Homme se tourna lentement vers son interlocuteur.

«A qui en parlerais-je? Et qui me croirait? Je vous dis qui je suis. Vous ne me croyez pas. Qui imaginerait que j'ai même mis les pieds à la Maison Blanche? Est-ce que j'ai l'air de quelqu'un que vous inviteriez?

— Non, c'est vrai », répondit le Président d'un air songeur ; puis il prit un air plus vulnérable, celui qu'il réservait généralement aux veuves. « Je suis terriblement désolé pour votre ami. Mais je ne peux pas dire que les types de la sécurité sont totalement à blâmer. »

Le Vieil Homme regarda son compagnon toujours prostré. « Oh, ne vous inquiétez pas pour lui. Il fait toujours des choses idiotes de ce genre.

— Ah ! et il vous arrive souvent de faire ce genre de choses idiotes ?

— Une infinité de fois. Croyez-moi, reprit le Vieil Homme, le poids des ans pesant soudain sur ses épaules. Ça ne lui a pas plu quand vous nous avez traités de bouffons. Quant à moi, peu m'importe de quel nom vous nous appelez... mais vous m'avez vexé aussi, à un autre moment...

— Je vous ai vexé ? demanda le Président. Je vous prie de croire que c'était sans penser à mal.

— Dieu n'est pas amusant, avez-vous dit.

— Alors ? Il l'est ?

— Regardez donc la Création et osez dire après ça que Dieu n'est pas amusant ? Même M. Henchman n'a pas commis cette erreur-là. Des poissons avec deux yeux du même côté de la tête ? Les zèbres, les kangourous, les singes ? Le spectacle d'un hippopotame en rut ou de homards à la saison des amours, comme deux fauteuils pliants cassés essayant de trouver leurs zones érogènes ? Tout ça n'est-il pas amusant ?

— Je voulais dire que Dieu n'est pas amusant pour nous.

— Vous n'avez jamais rien dit d'aussi blessant ni d'aussi profondément faux. Pourquoi ai-je créé la dimension unique du rire, que l'homme seul possède, si je ne voulais pas qu'on apprécie mes plaisanteries ? Le rire est une thérapie, un baume, quelque chose qui dégonfle tout ce qu'il y a de solennel et de pompeux. C'est mon invention la plus raffinée, ma découverte la plus sublime et la plus sophistiquée, juste après l'amour. »

Lentement, M. Smith se rassit, mais avec des gestes si imperceptibles que les hommes ne s'en aperçurent pas sur le moment. Quand ils voulurent de nouveau dégainer leurs pistolets, M. Smith leur parla d'un ton calme.

« Ça n'a pas marché la première fois. Pourquoi voulez-vous que ça marche la seconde ?

— Vous voulez dire que vous n'êtes même pas blessé ? s'exclama Crumwell.

— On est surpris ? Avec quelle vanité avez-vous tous aussitôt supposé que j'étais mort !

— Pas moi, dit le Vieil Homme.

— Je ne parlais pas de vous.

— Où avez-vous appris à mourir comme ça ?

— A la télévision. Où voulez-vous que ce soit ? Et vous me laissez allongé là, alors que vraisemblablement je me vidais de mon sang, tout en tirant des plans pour jeter un voile sur ce petit incident, dans l'intérêt des relations publiques. Comme vous étiez séduisants de mon point de vue ! Mais il y a un aspect que vous avez négligé, et dont je vous conseille de vous occuper avant que le personnel arrive pour faire le ménage.

— Qu'est-ce que c'est ? demanda le Président, inquiet.

— Précisément ce que mon ami avait envisagé. Les impacts de balles dans le mur. Vous savez avec quelle rapidité les rumeurs se répandent dans une société libre. »

Les hommes se précipitèrent vers le mur. Ils ne purent trouver aucun dégât. M. Smith se leva d'un bond et déposa deux balles qui tombèrent dans un cendrier avec un tintement agaçant.

« Comme d'habitude, je pense à tout. Vous avez ma parole, en ce qui me concerne, que cette affaire s'arrêtera là.

— Merci beaucoup », dit le Président, un peu abattu, et il ajouta : « Crumwell, ne laissez pas ces projectiles dans le cendrier !

— Et maintenant, il va falloir que nous y allions, dit le Vieil Homme.

— Eh, pas si vite, dit Crumwell, en mettant les balles dans sa poche, vous avez à répondre de plusieurs accusations.

— Vous allez nous inculper, même après que nous vous avons prouvé que vos accusations ne tiendront jamais ? demanda M. Smith.

— Exactement.

— Ne faites pas appel à moi, monsieur, fit le Président en haussant les épaules. La loi est plus forte que nous tous, comme j'ai essayé de vous l'expliquer.

— Parfaitement, reprit Crumwell, et vous avez de la chance que nous n'ayons contre vous que des charges mineures. Vous feriez mieux de nous suivre sans histoire maintenant, plutôt que d'attirer sur vous d'autres chefs d'accusation comme ça ne manquera pas d'arriver.

— Oh! fit le Vieil Homme, faisons front et qu'on en finisse.»

Le Président rayonnait, plein de confiance dans les vertus du système américain.

«Voilà ce que j'aime entendre, dit-il. Il n'y a pas de quoi en faire une histoire. A notre époque, il y a tant de scandales qui éclatent que cet incident va passer totalement inaperçu. Écoutez, nous avons un juge de la Cour Suprême inculpé pour une liaison sentimentale avec un prostitué, un sénateur accusé de blanchir l'argent de la drogue remis par la Mafia, un membre du cabinet qui avait accepté des pots-de-vin d'un fabricant de matériel électrique et un général qui a trompé sa femme avec une hôtesse de l'air nicaraguayenne, pour ne citer que ceux-ci. En comparaison, ce que vous avez fait n'est que broutille et, le pire, c'est qu'ils écrivent tous des livres sur leurs infortunes pendant qu'ils sont en prison, mouillant un tas de gens que tout le monde jusque-là croyait innocents. Promettez-moi de ne pas écrire de livre.

— Nous partons? demanda le Vieil Homme.

— Non, répliqua M. Smith d'un ton résolu.

— Qu'est-ce que ça change que nous disparaissions maintenant ou plus tard?

— C'est une perte de temps. Un temps précieux.» Son regard balaya l'assistance.

«Si vous disparaissez encore une fois, ce sera un nouveau délit, lança Crumwell.

— Pourquoi êtes-vous si déterminé à être déplaisant? interrogea M. Smith. Les délits que nous avons prétendument commis sont le résultat de votre manque d'expérience. En fait, nous n'avons jamais fait de mal à personne.

— C'est ce que nous essayons d'estimer actuellement.

— Que voulez-vous dire ?

— Le docteur Kleingeld, ça vous dit quelque chose ?

— Non.

— Si, répondit le Vieil Homme. C'est le psychiatre qui m'a interrogé dans cet hôpital.

— Tout à fait. C'était un psychanalyste accrédité auprès du FBI. Je ne sais pas ce qui s'est passé durant cet entretien, mais depuis lors sa vie a changé de façon spectaculaire. Il a perdu sa clientèle et son accréditation auprès du FBI. Il a fondé un mouvement intitulé Psychiatres de Dieu et de Satan. Pour autant qu'on puisse en juger à l'heure qu'il est, il est le seul membre de ce mouvement et il passe le plus clair de son temps devant la Maison Blanche à brandir un slogan sur une pancarte.

— Qu'est-ce qu'il dit dans ce slogan ?

— Dieu et le Diable sont à la coule.

— Qu'est-ce que ça veut dire ?»

Crumwell hésita, puis eut un sourire sans humour. «Il est le seul membre de son mouvement. Je pense que vous avez là votre réponse.» Son ton se durcit. «Bon, allons-y !

— Allons, finissons-en», dit le Vieil Homme avec un soupir résigné.

L'attitude de M. Smith avait radicalement changé. Il était soudain affable, et pourtant extraordinairement sûr de lui. Il arborait un sourire presque charmeur.

«Vous ne poussez jamais les choses jusqu'à une conclusion qui soit au moins à moitié logique, n'est-ce pas ? Vous êtes tellement fiers de votre intégrité que vous ne voyez jamais les conséquences de vos actions avant qu'il soit trop tard», déclara-t-il.

Le Président commençait à céder à l'agacement. Cet incident lui avait tapé sur les nerfs trop tôt dans la journée et il avait hâte d'y mettre un terme.

Il eut un sourire machinal. «Pourquoi ne suivez-vous donc pas tranquillement votre compagnon en attendant que la justice se soit prononcée ?

— Je vais vous dire pourquoi, dit M. Smith d'un ton suave.

Vous voulez garder secret ce qui s'est passé ici aujourd'hui. Je vous ai déjà aidé matériellement en ne mourant pas et en arrêtant les balles avec mon corps. Maintenant laissez-moi vous expliquer la suite du scénario. On nous emmène d'ici, chacun de nous attaché par une paire de menottes à un agent du FBI. Nous longeons des couloirs, nous prenons des ascenseurs, nous franchissons des portes. Pouvez-vous garantir que nous ne rencontrerons personne ? Des femmes de ménage, des assistants, des membres de la presse peut-être ? Et de quoi cela aura-t-il l'air ? Deux vieillards, menottes aux mains, l'un en chemise de nuit, l'autre avec un tee-shirt un peu grivois, que des inspecteurs à la mine renfrognée font sortir des appartements présidentiels ? Est-ce que vous n'allez pas tomber dans la situation même que vous tenez tant à éviter ? Et tout cela par respect pour votre sacro-sainte légalité ? »

Le Président fronça les sourcils. Des décisions, toujours des décisions à prendre.

« Évidemment, il a raison.

— Qu'est-ce qu'on fait ? »

Sans répondre à la question de Crumwell, le Président s'adressa à M. Smith.

« Quelle est votre solution ?

— On nous accorde le douteux privilège d'être autorisés à disparaître ici... avec votre approbation... non, mieux, avec votre encouragement. »

La crispation des mâchoires du Président trahissait son anxiété.

« D'accord, fit-il.

— Et le fait que nous ayons disparu avec votre bénédiction signifie que cet incident ne figurera pas parmi les chefs d'inculpation que vous avez l'intention de porter contre nous si nous nous retrouvons à votre disposition.

— D'accord.

— J'ai votre parole ? dit M. Smith, en lui tendant la main.

— Vous avez ma parole », répondit le Président en prenant la main de M. Smith. Aussitôt, il poussa un cri.

« Qu'est-ce qui vous arrive ? interrogea M. Smith, amusé.

— Votre main. Elle est ou bien très froide ou bien très

chaude. Je n'arrive pas à décider. Maintenant, fichez le camp d'ici!

— Mais, monsieur le Président...», fit Crumwell, suppliant.

Le Président se tourna vers lui, furibond.

«Bon sang, Crumwell, nous sommes dans un pays où se concluent des marchés. C'est nous qui avons inventé l'idée de plaider coupable. Il y a une heure et un lieu pour tout. Pour la grandeur d'âme avec le cœur sur la main. Pour le pragmatisme terre à terre. C'est ce mélange qui a apporté à la fois intégrité et opportunisme dans toute morale des affaires. Je veux que ces types soient arrêtés, d'accord? Mais, ce qui est plus urgent, je veux qu'ils fichent le camp d'ici! C'est une question de priorité!»

On entendit des bruits de pas dans le couloir.

«Vous êtes étonnant, reconnut le Vieil Homme en regardant M. Smith avec admiration. A chaque tournant, je suis battu. Après vous.

— Non, après vous, fit M. Smith. Je veux être sûr que vous disparaîtrez.

— Permettez-moi de vous remercier..., commença le Vieil Homme en s'adressant au Président.

— Filez. Décampez. Foutez le camp!» siffla celui-ci.

Le Vieil Homme disparut, blessé par le ton que le Président avait adopté.

«Maintenant, à vous!» insista ce dernier, tandis que le brouhaha dans le couloir s'amplifiait.

M. Smith sourit.

«Je suis terriblement curieux de savoir qui va déboucher dans cette pièce, annonça-t-il calmement.

— Non, non, non!» Le Président se plia en deux, les poings serrés et tapant des pieds.

A l'instant où deux officiers faisaient leur entrée, M. Smith se volatilisa.

«Qu'est-ce qui se passe ici, monsieur le Président? demanda l'un d'eux.

— Rien. Rien du tout, colonel Godrich.

— Nous sommes tout à fait navrés de faire irruption ici avant que vous soyez habillé, monsieur le Président, dit l'autre officier, mais d'autres semblent nous avoir précédés. Nous avons appris que l'alerte rouge avait été déclenchée. Peu après, nous avons entendu deux coups de feu en provenance de cette direction et nous avons cru bon de venir enquêter.»

Glover Teesdale prit la parole.

«C'est le Président qui a eu l'idée d'essayer les systèmes de sécurité sans prévenir au préalable les autorités responsables.

— Parfaitement, ajouta le Président qui avait recouvré son détachement olympien. Tout exercice de sécurité qui est annoncé pour une heure précise, comme les exercices de sauvetage à bord des bateaux, ne teste pas vraiment nos défenses, général Borrows.

— Excellent raisonnement, monsieur le Président. Encore que, en passant de l'imaginaire à la réalité, quelqu'un risque d'être blessé. Où sont allées ces balles?

— Elles sont passées par la fenêtre, à la demande du commandant en chef, répondit Crumwell, en faisant tourner le barillet de son revolver afin de montrer les deux chambres vides.

— Pas de dégâts matériels?

— Non, mon général.»

Le général inspecta la pièce du regard, puis se retira en disant :

«Bon, retournons à nos affaires, Lee. La prochaine fois, peut-être qu'à titre de courtoisie l'officier de permanence pourrait être informé.

— Général Borrows, la sécurité totale ne souffre pas de demi-mesure», répliqua le Président en martelant sa formule.

Borrows et Godrich sortirent en silence, calmés.

«Monsieur Crumwell, l'incident est clos, à tous égards, et je tiens à vous remercier tous de votre collaboration.

— Nous allons mettre la main sur ces enfants de salauds», annonça Crumwell déçu, d'une voix presque larmoyante.

Le Président le pria, avec des gestes insistants, de baisser la voix.

«Je n'en doute pas un instant», dit le Président, très doucement.

Les hommes du FBI sortirent sans un mot.

«Retour à la case départ», murmura le Président à Glover Teesdale; puis, retrouvant avec ses esprits sa vivacité habituelle, il ajouta : «Oh! Glover, avant que j'enfile mon pantalon, montrez-moi donc où est ce foutu bouton rouge.»

M. Smith se matérialisa devant les comptoirs de la British Airways de l'aéroport Dulles, mais de telle façon que le personnage qui se trouvait derrière lui, un homme d'affaires britannique impétueux et colérique, fut aussitôt convaincu qu'on lui avait pris sa place dans la queue.

« Qu'est-ce que c'est que ça ? lança l'Anglais d'un ton agressif. Il y a un instant vous n'étiez pas là, pas la peine de prétendre que vous faisiez la queue !

— De quoi m'accusez-vous ? interrogea M. Smith, le visage ridé comme un noyau de prune.

— De prendre ma place dans la queue. Vous êtes en première ?

— Je n'ai pas encore de billet.

— Alors vous n'avez rien à faire ici. Où sont vos bagages ?

— Je n'en ai pas encore acheté. »

L'Anglais éclata d'un grand rire et tenta de faire partager à d'autres voyageurs l'absurdité de la situation.

« Pas de bagages, pas de billet, et il débarque dans la queue. Merveilleux, n'est-ce pas ? Je parie que vous êtes un de ces fanatiques religieux contre lesquels on nous a mis en garde. Il y en a partout aujourd'hui.

— Un fanatique religieux ? Moi ? » M. Smith éclata d'un rire aigu et fragile, qui fit vibrer de façon déplaisante les tympans de l'Anglais.

« Allons, dégagez, je vous l'ai dit, ou je vais chercher un agent. Si vous avez besoin d'un billet, vous pouvez en acheter un en bas. Maintenant. Voilà toute l'assistance que vous obtiendrez de moi », déclara le Britannique, tressaillant à chaque éclat du rire de M. Smith.

M. Smith allait s'éloigner, mais il revint sur ses pas.

« A propos de fanatique religieux, vous n'auriez pas vu un vieil homme avec de longues boucles et une barbe, blanche bien entendu, aux joues roses, et assez corpulent, vêtu d'une robe flottante ?

— J'en ai vu une quinzaine quand j'ai pris l'avion à Columbus, Ohio, il y a un moment. Ils se rassemblent surtout dans les aéroports américains, parce que c'est là où se trouve l'argent, vous comprenez ?

— L'argent ? Des fanatiques religieux ?

— Voyons, c'est bien ce qui les intéresse dans la religion, non ? Ça va de soi. La religion est une grande industrie par ici, vous ne saviez pas ? C'est le seul domaine où les Japs n'ont pas pu nous concurrencer, pas vrai ? Maintenant, dégagez. »

L'Anglais fit mouvement vers le comptoir, en poussant du pied sa valise devant lui. En guise de conclusion, il désigna d'un geste vague un avis affiché au mur.

« Vous trouverez tout ce qui concerne ces fanatiques là-dessus. Ils ont placardé des affiches pour dire que c'est légal et qu'on ne peut rien faire. Je trouve ça scandaleux. Il ne s'agit ni plus ni moins que du droit d'embêter les gens. C'est pousser la liberté un peu trop loin. En taule, voilà où est leur place — ou dans l'Armée — là, au moins, on leur coupera les cheveux. »

M. Smith s'approcha d'un air songeur du panneau placardé sur le mur et le lut. Il semblait présenter des excuses pour la présence possible dans l'enceinte de l'aéroport de membres de groupes religieux, distribuant des brochures ou abordant les passagers afin de les convertir. Aux termes de la Constitution, qui insistait sur la liberté de pensée, il n'y avait rien que les autorités puissent faire sinon espérer que leurs agissements n'incommoderaient pas trop les voyageurs.

M. Smith estima que c'était là plutôt une bonne nouvelle. Le Vieil Homme et lui, avec sa crinière de cheveux gras, pourraient déambuler impunément dans l'aéroport sans trop attirer l'attention, puisqu'on les prendrait pour des membres militants de quelque obscure fraternité religieuse. Mais où était le Vieil Homme ? Il n'y avait pas trace de lui. M. Smith espérait que son humeur distraite ne l'avait pas repris. Ce serait dommage. Il y avait en fait de quoi s'affoler. Le Vieil Homme n'était-il pas la source de tous les yen ? Sans sa magie, la tâche serait bien plus difficile. Malgré tous ses efforts de concentration, M. Smith n'avait jamais réussi à faire apparaître que quelques pièces tordues ou endommagées que même les téléphones publics refusaient. M. Smith chercha partout le Vieil Homme, mais sans succès. Lentement, son anxiété croissante cédait la place à l'irritation et, pour finir, à la franche colère. S'il y avait une chose qu'il avait en horreur, c'était l'inefficacité. L'idée d'être planté tout seul à l'aéroport Dulles, sans nulle part où aller qu'en Enfer, l'emplissait de rancœur. Puis il se rappela comment il avait trouvé le Vieil Homme au milieu du trottoir sordide de la 42ᵉ Rue, deux valises à la main, attendant patiemment la suite de son escapade, et il se mit à réfléchir. Le Vieil Homme avait-il classé dans son esprit ce souvenir comme un appel à la compréhension ? Le Vieil Homme était-il déjà là, mais toujours invisible ? Ce retard était-il justifié ?

M. Smith prit une attitude plus positive. S'ils voulaient quitter le pays avant que le FBI les rattrape encore une fois, ils n'avaient pas de temps à perdre. Pas question d'acheter des passeports, il fallait donc en voler. Le mieux serait d'en dérober dans un autre terminal. L'agitation serait pour commencer localisée et ne s'étendrait que plus tard. En revanche, c'était au comptoir de la British Airways qu'il faudrait subtiliser des billets, puisqu'ils allaient à Londres. Des bagages, ils pouvaient en trouver n'importe où. Ils manqueraient de crédibilité s'ils voyageaient sans bagages, du moins sur une compagnie aérienne.

Il quitta le bâtiment de la British Airways et s'éloigna jusqu'à ce qu'il tombe sur un panneau indiquant l'emplacement de la Saudi Arabian Airlines.

Le hall était à peu près désert, ce qui donnait à penser que les départs n'étaient pas imminents. Une femme brune, employée à la compagnie, s'escrimait devant un ordinateur défaillant en lançant en arabe des exclamations furibondes. Sur plusieurs sièges ainsi que sur le sol, une tribu entière semblait dormir, drapée dans des positions diverses, tandis que deux jeunes enfants poussaient des cris et jouaient à un jeu de leur invention avec une bouteille Thermos bleue tout écornée. On avait l'impression qu'aucun appareil n'était disposé à partir avant un jour ou deux au moins. Le panneau d'affichage au-dessus du comptoir n'annonçait rien du tout. Seule la bise glacée du climatiseur rappelait qu'on était à New York et non pas dans quelque avant-poste aux confins du Yémen, que les oiseaux de métal ne visitent que d'une semaine à l'autre.

M. Smith jeta un coup d'œil à la ronde, à l'affût de passeports qu'on aurait laissés traîner, mais tout semblait soigneusement rangé dans des ballots informes. Ce fut à cet instant que l'employée de la compagnie aérienne finit par perdre patience devant son invisible interlocuteur et sortit en trombe de la salle pour s'engouffrer dans les bureaux situés derrière, en marmonnant de sombres menaces. M. Smith s'approcha du comptoir abandonné et repéra un lot de passeports réunis par un élastique, auquel était joint un bref message en arabe griffonné sur un bout de papier fixé aux documents par un trombone. Il avait du mal à croire à sa bonne fortune. Il regarda autour de lui, les yeux flamboyants de la joie du risque. La femme avait repris sa diatribe un peu plus loin, et on l'entendait dans les bureaux qui échangeait des insultes avec une ou deux de ses collègues.

Rapide comme l'éclair, il préleva deux passeports de la liasse. Il en remit un en place, car il portait la photographie d'une femme voilée qui, bien entendu, était absolument méconnaissable. Le tchador pourtant le rendait inutilisable pour lui comme pour le Vieil Homme. Il choisit deux passeports d'hommes, puis remit les autres comme il les avait trouvés. Il était temps. On entendait claquer les talons de l'employée qui revenait.

M. Smith s'éloigna sans avoir l'air de se hâter.

« Vous êtes sur le SV 028 pour Riyad ? » La femme venait de lui poser la question en arabe.

« Je cherchais une brochure, répondit M. Smith dans cette langue.

— Une brochure? Sur quoi?

— Je n'ai pas encore décidé, mais je vous remercie d'avance.

— Je vous en prie. Vous êtes un pèlerin?

— Non. Je suis un fanatique religieux.

— Oh, je vous dis ça parce qu'il y a un retard de douze heures.

— Voilà un renseignement extrêmement utile.

— On leur en a déjà fait part, dit-elle en désignant les silhouettes endormies.

— *Markhaba.*

— *Akhlin wa Sakhlin.* »

M. Smith regagna alors le bâtiment de la British Airways. Là, il y avait moins de monde, mais aussi plus de mouvement. Les filles au comptoir étaient aussi exaspérées que leurs homologues arabes, car de toute évidence quelque chose n'allait pas là non plus avec les ordinateurs.

M. Smith s'avança droit jusqu'au comptoir, sans se soucier des passagers qui attendaient.

« Qu'est-ce qui se passe? demanda-t-il dans un accent levantin mâtiné de Brooklyn.

— Vous êtes du service entretien? s'enquit une fille.

— Bien sûr. Ali Bushiri. Entretien.

— Vous avez un badge? interrogea une autre employée, plus prudente.

— Fichtre, non. Depuis combien de temps êtes-vous ici, mes petites?

— Quel rapport ça a-t-il?

— Tout le monde connaît Ali Bushiri. Il n'a pas besoin de badge. Ça vous montre combien ces fichus engins tombent souvent en panne. Qu'est-ce qui ne va pas, cette fois? »

Son air nonchalamment assuré suffit à convaincre les filles de son authenticité. Il n'y avait que les chefs pour employer une abominable créature sans âge, avec une crinière de cheveux gras et un tee-shirt sale, affichant un message douteux, pour réparer des appareils aussi complexes. Sans doute était-il diplômé du Massachusetts Institute of Technology.

« Bon, qu'est-ce qui ne fonctionne pas? demanda-t-il.

— Je n'ai pas de sortie imprimante, expliqua la fille dont

il examinait l'ordinateur. Je suis obligée de tout faire à la main.»

M. Smith ôta le capot de la machine.

«Il ne s'agit pas que d'un simple défaut de fonctionnement : tous les messages sont brouillés. Regardez-moi ça, Londres devient LDNOON.

— Un peu de dyslexie saisonnière, dit M. Smith. Laissez-moi régler un problème après l'autre. Quand terminez-vous votre service?

— Dans une dizaine de minutes, Dieu merci.

— Alors une autre équipe va venir vous remplacer?

— Parfaitement. Nous sommes ici depuis cinq heures ce matin. Les autres filles n'auront qu'à s'occuper de ce gâchis.»

Il y eut un chorus d'approbation.

«Combien de vols avez-vous pour Londres aujourd'hui?

— L'un à treize heures, c'est le BA 188, et un autre à vingt heures quarante-cinq, le BA 216. Tous les deux sont pratiquement complets, ce qui signifie que c'est un travail de chien quand les ordinateurs ne marchent pas.

— Tous les deux presque complets? fit M. Smith, d'un air soucieux. Même en première?

— Surtout en première. C'est un signe des temps, je le répète toujours à mon mari. Il votait travailliste avant qu'on vienne vivre ici. Maintenant, il ne vote plus du tout et il me dit que pour la première fois il apprécie la démocratie.

— Le Concorde part dans un peu moins d'une heure, mais c'est terriblement cher.

— Le vol est complet?

— Il y a toujours quelques places libres. Pourquoi?

— Simple curiosité. Il y a des cartes d'embarquement spéciales pour le Concorde?

— Oui, celles qui sont ici. Satisfait?»

M. Smith eut un sourire et fit semblant de s'occuper d'une anomalie extrêmement délicate dans l'appareil.

«Je crois que ça y est. Laissez-moi essayer.»

Il introduisit dans une fente une carte d'embarquement du Concorde.

« Et le numéro du vol Concorde est ?

— BA 188 », dit aimablement la fille.

M. Smith tapa quelques chiffres et la machine se mit à cracher de bonne grâce. Il en sortit une carte d'embarquement pour le siège numéro 24, non fumeur, au nom d'Ali Bushiri.

« Eurêka ! s'écria la fille. Ça remarche !

— Attendez, je crois que je peux faire mieux que ça », et il consulta brièvement l'autre passeport saoudien destiné au Vieil Homme.

« Qu'est-ce que vous regardez ? demanda la fille, étonnée.

— Le manuel d'instructions », répliqua M. Smith, frappant d'autres touches sur le clavier.

La machine cracha une carte d'embarquement, siège numéro 25, non fumeur, au nom d'Amir El Hejjazi.

« Ça m'a l'air de marcher. Quant aux mots brouillés, il faut que j'aille voir ça à l'ordinateur central. A tout à l'heure, les filles. »

Les filles, qui s'apprêtaient toutes à partir, répondirent en chœur : « A bientôt, Ali. »

M. Smith était assez satisfait de sa réussite, mais maintenant qu'il en avait tant fait, il était de nouveau agacé par l'absence du Vieil Homme. Le Concorde devait décoller dans moins d'une heure. Ils avaient des passeports et des cartes d'embarquement, mais pour l'instant pas de bagages, pas de photographies de passeports, et surtout, il lui manquait un passager. Il inspecta tous les bâtiments, mais sans trouver trace de son compagnon.

Alors, dans un hall abritant plusieurs petites compagnies aériennes, il remarqua soudain une cabine de Photomaton, rideau tiré, autour de laquelle des gens impatients étaient rassemblés. Un instinct mystérieux attira M. Smith vers le petit édicule.

« Vous comptez rester là encore longtemps ? » cria une femme.

Les réactions des voyageurs avaient la sombre urgence des gens qui attendent que se libèrent des toilettes dont on a grand besoin. Le regard de M. Smith fut attiré par le petit réceptacle métallique dans lequel étaient rejetées de temps en temps les photographies. Un nouveau jeu de quatre clichés rejoignit la vingtaine d'autres qui occupaient déjà la cupule. C'étaient toutes des photographies du Vieil Homme, exprimant une grande diversité d'émotions aussi appuyées que les illustrations d'un ouvrage victorien sur la technique théâtrale. L'Avarice, la Cupidité, la Gloriole, la Sévérité avaient toutes droit à des grimaces distinctes, pour ne rien dire de la Terreur, la Stupéfaction, l'Innocence et l'Orgueil.

« Qu'est-ce que vous fabriquez là ? » fit M. Smith, d'une voix vibrante d'appréhension.

Le rideau aussitôt s'écarta. Le Vieil Homme regarda M. Smith avec un plaisir sincère.

« Ah, vous voilà enfin !

— Enfin ?

— Ça fait des heures que j'attends. Mais je crois bien que j'ai été fasciné par ce nouvel engin. »

La petite foule commençait à pousser mais M. Smith se fraya un chemin jusqu'à la cabine en glissant d'un ton confidentiel quelques mots où il était question d'un fou dangereux à tendances homicides et de l'impatience où il était de remettre la main sur lui après son évasion.

« Il n'a menacé aucun d'entre vous, non ? »

Ceux qui attendaient furent flattés par la confidence qu'on venait de leur faire et assurèrent qu'ils n'avaient été victimes d'aucune menace, même si deux ou trois commencèrent à faire allusion à une certaine appréhension qu'ils n'avaient pas manqué d'éprouver. M. Smith dit dans un souffle qu'il allait régler la question et disparut dans la cabine, qui n'avait jamais été conçue pour deux.

« Qu'est-ce que vous leur avez raconté ? » demanda le Vieil Homme, nullement ému.

M. Smith s'assit sur les genoux du Vieil Homme.

« Je leur ai dit que vous étiez un dément à tendances homicides.

— Quoi ? fit le Vieil Homme, qui semblait profondément choqué. Et ils vous ont cru ? reprit-il.

— Évidemment, sinon ils ne m'auraient pas laissé entrer. Maintenant, écoutez attentivement. Nous n'avons pas un instant à perdre. Vous avez pris une vingtaine de photos de vous. Maintenant, c'est à mon tour. Nous en avons besoin pour nos passeports. Vous comprenez?

— Nos quoi?

— Peu importe. Vous n'avez qu'à me faire confiance, voilà tout, puisque vous êtes déterminé à partir sans recourir à la magie.

— Comment puis-je me fier à quelqu'un qui raconte que je suis un individu dangereux?

— Donnez-moi une pièce.

— J'ai utilisé toute ma petite monnaie.

— Ce que les gens peuvent être égoïstes!

— Je ne suis pas les gens.

— Vous faites semblant! lança M. Smith, qui commençait à perdre patience. Les pièces que vous avez utilisées étaient-elles vraies ou fausses?

— Fausses, dit le Vieil Homme, d'un ton presque inaudible.

— Alors vous pouvez bien m'en créer une.»

Le Vieil Homme plongea la main dans sa poche et en ressortit une trop neuve pour avoir l'air vrai.

«Vous faites des progrès, déclara M. Smith. Maintenant, ne bougez pas! Vous avez des genoux très inconfortables. Cessez un instant de vous tortiller, ou bien je ne serai plus dans le champ et il faudra que vous me fournissiez des pièces jusqu'à ce que j'aie ma photo. Un, deux, trois!»

M. Smith arbora ce qu'il imaginait être un sourire charmeur; un éclair aveuglant jaillit d'une ampoule rouge et l'appareil tout entier parut secoué d'un hoquet.

«Bon.» M. Smith se leva, simulant d'abominables courbatures. «Maintenant battez-vous avec moi pendant que nous partons.

— Je n'ai aucune intention de me battre avec vous, répliqua le Vieil Homme.

— Après tout ce que j'ai fait pour vous, ricana M. Smith, scandalisé, vous ne pouvez même pas faire un peu semblant pour donner du crédit à mon histoire.

— Non, je ne peux pas, dit le Vieil Homme, en étouffant ce qui ressemblait à un sanglot. Il ne s'agit pas tant de faire semblant que de mentir. Depuis que j'ai revêtu le manteau de la mortalité, ma vie n'a été qu'une accumulation de petits mensonges. Je ne peux pas le supporter. C'est indigne de moi.»

M. Smith mit les points sur les i.

«Mon cher, voilà ce que ça veut dire d'être un homme. Et il a fallu que vous attendiez d'être confiné dans une cabine de Photomaton à immortaliser votre portrait pour vous en apercevoir!

— Vous pensez vraiment qu'être un homme implique de dire des mensonges? demanda le Vieil Homme.

— Vous avez connu la tentation, n'est-ce pas? Pour la première fois de votre carrière transcendantale.

— Vous comprenez, je n'avais jamais vu de photo de moi auparavant. Sur un plan cosmique, on n'a pas besoin de ces petites confirmations de son existence. Regardez.»

Et, des plis de sa robe, le Vieil Homme retira encore une autre série de photographies. Sur chacun des quatre clichés, il exprimait une émotion différente.

«Vous êtes sorti de la cabine pour les prendre? demanda M. Smith, surpris.

— Personne n'attendait à ce moment-là. J'en ai au moins une douzaine d'autres. J'ai passé presque tout mon temps ici depuis que nous avons quitté la Maison... le Président.

— Et, bien que vous soyez recherché sur le territoire des États-Unis pour usage de fausse monnaie, vous avez tranquillement entrepris de créer quelques malheureuses pièces de vingt-cinq cents?

— J'ai créé ce qui était susceptible d'entrer dans la fente.

— C'est honteux.»

L'agitation dehors s'accentuait.

«Allons, avançons! fit M. Smith en tordant le bras du Vieil Homme et en s'apprêtant à sortir.

— Vous me faites mal, cria le Vieil Homme.

— Ne mentez pas!

— Très bien, vous me feriez mal si je pouvais sentir quelque chose.»

Une fois dehors, M. Smith exagéra le mal qu'il avait à maintenir le Vieil Homme.

«Passez-moi ces photos, voulez-vous?» demanda M. Smith au premier de la file.

L'homme jeta un coup d'œil aux portraits du Vieil Homme et les rendit à M. Smith en murmurant :

«Vous avez raison. Il est complètement siphonné.»

M. Smith reconnut la justesse de cette remarque en levant les yeux au ciel.

Une fois dehors, M. Smith se recula dans une encoignure du bâtiment.

«Mettez-vous devant moi, ordonna-t-il au Vieil Homme.

— Quoi?

— Comme si je me déshabillais sur une plage.»

Le Vieil Homme obéit. En un instant, M. Smith réapparut en Arabe, avec robe blanche et burnous.

«Qui êtes-vous maintenant? interrogea le Vieil Homme, abasourdi.

— Ali Bushiri, et vous êtes Amir El Hejjazi.

— Qu'est-ce que je dois faire?

— Rien, répondit M. Smith, faisant jaillir une coiffure sous ses doigts, qu'il posa sur les boucles du Vieil Homme.

— Heureusement, votre robe pourrait passer pour une djellaba. Tout ce qu'il vous faut, c'est ceci. Et peut-être encore une paire de lunettes de soleil.»

D'un geste de la main, il les créa et, en un instant, ils avaient tous les deux l'air passablement authentique.

«Redites-moi mon nom?

— Amir El Hejjazi.

— Où donc avez-vous trouvé ça?

— C'était sur le passeport que j'ai volé. Vite maintenant! Laquelle de ces horribles photographies chatouille-t-elle le plus votre vanité?

— Je les aime toutes, reconnut le Vieil Homme, mais il est vrai que je n'ai rien à quoi les comparer. Vous n'avez qu'à choisir pour moi.

— Celle-ci, et une de moi. Pouvez-vous m'aider à les coller sur les vraies photos?

— Comme ça?

— Et maintenant, venez. Avec un peu de chance, nous aurons l'avion de justesse.

— Et nos bagages?

— Laissez-moi faire... »

Les deux hommes drapés dans leurs robes pénétrèrent dans le bâtiment de la British Airways et se hâtèrent vers le comptoir du Concorde.

« Nous avons déjà nos cartes d'embarquement, expliqua M. Smith. Nous avons dû aller donner un coup de fil urgent. »

La fille faisait partie de la nouvelle équipe.

Elle fronça les sourcils.

« C'est bizarre. Les places 24 et 25 sont déjà attribuées. Au nom de Friedenfeld. Quand vous êtes-vous enregistrés ?

— Il n'y a pas dix minutes. Nos bagages sont déjà passés.

— C'était une fille blonde ? Un peu joufflue ?

— Joufflue ? Je dirais un peu ronde.

— Ah, Barbara, Barbara. On peut toujours compter sur elle, n'est-ce pas ? » dit-elle à sa voisine ; puis elle eut un sourire penaud à l'adresse de M. Smith. « Elle s'est fiancée la semaine dernière. C'est peut-être ça.

— Peut-être.

— Ça ne vous ennuierait pas de vous mettre aux places 43 et 44 dans la seconde cabine ?

— Dès l'instant que la destination est bien Londres.

— J'espère qu'il en sera ainsi, pour notre salut à tous. »

Bientôt M. Smith et le Vieil Homme furent assis dans le Concorde qui s'éleva presque à la verticale dans un silence quasi total.

« Combien de temps faut-il pour aller à Londres ? interrogea le Vieil Homme.

— Trois heures et demie, m'a-t-on dit.

— C'est rudement lent, n'est-ce pas ?

— Pour nous, oui », convint M. Smith.

Le Vieil Homme regarda par le hublot qui n'était pas tout à fait bien placé pour un homme de sa corpulence.

« Je suis vraiment dans mon élément là-haut », dit-il, et il ajouta avec un soupir : « Je serais presque tenté de sortir et d'abandonner là toute cette décevante aventure.

— Vous allez semer la pagaille parmi les autres passagers si vous essayez ça.

— Bien sûr, je n'imaginerais pas de faire une chose pareille. Sortir dans ces circonstances reviendrait à avouer ma défaite.

— Et vous n'êtes pas encore disposé à l'admettre ?»

Le Vieil Homme ne répondit pas tout de suite. M. Smith laissa le silence se prolonger un long moment jusqu'à ce qu'il finisse par devenir éloquent.

«Vous regrettez d'être venu ?» fit le Vieil Homme, en rompant le silence.

M. Smith se mit à rire.

«Peut-on regretter pareille expérience ? C'est difficile. Je ne peux que déplorer l'absolue décadence dans laquelle le vice est tombé. On a supprimé de sa présentation tout vestige d'hypocrisie. C'est comme si on avait supprimé les préliminaires amoureux en estimant que c'est une perte de temps, au lieu de les considérer pour ce qu'ils sont : la mesure, l'étalon du temps.

— Vous ne parlez que de votre spécialité. Le vice.

— Mais non. Pas du tout, il me semble que, comme d'habitude, ce qui s'applique au vice s'applique en fait au reste. Sans vice sain il ne peut pas y avoir de vertu saine. Les deux sont aussi complémentaires que nous, et aucun ne profite du déclin momentané de l'autre. Tout au contraire, les deux montent et chutent ensemble. Ils sont indivisibles. Si je puis me permettre, sans vouloir manquer de tact, ce sont les deux faces d'une même pièce.»

Le Vieil Homme comprit l'allusion, mais préféra ne pas la relever. Il se contenta d'un sourire intérieur et regarda les nuages qui semblaient filer sous leurs yeux.

«Ainsi, nous avons quitté les États-Unis sans avoir eu recours à la magie. Êtes-vous satisfait ? Est-ce que je mérite un vote de remerciement ?

— Pas du tout, répliqua le Vieil Homme. Je veux bien reconnaître qu'il n'y a pas eu de tour, mais il y a eu subterfuge à une considérable échelle. Certes, je suis maintenant M. El Hejjazi. Mais qu'advient-il du vrai M. El Hejjazi, retenu maintenant dans un pays qui peut fort bien manifester son hostilité envers ceux qui sont soudain privés d'identité ? Et qui a payé nos billets d'avion ?»

M. Smith était hors de lui. «Que de balivernes !» s'exclamat-il avec si peu d'accent arabe que plusieurs vrais Arabes, discrètement vêtus de somptueux costumes occidentaux, se retournèrent avec un déplaisir manifeste pour examiner d'aussi bizarres représentants de leur culture et de leurs traditions.

Le Vieil Homme donna même un coup de coude à M. Smith, mais c'était inutile. Lorsqu'il eut estimé que tous les passagers susceptibles de les entendre étaient occupés à autre chose, M. Smith parla d'une voix très basse et avec une grande clarté, s'exprimant, l'air absent, un peu comme un ventriloque.

« Dès l'instant qu'on a le pouvoir de faire des tours de magie, il est stupide de ne pas l'utiliser. Chercher à vivre et à travailler suivant les règles humaines ne prouve absolument rien, et s'est de plus révélé impossible sans contrefaçon, vol et absolue mendicité. Ce que nous avons appris jusqu'à présent, c'est uniquement quand ici ou là on a découvert notre véritable identité. Le garde forestier et sa femme n'ont chanté vos louanges que parce qu'ils vous ont pris pour ce que vous êtes et pas un instant ils ne se sont laissé duper par votre ridicule incognito. Ce malheureux psychiatre, qui a perdu sa clientèle, trace sur sa pancarte des messages incompréhensibles parce que c'est sa façon à lui de reconnaître notre présence en ce monde sans s'attirer une hostilité exagérée. On le traite avec la relative tolérance qu'on réserve à un fou inoffensif, et non pas avec la haine qu'on porte à ceux qui passent pour en savoir plus. Les autres ont été des modèles de stupidité pharisienne. Plus nous sommes montés dans l'échelle sociale, plus les réactions ont revêtu un caractère grossier. »

Le Vieil Homme décida de ne pas répondre, d'abord parce qu'il ne trouvait aucun argument pour contredire les propos de son ami, ensuite, pour faire semblant de dormir, passetemps que ceux qui peuvent se permettre le Concorde semblent pratiquer volontiers.

M. Smith poussa un grognement. Il comprenait les mobiles et la perplexité du Vieil Homme, et n'avait pas vraiment envie d'aggraver les choses. Il se contenta de prendre le quotidien britannique qu'on avait déposé sur ses genoux au moment du décollage, avec les compliments de la compagnie aérienne.

«Votre laitier pourrait être Dieu!» proclamait la manchette. M. Smith poursuivit sa lecture avec intérêt en parcourant du regard les photos. La principale illustration, qui occupait l'essentiel de la une, était celle d'un prélat, bouche ouverte, cheveux dans un désordre romantique, désignant un laitier qui souriait comme un rustre et dont l'image avait manifestement été superposée au cliché. Quand M. Smith eut terminé sa lecture, il donna au Vieil Homme un coup de coude d'un air bon enfant.

«Pourquoi me réveiller? demanda le Vieil Homme d'un ton plaintif.

— Parce que vous ne dormiez pas.»

Il n'y avait rien à répondre à cela.

«Écoutez, poursuivit M. Smith, voici un endroit où il faut nous rendre quand nous serons à Londres. Ça m'a l'air extrêmement distrayant.

— Et où est-ce?

— Le Synode de l'Église d'Angleterre, à Church House, Westminster.

— Qu'est-ce qu'ils y font?

— Un de leurs membres, un évêque, le docteur Buddle, a prétendu que le public devrait toujours être en alerte, puisque même le laitier qu'on connaît pourtant si bien pourrait se révéler être Dieu.»

Le Vieil Homme se redressa sur son siège, soudain intéressé.

«Ça, alors. Mais comment les autres ont-ils réagi?

— Mal, mais il est vrai que le docteur Buddle est apparemment considéré comme un non-conformiste.

— Qu'entendez-vous par là?

— C'est ce que les Américains appellent un rebelle, ou un loup solitaire.

— Qu'est-ce que ça a donné?

— Du tumulte. Le primat de l'Église anglicane, qui est lui-même connu pour ses opinions peu conventionnelles, s'est trouvé confronté à des journalistes goguenards, qui l'ont pressé de questions.

— Goguenards. Pourquoi goguenards ?

— La perplexité de la fraternité des clercs, barbotant dans le marais boueux de la métaphysique et du mysticisme, amusera toujours une presse essentiellement agnostique — mais dont les membres sont toujours prêts à adopter de pieuses attitudes, si jamais le besoin s'en fait sentir.

— Je vois. Et qu'a dit le primat ?

— En tant que fils de Dieu, le docteur Buddle a le droit d'avoir son opinion. En tant que membre de la haute hiérarchie de l'Église, peut-être aurait-il dû se montrer un peu plus circonspect dans le choix de ses exemples. Il n'a jamais pensé que, d'après ses propos, on comprendrait que le laitier *est* Dieu. De toute façon, il n'y a qu'un seul Dieu et beaucoup de laitiers. Il voulait simplement dire qu'il existe une possibilité que le laitier en question puisse, dans des circonstances impossibles à envisager, se révéler être Dieu. Il aurait certainement dû faire comprendre de façon plus claire aux profanes que la probabilité que le laitier soit Dieu est extrêmement faible, pour ne pas dire totalement nulle.

— C'est digne d'un jésuite. Pas étonnant qu'il soit primat de l'Église anglicane.

— Devrons-nous leur rendre visite ? » proposa M. Smith, débordant de malice.

Le Vieil Homme réfléchit un moment.

« Je ne pense pas, répondit-il, avec une nuance de tristesse. Cela ne ferait que mettre un terme à une discussion qui fait le ravissement de la nation par sa plaisante absurdité. Après tout, que prouvera notre présence à Church House ? Le fait qu'il ait vu juste montera à la tête du bon docteur Buddle, et il sera hanté par des mirages d'infaillibilité, dont les conséquences pourraient être désastreuses, tandis que l'opposition contre-attaquera, sur la fragile prémisse que je ne suis pas un laitier, pour prouver que le docteur Buddle est irresponsable et qu'il a l'esprit pervers. D'ici là, le véritable sens de la remarque du docteur Buddle, qui voulait simplement dire que Dieu est capable d'apparaître à tout moment sous n'importe quel déguisement, aura été délibérément oublié par les deux camps.

— Si vous y alliez en laitier ? suggéra M. Smith.

— C'est la dernière chose à faire. Pourquoi infester l'esprit du docteur Buddle des miasmes de la mégalomanie ? Et pourquoi humilier le primat et les Thomas qui doutent. Le monde des idées n'a pas pire ennemi que le fait auquel il est impossible d'échapper, tout comme le monde de la foi ne connaît rien de plus désastreux que l'apparition physique de Dieu. Les Juifs ont compris cela. Ils attendent le Messie avec révérence, dans la lucide assurance qu'il ne se montrera jamais.

— Alors, qu'est-ce que nous fichons ici ? s'écria M. Smith.

— Nous sommes ici pour nous, pas pour eux », répliqua le Vieil Homme avec une surprenante vigueur.

M. Smith ferma à demi les yeux.

« Quoi qu'il arrive, nous devons rester physiquement en contact. Nous devons sans arrêt pouvoir nous tenir la main. Qu'ils ne nous séparent pas.

— Pourquoi dites-vous cela ?

— Le fait que nous soyons ici pour notre propre compte ne va pas faciliter les choses. J'ai l'impression que nous allons être de moins en moins maîtres de notre temps et de ce que nous voulons faire.

— Et qui nous influencera dans nos décisions ? Le FBO ? »

M. Smith n'eut aucune envie de confirmer ou de réfuter ses soupçons.

## 12

L'arrivée à l'aéroport d'Heathrow se passa sans encombre. Plusieurs passagers qui venaient d'être transportés à deux fois la vitesse du son pour la première fois de leur vie n'arrivaient pas à se remettre de leur stupéfaction, tandis que ceux qui avaient l'habitude de traverser l'Atlantique en Concorde se cantonnaient dans un dédain un peu distant, comme pourraient le faire les membres d'un club très fermé devant une soudaine invasion d'étrangers. Quelqu'un les avait invités, sans doute ? Le Vieil Homme décida d'afficher le même genre de désinvolture que les habitués. Il avait en effet l'impression qu'il aurait pu parcourir la distance beaucoup plus vite. Seul M. Smith prenait des airs un peu furtifs.

« N'oubliez pas que vous êtes arabe, murmura-t-il en anglais.

— Alors pourquoi me parler en anglais ? demanda le Vieil Homme en arabe. N'êtes-vous pas arabe vous aussi ? »

Ils débarquèrent de l'avion, en courbant la tête afin de passer par la petite porte, et se retrouvèrent bientôt dans la queue pour montrer leurs passeports aux fonctionnaires de l'Immigration. Bien entendu, ils commencèrent par s'installer dans la mauvaise file, jusqu'au moment où ils s'aperçurent que l'Arabie Saoudite n'était sans doute pas membre de la Communauté européenne.

« Une stupide erreur de notre part. Nous ne devons surtout pas perdre de temps.

— Tout ce que je fais, c'est vous suivre, protesta le Vieil Homme. Hamir El Hejjazi est un très vieil Arabe sans défense, qui en toutes choses se fie à son neveu. »

Même M. Smith ne put s'empêcher de sourire.

Le fonctionnaire britannique prit son passeport et parut le photographier en utilisant quelque mystérieux procédé tenu hors du regard des passagers.

« Vous êtes M. Ali Bushiri ?

— C'est exact.

— Et pour quelle raison vous rendez-vous au Royaume-Uni ? »

M. Smith, qui n'avait pas pensé qu'on lui poserait cette question, hésita un moment.

« Je suis Hamir El Hejjazi, déclara le Vieil Homme. Je viens pour un bilan médical complet.

— Oh, très bien, monsieur. Et où cela doit-il avoir lieu ?

— A la clinique privée de Sir Maurice McKilliwray, à Dorking. Je lui ai déjà fourni une vaste collection de différents articles destinés à son précis du corps humain, très apprécié par ses étudiants. Des calculs biliaires, des calculs rénaux — il m'a dit la dernière fois que j'avais besoin d'un géologue plutôt que d'un chirurgien. Il n'est pas dépourvu de ce macabre sens de l'humour anglais si apprécié dans les lointaines régions d'Arabie Saoudite.

— Vraiment ? dit le fonctionnaire de l'Immigration, ses lèvres frémissant et se plissant en une lourde grimace d'ironie.

— Ali Bushiri est mon neveu, même s'il a parfois l'air plus âgé que moi. C'est le fils de ma regrettée sœur, Aïcha — que son âme repose en paix dans une céleste oasis —, qui avait près de deux fois mon âge, même si vers la fin il devenait évident que je la rattrapais. Il m'accompagne pour tous mes examens médicaux, au cas où quelque chose tournerait mal, vous comprenez. »

Comme il y avait encore des passagers qui commençaient à manifester une certaine impatience, le fonctionnaire les laissa passer en lançant pour finir :

« Votre neveu semble avoir bien plus que vous besoin d'un bilan.

— Dites-le-lui, dites-le-lui ! gémit le Vieil Homme, avec une soudaine intensité qui troubla le fonctionnaire, lequel avait déjà en main le passeport suivant.

— Considérez donc que je vous l'ai dit », répondit-il sèchement à M. Smith, qui hocha la tête d'un air fataliste et haussa les épaules.

«Qu'est-ce qui vous a pris ? chuchota-t-il à l'oreille du Vieil Homme, tandis que tous deux se hâtaient vers la salle de livraison des bagages. Tant de scrupules à propos du mensonge, et voilà tout d'un coup que vous vous déchaînez ! Votre sœur Aïcha, je vous demande un peu, et reposant dans une oasis céleste !» Il ne put s'empêcher de rire.

«Vous savez que je n'ai jamais eu envie de porter de déguisement. Je savais que, dès l'instant où je le ferais, le mensonge, ou plutôt l'invention, allait l'emporter sur mon jugement.» Une mince lueur de folie brillait gaiement dans le regard du Vieil Homme. «Ça me rappelle mes débuts, ce besoin de créer. Peut-être gardez-vous encore le vague souvenir de certains de mes premiers excès, avant que mon sens des proportions se soit affûté jusqu'à devenir cette faculté critique sans pareille qu'on me connaît ? Le dodo, par exemple, avec ses œufs si encombrants : il lui était vraiment impossible de survivre. Et les dinosaures, et les brontosaures, tous ces fruits de ma folie initiale des grandeurs, comme des temples ambulants dédiés à mon ego. Ambulants, ai-je dit ? Enfin, tout juste. Et vous n'avez sans doute jamais vu certaines de mes toutes premières esquisses. Ces huîtres conçues pour se reproduire comme des humains. Dès le départ, le modèle avait un défaut de construction. Et le prototype de l'actuel poulet était capable de voler, vous saviez ça ? Les coqs pouvaient en chantant plonger en piqué du haut d'un ciel d'encre et réveiller ainsi tous les dormeurs du monde. L'insomnie était l'une des pires plaies de l'humanité. Eh bien, mon déguisement en Amir El Hejjazi m'a rappelé tout ça, ce don d'invention. Mais je n'ai pas été vraiment téméraire, n'est-ce pas ? Je me suis seulement inventé une sœur morte ; on ne peut pas se tromper beaucoup avec ça.»

M. Smith n'écoutait que d'une oreille distraite car ils avaient pas mal de choses à faire ; de plus le déferlement des souvenirs du Vieil Homme était ponctué de petits bruits et de halètements dus à l'effort qui rendait le tout quelque peu incohérent.

Ils arrivèrent dans la salle où des tapis roulants bringuebalant apportaient les bagages ; M. Smith s'empara d'un gros sac de toile en provenance de Lima et de Mexico.

«Est-ce que je ne ferais pas mieux d'en avoir un aussi? demanda le Vieil Homme.

— Je ne pense pas qu'il faille que vous en voliez un. Une de vos épouses a pris le vol précédent avec vos bagages.

— Oh!» Les choses allaient trop vite pour le Vieil Homme.

«Monsieur Bushiri? demanda un fonctionnaire des douanes dont la pâleur et le teint douteux affichaient qu'il passait ses journées dans un bureau.

— Oui.

— Vous êtes bien monsieur Ali Bushiri?

— Oui.

— Et monsieur Amir... Je crains de ne pouvoir prononcer ce...

— El Hejjazi, dit le Vieil Homme.

— Hm... Eh bien... voudriez-vous me suivre, je vous prie.

— Pourquoi donc? demanda M. Smith.

— M. Goatley aimerait vous dire un mot.»

Il frappa à la porte d'un petit bureau et leur fit signe d'entrer. M. Goatley se présenta comme le directeur du service des douanes d'Heathrow et présenta son adjoint, M. Rahman, qui était noir. Il leur désigna des fauteuils.

«Nous sommes un peu pressés, commença M. Smith.

— Je suis navré de l'apprendre.» M. Goatley inspectait le plafond comme s'il s'attendait vaguement à voir quelque chose se matérialiser par là-haut. Puis un brusque sourire d'un étonnant manque de sincérité se peignit sur son visage, imprimant à sa fine moustache une forme évoquant cinq heures moins cinq sur le cadran d'une horloge.

«Que nous puissions ou non accéder à votre demande de partir dépendra essentiellement de la réponse que vous pourrez apporter à quelques-unes de nos questions, d'accord?»

M. Rahman parut secoué d'un petit rire obséquieux mais silencieux.

«Voyons, commençons par le commencement, poursuivit M. Goatley. Vous affirmez que vous êtes M. Bushiri?

— Pourquoi ne serais-je pas M. Bushiri? rétorqua M. Smith d'un ton vif.

M. Goatley consulta une feuille de papier devant lui.

«Puis-je voir votre passeport?

— Nous avons déjà montré nos passeports.

— Je le sais fort bien. J'en ai des photocopies sous les yeux. J'aimerais maintenant beaucoup voir les documents eux-mêmes.» Remarquant l'hésitation de M. Smith, il poursuivit : «De toute façon, vous ne serez pas autorisés à pénétrer sur le territoire du Royaume-Uni sans les montrer de nouveau.»

M. Smith et le Vieil Homme exhibèrent leurs passeports sans grand enthousiasme.

M. Goatley les examina attentivement, assisté par M. Rahman, qui de temps à autre montrait du doigt telle ou telle mention sur une page, ce qui provoquait chez lui amusement ou incrédulité.

M. Goatley parla enfin.

«Messieurs, aviez-vous attentivement examiné les passeports avant de vous... de vous les procurer?

— De nous les procurer? Qu'est-ce que vous insinuez? fit M. Smith d'une voix rauque.

— Nous avons un fax des autorités de l'aéroport Dulles précisant que deux passeports au nom respectivement d'Ali Bushiri et d'Amir El Hejjazi ont été volés au comptoir d'embarquement de la Saudia environ une heure avant le décollage du Concorde.

— C'est ridicule! Sur quoi se fonde cette accusation?

— Sur le fait que M. Bushiri et M. El Hejjazi n'ont pas pu prendre leur vol déjà retardé pour Riyad et qu'ils en font toute une histoire puisqu'ils ont affirmé avoir remis leurs passeports au comptoir d'embarquement de la Saudia. Ils voyageaient en groupe, vous comprenez.»

M. Smith prit un air matois.

«Je suis l'unique M. Bushiri que je connaisse, dit-il avec une sincérité trop marquée pour être vraie. Qu'est-ce qui vous fait croire que l'autre M. Bushiri n'est pas un imposteur?

— Eh bien, monsieur, voilà pourquoi je vous ai demandé si vous aviez vraiment examiné ces passeports avant de vous les procurer. Il est écrit ici que vous avez vingt-six ans.»

M. Smith finit par se trouver pris au dépourvu.

189

«J'ai été extrêmement souffrant, murmura-t-il.

— Et la valise?

— C'est la mienne», affirma généreusement le Vieil Homme. Il avait le sentiment que M. Smith avait besoin d'aide.

M. Rahman ouvrit la fermeture à glissière.

«Rien d'intéressant? demanda Goatley.

— Six raquettes de tennis, monsieur?

— Six?

— Toutes dans un emballage de cellophane. Également une collection de chemises de sport et de bandeaux pour les cheveux.

— Et d'où vient ce sac?

— De Lima, au Pérou.

— Je vois, fit M. Goatley. Votre passeport dit que vous avez soixante-sept ans, monsieur El Hejjazi, ce qui n'est probablement pas très loin de la vérité. Je présume donc que vous jouez dans la catégorie senior du tournoi de Wimbledon, et que vous avez récemment joué à Lima. Venez-vous sur le court en robe? Est-ce qu'elle ne vous gêne pas un peu pour vos déplacements, surtout en simple?»

Tout en parlant, il grattait les photographies avec une paire de ciseaux.

«Comme je le pensais, reprit-il, les photos originales sont dessous. Un jeune homme barbu — et habillé comme vous, mais la ressemblance s'arrête là. Eh bien, qu'allons-nous faire de vous? Vous voulez faire des aveux complets?»

Il y eut un long silence durant lequel le Vieil Homme et M. Smith, mal à l'aise, se dandinèrent d'un pied sur l'autre, comme des enfants pris en flagrant délit de quelque activité malhonnête.

Le Vieil Homme murmura enfin :

«Bien sûr, vous avez tout à fait raison. C'était un subterfuge stupide, pour lequel nous ne sommes équipés ni physiquement ni moralement.

— Parlez pour vous!» fit M. Smith, en exhibant une petite flamme au bout de sa langue, ce qui amena un pli soucieux sur le front des douaniers avant que ceux-ci ne décident qu'il s'agissait d'une illusion d'optique. «Je continue à affirmer que je suis Ali Bushiri et que l'autre Ali Bushiri est un imposteur!»

M. Goatley sourit et sa moustache se retroussa.

«J'enregistre sur magnétophone votre déclaration pour la suite de l'enquête. J'espère que vous n'y voyez pas d'inconvénient.

— Maintenant que, comme vous dites, nous avons fait des aveux complets, pouvons-nous partir? demanda le Vieil Homme, avec une foi touchante en l'innocence de l'homme.

— Ce n'est malheureusement pas tout à fait aussi simple. Voyez-vous, il se trouve que je sais qui vous êtes, messieurs.

— Ah?

— Oui, précisa M. Goatley avec tact. Vous, monsieur, vous êtes Dieu le Père, alors que votre compagnon, qui prétend être le vrai Ali Bushiri, n'est autre que votre vieil ami, Satan.»

Le Vieil Homme était tout simplement muet de ravissement.

«Enfin! Enfin! L'accueil tout simple que j'attendais tant. Pas de tralala, pas de fanfare. Rien qu'un sourire de politesse en guise de salutations! Je vous remercie, monsieur. Je chérirai toujours la réaction que vous avez manifestée à notre égard. Cela montre tout bonnement que le Vieux Monde est encore capable d'une certaine objectivité, laquelle a été anéantie dans le Nouveau Monde par l'avance précipitée de la technique et de — comment appellent-ils ça? — de la "technologie". Vous, monsieur, ne vous êtes pas laissé entraîner sur cette voie, et nous vous félicitons. Maintenant, pouvons-nous partir? Nous avons beaucoup à faire.

— J'ai bien peur que non, insista M. Goatley. A présent que nous savons qui vous êtes, nous ne voulons pas vous laisser vous en aller si vite.

— C'est sans doute flatteur, observa le Vieil Homme, mais plutôt incommode. Vous est-il si difficile d'imaginer que Dieu a des choses à faire?

— Surtout en compagnie du Diable, répliqua M. Goatley, d'un ton un peu sarcastique. Puis-je vous demander ce que vous pouvez bien avoir en commun? Je veux dire : quelles tâches vous rapprochent ainsi? La correction des copies pour l'examen d'entrée au Paradis et en Enfer?

— Ce que nous avons en commun? répéta le Vieil Homme, stupéfait. Seulement la Création, l'existence, la Vie, la matière...

— Je n'ai rien eu à faire avec la Création. Je refuse d'en endosser la responsabilité, intervint M. Smith avec une certaine animation, pour passer ensuite à un ton plus amer et plus sourd. J'en ai tellement assez de votre nature candide. Vous êtes si content qu'on vous reconnaisse que vos mèches se sont mises à boucler comme des cumulus et que votre barbe a pris des reflets d'argent, comme si elle était enserrée dans les guirlandes de Noël. Vous rayonnez de bonheur parce que, dans ce vaste monde, quelqu'un d'autre qu'un fou et qu'un garde forestier vous a appelé par votre nom. Les deux autres sont tombés à genoux. Pourquoi pas ce monsieur?

— Il est peut-être athée, dit le Vieil Homme. Il en a parfaitement le droit. J'aurais du mal à croire en moi-même si je n'étais pas sûr d'exister.

— Vous ne vous rendez pas compte que tout cela a une autre raison que le simple respect? demanda M. Smith. Qu'en fait, on nous tourne en dérision?

— En dérision? Je n'avais pas remarqué.

— Très bien, alors, disons qu'on ménage les fous que nous avons l'air d'être.»

M. Goatley perçut le danger.

«Pas vraiment fous, dit-il d'un ton incertain, seulement un peu excentriques.

— Excentriques? fit le Vieil Homme, abasourdi.

— Il suffit que je me mette debout, s'écria M. Smith, pour voir à l'envers les photos posées sur son bureau, des photographies de vous et de moi dans cette église d'Amérique, la première fois où vous avez cru qu'on vous reconnaissait pour ce que vous êtes!»

M. Goatley pressa un bouton sur son bureau.

«Vous pressez un bouton. Pour quoi faire encore? Serrez bien ma main!» clama M. Smith, d'une voix qui fit un bruit de calicot qu'on déchire.

La porte s'ouvrit et deux hommes pénétrèrent dans la pièce.

«Puis-je vous présenter l'inspecteur Pewter de la Special Branch, de Scotland Yard, et le lieutenant Burruff, de la CIA, de l'ambassade américaine de Londres opérant au nom du FBI, annonça M. Goatley, d'un ton à présent très sérieux.

— Le FBI? reprit le Vieil Homme. Est-ce que ce n'est pas...?

— Ça l'est, répliqua sèchement M. Smith.

— Nous avons ici un mandat d'arrêt international lancé par Interpol, déclara Pewter. On va vous passer les menottes et vous renvoyer par le prochain avion en partance pour être jugés à Washington.

— Bien que j'imagine que vous connaissez les chefs d'inculpation, je vais vous les lire, ajouta l'homme de l'ambassade. Vous devez savoir que vous avez des droits, mais il est de mon devoir de vous prévenir que tout ce que vous direz pourra être retenu contre vous.

— Juste un instant, avant que vous nous soumettiez aux supplices de votre galimatias officiel, dites-nous : sommes-nous arrêtés par les autorités britanniques ou américaines? demanda M. Smith.

— Techniquement, vous êtes arrêtés par les autorités britanniques à la demande des autorités américaines, répondit l'inspecteur anglais. On va vous renvoyer par une compagnie américaine. Dès l'instant où vous aurez mis le pied à bord de l'appareil, vous serez sous la responsabilité des autorités américaines. Jusque-là, vous êtes sous notre juridiction.

— Les accusations viennent toutes des Américains, et pourtant vous y souscrivez. Êtes-vous à ce point servile?

— Tel est le fonctionnement d'Interpol, expliqua Pewter. Un mandat d'arrêt a été lancé contre vous dans la plupart des pays développés. De la même façon, un criminel britannique peut être appréhendé sur le territoire des États-Unis.

— Et cela n'exclut pas que certains chefs d'accusation britanniques viennent s'ajouter à ceux qui existent déjà en Amérique, précisa M. Goatley. Par exemple, falsification de documents, de billets, vol de bagages. Il y en aura sans doute d'autres.

— Laissez-moi préciser ceci dans une langue que je puisse

supporter, cria M. Smith d'une voix qui avait la violence d'un ouragan. On nous renvoie en prison sous l'inculpation initiale de contrefaçon ?

— Contrefaçon pour l'autre monsieur, simple complicité pour vous, dit l'homme de la CIA.

— Est-ce que vous n'allez pas nous demander notre parole d'honneur de ne pas disparaître ? hurla M. Smith, frénétique.

— J'y arrive, riposta l'homme de la CIA, en se penchant sur les documents étalés sur le bureau et que le vent menaçait d'emporter.

— Trop tard ! » s'écria M. Smith en saisissant le Vieil Homme par la main tandis que la tempête se déchaînait dans la petite pièce, arrachant du mur le calendrier et renversant la photo en couleurs de la reine. Tous les papiers qui n'étaient pas maintenus s'envolèrent comme des feuilles d'automne. Il sembla à M. Goatley que des forces élémentaires lui martelaient les paupières et qu'il avait tout à coup du mal à respirer. Au plus fort de cette situation nouvelle, fidèle à son entraînement, l'homme de la CIA se mit à hurler à pleins poumons et de façon totalement incompréhensible les chefs d'inculpation.

Le magnétophone prit feu, comme toutes les installations électriques de la pièce. De la fumée commença à s'élever des deux passeports, ainsi que du bureau. Le sac avec les raquettes de tennis se mit à crépiter.

Puis la tempête disparut brusquement, et avec elle M. Smith et le Vieil Homme.

« Voilà nos pièces à conviction envolées, dit M. Rahman, en s'escrimant avec un extincteur.

— Ainsi que nos clients, ajouta M. Burruff en jetant sur le bureau l'acte d'accusation d'un air écœuré.

— Tout cela est extrêmement irrégulier, marmonna M. Goatley, et juste au moment où nous en arrivions au point crucial...

— J'imagine que je ferais mieux de prévenir la compagnie aérienne que le voyage est annulé, constata M. Rahman.

— Je vais vous dire une chose. Je préfère que ce genre de chose soit arrivé au sol plutôt que dans les airs », ajouta M. Goatley, qui avait déjà à demi recouvré son calme.

## 13

C'était un matin d'une beauté exceptionnelle, un matin de béatitude aussi près que possible de la perfection. D'un commun accord et grâce aux moyens de communication dont ils disposaient, ils atterrirent et se matérialisèrent sur un coin de collines ondulantes dans les environs de Sunningdale.

« Quelle matinée ! exulta le Vieil Homme. Voici ma création, telle que je l'avais envisagée, fidèlement réalisée. Le monde tel que je l'avais conçu avant que les éléments commencent à prendre des libertés avec lui et à revendiquer une autonomie toujours plus grande. » Il inspira profondément et on aurait dit qu'il laissait tomber le poids des siècles tandis que ses yeux brillaient d'un plaisir sans mélange.

« Je reconnais qu'il a ses bons côtés, même si je supporte assez mal le soleil, grommela M. Smith. Où allons-nous maintenant ?

— Nous ne sommes pas pressés, n'est-ce pas ? fit le Vieil Homme avec une bonne humeur qu'il espérait contagieuse.

— Non, mais j'ai mieux à faire que d'aggraver ma toux chronique en respirant à pleins poumons. J'aime l'ombre, les murs et les feux de bois dans la cheminée.

— Comment pouvez-vous dire ça quand nous découvrons ce petit coin de paradis, d'autant plus stupéfiant qu'il est situé dans une région très habitée ? Il y a des maisons partout alors qu'ici, en cet endroit qu'on aurait pu considérer comme le meilleur terrain à la ronde, cultivé et couvert d'une herbe bien grasse, eh bien tout est resté absolument inexploité.

— Ça me paraît bizarre.

— Ça vous paraît quoi ?

— Artificiel. Ça n'a pas l'air vrai. Et ce petit étang là-bas...
je parie qu'il a été creusé à la main.

— Mais non, mais non. Moi, au moins, je sais reconnaître
la nature quand je la rencontre.»

Sur ces entrefaites, quatre personnes apparurent à quelque
distance montées sur deux petits véhicules silencieux. On les
distinguait à peine tandis qu'elles se livraient à une activité
un peu incompréhensible sur la crête d'une colline au milieu
d'un bouquet d'arbres.

«Qu'est-ce qu'ils fabriquent? demanda M. Smith d'un ton
nerveux.

— Qui ça?

— Là-bas.»

Le Vieil Homme n'avait pas remarqué les nouveaux venus.

«Oh! il n'y a pas de quoi s'inquiéter», dit-il, et il reprit :
«Il serait tout à fait anormal de ne pas voir des gens se pro-
mener dehors par un temps pareil. Ce doit être si rare.

— Ils étudient le terrain. Est-ce que cela ne serait pas le début
d'une chasse à l'homme?

— Je vous en prie, ne commencez pas à avoir des complexes
à propos de tout, dit le Vieil Homme d'un ton presque sévère.
Il n'y a rien dont vous deviez avoir honte, et...

— Vous savez que nous sommes tous deux des hommes
traqués. La planète se referme sur nous. Où que je porte le
regard, j'ai l'impression de voir des agents secrets partout,
cria M. Smith d'une voix étouffée. Pourquoi ces gens fixent-
ils le sol avec une telle intensité?

— Peut-être plantent-ils quelque chose.

— Auraient-ils trouvé un indice?

— Nous ne sommes pas allés là-bas, alors s'il s'agit d'un
indice, il n'a rien à voir avec nous. Ils sont sur une mauvaise
piste.

— Même si c'est une mauvaise piste, c'est à nous qu'elle
va les mener. Écoutez bien ce que je vous dis.»

Là-dessus, un des hommes cria quelque chose dans leur
direction en agitant les bras.

«Qu'est-ce que je vous disais? fit M. Smith d'une voix
rauque.

— Ne perdez pas la tête, fit le Vieil Homme. Nous allons à Moscou par petites étapes. Je suggère que nous volions de façon visible, pour conserver notre énergie...

— Que nous volions de façon visible? interrogea M. Smith, comme si le Vieil Homme avait perdu la tête.

— Si nous volons à une altitude raisonnable, non seulement nous pourrons profiter de ce temps splendide et de ces paysages magnifiques, mais nous préserverons aussi notre force vitale.

— Nous allons faire décoller toutes les aviations du monde! s'exclama M. Smith.

— Vous le savez aussi bien que moi, nous pourrons toujours devenir invisibles si la nécessité s'en fait sentir.

— Si nous le faisons à temps», murmura M. Smith — puis il cria soudain : «Attention!»

Le Vieil Homme pivota juste à temps pour apercevoir une petite balle blanche qui tournoyait dans sa direction et qui semblait hésiter dans l'air comme si elle était trop légère pour obéir aux lois de la gravité. Il l'attrapa en tendant la main.

«Qu'est-ce qu'ils visent? Nous? demanda-t-il, étonné.

— Il y a un trou derrière vous, avec un drapeau posé dedans.

— Ils ne s'imaginaient tout de même pas que nous allions essayer de filer avec leur drapeau?

— Je ne sais pas, mais ça montre avec quelle facilité nous pouvons être pris au dépourvu. Ou tomber dans un piège. Je n'aime pas ça. C'est un mauvais présage.

— Je n'aurais rien senti, même si cette balle m'avait frappé, reprit le Vieil Homme avec entêtement.

— Cette petite balle, peut-être; mais si c'était un avion de chasse?»

Le Vieil Homme relança gaiement la balle mais, parce qu'il avait mal calculé la distance, elle alla tomber dans l'étang. Les hommes au loin poussèrent en chœur un hurlement qu'on entendit fort distinctement et se mirent à courir en direction des immortels en brandissant ce qui ressemblait à des javelots.

«Décollons, cria le Vieil Homme d'un ton pressant.

— Ah! j'ai compris ce que c'est. Un jeu qu'on appelle le golf.

— Je vous crois sur parole. Mais nous n'avons pas le temps d'apprendre les règles.

— L'étang est artificiel, déclara M. Smith.

— Vous voulez parier?»

Ils décollèrent en parfaite formation et s'élevèrent lentement en direction de la Manche. Les golfeurs s'arrêtèrent sur place, muets de stupeur à contempler deux hommes d'un certain âge, dont l'un semblait vêtu d'une chemise de nuit, s'élever lentement au-dessus des arbres, les bras déployés comme des ailes. Ces golfeurs étaient précisément d'anciens chefs d'escadrille de la Royal Air Force qui savouraient leur retraite dans des bungalows près de Sunningdale et leur stupéfaction se trouva quelque peu mitigée par les commentaires que leur inspirèrent certains détails du décollage.

«On doit tourner un film par ici, observa l'un d'eux.

— Ça n'explique pas pourquoi le vieux en blanc est allé jeter ma balle dans l'étang», répliqua l'autre. Puis il partit sur une nouvelle piste. «Vous savez, nous devons être les seuls à les avoir vus. Vous ne pensez pas que quelqu'un du service actif devrait être mis au courant?

— Où voulez-vous en venir, Stanley?

— De toute façon, il faudra recommencer la partie, n'est-ce pas? Je retourne au club house pour téléphoner à un responsable.»

Comme ils remontaient la pente pour rejoindre les voiturettes électriques et les caddies, celui qui avait parlé le premier s'exclama soudain: «Ne croyez-vous pas que ce pourraient être des sorcières qui vont à Stonehenge?

— Il leur faudrait des balais, n'est-ce pas? Ces deux hommes n'avaient aucun moyen de propulsion visible.»

De fait, les deux points minuscules mais persistants avaient été repérés sur les écrans radar de l'aéroport d'Heathrow bien avant que les anciens de la RAF eussent pu donner l'alarme. Il fut annoncé que deux petits avions privés volaient dangereusement près l'un de l'autre, à très basse altitude et sans autorisation. Toutes les demandes d'identification par radio étaient restées sans réponse.

Comme les deux compères approchaient de la côte, le merveilleux silence des cieux fut troublé par un bruit comparable à celui d'un vol compact d'insectes migrateurs. M. Smith, le visage déformé comme une éponge par la résistance de l'air, regarda derrière lui non sans mal, mais ne vit rien. Le Vieil Homme, bien plus détendu et qui, comme toujours, savourait sa situation élevée, jeta soudain un coup d'œil vers le haut et aperçut au-dessus d'eux un aéroplane qui volait à faible vitesse. Une porte s'ouvrit et un homme en jaillit, suivi rapidement de plusieurs autres. Ils se tenaient par la main et formaient un motif ressemblant à un cristal de neige stylisé.

Le Vieil Homme vira sur la gauche pour éviter ceux qui plongeaient dans leur direction. M. Smith, fort inquiet, vit le Vieil Homme lever les yeux tout en accomplissant sa manœuvre, regarda lui-même en l'air et l'imita aussitôt. Le flocon de neige vivant passa à quelques mètres de lui et le Vieil Homme salua les nouveaux venus d'un geste amical ; mais la vue des deux vieux messieurs qui, au lieu de tomber comme tout mortel qui se respecte, gardaient le cap au sud sans aucun moyen visible de propulsion, gâta un peu leur saut.

Au sol, l'apparition au cours d'un exercice d'entraînement d'une nouvelle et extraordinaire forme d'art aéronautique provoqua une relative consternation. Tout d'abord, les experts crurent que deux parachutistes s'étaient maladroitement détachés de la formation ; mais, lorsque le flocon de neige s'assembla de façon parfaite, il devint évident que l'espace aérien avait d'autres occupants provisoires. Le lourd appareil essaya même de poursuivre ces intrus au-dessus de la Manche, mais on le rappela.

Les autorités britanniques coordonnèrent leurs informations avec une efficacité exemplaire et tentèrent d'alerter les Français ; cependant ceux-ci étaient en pleine grève du zèle organisée par les contrôleurs aériens contre le gouvernement. Le seul fonctionnaire de service estima que l'information concernant deux hommes d'un âge avancé en train de voler en direction de Calais à huit cents pieds d'altitude, et tous deux réclamés pour interrogatoire par Interpol, était si fantaisiste qu'il devait s'agir soit d'une plaisanterie soit des premiers symptômes d'une imminente dépression nerveuse chez celui qui l'avait lancée.

Néanmoins, quelques adeptes des OVNI avaient repéré les deux vieillards en vol et, le long de l'itinéraire que ceux-ci avaient choisi, on fit circuler le mot comme quoi des extra-terrestres étaient parvenus à un point de progrès tel qu'ils n'avaient plus besoin de soucoupe volante pour leurs déplacements.

Le couple survola Paris, qui étincelait majestueusement au soleil. Le spectacle était si séduisant — les fontaines de la place de la Concorde semblaient envoyer dans les airs des pluies de diamants — que M. Smith ralentit avec l'intention de se poser, mais le Vieil Homme l'arrêta dans son élan d'un geste impératif de la tête, après lui avoir désigné le ciel. M. Smith leva les yeux et aperçut des avions de ligne bourdonnant comme des frelons hors de leur nid, à des altitudes différentes, et avec un air résolument menaçant. Ils étaient tous en attente, suspendus aux caprices des tours de contrôle.

Le Vieil Homme vira gracieusement, pour mettre le cap à l'est, mais M. Smith répugnait à le suivre. Les tentations de la Ville lumière, avec ces *grandes cocottes* dont la réputation n'était qu'un souvenir récent à l'échelle de l'éternité, le submergèrent soudain. Après tout, il lui fallait ranimer les braises mourantes de son enthousiasme. Il s'apprêta donc à atterrir malgré les gestes péremptoires du Vieil Homme, lui-même en attente à un kilomètre de là, et qui avait dû se retourner pour voir s'il était obéi.

M. Smith sentit tout à coup un véritable ouragan sous lui, accompagné par un bruit qui lui martelait les tympans comme si on était en train de battre des tapis. Jetant un coup d'œil vers le bas, il aperçut avec horreur les pales d'un hélicoptère qui montait dans sa direction. Il parvint tout juste à les éviter. L'hélicoptère transportait deux hommes et les lettres peintes sur la carlingue proclamaient que l'appareil appartenait à la police. Le pilote et l'observateur faisaient des gestes ordonnant clairement à M. Smith d'atterrir. M. Smith aurait bien voulu, mais pas dans ces circonstances. Le policier ouvrit même un panneau pour crier des instructions inaudibles. Puis l'appareil s'éleva encore un peu et on déroula par la porte une échelle de corde.

M. Smith prit à son tour de l'altitude, fit un geste de refus grossier mais à signification internationale et accéléra afin de rejoindre le Vieil Homme qui hochait la tête d'un air las pour accueillir le retour du prodigue. Tous deux forcèrent encore l'allure en direction du Rhin, laissant loin derrière eux l'hélicoptère avec son échelle qui pendait, et Paris.

Un peu plus tard, le Vieil Homme fit route vers le sud, où les Alpes brillaient au soleil, comme de la crème fouettée sur un lointain amas de pâtisserie. M. Smith signifia par gestes qu'il frissonnait de froid, et le Vieil Homme acquiesça de la tête en souriant.

Ils franchirent la frontière allemande et survolèrent vignobles et châteaux romantiques. Le Vieil Homme changea légèrement de cap pour faire route vers le nord-est. Le paysage se fit plus plat, mais les champs verdoyants étaient maintenant fréquemment parsemés de forêts et on voyait de temps à autre de larges routes comme des traînées de pâte dentifrice pressées d'un tube par une main ferme, et où scintillaient des véhicules qui se déplaçaient à une vitesse stupéfiante. Les routes bientôt se rétrécirent et les voitures se firent moins rapides. Ils descendirent un peu pour survoler Berlin. La *Fedächnisskirche* les regarda comme une dent gâtée, sa cavité béante bourrée de débris métalliques. Et dans les parages, des foules inattendues étaient assises sur un mur à festoyer et à chanter. Le Vieil Homme fit des gestes pressants pour que M. Smith vînt le rejoindre. Tous deux approchèrent prudemment de la scène, car même le Vieil Homme avait succombé à la curiosité.

Le mur était couvert de slogans et de dessins colorés comme on en expose parfois pour démontrer le génie inconscient des déments. C'était une forme d'art qui semblait convenir aux pique-niqueurs installés sur le mur et alentour, le sol étant jonché de gobelets en carton et de bouteilles vides ; les hommes, torse nu mais portant souvent chapeaux et bretelles, chantaient en chœur, abominablement faux mais avec insistance.

« Comme c'est bizarre, s'écria le Vieil Homme aux oreilles de M. Smith tandis qu'ils planaient au-dessus de la foule,

, ...ais toujours entendu dire que les Allemands étaient des gens très soigneux. »

M. Smith plongea sous les boucles blanches du Vieil Homme pour chercher l'entrée de son oreille. « C'est l'époque qui n'est pas très soigneuse », croassa-t-il.

Là-dessus, quelqu'un remarqua le couple dans le ciel. Un cri d'étonnement monta de la foule et, avant qu'il eût laissé place à une rumeur d'excitation, plusieurs personnes étaient tombées du mur ou en avaient été poussées.

« Allons, cria le Vieil Homme. Regagnez de la hauteur. Nous n'avons vraiment pas besoin d'être remarqués !

— C'est votre faute, hurla M. Smith. Si vous vouliez vous poser, vous auriez au moins dû choisir Paris. »

Ils reprirent leur altitude de croisière et retrouvèrent la campagne. Ils ne s'adressaient plus la parole et chacun semblait ignorer la présence de l'autre, du moins jusqu'au moment où le Vieil Homme remarqua une certaine perturbation à l'horizon. Il n'en reconnut pas tout de suite la signification jusqu'à l'instant où un léger changement d'angle fit se refléter le soleil sur les flancs d'une escadrille de chasseurs en un brusque éclair aveuglant.

Le Vieil Homme leva la main et l'agita frénétiquement. Au même instant, il plongea de façon spectaculaire.

M. Smith s'était mis à jurer.

« Décidez-vous une fois pour toutes », cria-t-il et il perdit de l'altitude à son tour pour retrouver le Vieil Homme.

Comme ils se redonnaient la main, les appareils franchirent le mur du son en provoquant une série d'explosions fracassantes et en laissant derrière eux des traînées de fumée.

« Qu'est-ce que je vous disais ? cria M. Smith.

— Invisible ! » s'écria le Vieil Homme, en serrant la main de M. Smith.

Tous deux disparurent aux regards en même temps que des écrans radar.

Quelques instants plus tard, ils se matérialisaient dans les vastes jardins du Kremlin, qui resplendissaient lors d'une de ces subtiles saisons que le pays semble réussir à créer, averses printanières en plein été, chutes de neige impatientes bien avant la fin de l'automne. Ce jour-là, le soleil étincelait et se reflétait contre les coupoles dorées, sur fond de ciel gris ardoise chargé d'hostilité et traversé d'éphémères arcs-en-ciel qui se chevauchaient dans la brume au-dessus de la Moscova. Des flots de touristes, dont beaucoup venaient de l'intérieur de l'Union soviétique, se pressaient en de sinistres rassemblements, femmes vêtues de robes à fleurs un peu criardes et hommes en tenues du dimanche, coiffés d'une casquette. Certaines personnes plus âgées des deux sexes arboraient des médailles ou divers emblèmes qui soit avaient été mérités, soit pouvaient en donner l'impression. On aurait dit que le voyage à Moscou était à tout le moins une récompense à la longévité.

Bien sûr, il y avait aussi des groupes d'étrangers. Une femme qui n'avait pas beaucoup de voix, plantée auprès de la grande cloche fêlée, vociférait dans un italien bizarre tandis que les touristes, qui avaient renoncé à comprendre, déambulaient de leur côté, s'étant déjà fait leur propre opinion.

Des Japonais se dressaient et s'inclinaient dans d'étonnantes manifestations de déférence, marmonnant des excuses et des circonlocutions, sans cesser d'arborer sur leur visage une ultime once de douceur. Quand ils étaient momentanément désemparés, ils se photographiaient réciproquement. Le Vieil Homme n'avait encore jamais vu pareil spectacle et fut fasciné par ce comportement.

« Est-ce que c'est moi qui ai créé tout ça aussi ? demanda-t-il.

— Vous avez créé ce qui a abouti à cela, répondit M. Smith. L'évolution est passée par là.

— D'où sont-ils ?

— Du Japon.

— Il faudra que nous allions là-bas.

— D'accord, mais pas maintenant.

— Ils semblent avoir sublimé toute leur hostilité, tous leurs complexes dans la plus exquise des politesses et, je dois le dire, la plus épuisante. Je pourrais les observer pendant des heures et arriver ainsi à un rare état d'irritation.

— Nulle exploration de cette planète n'est complète si elle n'inclut le Japon, ainsi qu'une visite à certains des plus riches parmi les mortels, qui vivent dans une pauvreté voulue, savourant leur refus de l'immense pouvoir dont ils disposent.

— Voilà bien de la sophistication.

— Quant à cette agressivité sublimée en politesse, il n'en a pas toujours été ainsi. Par moments, ils oublient d'être polis, comme lorsqu'ils ont attaqué Pearl Harbor.

— Attaqué qui?

— Non, ce n'était pas une vierge sans défense, mais une base navale. Écoutez, nous sommes ici pour une tout autre raison, qui est de chercher à voir le Premier Secrétaire du Parti communiste de l'Union soviétique.

— Oh!

— Alors si nous continuons à parler du Japon, ça ne fera que vous embrouiller les idées.

— Oui, vous avez peut-être raison. Un dernier regard quand même. Je vous en prie.

— Oh! bon. »

Tandis que le Vieil Homme promenait un dernier regard attendri sur les Japonais, M. Smith essaya de repérer l'endroit où aller pour trouver le Premier Secrétaire.

« Stupéfiant. » Le Vieil Homme l'avait rejoint. « Dites-moi un peu à quoi je dois m'attendre, reprit-il. Naturellement, je suis au courant pour ce qui concerne la Russie, la Révolution, le meurtre de la famille du tsar, la famine, les tentatives d'assassinat contre Lénine, l'avènement de Staline, la guerre mais, à partir de là, je suis un peu perdu. Ensuite, j'imagine, vient la paix. Oh! oui, et puis un homme dans une capsule qui fait le tour de la Terre. Je me souviens très bien de cela. C'était la première fois que ça arrivait, et ça m'a fait un choc. Maintenant, bien sûr, c'est devenu une gêne à laquelle j'ai fini par m'habituer. Ces machines traversent mon champ de vision avec la régularité de saints sur une horloge de cathédrale. J'ai vu certains d'entre eux, en apesanteur, attachés à des bouts de corde, en train de faire des mouvements de gymnastique comme de grands poissons tristes dans un aquarium. Mais je me souviens nettement du premier, parce que la capsule était petite et le nom écrit dessus, en caractères cyrilliques.

— En fait, le premier était américain, mais il n'y avait personne à l'intérieur.

— Ah! j'ai dû le prendre pour une météorite, ou pour une de ces particules, comme il y en a des milliards, qui finissent par donner à l'espace un permanent aspect d'heure de pointe. »

Ils traversaient alors certaines des salles du palais du Kremlin, ayant trouvé la plupart des portes ouvertes et nombre de salles elles-mêmes désertes.

« Vous savez, je trouve ces peintures murales tout simplement exquises, mais les voûtes sont si basses.

— C'était pour encourager une attitude servile chez ceux qui y entraient, à commencer par les ambassadeurs étrangers.

— C'est extraordinaire, le poids que certains peuples à travers l'Histoire ont accordé à un symbolisme aussi simple. Même s'ils étaient incapables d'inspirer le respect par des moyens légitimes, ils s'y essayaient par le biais de l'architecture. Je veux dire que les dictateurs adorent les balcons, les endroits élevés. Certains dirigeants sont assis derrière de grands bureaux, dans des fauteuils confortables, obligeant ceux qui viennent leur rendre visite à franchir une grande distance pour arriver jusqu'à eux et finir par s'asseoir dans un siège plus bas et moins agréable. Ici, on force même ceux qui n'en ont aucune envie à s'incliner.

— C'est étrange que vous remarquiez ça, et non certains faits saillants de l'Histoire récente.

— Je suis frappé par la plupart des bizarreries psychologiques de l'humanité. Elles m'intéressent. Elles sont typiques de ce que j'ai créé. Abandonnés à eux-mêmes, et compte tenu des moyens dont ils disposent, les hommes ont épuisé toutes les possibilités de se jouer de mauvais tours — à l'exception de la guerre bien sûr. Mais la guerre est assommante, en tout cas pour la plupart, sauf pour les dirigeants. Si elle se termine par une victoire, ce sont eux qui s'en attribuent le mérite. Les hommes, eux, en prennent les risques et la responsabilité, si la défaite est au bout du chemin. La guerre n'est pas seulement tragique mais absurde et, en général, tristement prévisible. En revanche, tous les moyens par lesquels les hommes tentent d'obtenir ce qu'ils veulent en dehors de la guerre sont absolument fascinants. Quant à l'histoire récente, elle va trop vite pour moi. Il n'y a pas si longtemps, d'ambitieux imbéciles se jetaient encore du haut des clochers, convaincus qu'ils pouvaient voler. Aujourd'hui, ils exécutent sous mes yeux leur langoureuse gymnastique. Quand et où tout cela finira-t-il?

— Avant que cela finisse, ils se seront inventé une existence dont nous serons absents. C'est déjà le cas dans bien des parties du monde. Oh! ils vous adressent encore des prières et font semblant de me craindre, mais ils acceptent que la société soit permissive en dehors des heures de bureau et le reste du temps qu'elle obéisse avec rigueur aux lois scientifiques. Ni l'un ni l'autre ne jouons plus aucun rôle dans leur existence. Nous avions prévu tous les cas de figure, excepté le manque d'égards. L'ingratitude qui découle de ce manque d'égards est presque insupportable.»

Leur rêverie s'interrompit tandis qu'ils s'inclinaient très bas pour pénétrer dans une pièce si éblouissante par les dorures qu'on y avait prodiguées qu'ils durent plisser les yeux pour s'habituer à la lumière.

«Ce n'était pas ainsi autrefois, dit le Vieil Homme d'un ton sinistre. Regardez toutes ces images de moi, cette profusion d'auréoles, cette dévotion outrageusement affichée. Et où êtes-vous dans tout ça? ajouta-t-il, son esprit malicieux reprenant le dessus.

— J'ai toujours habité le cœur et les entrailles — un double appel des sens. Je n'ai nul besoin de ce genre de publicité, déclara M. Smith, en indiquant d'un geste dédaigneux les parois dorées. Les seules fois où j'ai jamais utilisé une auréole, c'était comme subterfuge. Comparés aux vôtres, mes frais généraux sont pratiquement inexistants.

— C'est vrai, reconnut le Vieil Homme, vos propos m'ont donné l'étrange impression d'être démodé et encombrant. Mais, dans une certaine mesure, rien de plus normal. L'immortalité ne veut pas dire jeunesse éternelle. Un immortel vieillit comme tout le monde. On ne peut pas éternellement se maintenir dans la fraîcheur des commencements. Je suis vieux.»

Il n'obtint aucune réponse à cette déclaration, ce qui tout d'abord intrigua et finalement irrita le Vieil Homme.

« Vous ne réagissez pas ?

— J'ai réagi : je suis d'accord avec vous. »

Ils franchirent en silence d'autres portes. Les salles, plutôt modernes, dataient du début du XIXᵉ siècle. Dans l'une d'elles, un homme était assis à un bureau, mais il dormait. Il y avait devant lui des casiers qui débordaient de documents jaunis. Ils traversèrent la pièce à pas de loup pour ne pas le réveiller.

Les couloirs furent brusquement remplis de gens ; mais ceux-ci semblaient peu communicatifs et sans curiosité. Ils avaient l'air de suivre des trajectoires calculées avec précision, les yeux baissés, l'air réservé.

« Ce doit être la partie active du bâtiment », observa M. Smith ; des passants levèrent alors la tête, surpris de constater que quelqu'un eût parlé, puis reprirent leur progression de somnambules. Au bout du couloir suivant s'ouvrait une porte à laquelle menait un tapis rouge. Surmontée d'un emblème en stuc, elle était peut-être un peu plus ouvragée que les autres. Devant elle un soldat montait la garde ; il fumait subrepticement une cigarette dans le style séculaire des militaires, c'est-à-dire en la tenant à l'intérieur de sa main, doigts refermés dessus, et se livrant à de légères contorsions pour en tirer une bouffée. Fixé au mur par une punaise, un avis péremptoire précisait qu'il était interdit de fumer et, au cas où l'avertissement n'aurait pas été suffisamment compris, une cigarette figurait dans un cercle noir barré d'un trait rouge.

M. Smith désigna la porte. Le soldat faillit s'étouffer à cause de la fumée qui lui emplissait les poumons et, se frappant la poitrine avec son poing disponible, il balbutia qu'il s'agissait en fait de la porte du bureau du « Secrétaire du Parti ».

M. Smith hocha la tête, suggérant qu'il souhaitait être autorisé à continuer son chemin. Le soldat eut une nouvelle quinte de toux et répondit par la négative à cette muette requête. Sur quoi M. Smith entra sans frapper, suivi du Vieil Homme.

Le Premier Secrétaire, un homme à l'air plaisant, plutôt

corpulent, sobrement vêtu d'un costume bleu marine dont le revers de veston était orné d'un insigne en émail représentant un drapeau rouge déployé, était assis à son bureau, occupé à signer une pile de documents.

«Je suis à vous dans une minute», dit-il dans un russe bon enfant, sans lever les yeux.

M. Smith et le Vieil Homme restèrent plantés avec déférence devant le bureau. D'un grand geste, le Premier Secrétaire apposa sa signature sur le dernier papier et leva la tête avec un sourire cordial. Son sourire toutefois perdit un peu de son intensité quand il aperçut l'aspect de ses visiteurs.

«Qui êtes-vous?» interrogea-t-il.

Le Vieil Homme n'en croyait pas ses oreilles.

«Vous voulez savoir qui nous sommes? demanda-t-il.

— Est-ce que je n'ai pas ce droit, dans mon propre bureau?

— Bien sûr, bien sûr. Simplement, quand nous étions à Washington — à la Maison... à la Maison Blanche, avec le Président... Il s'est occupé de savoir non pas qui nous étions, mais plutôt comment nous étions entrés.

— Ah, là-bas, ils sont obsédés par la sécurité. Ici, nous pratiquons une politique d'ouverture, et le Kremlin est aujourd'hui plein de gens qui pourraient fort bien n'avoir aucune raison d'y être; mais, après des siècles de secret hermétique, ce changement est plaisant et nécessaire, c'est un peu comme si nous aérions un lit. Mais nous ne devons pas oublier que nous sommes en Russie, un pays aux traditions obstinées. Cela étant, il pourrait se révéler pour vous bien plus difficile de sortir que d'entrer, et je vais donc vous préparer des documents qui vont vous permettre de passer sans problème.

— Vous-même? Vous allez personnellement préparer ces documents? demanda M. Smith, incrédule.

— Pourquoi pas? J'en ai assez de ces gens qui considèrent certaines tâches comme indignes d'eux. Dans un pays aux ambitions fraternelles, chacun doit être prêt à faire n'importe quoi, dès l'instant que c'est utile. Mais, pour préparer ces sauf-conduits, j'aurais besoin de savoir qui vous êtes.

— C'est là où commencent les difficultés, déclara le Vieil Homme.

— Pourquoi donc?

— Parce que ce que j'ai à vous dire force un peu la crédulité. C'est du moins la conclusion à laquelle m'ont amené nos expériences précédentes.»

Le Premier Secrétaire sourit.

«Qui pourriez-vous bien être pour provoquer de telles réactions? Vous n'êtes pas Anastasie, par hasard? La fille du tsar? La barbe ne serait-elle qu'un maladroit déguisement?»

Le Vieil Homme considéra le Premier Secrétaire avec tout le calme, toute la sérénité dont il se trouva capable.

«Je suis Dieu», annonça-t-il.

Le Premier Secrétaire plissa un instant les yeux, puis il éclata d'un rire contagieux.

«Quelle plaisanterie, si c'était vrai», dit-il; puis il ajouta plus calmement : «Il semble que nous attendons depuis assez longtemps. Nous avons été grossiers envers Dieu, après des siècles de dévotion sans doute trop fervente, trop irrationnelle. Cela nous a menés tout droit à une société athée. Oh! elle n'a jamais vraiment visé Dieu, mais plutôt la hiérarchie de l'Église. Et cela ne nous a menés nulle part, c'était purement négatif. Maintenant, nous ressortons les icônes de leur cachette. Mes parents sont dévots. Pour ma part, franchement, je ne le suis pas. Mais je vois bien l'utilité de la foi, ne serait-ce que la foi en soi-même. Et qui sait, peut-être en dernière analyse, la foi en Dieu et la foi en soi-même ne font-elles qu'un, sans même qu'on s'en aperçoive. Malheureusement, je n'ai pas le temps de vérifier vos prétentions, mais un fait est évident à l'œil nu. Vous êtes tous les deux âgés.» Il eut un geste large. «Asseyez-vous. Reposez-vous!»

M. Smith et le Vieil Homme s'assirent tous deux docilement, quelque peu surpris des manières du Premier Secrétaire qui semblaient à la fois franches et directes, sans jamais être dépourvues d'un certain vernis de ruse.

«Tout d'abord, déclara le Premier Secrétaire, je vais vous remplir vos laissez-passer. Ne les perdez pas! Tout le monde en Union soviétique doit avoir des papiers. Cela a été vrai tout au long de l'Histoire, même sous Ivan le Terrible, quand presque personne ne savait lire. Faire semblant de lire des documents constituait l'une des grandes activités de cette époque. Surtout devant ceux qui ne savaient pas lire. Cela posait son homme et ce fut l'une des premières illusions russes à empoisonner notre héritage.» Il commença à remplir le formulaire. «Quel nom puis-je vous donner? Je ne peux pas vous appeler Dieu. De toute façon, ça ferait prétentieux. Boguslavsky.» (Le mot russe pour Dieu étant *Bog.*) «Sviatoslav Ivanovitch. Et vous, monsieur? Inutile de vous demander qui vous êtes. Votre aspect même dévoile votre identité.

— Vraiment? demanda M. Smith, surpris. Les gens en général, sans croire qu'aucun de nous soit ce qu'il prétend, fondent leur incrédibilité sur l'hypothèse que Dieu ne se laisserait jamais apercevoir en compagnie de Satan.»

Le Premier Secrétaire eut un rire aimable.

«Puis-je me permettre d'attirer votre attention sur le vieux proverbe russe : "Loue Dieu, mais ne néglige pas le Diable"? Je crois que nous avons toujours décelé en eux une sorte d'amicale compétition pour gagner nos âmes. Nous avons du mal à les séparer. Et, en fait, quand Dieu est tombé en disgrâce, personne n'a non plus évoqué le sort du Diable, afin de ne pas lui donner un avantage injuste. D'ailleurs, nous avons eu Staline. Quel besoin avions-nous alors du Diable? Sauf pour ce qui est de votre présence, bien sûr.

— Staline n'a rien à voir avec moi, répliqua M. Smith d'un ton vif. C'était une sorte de dément pragmatique qui considérait ceux qui l'entouraient comme des mouches sur une nappe, qu'on pouvait à tout moment écraser. Pour induire les gens en tentation, il me faut avoir pour eux un bien plus grand respect!»

Le Premier Secrétaire sourit.

«Vous savez, je commence à vous croire. C'est curieux comme il semble plus facile de croire au Diable qu'à Dieu.

— Oh! ça a toujours été le cas, fit le Vieil Homme avec un geste désabusé. Le Diable a toujours paru prêt à combler les besoins immédiats des hommes, davantage que Dieu qui est par nature plus abstrait, plus indéfinissable. En quelque sorte, c'est un peu mon défaut. J'ai conçu les choses ainsi, et je vois combien cela se reflète fidèlement dans la différence qui sépare nos deux tempéraments.

— Maintenant, camarade Boguslavsky, j'ai besoin de votre aide. Comment allons-nous appeler votre collègue ?

— Chortidze... Chortinian... Chortmatov..., proposa le Vieil Homme. (*Chort* étant le mot russe pour diable.)

— Je préférerais actuellement éviter toute allusion raciale. Non, gardez-lui un nom à consonance bien russe, pour que tous les autres puissent l'engueuler à leur aise. Et d'où allons-nous dire que vous venez ? Peut-être de la région autonome de Tchirvino-Paparak. Bonne idée. »

Et le Premier Secrétaire se mit à écrire, épelant silencieusement les mots, de façon à ne pas faire de fautes.

« Cette région autonome existe-t-elle ? interrogea le Vieil Homme.

— Bien sûr que non, répondit le Premier Secrétaire, mais notre pays est si vaste qu'elle pourrait tout aussi bien exister, en Asie centrale, évidemment. Là où l'on porte le genre de vêtement que vous avez. Qu'ils tissent eux-mêmes sur d'antiques métiers. Tout est parfait, camarade Chortkov, à part votre tee-shirt, qui vous aura été offert par l'attaché culturel des États-Unis, désireux de prendre des contacts dans votre région, pour des raisons qu'il n'est plus à la mode d'évoquer.

— Et que ferons-nous de ces documents ? demanda M. Smith, en prenant le sien et en passant l'autre au Vieil Homme.

— Vous les présenterez chaque fois qu'on vous le demandera. Le fait que je les ai signés ne comporte pas que des avantages. Je suis tour à tour très populaire et très impopulaire, tout dépend de la région et du genre d'événements qui se produisent à ce moment-là. Vous comprenez, tout au long de l'Histoire nous avons constitué une société fermée, qui refuse perpétuellement de donner aux gens la possibilité de penser par eux-mêmes. On déplorait tout à la fois l'analphabétisme en public et on l'encourageait en secret. A part certains intellectuels et quelques propriétaires terriens éclairés, personne ne voyait chez le paysan de qualités, hormis les muscles. Puis est survenue la Révolution. Le jour s'est levé pour les masses. Les gens ont cru pendant un instant de griserie que leur heure avait sonné — et dans une certaine mesure c'était vrai. La plus importante de ses victoires, la Révolution l'a emportée sur l'analphabétisme. Même si tous ne pouvaient pas encore comprendre, du moins presque tous pouvaient lire. Mais hormis ces quelques brèves années de clarté, Staline a ensuite supplanté les tsars avec une autocratie tout à la fois plus impitoyable et infiniment moins flatteuse pour l'intelligence populaire. Aujourd'hui, après des siècles d'hibernation, nous avons osé tirer le peuple de sa torpeur. Réveille-toi! lui avons-nous dit. Aie des opinions, ose penser, agir! Nos ennuis proviennent du fait que nombre de gens ne sont pas encore capables de le faire. Vous savez combien il est parfois difficile de s'éveiller après une nuit de plein hiver. Pensez qu'ils ont dormi dix siècles, et même davantage. Ils sont grognons, ils se cramponnent encore à l'idée du sommeil; même s'ils sont aujourd'hui irrévocablement éveillés, ils se retournent dans leur lit pour replonger un instant dans l'oubli. Actuellement, nous traversons ces moments d'éveil.

— Qu'est-ce qui vous a poussé à tenter une expérience aussi risquée? interrogea le Vieil Homme, fasciné.

— Les théoriciens de la révolution ont toujours parlé de guerre de classes, de masses laborieuses, d'un conflit entre entités anonymes. Mais, si on y réfléchit, l'individu est tout le temps plus important que les masses, car qu'est-ce que la masse sinon des millions d'individus qui, pour des raisons de théorie politique, ont perdu leur personnalité? Pourtant, chaque idée, bonne ou mauvaise, chaque invention, constructive ou destructrice, est sortie d'un esprit unique aussi sûrement qu'un embryon ne peut être mis au monde que dans un utérus unique. Les idées et les inventions peuvent être adaptées, gâchées, voire améliorées par des comités, mais elles ne peuvent être enfantées que par l'individu. Et c'est l'individu, se manifestant par des traits bien caractéristiques, qui fixe les mesures qu'adopteront ces autres individus qui semblent constituer les masses. Pourquoi entreprenons-nous ces changements fondamentaux dans notre société? Parce que nous avons redécouvert l'individu.

— Il n'y a là rien de nouveau pour nous, évidemment, dit

M. Smith. Nous n'avons depuis le début eu affaire qu'à des individus. Il est très difficile d'inciter les masses à la tentation. Il me faut pour cela le concours d'un dictateur particulièrement calme, qui obéit docilement à mes souhaits et sans poser de questions, tout en ayant l'air de dominer ses partisans. Mais mes réussites les plus exquises se sont toujours produites avec des individus.

— Les miennes aussi ! précisa le Vieil Homme. Et avec moi, il n'y a absolument aucune trace de cas de vertu collective. Pas un seul. La vertu est une chose bien trop personnelle pour être partagée au sein de groupes ou de sectes, et encore moins de masses. Mais permettez-moi de vous dire que, si vous avez, comme vous l'assurez, redécouvert l'individu, vous avez aussi automatiquement la raison pour laquelle vous n'estimez plus nécessaire de persécuter l'Église.

— Exact, fit le Premier Secrétaire en souriant. J'irai même jusqu'à dire que je vous parle comme si vous étiez Dieu. Je ne sais absolument pas si c'est le cas ou non et, franchement, je ne considère pas que mes opinions là-dessus comptent beaucoup. Comme quelqu'un qui a grandi dans cette société, je suis tout naturellement sceptique devant une telle possibilité. Mais, dès l'instant que je vous traite avec le respect que je dois à un autre individu, il me semble possible que nous ayons une conversation normale. »

Le Vieil Homme était amusé par la franchise prolétarienne du Premier Secrétaire.

« Vous avez de la chance, répondit-il, car je suis d'humeur à mettre en veilleuse mes privilèges célestes et à m'adresser aux hommes sur un pied d'égalité. Mais, pour en revenir à votre découverte, s'agit-il d'une *re*-découverte de l'individu ? Comment avez-vous jamais perdu cette compréhension, si tant est que cela soit possible ?

— Savez-vous, demanda lentement le Premier Secrétaire, savez-vous ce qu'est l'hiver ? Je ne parle pas de grelots, de grogs bouillants, du Père Noël : je veux parler de l'hiver profond de l'âme. Des cieux sombres, des pensées sombres, une consommation excessive de vodka, n'importe quoi pour maintenir l'esprit en éveil. En janvier, en février, il n'y a

213

aucune différence entre notre Russie et celle de Staline ou encore celle de Boris Godounov. C'est au printemps qu'on voit la différence. Toute l'année, nous avons cédé à l'hiver. Maintenant, nous nous encourageons à nous laisser contaminer par le printemps. Mais comment pouvez-vous poser des questions pareilles? Les responsables de l'orthodoxie n'ont-ils pas, pendant de longues périodes, froncé le sourcil devant la façon dont réagissaient les individus, même à des choses simples, qu'ils considéraient comme les machinations du Diable?»

M. Smith hocha la tête d'un air profondément satisfait.

«Il y a eu en effet des périodes où je n'avais guère besoin de faire d'efforts. On me voyait partout, surtout là où je n'étais pas. Mais que je ne vous interrompe pas. Vous me faites trop plaisir, ajouta-t-il.

— Il y a eu l'Inquisition, les excès des missionnaires et, encore aujourd'hui, le fondamentalisme avec la totale stupidité qu'il engendre, les livres et les gens jetés sur le bûcher, la chasse aux individus considérés comme traîtres à une vérité rigide et redoutable comme on n'en a jamais vu asservir l'humanité! Et vous exprimez votre étonnement devant le fait que nous ayons succombé une fois, certes pour un bout de temps, là où vous-même avez failli si fréquemment et de manières si variées?

— Il y a évidemment du vrai dans ce que vous dites, reconnut le Vieil Homme d'un ton grave. La liberté est un élément essentiel de la foi. La foi ne vaut rien si elle est imposée. Elle n'a de valeur que si elle résulte d'un choix, si c'est le fruit de la prédilection.

— C'est vrai pour le genre de foi que j'inspire aussi», déclara M. Smith, avec la dignité d'un négociateur.

Le Premier Secrétaire acquiesça avec une sorte de satisfaction pragmatique.

«Puis-je me permettre d'affirmer que Dieu et le Diable approuvent les principes de la coexistence?

— Mon cher garçon, répondit le Vieil Homme, c'est Satan et moi qui avons inventé la coexistence bien avant que vous ne découvriez l'expression. Il n'a pas pu en être autrement. L'alternative aurait été un désastre.

— Nous sommes flattés d'avoir l'impression que nous avons été inspirés par de si hautes autorités que vous. Et maintenant, mes amis, je dois prendre la parole devant notre nouveau Parlement sur le problème de la réforme économique. En tant que délégués de la région autonome de Tchirvino-Paparak, qui compte une population de deux habitants, vous êtes les bienvenus. Venez avec moi et asseyez-vous où vous pourrez trouver une place. J'espère que vos yeux s'ouvriront devant les immenses changements que nous sommes en train d'entreprendre.

— Je dois toutefois vous avertir que nous ne connaissons pas grand-chose à l'économie, dit le Vieil Homme en se levant.

— Dans ce cas, vous allez être en excellente compagnie, fit le Premier Secrétaire en riant.

— Parlez pour vous, lança M. Smith. Je passe une partie de mon temps à boursicoter. C'est le domaine de la société moderne le plus soumis à mon influence.

— Je veux bien le croire, observa le Premier Secrétaire tandis qu'ils s'engageaient dans le couloir. Les Américains ont fait courir le bruit que nous étions en faillite et que le marxisme était incompatible avec une économie libérale. Il y a là-dedans un soupçon de vérité. Mais on peut faire fonctionner n'importe quel système à condition d'autoriser l'initiative personnelle. Nous voulons voir s'il est possible de créer une société dans laquelle l'orgueil soit satisfait sans qu'on encourage la cupidité, ni même qu'on la récompense. Est-il possible d'instiller une certaine moralité dans une société sans trop insister là-dessus? Ce que nous avons réussi jusqu'à maintenant c'est à promulguer des lois qui ont fini par rendre notre État impuissant et, plus il devenait impuissant, plus nous proclamions notre réussite. Quelle réussite? Celle d'être parvenus à imposer des lois idiotes. Tout cela doit maintenant changer. Il faut que chaque citoyen travaille pour lui-même, à condition que ce soit dans l'intérêt général.

— Vous demandez l'impossible, remarqua M. Smith.

— Mais le possible me ravirait, répliqua le Premier Secrétaire.

— Ah! vous voilà! s'écria un jeune homme qui arrivait

215

en sens inverse. Ils commencent à s'impatienter. Les gens se mettent peu à peu à applaudir. On dirait des écoliers qui tapent avec leur cuillère contre leur assiette.

— Excellente comparaison, grommela le Premier Secrétaire en hâtant le pas. Mais, franchement, c'est ce que nous nous efforçons d'encourager, et précisément ce que les politiciens normaux essaient d'éviter : le mécontentement, l'impatience, la protestation. Il faut féliciter quiconque provoque une perturbation — du moins, pour le moment. Plus tard? Qui sait combien de temps tiendra notre patience?»

Ils tournèrent le coin du couloir pour tomber sur deux hommes en train de se battre. L'un d'eux ruisselait de sang. Ils s'écroulèrent sur le plancher. Tous deux étaient habillés de façon très stricte.

Le jeune homme qui était venu à la rencontre du Premier Secrétaire les apostropha.

«Faites place au Premier Secrétaire, je vous en prie, camarades. Les différends doivent être réglés de façon démocratique, par la conversation.

— Notre conversation a tourné court, expliqua l'un d'eux, hors d'haleine.

— Quand vous conversiez encore, c'était à quel propos?» demanda le Premier Secrétaire.

Après une pause, le plus ensanglanté des deux répondit : «Je ne m'en souviens plus.»

Le Premier Secrétaire sourit et leur lança à tous les deux un regard pénétrant.

«Êtes-vous tous les deux de la même région?

— Il est d'Azerbaïdjan, dit celui qui saignait.

— Et il est arménien, précisa l'autre.

— Ah! alors, c'est un miracle que vous ayez même eu une conversation. Je suis très soulagé que vous vous soyez expliqués sur ce qui vous oppose. Vous auriez si facilement pu tendre une embuscade dans ces étroits corridors et me sauter dessus.»

Il laissa cet échantillon de tolérance de maître d'école faire son effet puis ajouta : «Vous travaillez tous les deux ici?

— Nous sommes des délégués, camarade.

216

— Oh! alors vous avez tout le temps pour vous battre pendant les heures de bureau. Il est dommage de gaspiller son énergie alors qu'il n'y a même pas de public. Venez avec moi. Avez-vous un mouchoir, camarade? Non? Je vous en prie, prenez le mien. Si vous arrivez au Congrès couvert de sang, il se trouvera bien un journaliste occidental pour répandre des rumeurs, et je déteste les rumeurs, surtout quand elles sont vraies.»

Comme ils se dirigeaient vers l'auditorium, le Premier Secrétaire s'adressa à mi-voix au Vieil Homme.

«En tant qu'athée, je ne suis pas vraiment qualifié pour séparer des agitateurs ethniques. Le mot "ethnique" est parfois une erreur de nom bien commode. Vous comprenez, l'un est chrétien, l'autre musulman. Leur communisme n'a jamais été qu'à fleur de peau. Il faut se donner du mal pour les séparer.

— Ou pour les rapprocher? dit le Vieil Homme.

— Alors, comme moi, vous êtes un optimiste?

— Pour autant que je sache par expérience de quel triste gâchis, plein de stupides contradictions, le monde est capable, oui, je suis un optimiste.

— Que sait donc un pessimiste?

— Rien. Il redécouvre chaque matin la supercherie.»

M. Smith estima que le moment était venu d'intervenir.

«Au risque de vous déplaire à tous les deux, je suis un optimiste, moi aussi. Je vis dans l'espoir que tout cela va encore s'aggraver et je me laisse guider par tout ce qui déplaît.»

Le Vieil Homme eut un profond soupir. «J'espère que tout ce que nous avons en commun ne se réduit pas au seul pessimisme», conclut-il.

## 14

Le Premier Secrétaire commença sa déclaration, qui fut fréquemment interrompue. Le Vieil Homme et M. Smith étaient assis tout au fond de l'immense salle, blottis l'un contre l'autre derrière cette mer humaine qui s'étendait devant eux, et face aux longs bureaux incurvés où se tenaient les chefs du Parti.

«Nous sommes pris au piège, chuchota M. Smith.

— Pourquoi? murmura le Vieil Homme, surpris.

— Vous allez voir. On va nous demander de prendre la parole. Vous vous rendez compte? Nous voilà tous les deux revenus sur Terre sur la pointe des pieds, tous deux incognito et espérant être reconnus par une poignée d'élus; et voilà qu'on va nous demander de prendre la parole devant le Parlement soviétique à propos des difficultés économiques de la région autonome de Tchirvino-Paparak qui n'existe même pas? Il est bien du Premier Secrétaire — car j'ai déjà l'impression de le connaître — de prendre une telle initiative rien que pour diminuer l'ampleur des vrais problèmes.

— Si cela devait arriver, bien entendu, c'est vous qui parlerez le premier.

— Pourquoi donc?

— Oh! répondit le Vieil Homme avec un sourire malicieux, vous connaissez bien mieux la région que moi. Vous avez tous les faits et tous les chiffres en main. Vous adorez ce genre de situation.»

M. Smith sourit de plaisir devant l'exactitude des propos du Vieil Homme, et ils entreprirent de suivre quelque temps le débat.

Un vieux général vantait les vertus du système à parti unique.

« Où en serait l'Armée si le premier troufion venu suivait ses propres inclinations au lieu d'obéir aux ordres ? demanda-t-il.

— Au diable l'Armée. Les garçons seraient chez eux avec leurs parents ou leur petite amie, là où est leur place ! cria une femme député, à la poitrine couverte de médailles.

— Pourquoi évoquez-vous l'Armée ? Nous ne sommes pas l'Armée ! Nous sommes des délégués librement élus ! cria un homme maigrichon avec une barbe et un pince-nez et qui, peut-être à dessein, présentait une certaine ressemblance avec Trotski.

— Les morts héroïques de la Révolution se lèveraient avec horreur s'ils savaient qu'on a trahi le système du parti unique des travailleurs et des paysans », s'écria un autre vieux militaire, au torse si libéralement parsemé de décorations que, chaque fois qu'il respirait ou faisait un geste, ça faisait un tintement métallique épouvantable.

Après cela, chacun voulut faire entendre simultanément les arguments de son camp ; entendre peut-être, mais nullement comprendre.

Le Premier Secrétaire frappa régulièrement le dessus de son bureau avec un maillet jusqu'à ce que le bruit diminuât peu à peu, puis se limitât à quelques murmures.

Il s'exprimait avec une énergie tranquille et un visible effort pour maintenir la porte ouverte à une gamme aussi large que possible d'opinions. Les délégués avaient hérité de la discipline du précédent régime et n'étaient pas encore la proie des artères durcies et des réflexes conditionnés que provoquait la politique des partis, puisque leur opinion était presque invariablement personnelle, et non encore soumise à d'autres impératifs qu'à ceux de la cohérence. Contrairement à ce qui se passe dans d'autres parlements, il n'y avait pas de claque organisée. C'était encore prématuré. Il y avait même d'étranges moments de réflexion silencieuse que personne n'avait envie d'interrompre.

Autrefois, ils restaient assis, le visage impassible, à penser à autre chose, tandis que la brigade sénile des vieux bolcheviks continuait à ronronner, chaque orateur lisant son papier sans la moindre inspiration et d'un ton si hésitant qu'il parvenait à conférer même à un ennui sans faille un relatif sentiment d'insécurité ; aujourd'hui, au contraire, ils s'agitaient sur leurs sièges ou manifestaient une envie inassouvie d'intervenir.

Un homme aux airs de professeur souligna bien la ressemblance qui existait entre cette assemblée et une salle d'école où l'autorité serait sur le point de sombrer, quand il lança d'un des bancs du fond un petit avion en papier plié. L'appareil vola sereinement au-dessus de l'assemblée, parut même mystérieusement prendre de l'altitude, jusqu'au moment où il vira sur l'aile, rectifia sa trajectoire et réussit un atterrissage parfait dans la travée latérale, au pied de l'estrade du Premier Secrétaire. Au début de son vol, il avait naturellement attiré l'attention de tous et avait réussi à réduire au silence le Premier Secrétaire. Les délégués suivirent en silence son gracieux périple. Puis, lorsqu'il se posa, des applaudissements mêlés de rires crépitèrent.

Le Premier Secrétaire sourit. Après tout, la bonne humeur ne lui avait-elle pas permis jusqu'à maintenant de triompher de tous les conflits ? « Le plaisantin voudrait-il se présenter ? » demanda-t-il.

L'homme aux allures de professeur se leva.

« Je ne suis pas un plaisantin et jamais, même à l'école, je n'en ai été réduit à utiliser de telles méthodes pour attirer sur moi l'attention. Je m'appelle professeur Ivan Feofilactovitch Grouschkov. »

Aussitôt des applaudissements prolongés recommencèrent, auxquels se joignit comme il convient le Premier Secrétaire.

« Par profession, je dessine des avions, parmi lesquels les chasseurs bombardiers Grusch 21 et 24, l'avion de transport Grusch 64 et le prototype d'avion commercial supersonique Grusch 77.

— Inutile de nous le rappeler, cria le Premier Secrétaire. Nous le savons.

— Eh bien, à présent, convenez quand même, honorable

Premier Secrétaire, qu'il n'est guère facile d'attirer votre attention...

— Surtout quand c'est moi qui parle !

— Une activité qui vous plaît, et je ne vous le reproche pas. Il faut de tout pour faire un monde et donc, par définition, pour faire l'Union soviétique. Eh bien, j'aime de moins en moins parler, sauf quand il s'agit de conversations très techniques soit avec des étudiants, soit avec mes pairs. Et c'est là où je veux en venir. Il y a dans la Constitution de notre mère patrie une particularité qui, comme tant de choses que nous avons supportées, paraît assez logique sur le papier, même si dans la pratique elle laisse grandement à désirer. Le gouvernement a honoré les plus brillants cerveaux de l'Union soviétique en les élevant au statut de politiciens. Dans d'autres pays, on laisse les meilleurs cerveaux suivre leur voie et la politique est généralement aux mains de gens qui n'ont guère d'autres qualifications que de bien s'y connaître dans le jeu des attaques et des ripostes qui la caractérise. Aujourd'hui, si l'on en juge par les statistiques concernant la proportion de votants par rapport aux non-votants, ces gens se sont largement discrédités. Je ne suis pas sûr que la situation dans ces pays serait meilleure si on enrégimentait les meilleurs cerveaux au service d'assemblées comme la nôtre et si on les obligeait à perdre leur temps aux frais du contribuable — car, mon cher camarade, le temps de ces brillants cerveaux, quel que soit le pays, est précieux. Ici, non seulement on les contraint à écouter un déchaînement de tirades théâtrales, pour la plupart profondément dépourvues d'intérêt, résultat d'ambitions débridées et de pensées mal formées, mais on leur confisque aussi le temps qu'ils pourraient plus utilement passer devant leur banc d'essais, leur table à dessin ou leur bureau, selon la discipline qui est la leur. Je suis venu ici aujourd'hui déterminé à ne perdre davantage de temps à écouter des discussions que je ne comprends pas plus que je ne les respecte, sur des sujets qui échappent à ma compétence. J'ai donc construit, en utilisant le papier de l'ordre du jour, une maquette de l'appareil supersonique Grusch 77 A, avec une voilure révolutionnaire, qui permettra finalement d'employer des alliages nouveaux pour la construction aéronautique. Je suis heureux de constater que, même une maquette sommaire, faite à partir de papier poreux, déplaisant au toucher, révèle de grandes qualités de stabilité et de maniabilité, et que l'atterrissage, même sur une moquette, était proche de la perfection.»

Sa déclaration fut accueillie par un tonnerre d'applaudissements, les délégués se levant comme si une étape capitale venait d'être franchie. Les uns après les autres, y compris le Premier Secrétaire, ils se mirent debout. Le professeur Grouschkov attendit que l'ordre fût revenu. Puis il agita les bras pour calmer l'assemblée.

«Ce n'est pas par manque de respect que je vais maintenant regagner mon usine. Tout au contraire, il est extrêmement flatteur qu'on m'ait accordé une voix pour décider du destin de la mère patrie. Mais c'est bien là l'ennui. Méfiez-vous des honneurs qu'on déverse sur ceux qui ne les méritent pas. Être expert dans un domaine ne signifie pas qu'on soit par là même expert dans tous. Je ne comprends rien au sujet dont on discute aujourd'hui. De quelle valeur est ma voix? De quel intérêt mon oreille? Je pourrais moi aussi, camarades, me couvrir la poitrine de médailles. J'en ai beaucoup, mais elles sont chez moi, dans un tiroir. Je constate qu'elles déchirent la doublure de mes costumes. Et je veux qu'on me reconnaisse pour ce que je peux encore offrir aujourd'hui, et non grâce à une mosaïque de décorations acquises en récompense de mes actes passés. Là-dessus, je prends congé de vous. Voulez-vous bien m'excuser?»

Une autre salve d'applaudissements salua son départ, suivi de celui de six ou sept délégués qui avaient décidé d'imiter son exemple. Le vieux militaire parvint à se mettre debout malgré le poids de ses guirlandes de médailles.

«Si vous avez mérité vos décorations, il est de votre devoir de les porter!» hurla-t-il, alors que ses protestations étaient noyées sous un déferlement de huées; ce qui provoqua en retour une réaction de tous les conservateurs et porteurs de médailles, qui se mirent à battre des mains en mesure.

Le Premier Secrétaire frappa son pupitre avec son marteau

et, quand on fut revenu à un semblant d'ordre, il reprit la parole.

«Toute administration comporte de nombreux aspects qui supporteraient d'être réexaminés et réévalués. Il est trop tôt pour que je dise si je suis d'accord ou non avec le camarade académicien I. F. Grouschkov, mais la façon dont il a attiré notre attention par ses propos était tout à la fois profondément originale, comme on pouvait s'y attendre, et efficace, ce qui montre que, en dépit de ses dénégations, il possède un remarquable talent politique.»

Suivirent des rires approbateurs et quelques applaudissements. De nombreux orateurs réclamèrent la parole.

«Camarade Mehmedinov, je vous céderais bien volontiers la place, mais je dois vous prévenir que, si vous insistez pour vous exprimer en ouzbek, comme vous l'avez fait la dernière fois, vous ne servez guère votre cause; nous vous reconnaissons tous le droit à votre langue natale, mais nous ne pouvons tolérer dans cette enceinte une situation où les discours prononcés dans des langues autres que le russe ne seraient pas compris», déclara le Premier Secrétaire.

Le camarade Mehmedinov se rassit en haussant les épaules, convenant ainsi tacitement qu'il se préparait une fois de plus à faire à la tribune de l'obstruction en ouzbek. Il y eut des sifflets et des cris dans pratiquement toutes les langues minoritaires de l'Union soviétique.

«Bien sûr, puisqu'elle garantit la cohésion de l'Union soviétique, la République russe est exposée à toutes sortes de railleries et d'insinuations de la part de groupements moins importants. Nous supportons ces harcèlements incessants avec un louable sens de l'humour et même une certaine compréhension...»

Des cris de «Parlez pour vous!» jaillirent des bancs habituels.

«Il est temps que nous réévoquions le cas de la Russie! clama l'officier couvert de décorations. L'Union soviétique, c'est la Russie, et rien d'autre!

— A l'ordre! à l'ordre! insista le Premier Secrétaire. Nous sommes rassemblés ici pour discuter d'économie et des remèdes à apporter au chaos qui règne dans notre bureaucratie, et qui a pris les proportions d'une catastrophe nationale. Malgré l'urgence de la situation, nous nous enlisons toujours dans ce vain antagonisme, un antagonisme entre parties intégrantes de notre grande fédération qui, depuis des années, vivent dans une harmonie qui leur a peut-être bien été imposée mais où on n'a jamais laissé s'aggraver les difficultés de l'époque.»

Le Premier Secrétaire eut du mal à rétablir le respect qui lui était dû en tant qu'orateur. Son discours fut souvent ponctué de clameurs et d'injures lancées au petit bonheur.

Le Vieil Homme donna un coup de coude à M. Smith.

«Si je ne me trompe pas...

— Oh! allons donc.»

Le regard du Premier Secrétaire balaya les bancs du fond comme un faisceau de projecteur traquant des fuyards.

«Très bien, dit-il, si vous insistez pour rendre ma tâche impossible, ce qui n'est guère flatteur pour votre sens de l'intérêt commun, je ne laisserai donc s'exprimer aucun de ceux qui ont pris l'habitude d'occuper cette tribune, comme si c'était un droit accordé à leur brillant esprit; je vais au contraire céder la parole à un des délégués venant des régions les plus lointaines de notre nation, la région autonome de Tchirvino-Paparak.»

Le Premier Secrétaire eut un instant d'affolement quand ce fut M. Smith qui se leva au lieu du Vieil Homme, mais rien ne parut sur son visage. Les délégués se tournèrent pour regarder M. Smith, et ils trouvèrent dans son apparence quelque chose qui réclamait l'attention.

«Camarades, dit M. Smith, sans plus de cérémonie, je vous apporte les salutations de ceux de la région autonome de Tchirvino-Paparak qui sont moins privilégiés que nous.»

Il y eut là-dessus les applaudissements habituels et le Vieil Homme lança à M. Smith un regard approbateur.

«Nous avons naturellement suivi le processus de démocratisation de l'Union soviétique avec un grand intérêt et un sentiment croissant de responsabilité. Nous aurions pu, bien sûr, nous adresser à cette honorable assemblée dans la langue des peuples Tchirvino ou Paparak. (Je suis pour ma part un Tchirvino, et j'ai le teint un peu jaunâtre de mes compatriotes. Mon collègue ici présent est un Paparak, et c'est une peuplade blonde, un peu plus ronde.) Au cours de l'Histoire, nous nous sommes maintes fois violemment affrontés, puisque nous défendons des valeurs morales et politiques diamétralement opposées — c'est pourquoi Staline, dans son infini cynisme, nous a rassemblés dans notre misérable patrie. Je vous le dis, nous pourrions vous ennuyer encore longtemps avec nos querelles et le faire dans l'une ou l'autre de nos langues maternelles, voire dans les deux. Nous n'irons pas jusque-là. Nous parlerons russe.» (Applaudissements.) «On pourrait conclure à nous voir ici ensemble que voilà une preuve que des peuples ayant des traditions très différentes peuvent vivre ensemble dans la paix.» (Silence de la plupart des délégués des minorités nationales. Applaudissements frénétiques des Russes, ostensiblement entraînés par le Premier Secrétaire.) «Tel n'est pas le cas.» (Silence accablé des Russes qui se sentirent trahis. Cris exagérément stridents des minorités.) «L'antagonisme entre les Tchirvinos et les Paparaks est aussi vivant que jamais et nous, qui croyons à la nécessité de la coexistence, non seulement entre les nations mais entre les peuples, nous sommes parvenus à un accord parfois bizarre, mais raisonnable. Non seulement nous nous tolérons, mais, parfois, chacun recherche la compagnie de l'autre pour ce que vous appelleriez, dans votre jargon, une interdépendance.» (Le Premier Secrétaire, sentant venir un numéro inhabituel de virtuosité oratoire, applaudit l'enchaînement des pensées de M. Smith. Le Vieil Homme, qui connaissait mieux M. Smith, remarqua un changement subtil et troublant tout à la fois dans le sujet et dans la forme du discours. Sa voix devenait imperceptiblement plus dure, ses yeux d'un noir de jais brillaient d'un éclat plus fébrile.)

«Qu'avons-nous remarqué chez vous qui avez de plus verts pâturages, nous, qui venons de la steppe couleur gris ardoise? Vous avez entamé une course effrénée depuis la prison mentale où vous avez été incarcérés pendant des siècles pour vous précipiter dans l'anarchie de vos rêves.» (Mouvements d'inquiétude dans l'auditoire.) «Oui, que cela vous plaise ou non, la liberté lancée à la poursuite du rêve n'est rien d'autre qu'anarchie, absence soudaine de responsabilité, soumission à l'humeur du moment. Le dernier arrêt sur la voie de l'anarchie, c'est le quai de la démocratie. Le train de nos pensées aura-t-il des freins suffisants pour s'y arrêter au lieu de plonger dans l'abîme où la logique, la loyauté, le dévouement ne comptent plus pour rien?

« Ce que nous voyons dans cette assemblée, c'est la lutte entre l'anarchie et l'ordre, entre la brillante improvisation et la docilité bovine, entre la témérité et la discipline. Je ne crois pas qu'en tant que corps constitué vous ayez la force de caractère suffisante pour savoir où vous arrêter.» (Mélange de protestations et d'approbations.) «Mais pourquoi vous compliquer à ce point les choses?»

Le Vieil Homme, aux aguets, perçut dans la voix de M. Smith des accents tranchants et discordants; ses yeux dardaient ici ou là comme si, tel un serpent, il se dépouillait de sa peau, pour révéler une identité qu'on soupçonnait être sa vraie personnalité.

« Je ne peux pas m'en empêcher, lança-t-il d'une voix rauque. Mon vrai moi crie qu'on le laisse s'exprimer. Bon sang, je ne suis pas ici pour vous servir, vous et la douce raison! Je suis... moi-même!»

Ceux qui étaient sensibles à ces sons affreux tressaillirent et, quand il proclama enfin ce qu'il était, un ou deux délégués vieillissants, le front barré de plis soucieux, se signèrent nerveusement dans un geste imprécis et fugitif.

«Vous êtes si mornes! s'écria M. Smith en martelant ses mots. Si puritains! Si guindés! Est-ce qu'il ne s'est pas bien amusé, ce moine fou, sale comme un porc, les cheveux puant la graisse, quand il prenait son plaisir parmi son escouade de femmes nues, baignées de lavande, à la peau blanche comme le lait, attendant la corruption, qui ne manque pas d'arriver quand on laisse la nature suivre ses propres penchants!»

Bien des délégués avaient du mal à suivre ce soudain catalogue du vice, dans son paquet-cadeau de nostalgie, si déplaisantes étaient les vibrations de la voix de M. Smith. Le Premier Secrétaire s'escrimait avec son marteau, mais en vain.

«Non, vous ne m'interromprez pas ! Pas quand je vous rappelle vos secrètes traditions — non pas celles dont vous parlez d'une voix vibrante dans le tintement des décorations mais les vraies traditions de ce pays aux vastes horizons : *droit du seigneur* - knout - alcool - fourberie - vénalité - indolence - goût de temporiser - mensonges — traditions qui font de tout cela vos alliés. Elles ont toujours été une force, pas seulement une faiblesse ! Même si cela vous donnait mauvaise réputation, ce n'était que superficiel et dépendait des vices d'autrui, de *leurs* mensonges, de *leur* hypocrisie, de *leur* vénalité ! La personnalité d'une nation n'est que le reflet de la personnalité du monde, avec en prime un peu de couleur locale, et c'est l'éternel champ de bataille du mal contre le bien. Vous pensiez que j'allais dire entre le bien et le mal ? Eh bien, non ! je sais ce qui est important ! »

On sentait venir l'émeute ; des délégués jaillissaient de leur banc pour se battre entre eux, d'autres se couvraient les oreilles, l'air douloureux, et la frappe du marteau retentissait ainsi qu'un métronome.

Comme beaucoup se pressaient vers M. Smith, avec l'intention de s'emparer de lui et de le maîtriser, le Vieil Homme se mit debout et apparut deux fois plus grand qu'il ne l'était en réalité. Sa voix submergea le croassement de M. Smith, qui parut se plier en deux dans une quinte de toux, au bord de la nausée. Les Russes ont toujours été sensibles aux somptueuses voix de basse et celle du Vieil Homme résonnait maintenant au diapason d'un ensemble de violoncelles, tantôt caressante et tantôt accablante. Le calme revint bientôt dans la tumultueuse assemblée.

« Je ne vais pas vous dire qui nous sommes. Ce n'est pas le but de notre visite. Le fait que j'aie été contraint d'intervenir bien malgré moi dès qu'on chante les louanges du vice considéré comme un adjoint nécessaire de la vertu peut donner, même au sceptique, une indication sur qui je suis. Je crois passionnément à l'ultime triomphe du bien, même si je confesse un absurde penchant pour le risque. Peut-être suis-je au fond du cœur un joueur, mais seulement parce que je suis persuadé que la voie jusqu'au triomphe final doit être forcément un chemin bordé d'épines. Il n'y a pas de vertu dans la facilité. La menace de l'échec est le condiment qui rend désirables les fruits de la victoire. Pardonnez-moi d'afficher ce qui vous paraîtra peut-être des airs supérieurs. Pour ceux qui ne croient qu'à eux-mêmes — pour vous, monsieur le Premier Secrétaire — je vous conseille de prendre une autre direction quand nous disparaîtrons — et pas nécessairement celle de la région autonome de Tchirvino-Paparak. Rappelez-vous seulement que le doute est nécessaire au progrès et qu'un remords de conscience vous permet d'apercevoir Dieu.

— Vous avez à tout moment la possibilité de m'apercevoir ! s'écria M. Smith.

— Taisez-vous », dit le Vieil Homme d'un ton ferme en saisissant la main de M. Smith.

Puis, très lentement, ils disparurent aux regards, le Vieil Homme baigné dans une sorte de rayonnement plombé, M. Smith dans un flamboiement rougeâtre.

Le chaos se déchaîna. Certains délégués, surtout ceux des régions lointaines, tombèrent à genoux en se signant et en baisant le sol, comme s'ils avaient été témoins d'un miracle au XII<sup>e</sup> siècle. Des bagarres éclatèrent parmi les autres, les uns défenseurs acharnés de l'athéisme, d'autres plus sensibles aux phénomènes psychiques. Au bout de dix minutes, on retrouva un semblant d'ordre. Le Premier Secrétaire put reprendre la parole. Comme toujours, il s'exprimait en phrases brèves et rationnelles. A l'écouter, on aurait cru que rien ne s'était passé.

« Il me semble, camarades, que je vous dois un rapport sur les événements de ce matin, même si je suis tout à fait incapable de vous proposer une explication. L'irruption de ces deux individus dans mon bureau a été presque aussi mystérieuse que leur disparition voilà quelques instants. Ils ont exprimé le désir de parler avec moi et le vieil homme en blanc m'a dit qu'il était Dieu, déclaration que j'ai eu quelque difficulté à admettre puisque, comme la majorité d'entre vous, j'ai été élevé dans l'athéisme. Si toutefois, pour l'intérêt de la discussion, on était momentanément disposé à accepter la véracité de cette affirmation, alors il ne fallait pas un gros effort d'imagination pour deviner qui était son compagnon. Tous deux, à part ce point controversé, semblaient courtois et relativement bien informés. Ils ont donc exprimé le désir d'assister aux travaux de notre Congrès. C'est pour cette raison que je les ai invités, conformément à notre vieille tradition d'hospitalité, et que je leur ai fourni des documents les accréditant comme délégués de la région autonome de Tchirvino-Paparak, laquelle — que Dieu s'il y en a un me pardonne, ainsi que vous, mes chers camarades — est un produit de mon imagination. Cette région n'existe tout simplement pas. »

Les rires s'amplifièrent quand les délégués comprirent la plaisanterie dont ils avaient été victimes, digne, comme le dit l'un d'eux, de Gogol dans ses *Ames mortes.*

« Pour finir, camarades, faites ce que vous voulez de l'épisode de ce matin. Ceux qui sont sensibles à une intervention divine ou diabolique sont libres de réagir à leur guise, tout comme les gens hystériques et impressionnables ont appris à le faire dans le cours long et agité de notre Histoire. A ceux qui ont des tendances plus rationnelles, je voudrais seulement dire qu'il n'y a pas eu de victoire concluante, pas de knock-out dans la bataille de géants qui s'est livrée aujourd'hui. Nous nous trouvons maintenant avec les mêmes problèmes, les mêmes perspectives qu'avant que nos sens eussent été agacés par l'un et notre goût de la musique eût été flatté par l'autre. Camarades, rien n'a changé. Et c'est pourquoi nous allons maintenant marquer une pause pour un déjeuner au cours duquel nous aurons le temps de réfléchir à ces événements, puis nous nous retrouverons à deux heures sonnantes ; le sujet du débat sera alors la situation économique à laquelle nous sommes confrontés, avec une mention spéciale pour la production de radis et la faillite de plusieurs entreprises, notamment celle qui n'a pas réussi à atteindre ses objectifs pour la fabrication de boutons de porte à Semipalatinsk. Voilà l'ordre du jour que nous suivrons strictement. »

Il allait abattre son marteau quand le ministre des Affaires étrangères glissa devant lui une feuille de papier. Il la lut rapidement.

« On vient de m'informer que l'ambassadeur des États-Unis a adressé une note au ministère des Affaires étrangères pour lui signaler que les hommes qui se présentent sous les noms de Dieu et de Satan sont sous le coup d'un mandat d'arrêt aux États-Unis pour contrefaçon et résistance aux forces de l'ordre par voie de disparition.

— Contrefaçon ? Ramenez-les tout de suite ! Ils pourraient nous aider dans notre problème de devises fortes ! lança un délégué, ce qui déchaîna une tempête de rires.

— Ne blasphémez pas ! » cria un autre, à genoux dans la travée, et qui se signait avec insistance.

Le marteau retomba : déjeuner pour tout le monde.

Durant la pause, les cloches se mirent à sonner sur tout le territoire de l'Union soviétique. Comme personne n'avait l'habitude d'accepter la responsabilité de quoi que ce soit, il ne se trouva personne pour reconnaître avoir donné l'ordre de les faire sonner. On prétendit donc à travers l'Union qu'elles s'étaient mises à carillonner spontanément ; encore un autre phénomène inexpliqué dans la longue tapisserie de l'Histoire russe, déjà riche en faits inexpliqués et inexplicables.

## 15

Bien qu'ils eussent quitté Moscou à l'heure du déjeuner, ils ne se posèrent pas avant la nuit tombée. C'était une nuit sombre, mais ils devinèrent qu'ils étaient dans une oliveraie. L'air était doux et même la terre ne s'était pas entièrement rafraîchie après la chaleur du jour. S'ils avaient eu le sens de l'odorat, ils auraient savouré le mélange de romarin et de thym qui emplissait l'air à l'endroit où ils venaient d'atterrir.

« Pourquoi le voyage a-t-il été si long ? demanda le Vieil Homme, troublé.

— Est-ce que nous serions devenus aussi lents que le Concorde ? observa M. Smith.

— Tout d'abord, où sommes-nous ?

— Près de l'Équateur, c'est certain.

— Attendez un peu. Il me semble reconnaître ce ciel nocturne. Les constellations. Tous mes petits poteaux indicateurs à leur place habituelle. Oh ! regardez ! une étoile filante ! toujours au bord de la rébellion. Mais, si j'en juge d'après l'angle sous lequel je contemple les débris de la Création, je nous situerais non loin de Babylone. Dans les faubourgs d'Ur en Chaldée, peut-être. Je dirais même non loin de Damas.

— Serions-nous par hasard sur le chemin de Damas ? Oh ! j'espère que non. Vous ne seriez pas supportable dans un endroit pareil. Vous allez me dicter vos mémoires à l'oreille pendant des heures d'affilée.

— Est-ce que j'ai jamais... ?

— Non, mais vous le ferez, vous le ferez. Je vous connais. Vous êtes un inlassable propagandiste pour toute superstition qui vous présente sous un jour séduisant. Regardez ce qui est arrivé à Moscou. Noyer ma voix sous l'amplitude de la vôtre. Était-ce juste ? Et toute cette publicité subliminale sur le remords de la conscience ! Je vous demande un peu !

— Je dois vous faire remarquer que je n'ai pas eu à élever la voix dans toute sa force, puisque vous étiez déjà en train de vous étrangler au milieu de votre salace description de moines fous s'ébattant au milieu de femmes nues. Je n'avais pas pour but de faire de la publicité, mais de restaurer l'ordre. Ils étaient comme des ivrognes qu'il faut dégriser avant de reprendre la route. J'ai fait ce qu'il fallait. Mais une chose me préoccupe plus encore : sommes-nous en train de perdre notre faculté de disparaître ? Et, pour ce qui est des déplacements, perdons-nous de la vitesse ? »

M. Smith eut un haussement d'épaules mal gracieux.

« Ne me posez pas la question, dit-il. C'est vous qui avez édicté les règles par lesquelles nous existons tous les deux. Votre instinct doit bien vous dire ce qui est possible et ce qui ne l'est pas. Le bruit ne court-il pas que vous êtes tout-puissant ? Si c'est vrai, il doit y avoir un moyen de contourner pratiquement toutes les difficultés de cette existence. Quelles que soient les règles que vous ayez imposées, il vous est toujours possible de les contourner. »

Le Vieil Homme répondit d'une voix brisée.

« Je n'arrive pas à me souvenir. C'est épouvantable, non ? Je n'ai auparavant jamais rien mis de tout cela à l'épreuve. J'étais parfaitement content de reposer sur le monde comme une couverture, de me prélasser dans mes réflexions tranquilles sur ceci et sur cela, de sourire et de froncer les sourcils selon l'humeur du moment, en déclenchant des ouragans et des vagues de chaleur, des tempêtes de neige et des crises de cafard. » Un sourire éclaira soudain son visage. « Oh, je sais où nous sommes, très exactement. Cette étoile, là-haut, celle qui semble clignoter d'un air espiègle. Elle est à sa place. Nous sommes sur la terre d'Israël. A quelques kilomètres au nord-est de Bethléem. Je dirais même entre cette ville et Jéricho.

— Ce qui signifie que nous sommes dans le pétrin, grommela M. Smith.

— Pourquoi ? Les Romains sont partis.

— Écoutez!»

Au loin, les échos d'une lourde réjouissance, accompagnés d'une musique jouée en mineur dans une tonalité plus que fataliste, retentissaient dans une parodie de joie. On entendait des claquements de mains, une sorte de sombre chahut.

«Oui, je dois dire que ça m'a l'air assez sinistre, on dirait une invitation à danser lancée par des gens que leur tempérament n'incline pas à la chorégraphie, dit le Vieil Homme. Qu'est-ce qu'ils mijotent?

— A en juger par cette musique morose, ils célèbrent quelque heureux événement. Leur lait caille dès qu'on le verse, leurs larmes se changent en sel. Tout est prédestiné. Qu'est-ce que la naissance, sinon le premier pas sur la route de la mort? fit M. Smith d'un ton songeur.

— Méditons un instant avant d'aller voir, proposa le Vieil Homme.

— Ça ne me semble pas être le genre de réception qui va durer toute la nuit. J'ai la conviction que nous ne manquons pas grand-chose, déclara M. Smith.

— Je suis d'accord avec vous. Qu'est-ce qu'il nous reste à voir, à part pratiquement tout?»

Ils réfléchirent un moment.

«Vous savez, dit enfin le Vieil Homme, je vais regretter de ne pas voir l'Afrique.

— Pourquoi regretter? Pourquoi ne pas y aller?

— Je dois être honnête avec vous. Je sens que mes forces déclinent. J'en suis extrêmement surpris et tout à fait navré. Comme vous, j'avais entendu dire partout que j'étais tout-puissant, le Seigneur Dieu Tout-Puissant, il me semble me rappeler les paroles d'une hymne anglicane, entonnée avec cette même absence d'inspiration musicale que les chérubins ont fini par acquérir au long des âges. Eh bien! je me demande... Ce doit être une question de résistance. Quand j'ai essayé de nous faire sortir rapidement du Kremlin, il nous a tout d'un coup fallu des heures pour disparaître. Quand je dis des heures, j'exagère. Au moins deux secondes et demie. C'est inouï. Je crains fort que l'Afrique ne soit un luxe que nous ne puissions plus guère nous permettre.

233

— Vous pouvez y aller en esprit, non ? demanda M. Smith.

— Bien sûr, mais ce n'est pas la même chose que de poser les pieds sur le sol et d'observer l'activité alentour. Vous savez, l'Afrique est sans doute le continent qui nous surprendrait le moins. Elle est, j'imagine, plus près que toute autre de l'état où elle se trouvait quand nous l'avons créée.

— Comme c'est aimable à vous de m'inclure dans la Création. Mais je n'en veux aucune part. Ce plan, on ne m'a jamais demandé mon avis à son propos, et je n'y accorderai jamais mon approbation.

— Comme vous voilà pompeux, après tout ce temps ! Allons, finissons-en, qu'est-ce que vous auriez fait ?

— Mon travail n'a jamais été de faire quelque chose, répliqua M. Smith avec une froide logique. Ma mission, si je l'ai bien comprise, consistait à réagir contre ce que vous faisiez avec tous les moyens à ma disposition, ce que j'ai fait, fort consciencieusement, jusqu'à une époque toute récente.

— Jusqu'à une époque toute récente ? demanda le Vieil Homme avec un peu d'inquiétude.

— Passé les premières excitations, le mal devient tout aussi monstrueux que le bien. Voilà quelque temps que l'homme a atteint sa majorité et, en ce qui concerne mes services, nous pouvons sans risque le laisser à ses amusements. Il a même trouvé en lui le talent d'inventer certaines choses auxquelles je n'aurais jamais pensé, pour la simple raison que c'est le genre de mal qui ne procure pas la moindre satisfaction. L'arme nucléaire, qui est à peu près ce qu'on peut faire de plus maléfique, n'a rien d'érotique, et le mal sans le stimulus nécessaire pour les sens est tout simplement inadmissible. Il y a des gens d'une intelligence médiocre, premiers ministres et autres, qui parlent d'arme de dissuasion nucléaire, ce qui est à peu près aussi perspicace que de parler de bruits violents comme arme de dissuasion contre le sommeil, ou d'exécutions publiques comme arme de dissuasion contre le crime. Tout d'abord il y a ceux qui sont simplement stimulés à la perspective que quelque chose leur protège la tête ; ensuite, il n'existe pas d'arme de dissuasion contre la démence et, s'il en existait une, ce ne serait sûrement pas le sens commun.

— A quoi devons-nous cette soudaine sortie contre les armes nucléaires? demanda le Vieil Homme avec tact.

— Elles sont indignes de moi comme tentateur. Elles ne sont même pas dignes de moi comme voyageur de commerce. Très franchement, elles sont d'un épouvantable ennui — quand on ne les utilise pas, bien sûr. Voilà un demi-siècle, les vainqueurs ont condamné à mort, pour crimes de guerre, toute une charrette de prévenus sur le retour, vous vous souvenez?

— Pas très clairement, avoua le Vieil Homme.

— Il leur avait fallu inventer les règles du jeu avant de pouvoir décider que les criminels de guerre avaient perdu la guerre en question et on les a pendus dans une ambiance de piété scandalisée. Auprès de celui qui le premier utilisera une arme nucléaire, ces vieux messieurs au banc des accusés font figure de délinquants juvéniles, et pourtant on parle partout de l'éventualité d'une défense nucléaire en termes rationnels, sans la moindre trace de position morale. Évidemment, il n'y a aucune différence entre la défense nucléaire et l'attaque nucléaire. L'une est aussi blasphématoire que l'autre, mais je ne veux pas voir dans mon propre arsenal ces monuments de stupidité humaine. Et vous?

— Je n'en veux absolument pas. Il est impossible de leur attribuer le moindre objectif moral. Je les désavoue comme des malédictions.

— Vous voyez! s'écria M. Smith. La race humaine commence à s'échapper de notre champ de bataille personnel, où nous revendiquons ou repoussons les âmes à tour de rôle. Ils ont inventé des vices inédits, méconnus, auxquels nous n'avions pensé ni l'un ni l'autre. Des vices qui non seulement surpassent leur imagination mais, et c'est encore plus épouvantable, qui réussissent même à surpasser la nôtre!

— Et alors? demanda lentement le Vieil Homme, prêt à faire face à toute vérité susceptible de sortir de cette controverse.

— Et alors? Nous sommes des luxes qu'un monde à l'évolution précipitée ne peut plus se permettre. On ne peut plus s'attendre à vous voir *tout* prévoir. Nous sommes dépassés.

— Mais le garde forestier ?

— Un cas isolé. Il peut se permettre la pureté de la foi, la sainteté de sa famille, parce qu'il vit à l'écart de la société. Il a choisi, et trouvé un isolement monastique. Il n'a nul besoin de savoir que le temps passe, là-haut sur sa montagne. Il possède le plus grand don laissé aux hommes, l'éloignement.

— Et le docteur Kleingeld, le psychiatre ?

— Il a toute sa vie vécu si près de la folie, et ça lui a rapporté tellement d'argent, qu'il rembourse simplement la dette qu'il reconnaît avoir contractée envers ses concitoyens en harcelant la police de la Maison Blanche avec sa charmante pancarte exprimant sa confiance en nous.

— Peut-être. Et l'ecclésiastique anglais qui est prêt à se prosterner devant le laitier ?

— Oh ! les gens d'Église anglais sont devenus terriblement excentriques depuis qu'ils se sont libérés du joug de Rome. Ils ne se sont jamais vraiment remis du délire de liberté que ça leur a apporté. Il serait dangereux de prendre trop au sérieux leurs propos. D'ailleurs, ils ne s'y attardent guère.

— Mais j'ai vu des églises, des mosquées, des synagogues et des temples, partout où nous avons voyagé. Je les ai vus... et j'ai senti leur existence...

— L'hommage superficiel demeure l'une des plus grandes industries humaines. Un Président américain est obligé, par la nature même de sa charge, de faire régulièrement appel à la prière. Il ferme les yeux comme s'il méditait, mais peut-être ne fait-il rien de plus que de calculer le moment où il sera judicieux de les rouvrir. Comme c'est un pays libre, nous ne le saurons jamais. Dans le monde entier, on invoque votre nom pour vous prendre à témoin de ceci ou de cela, les gens ne jurent que par vous, se massacrent parce que l'un d'eux ou quelques-uns d'entre eux ont paru vous offenser. Vous êtes encore l'étalon auquel on mesure publiquement toutes les valeurs morales mais, en privé, cela a-t-il encore quelque importance ? De moins en moins. De moins en moins.

— Vous brossez là un tableau bien déprimant », dit le Vieil Homme ; et il poussa un si profond soupir que les feuilles argentées des oliviers en frissonnèrent sur leurs branches et que le soupir passa ainsi d'arbre en arbre dans l'obscurité.

« Je continue à me sentir étrangement coupable à propos de l'Afrique, fit-il observer soudain, ayant hâte de changer de sujet.

— De l'Afrique?

— Oui. Je me demande si j'ai donné à ces gens-là une chance, si j'ai achevé mon travail comme j'aurais dû, et si je n'ai pas laissé simplement un peu trop ce continent agir à sa guise.

— Je ne crois pas, murmura M. Smith. Ils ont des paysages magnifiques, des animaux superbes.

— Ça ne suffit pas. Ce n'est pas de la sorte qu'on progresse sans aide; de là sont nées toutes les bizarres attitudes que l'homme a envers l'homme : cette façon de porter un jugement non d'après la qualité ou la vertu, mais d'après l'idée selon laquelle ceux qui ont la peau plus sombre sont des enfants de la nature qui ne grandiront jamais.

— Presque toutes ces choses appartiennent au passé et on ne peut absolument pas y remédier après coup. Vous ne servirez à rien en allant là-bas maintenant. Si vos forces vous font vraiment défaut, comme vous le dites, alors peut-être devriez-vous plutôt, comme un politicien, vous rendre dans ces circonscriptions où vous pouvez être assuré d'une majorité.

— Je sens venir quelque épouvantable hérésie», murmura le Vieil Homme; et il reprit : «Comme par exemple?

— Comme Rome, dit M. Smith, les lèvres crispées dans une grimace de dérision.

— On peut compter sur vous pour exprimer des pensées aussi troublantes. Pourquoi Rome? Pourquoi pas La Mecque? Ou les rives du Gange? Ou Lhassa?

— A La Mecque vous courez de sérieux risques civiques en raison du blasphème qui vous donne l'audace de prétendre que vous êtes qui vous êtes.

— Mais, mon cher ami, je suis qui je suis, et l'un de mes plus terribles regrets est d'être hors d'atteinte.

— Vous êtes peut-être hors d'atteinte, mais ils trouveront quand même un moyen de vous blesser. Tout en pratiquant la tolérance, et une très belle forme de foi, certains sont parmi les fanatiques religieux les plus professionnels de la planète ; ils ne supportent ni changement ni la plus infime variation de leur version à eux de la vérité. Je les connais. Il n'y a rien à faire pour les tenter et essayer n'en vaut même pas la peine. Rien que des regards étincelants et aucun sens de l'humour. Vous avez encore moins de chances avec eux que dans le rôle du Messie avec les Juifs.

— Nous ne tarderons pas à le savoir, murmura le Vieil Homme. Quoi qu'il en soit, je ne peux pas aller à Rome. Je ne suis vraiment pas assez bien habillé pour le Vatican.

— Balivernes. Vous êtes habillé presque exactement comme Sa Sainteté, sauf que vous préférez les chaussures de tennis aux pantoufles.

— Dans ce cas, mon aspect ressemblerait sans doute à un crime de lèse-majesté.

— Peut-être. Quoi qu'il en soit, vous ne seriez sous le coup d'aucune menace physique dans ces endroits-là. Les gens considéreraient simplement votre prétention à être Dieu, en discuteraient pendant quatre cents ans et puis, avec un peu de chance, accepteraient de vous béatifier comme première étape vers la sainteté ; après cela, il ne faudrait pas trop longtemps pour atteindre le niveau auquel vous vous trouvez déjà de toute façon par la nature que vous avez créée. Voilà qui montre bien que les sièges des religions organisées ne sont nullement des endroits pour nous. Ils sont comme des ministères, au sens séculaire du terme, bien trop occupés par les ramifications quotidiennes de la foi pour se soucier de ses racines. Vous et moi ne sommes pas faits pour les cloîtres, les cours de couvents et les autels. La méditation est une activité abstraite. Contempler des gens comme nous est une déception que quiconque a des aspirations mystiques n'est pas disposé à accepter. Il se sentait auparavant bien plus proche de la vérité. »

Le Vieil Homme fut soudain secoué d'un rire qu'il n'arrivait pas à maîtriser. Sous le coup d'un immense soulagement, ce fut comme un front qui se déplisse soudain ainsi qu'un drapeau pris dans la brise ; un esprit qui brusquement s'éclaire de l'intérieur comme par un rayon de soleil ; un énorme et joyeux concert de trompettes, une horde d'éléphants fous de joie devant la découverte d'un point d'eau ; comme si tout le paradis se déchaînait. Même le sinistre claquement de mains de cette fête lointaine hésita un moment, tandis que la nuit proclamait l'arrivée d'une puissante force thérapeutique, à l'œuvre quelque part, hors de vue. M. Smith, pris par la contagion, se joignait à lui, bondissant comme un écolier en folie, mais son rire ressemblait aux minauderies d'une timide collégienne en pleine puberté. Dans ces rares occasions où il était d'humeur clémente, il n'émettait que de petits bruits, bien loin du flamboyant vacarme et de la cacophonie qu'il était capable de déclencher quand on s'opposait à lui en le provoquant.

Le Vieil Homme avait dû accomplir l'impossible : non seulement il s'était reposé, mais il s'était endormi. Son dernier souvenir avant de sombrer dans un doux oubli fut celui d'une étrange sensation, inconnue jusqu'alors : le picotement des larmes dans les yeux. Peut-être pas de quoi inquiéter un immortel, mais cependant digne d'être noté au passage. M. Smith n'avait pas non plus réussi à rester éveillé et il avait rejoint le Vieil Homme dans le douillet refuge d'un sommeil sans rêve. Lui au moins avait un précédent, la façon dont il avait perdu conscience devant la prostituée à New York. Inutile maintenant de chercher son portefeuille, même dans son sommeil. Il avait la consolation de savoir qu'ils n'avaient rien dans leurs poches.

Ils s'éveillèrent au même instant, à l'aube. Des coqs chantaient dans la campagne vallonnée, un soleil ardent apparaissait au ras de l'horizon et les oliviers avaient perdu quelques-unes de leurs petites feuilles séchées. Mais ce qui parut les avoir éveillés, c'était le tumulte d'une bataille. Des voix rauques, des cris de femmes, quelques gémissements, de la violence.

Le Vieil Homme et M. Smith échangèrent un bref regard et, sans plus de cérémonie, se levèrent et se mirent à escalader à grands pas le flanc de la colline. Ils ne tardèrent pas à découvrir un assemblage désordonné de maisons basses, d'un blanc aussi éblouissant qu'une rangée de dents sur un panneau publicitaire, et séparées par des cours et des patios. On apercevait des banderoles et des bannières avec des inscriptions en caractères hébraïques ; quelques fils où étaient accrochées des ampoules colorées se croisaient au-dessus d'une étendue sablonneuse ; il subsistait des tables sur des tréteaux, des chaises ; une piste de danse improvisée ; le désordre qui suit les festivités.

Des hommes en bras de chemise, qui tous portaient une yarmulka, circulaient dans l'agglomération, lui donnant l'air plutôt d'une forteresse que d'un secteur résidentiel. Certains avaient des fusils. Plus loin dans la vallée, on apercevait un autre groupe de maisons, un village, mais les constructions y étaient jaunies par le temps, à demi enfouies dans la terre qui les entourait. Entre les deux, une petite route serpentait au loin parmi les collines. Sur celle-ci, s'avançait une procession d'hommes, de femmes et d'enfants voilés et masqués, portant des banderoles avec des inscriptions en arabe. Plusieurs hommes et tous les enfants étaient sortis des rangs et montaient la pente, armés de pierres qu'ils lançaient sur les défenseurs des nouvelles constructions, lesquels étaient des colons juifs.

« On ne sait absolument pas qui participe à ces actions, mais il est scandaleux d'utiliser de jeunes enfants dans ce genre de combat, dit le Vieil Homme.

— Et si ces jeunes enfants ont des opinions qu'ils estiment honorable de défendre ? rétorqua M. Smith.

— Oh ! allons donc. A cet âge ? Ils ne savent même pas de quoi il s'agit.

— A cet égard, ils vous ressemblent. Les hommes, sur ce petit tertre, sont des colons juifs. Ceux qui les lapident sont des villageois arabes.

— Mais à qui appartient la terre ?

— Voilà un point sujet à controverse. Les Arabes affirment qu'elle leur appartient parce qu'ils y vivent depuis si longtemps. Les Juifs estiment qu'elle est leur propriété parce que c'est ce que dit la Bible.

— Oh, pas ça encore ! s'exclama le Vieil Homme, peiné.

Ce qu'on a pu faire dire à ce pauvre livre. Pour peu que vous cherchiez assez longtemps et avec un minimum de mauvaise volonté, vous y trouverez la justification de presque toutes les actions que l'homme peut concevoir, surtout dans l'Ancien Testament.

— Ce n'est pas mon livre de chevet, riposta M. Smith. Tenez, en voilà d'autres qui viennent compliquer le problème. Regardez.»

Un convoi de véhicules militaires arriva dans des nuages de poussière, provoqués par ces parties de la route où le bitume avait cédé à la pression de la nature pour s'effondrer dans le sable.

«Qui sont-ils? demanda le Vieil Homme, qui s'efforçait de suivre l'intrigue.

— Des soldats israéliens.

— Venus pour ramener les Arabes chez eux!

— Pas nécessairement. Ces Juifs-là ont enfreint la loi en bâtissant cette colonie.

— Fichtre! S'ils avaient vraiment contrevenu à la loi, on aurait largement eu le temps de les arrêter avant qu'ils aient posé les fondations, sans même parler de terminer les édifices.

— Je suis bien d'accord. C'est un genre de loi assez équivoque : cette sorte de texte qu'on encourage à ne pas respecter.

— Mais qui donc?

— Ceux-là mêmes qui ont établi les lois.»

Le Vieil Homme soupira. «Rien n'a changé, hein?

— Non. Les Romains furent bien contents de s'en aller.»

Les troupes israéliennes se déployèrent sur le flanc de la colline; certains soldats tiraient des balles de caoutchouc sur les villageois palestiniens, mais avec ménagements, tandis qu'une voix, s'exprimant en arabe dans un mégaphone, les priait de regagner leur village. Pendant ce temps, d'autres soldats, munis de matraques, rouaient de coups les colons qui poussaient des hurlements d'une telle intensité que leur façon d'exprimer leur passion était au bord de franchir la fragile frontière qui les séparait du ridicule. Personne ne semblait tenir à blesser qui que ce soit. Un coup de feu retentit alors, puis deux. Personne ne savait d'où les coups étaient partis, mais ils avaient une sonorité différente de celle des fusils à balles de caoutchouc. Presque au même instant, une femme arabe brandit un enfant blessé, entamant un horrible hymne de haine, puis un soldat israélien fut soulevé du sol, manifestement touché. La bataille commença, avec plus d'acharnement qu'on n'en avait vu dans la manifestation de départ. Le Vieil Homme dévala la colline sans un mot d'avertissement. M. Smith, d'abord pris au dépourvu, dut le suivre en jurant sous cape devant pareille impétuosité. Le Vieil Homme se précipita entre les combattants, bras tendus dans un geste d'impérieuse supplication. Il s'empara alors de l'enfant blessé que sa mère hurlante tenait à bout e bras comme une pièce à conviction et, en un instant, il le rendit à son état originel. Il serait indélicat de dire que la réaction de la mère n'alla pas au-delà de la stupéfaction, encore que, en de telles circonstances, et avec les valeurs humaines à ce point dépréciées, elle n'eut pas tellement l'esprit à la gratitude. Pour le remercier de son intervention, le Vieil Homme reçut des colons une volée de pierres acérées et quelques balles de caoutchouc tirées par les soldats. Se retournant, le Vieil Homme saisit au vol les dernières pierres et les relança avec entrain comme s'il s'entraînait au base-ball. Quant aux rares balles de caoutchouc, il les réexpédia à la volée de la paume de la main, provoquant quelques blessures mineures dans les rangs de la soldatesque. Le soldat blessé se remit soudain sur ses pieds. Il ne portait plus aucune trace de blessure.

Croyant créer une diversion, M. Smith mit le feu à un véhicule militaire. Les soldats disponibles se mirent à l'asperger avec leurs extincteurs.

La mère maintenant était agenouillée auprès de l'enfant guéri, murmurant des mots d'amour maternel et chantant les louanges d'Allah. «*Allah es akhbar*», psalmodiaient les villageois, de nouveau persuadés que Dieu était avec eux. Quelques-uns des colons levèrent les yeux vers le Ciel, les bras étendus, comme s'ils en appelaient à l'invisible arbitre d'une rencontre truquée.

«Qu'est-ce que nous avons fait pour que vous veniez au

secours d'un de leurs rejetons ? » déclara un vieillard, avec
un sens aigu de la comptabilité céleste.

Cependant, tout rentra dans l'ordre. Les Arabes regagnè-
rent leur village en chantant. Les colons se barricadèrent dans
leur kibboutz et le Vieil Homme et M. Smith, dépassés par
le nombre, furent traînés devant le major général Avshalom
Bar Uriel, commandant de la région militaire.

Le général, bel homme d'une trentaine d'années, les accueil-
lit dans le modeste bureau aux murs blanchis à la chaux qui
était son poste de commandement. Il émanait de lui une indéfinissable mélancolie, qui ne s'exprimait pas seulement par
les plis profonds encadrant sa bouche, mais aussi dans l'arc
de ses sourcils noirs, se rejoignant au-dessus de son nez en
un pli désapprobateur qui s'élevait jusqu'à la naissance des
cheveux, emmêlés dans un désordre romantique.

« On me dit que vous avez soigné un enfant qui avait été
blessé par une balle. Ainsi qu'un de nos hommes. Puis-je vous
demander comment vous vous y êtes pris ? demanda-t-il au
Vieil Homme.

— Oh... ce n'est rien. Pas grand-chose. Un tour que j'ai
appris quelque part.

— Un tour ? fit le général avec un sourire ironique, mais
dénué d'humour. Avec des tours comme ça à votre disposition, vous méritez qu'on vous mette à la tête de notre service médical. Vous parlez hébreu ?

— Ma foi, oui. Même si je manque un peu de pratique.

— Permettez-moi de vous dire que vous le parlez de façon
excellente. Un hébreu très pur. Pas celui qu'on parle
aujourd'hui. Un hébreu des temps bibliques.

— Vous êtes trop bon.

— Mais non. C'est vrai. Aucun général israélien n'est seulement général. Quand je ne suis pas de service pour cette
triste tâche, je suis professeur de philologie. Vous parlez
l'hébreu du roi Salomon, et cela m'intrigue.

— Ce qui m'intrigue, c'est que vous parliez de la tristesse
de votre tâche, ou bien votre langue a-t-elle fourché ? poursuivit le Vieil Homme.

— Pas du tout. C'est bien une triste tâche. Tout le monde

est prêt à se battre, même à mourir, pour la patrie. Mais ce que nous sommes contraints de faire ici détruit l'âme de mes soldats. Nous sommes obligés de nous conduire comme le faisaient les puissances coloniales avec nous. Quelle leçon ! Quel amer remède nous sommes contraints d'avaler, et à chaque victoire locale notre défaite morale devient plus évidente. Prenez l'exemple d'aujourd'hui. Pour l'instant, c'est un succès. Pas un seul manifestant n'a été tué, ni à Gaza, ni ici. Deux ont été blessés, mais, grâce à vous, ils ont depuis lors recouvré la santé. Par un geste isolé, ou je ne sais quoi, vous avez détourné pour un jour de plus le dégoût du monde. Vous méritez une décoration.

— Oh ! non, merci, fit le Vieil Homme en riant. J'en ai vu assez en Russie. Quand on en a autant qu'eux, on peut tout aussi bien investir dans une armure.

— Encore une référence historique », observa le général, puis il ajouta : « Au fait, nos hommes ont procédé à un examen superficiel du camion incendié, et n'ont trouvé aucune raison expliquant qu'il se soit enflammé. C'était votre initiative aussi ?

— Non, c'était la mienne, lança M. Smith, avec une certaine vanité.

— Vraiment ? Pourquoi ? Pour quelle raison avez-vous détruit un véhicule militaire ? » Le général parlait soudain d'un ton sévère.

« Moi aussi, j'ai toute une gamme de petits tours de prestidigitation — je vous demande pardon, de miracles. Et, dès l'instant qu'ils sont à votre disposition, il est dommage de ne pas s'en servir, vous ne trouvez pas ?

— Vous parlez hébreu aussi. La même sorte d'hébreu.

— Nous étions de grands amis quand nous étions enfants.

— Et maintenant ? » Le général les dévisagea longuement, tour à tour, tandis qu'ils se regardaient sans plus s'occuper de sa présence.

« Vous étiez en Russie ensemble ?

— Oui, dit M. Smith, en regardant le Vieil Homme.

— Où encore ?

— En Angleterre, dit M. Smith.

— Aux États-Unis », ajouta le Vieil Homme en contemplant M. Smith avec une merveilleuse tendresse.

Ils étaient tout d'un coup ainsi que des amoureux qui se rappellent les endroits où ils ont été le plus heureux.

«Je crois que j'ai lu quelque chose sur vous dans le *Jérusalem Post*», dit doucement le général.

Le Vieil Homme eut un petit rire.

«Ça ne m'étonnerait pas.

— Vous avez un certain don pour la disparition... et pour la contrefaçon, peut-être aussi?

— Exactement, et pour voler dans l'espace un peu plus vite que cette vieille diligence qu'est le Concorde.

— A présent, vous sauvez la vie d'un enfant... et vous mettez le feu à un bien appartenant au gouvernement israélien.»

M. Smith se mit à rire.

«Nous ne pourrons vous rembourser qu'en fausse monnaie, j'en ai peur.»

Le général eut un sourire plus triste que jamais.

«Si vous souhaitez vous échapper comme vous en avez l'habitude, je vous en prie. C'est maintenant ou jamais.

— Pourquoi dites-vous cela?

— Vous savez, c'est le pays des miracles. Ce qui est une autre façon de dire que c'est le pays du plus profond scepticisme. On ne prend jamais rien pour argent comptant. Comme un bout de cartilage qu'on aurait dans la bouche, on le mâche et on le broie jusqu'à ce qu'il n'ait plus de goût avant de convenir que de toute façon il n'était pas mangeable. Nous sommes dans un pays comme ça, mais nous vivons pratiquement aussi sous la loi martiale; je suis donc contraint, en tant que général, de prendre certaines mesures qui me déplaisent profondément. D'abord, je suis dans l'obligation de détruire deux ou trois maisons arabes, choisies arbitrairement, pour mettre les habitants en garde contre une autre manifestation à venir. Cela ne reflète pas précisément la justice telle que je l'entends, et telle que je la connais. Nous pouvons donner de délicats coups de matraque aux *gush émonim*, aux colons, mais il nous est impossible de toucher aux maisons, même si leur nombre croissant représente une absolue provocation.

— Et quel est votre second devoir? demanda lentement le Vieil Homme.

245

— Étant donné votre miracle et d'autres détails de ce genre, qui figureront dans mon rapport, il vous faudra comparaître devant un tribunal religieux. Dès l'instant que vous vous mêlez de surnaturel, vous comprenez, ça dépasse ma compétence. J'ai pour mandat de m'occuper des interventions militaires, des contre-attaques et de celles notamment qui précèdent l'attaque initiale et que, dans le vocabulaire de l'hypocrisie contemporaine, on appelle des missions préventives. J'ai le pouvoir aussi d'agir dans les cas de voies de fait, de représailles et d'assassinats, mais le salut, la transfiguration, l'ascension, je dois laisser tout ça aux autres.

— Général, dit le Vieil Homme, nous n'avons pas l'intention de nous échapper.

— Le sanhédrin! c'est drôle! Après tout ce temps! caqueta M. Smith.

— Comme vous voudrez, dit le général; mais même si vous n'éprouvez ni peur ni complexe de comparaître devant le tribunal religieux, je vous conseille vivement de ne pas vous présenter sans châle de prières ni yarmulka. Je peux vous fournir ça sur le stock militaire.

— Non, merci, dit le Vieil Homme. Après si longtemps, j'éprouve une certaine aversion à prétendre être ce que je ne suis pas.

— Comment ça, ce que vous n'êtes pas? demanda lentement le général. Qu'est-ce que vous n'êtes pas?

— Juif», répondit le Vieil Homme.

Cette fois, le général perdit son calme.

«Vous n'allez pas le leur dire, j'espère? Ils vous garderont jusqu'à la fin de ce siècle à discuter tous les points délicats d'interprétation. Ils sont très vieux. Vous ne les connaissez pas. Ils s'acharneront à ne pas mourir avant de vous avoir menés là où ils veulent.

— C'est-à-dire? demanda le Vieil Homme.

— Sans doute à bord d'un avion quittant Israël.

— Est-ce une punition?

— La façon dont vous avez dit ça... et ce que vous avez dit... Je n'arrive pas à croire que vous n'êtes pas juif. Et le tout dans un hébreu aussi pur.»

## 16

Ils passèrent la nuit dans une sorte de prison, où des centaines de suspects étaient provisoirement incarcérés, même si l'on multiplia les efforts pour les faire bénéficier d'un peu plus de confort, compte tenu de leur âge, des miracles qu'ils avaient accomplis et de leur déconcertant air distingué. Au matin, on les emmena à Jérusalem à bord d'un véhicule spartiate utilisé par les militaires pour le transport des prisonniers, et ils se retrouvèrent devant une porte basse qu'ils franchirent, apercevant au passage la Vieille Ville, juchée au faîte de sa colline comme un navire de guerre échoué.

Ils attendirent un moment dans une antichambre puis une porte s'ouvrit pour livrer passage à un Noir, qui sautillait de colère et de frustration. Ses yeux flamboyaient et roulaient dans ses orbites tandis qu'il criait à tue-tête, avec un accent des États du Sud de l'Amérique qui rendait ses propos d'autant plus incompréhensibles que sa fureur allongeait encore davantage des voyelles déjà bien traînantes. Il portait sur sa tête deux yarmulkas superposées et tout un assortiment de châles de prières ; des cadenettes noires pendaient comme des ressorts détendus de chaque côté de sa chevelure coiffée à l'afro. Vêtu d'un short en blue jeans et d'un tee-shirt qui arborait un message coquin en hébreu, il se donnait manifestement beaucoup de mal pour prouver sa judaïcité et il était non moins clair qu'on venait de l'éconduire. Il fut bientôt escorté dehors par un garde qui semblait l'avoir égaré une fois son examen terminé.

« Je continue à me sentir coupable à propos de l'Afrique, dit le Vieil Homme. Il a éveillé tous mes remords. Que disait-il ?

— Il n'a rien à voir avec l'Afrique, expliqua M. Smith. Il est du Sud de l'Amérique.

— De l'Amérique ? fit le Vieil Homme d'un air surpris. Alors pourquoi ne parlait-il pas américain comme les autres ?

— Il y a beaucoup d'Américains qui parlent ainsi. C'est simplement que nous n'en avons jamais rencontré.

— Quoi ? Sautillant et claquant des doigts comme s'il allait entamer une danse rituelle ? Ça fait donc partie de leur façon de s'exprimer ?

— Tout à fait. Et puis il était particulièrement vexé parce qu'on venait de repousser sa candidature pour devenir juif.

— Je me demande pourquoi, dit le Vieil Homme d'un ton songeur. Vous ne pensez pas qu'il pourrait y avoir un rapport avec sa couleur de peau ? Ce serait trop déplorable. Quels sont les critères pour être juif ?

— Nous allons le savoir bientôt », répondit M. Smith, en indiquant un huissier qui leur faisait déjà signe de se présenter devant l'honorable assemblée.

La salle d'examen était toute petite, comportant une estrade surélevée et une longue table, derrière laquelle cinq sages étaient assis, méditant et crayonnant sur du papier. Devant eux, à un niveau inférieur, étaient disposées deux chaises. Un magnétophone avait également été prévu. Par les grandes baies vitrées on voyait de nouveau la Vieille Ville, baignée par le soleil. Les sages avaient entre eux un trait commun : leur extrême pâleur. On aurait dit qu'on n'avait jamais laissé un seul rayon de soleil contaminer leur peau, qui exprimait ainsi tous les signes d'un labeur sans fin dans des pièces mal éclairées, épreuves et tribulations qu'un docte apprentissage leur avait fait pratiquer dans les conditions les plus austères et les plus malsaines.

Le personnage central avait le nez le plus aigu qu'on eût jamais vu, en forme de coupe-papier, et qui se braquait de façon exaspérante sur la personne à qui il s'adressait. Trois autres paraissaient avoir un caractère intraitable alors que le dernier, sans doute d'influence séfarade, avait un peu plus d'éclat et semblait mieux éveillé aux manières du monde. Ils remuèrent un instant leurs feuilles, puis le redoutable patriarche qui semblait présider parla d'une voix haut perchée et essoufflée en flagrante contradiction avec son air impérieux. Il s'exprimait en anglais, n'osant supposer que le Vieil Homme et M. Smith parlaient yiddish, la langue de l'orthodoxie, avant que leur judaïcité fût établie sans plus de doute.

« Qui vous êtes, je ne veux même pas vous le demander. Je n'ai aucune envie de commencer cette enquête par un blasphème.

— Alors vous savez ? demanda le Vieil Homme, avec un pétillement dans l'œil.

— J'en ai entendu parler. Nous en avons tous entendu parler. Et nous sommes tous consternés.

— C'est déprimant quand quelqu'un qu'on attend depuis si longtemps surgit bel et bien. Ça met un certain désordre dans tous vos arrangements.

— Je n'ai pas entendu votre dernière remarque. Les autres rabbins non plus. Je vais vous expliquer votre situation. Les États-Unis font pression sur nous à propos de bien des choses. Nous ne devrions pas molester les Arabes sur notre territoire ; nous devrions acheter aux États-Unis ce que nous pouvons fabriquer mieux nous-mêmes ; et voilà que ce matin arrive la requête selon laquelle nous devrions vous arrêter et vous renvoyer aux États-Unis pour être jugés là-bas comme faux-monnayeurs. Nous résistons à de telles demandes et à de nombreuses autres s'il peut être établi que vous êtes juifs. » Des traces d'énervement contenu transparaissaient dans l'ardeur de son expression. « Pour nous, reprit-il avec colère, il est plus important que vous soyez juifs plutôt que faux-monnayeurs. » Les autres acquiescèrent d'un air sagace.

« En d'autres termes, un faux-monnayeur juif bénéficiera de plus de compréhension devant ce tribunal qu'un homme qui, sans avoir jamais fabriqué de fausse monnaie, ne se trouve pas non plus être juif ? demanda le Vieil Homme.

— C'est à un tribunal laïque de décider si un homme est faussaire. Un tribunal religieux se préoccupe seulement de savoir si, oui ou non, il est juif. »

M. Smith l'interrompit.

«Demandez-moi qui je suis. Il n'y a aucun risque à ce que ma réponse soit un blasphème.»

Le président, qui s'appelait le rabbin Tischbein, frappa la table avec son marteau. «N'essayez pas de nous dicter ce que nous devons faire. Chacun à son tour, je vous le demande. Chaque cas doit être jugé selon ses propres mérites. Maintenant, je vous prie, votre mère était-elle juive?

— La mienne? fit le Vieil Homme.

— Qui d'autre?

— Il m'est difficile de répondre, dit le Vieil Homme d'un ton hésitant.

— Vous n'avez jamais connu votre mère?

— Je n'ai certainement jamais connu ma mère...

— En vous mettant au monde, elle a perdu la vie?

— Non. Cela pourra vous sembler théâtral, rabbin, mais pour moi c'était tout naturel — dans la mesure où tout peut être considéré comme parfaitement naturel par quelqu'un qui est en droit de revendiquer la nature comme étant sous sa responsabilité.

— Vous parlez par énigmes.

— Le fait est que je n'ai pas eu de mère, voilà.»

Le président prit une brusque inspiration et déchira son revers. Les autres agitèrent la tête d'un côté et de l'autre en poussant de petits gémissements essoufflés. M. Smith se mit à glousser.

«Oh, quelle extase! Vous vous souvenez d'eux au bon vieux temps? Tout cela me revient maintenant. Ils étaient tenus par l'honneur de déchirer leurs vêtements chaque fois qu'ils entendaient un blasphème! En fin de journée, au sanhédrin, ils en avaient tant entendu que leurs vêtements étaient en lambeaux.»

Les quatre autres rabbins échangèrent de rapides coups d'œil et firent cette fois d'infimes déchirures à leurs habits.

«Vous parlez comme si vous aviez été présents à cette époque? interrogea le docteur Tischbein, en plissant les yeux.

— Oh, j'y étais, j'y étais! Vous pouvez dire que je fus témoin de la naissance de la grande tradition juive du métier de tailleur ainsi que, par la suite, au développement du raccommodage invisible.

— Le fait que ce soit bon pour le commerce devrait-il le rendre mauvais pour la religion? demanda le rabbin, non sans un soupçon d'humour.

— Bien au contraire. La plupart des sanctuaires religieux font des affaires en or avec les souvenirs.

— Même ici, soupira le docteur Tischbein. Mais ce ne sont pas des sanctuaires juifs.

— Puis-je poser une question? intervint le Vieil Homme.

— Les questions, ici, c'est nous qui les posons, rétorqua le docteur Tischbein.

— C'est donc moi qui attends les réponses», répliqua le Vieil Homme. Comme aucune question ne s'ensuivit aussitôt, le Vieil Homme prit cela pour un signe de subtil acquiescement et posa celle qu'il avait à l'esprit.

«Pourquoi est-ce si important d'être juif?»

Le rabbin fut scandalisé et les autres échangèrent des murmures.

— Pouvez-vous être ce que vous n'êtes pas? haleta-t-il. Ou n'être pas ce que vous êtes?

— Ce n'était pas ma question. Pourquoi est-ce si important pour vous d'être ce que vous êtes?

— Nous avons été élus par Dieu!

— C'est évidemment tout à fait possible. Je ne m'en souviens pas vraiment. J'ai pris tant d'initiatives dans ma jeunesse.»

Le docteur Tischbein déchira un peu plus son revers. Les autres l'imitèrent.

«Je ne veux pas dire par là que j'ai pris la mauvaise décision! s'empressa d'ajouter le Vieil Homme. Je suis certain que par votre obstination, votre intelligence...

— Votre souffrance, interrompit de façon aussi surprenante que sincère M. Smith.

— ... Vous méritez pleinement d'avoir été élus.

— C'était la volonté de Dieu, pas la vôtre.

— Comment pouvez-vous prouver que je ne suis pas... non, non, laissez vos revers tranquilles, je vous en supplie!... qui je dis que je suis.

— Nous reconnaîtrions tous Dieu s'il revenait. Pas seulement nos esprits, mais nos cœurs nous le diraient.

— Des miracles à profusion? Les aveugles qui retrouvent la vue? Les infirmes qui lancent leurs béquilles par terre? Des boulangeries et des poissonneries à profusion?

— Ce n'est pas un cirque ici», siffla le docteur Tischbein.

M. Smith reprit la parole, ayant manifestement perdu patience.

«Je vous l'avais dit, déclara-t-il, c'était une perte de temps. Les autorités religieuses sont les dernières que nous parviendrons à convaincre. Toute la théologie se dresse entre eux et nous. Ils n'attendent rien, car rien ne peut répondre à leur attente. C'est aussi simple que ça. Tant que nous demeurons des abstractions, vous, vous imposez la dévotion, moi, au moins le respect. Quant à notre aspect physique, vous vous rendez compte : houspillés par les douaniers, recherchés par le FBI, malmenés par les clochards. Il fallait quelqu'un d'aussi sceptique par nature qu'un psychiatre pour nous accorder la créance que nous méritons. Ici, nous n'avons pas l'ombre d'une chance. Renonçons et poursuivons notre voyage. Au train où ils vont, ces malheureux rabbins ne vont plus avoir un seul vêtement à se mettre. Ils vont tous à nouveau être en lambeaux.

— Je vous en prie, gardez votre compassion pour vous.

— J'admets que tout ce que vous dites est vrai, mais je suis encore fasciné par un point : qu'est-ce qui vous fait croire que vous êtes si différents des autres? demanda le Vieil Homme.

— Nous sommes différents. C'est un fait.

— Tous les gens sont différents.

— Pas tant que nous.

— En vous choisissant comme peuple élu, ne pouvez-vous pas imaginer que Dieu a élu aussi la race humaine?

— La race humaine, il l'a créée. Nous, il nous a choisis.

— Est-ce que la création n'implique pas un choix?

— Non. La création, elle vient avant le choix. Vous faites votre choix dès l'instant qu'il y a quelque chose à choisir, pas avant.

— Je ne vous suis pas.

— Qu'est-ce qui vient d'abord, le tissu ou le costume?

— Ils viennent tous les deux avant le blasphème, lança M. Smith en déchirant malicieusement son tee-shirt. Allons, donnez-moi la main et disparaissons.

— Non, protesta le Vieil Homme, il faut que j'aille jusqu'à la racine de cette conviction qui détruit l'égalité. Et tant qu'on n'admet pas le principe d'égalité, le dialogue avec les autres est rendu tout à fait impossible.»

A sa surprise, les rabbins acquiescèrent.

— Cela donne l'arrogance, dit l'un.

— Et aussi la persécution, insista un autre.

— La haine, remarqua le troisième.

— La jalousie? demanda le quatrième.

— Tout cela est vrai, dit le docteur Tischbein d'un air songeur, mais c'est la volonté de Dieu, et non la nôtre.»

Et tous les rabbins une fois de plus acquiescèrent.

— Oh, c'est trop facile. Vous accusez...» Mais le Vieil Homme s'arrêta dans sa phrase en voyant les mains se porter vers les revers. Il se contenta de demander : «Comment le savez-vous?

— C'est écrit», répondit le docteur Tischbein. Les autres approuvèrent.

— Qui l'a écrit?

— Les prophètes.

— Quels prophètes?

— De nombreux prophètes. C'est écrit.

— Et c'est suffisant? La parole d'un prophète peut toujours être mise en doute jusqu'à ce qu'un événement vienne confirmer sa prophétie. Ce n'est pas toujours le cas. Les paroles de nombreux prophètes seraient plus encore sujettes à caution.»

Le docteur Tischbein leva une main blanche comme du marbre, avec de longs doigts fuselés.

«C'est écrit!» déclara-t-il d'un ton catégorique.

Le Vieil Homme et M. Smith échangèrent un regard, le Vieil Homme exaspéré, M. Smith plein d'une théâtrale patience.

«Écoutez, reprit le docteur Tischbein. Il n'est pas un peuple qui se soit cramponné à ses antiques traditions avec autant d'obstination. Notre façon de prier est différente de celle des autres. Les aliments que nous mangeons, les lois qui gouvernent le sabbat et les jours de fête. Même notre Dieu est le nôtre et celui de personne d'autre. Les autres envoient des missionnaires pour convaincre et convertir. Nous, nous avons gardé notre foi pour nous, et nous ne laissons personne entrer sans apporter la preuve qu'il est des nôtres, même peut-être des brebis égarées comme vous. Notre tradition est si forte, elle existe depuis l'époque de Babylone exactement de la même façon qu'on la voit exister aujourd'hui. Si nous n'avions pas eu cette discipline, cette loi, nous ne serions plus ici. Nous serions dispersés, jetés comme paille au vent, traqués jusqu'aux extrémités de la Terre, et pourtant nous sommes encore ici. Alors, je vous en prie, dites-nous maintenant : est-ce que nous ne sommes pas différents ?

— Tous les gens sont différents.

— Tous les gens sont différents, peut-être bien. Seulement nous, nous sommes encore plus différents que les autres. »

Le Vieil Homme essaya encore, comme si c'était une dernière tentative.

« Dites-moi, vous souvenez-vous encore de la première insulte à votre peuple, de la première blessure qu'il ait jamais soufferte dans l'Histoire ? »

Le rabbin Tischbein répondit lentement, après avoir mûrement réfléchi. L'ironie qui était partie intégrante de sa personnalité refaisait une discrète apparition.

« Non, nous ne nous rappelons pas, dit-il calmement. En même temps, nous ne pourrons jamais l'oublier. »

Les autres rabbins saisirent le piquant de sa réponse et eurent un hochement de tête fataliste en prenant des airs de gourmets.

Le Vieil Homme fut touché de cet aveu implicite de vulnérabilité. Il tenait de son côté à faire un geste.

« Alors, laissez-moi essayer de vous retrouver à mi-chemin, cria-t-il. *Je suis* juif ! »

Un grand cri de ravissement monta du tribunal, qui ne ressemblait pas tant à ce qu'on exprime en général dans ce cas-là mais qui faisait plutôt penser à un gémissement.

«... Entre bien d'autres choses », poursuivit le Vieil Homme.
Le gémissement se brisa en un chaos discordant.

« Ou bien on est juif ou bien on ne l'est pas ! s'écria le
docteur Tischbein, aussi fort que le lui permettaient ses poumons fatigués. Entre les deux, il n'y a pas de place !

— Qu'est-ce que je vous disais ? s'écria M. Smith, exaspéré.
Allons-nous-en. Ça me rappelle tant de choses que je préférerais oublier. » Il regarda vers le ciel. « Certaines discussions
sans fin. Mieux, certaines discussions qui n'avaient nulle fin
logique !

— Vous dites ? » Le docteur Tischbein, incrédule, clignait
les yeux, ses paupières roses retombant comme celles d'une
autruche pour chasser la douleur et la déception que lui cau-
sait ce monde plein de surprises.

M. Smith se tourna vers le docteur Tischbein avec son habituelle férocité.

« Dispersés, chassés comme les brins de paille par le vent,
mais voyons..., cria-t-il. Traqués jusqu'aux extrémités de la
Terre ! ce qui a provoqué dans vos esprits la tragédie de votre
diaspora, alors que c'était une bénédiction !»

Un des rabbins se leva pour protester.

« Parfaitement, une bénédiction ! Auriez-vous engendré des
Maïmonide, des Spinoza, des Einstein ou des Freud si vous
étiez restés ici, plongés dans ces combats perpétuels avec vos
voisins ? Bien sûr que non ! Le fait que vous reveniez maintenant tous en masse vers votre patrie ancestrale est un geste
plus sentimental que pratique et ne fait que confirmer ce
que je dis. Pour acquérir votre célébrité, votre notoriété, il
vous fallait chercher des horizons plus vastes, et une fois
que vous avez trouvé tout cela ailleurs, vous estimez maintenant que vous pouvez vous permettre de rentrer et de constituer de risibles tribunaux semblables à celui-ci. Bonté divine !
n'avez-vous pas assez souffert aux mains de ceux qui cher-
chaient à prouver que la pureté d'une race peut être souillée
par des éléments étrangers, pour ne pas vous adonner à une
parodie de la même hérésie ? Et dans quel dessein, cette exclu-
sivité ? Si je voulais rester ici, je pourrais en une minute prouver à la satisfaction de tous que je suis juif. Si cela me prenait

une minute, il faudrait trente secondes ou moins encore à mon vieil ami. Mais le fait est là, chacun à notre façon nous sommes honnêtes. Nous n'avons nul besoin de prouver quoi que ce soit à quiconque. Nous sommes au-dessus des nationalités, des croyances ou des religions.»

Un ou deux rabbins déchirèrent leur tunique.

«Pas au-dessus de la religion, au-delà...», reprit le Vieil Homme, toujours conciliant. Pour plus de sûreté, un rabbin se remit à déchirer son vêtement.

«Depuis le commencement des temps, nous nous sommes passés de traditions, de racines, poursuivit M. Smith, impitoyable. Pourquoi faudrait-il nous montrer compréhensifs aujourd'hui devant tant de stupidité?»

Le docteur Tischbein ne perdait pas la tête.

«Vous croyez pouvoir nous satisfaire en prouvant que vous êtes juif? J'en doute. Reconnaissons qu'il vous serait plus facile de prouver que vous êtes africain.

— Vraiment? demanda M. Smith, qui se transforma en africain, avec deux yarmulkas sur la tête et un slogan polisson en hébreu sur son tee-shirt.

— Oh, ne perdez pas votre précieuse énergie en miracles, cria le Vieil Homme. Nous aurons besoin de chaque volt, de chaque ohm en notre possession!

— Je vous demande une minute, fit le docteur Tischbein, en les interrompant. Il y a un moment, quand je parlais avec vous, vous n'étiez pas noir.

— Tout à l'heure, je l'étais, vous vous rappelez? fit M. Smith, claquant des doigts en suivant un rythme que lui seul pouvait entendre. Vous voyez, mon vieux, je suis venu ici un peu pour chercher mes racines, quoi. Bah, ça ne s'est pas goupillé comme je l'espérais. Sans rancune, vieux.»

Les rabbins étaient pelotonnés comme des pigeons dans un parc, picorant des graines imaginaires et se murmurant aux oreilles leurs réactions devant ces troublants événements. Ce fut le rabbin séfarade qui fut le premier à se détacher du conclave. Sa peau n'avait pas la texture parcheminée qui semblait la marque de fabrique des autres. Elle avait plutôt un aspect velouté. Et une voix d'une richesse quasiment excessive, comme un chanteur qui parlerait.

« Et où allez-vous en partant d'ici ? interrogea-t-il.

— Vous savez que nous ne restons pas ? demanda M. Smith.

— Si vous aviez voulu rester, vous l'auriez fait. Vous l'avez dit vous-même.

— Mais comment pouvais-je savoir que vous alliez nous croire ? »

Le rabbin séfarade sourit.

« Inutile de continuer plus longtemps votre numéro africain.

— Pardonnez-moi, on s'oublie si souvent, dit M. Smith, en reprenant son hideux aspect habituel. Nous allons au Japon.

— Au Japon ? fit le Vieil Homme avec consternation.

— C'est un beau pays, observa le rabbin séfarade.

— Vous êtes déjà allés là-bas ?

— Non, fit-il en souriant. Mais la foi compte pour quelque chose en ce triste monde. Il faut bien croire que les gens ne mentent pas quand ils vous disent que le Japon est un beau pays. Il faut croire que les gens ne mentent pas quand ils vous disent à peu près n'importe quoi. »

M. Smith s'apprêtait à répondre, mais le Vieil Homme d'un geste le fit taire.

« Est-ce que vous voulez dire... ? commença-t-il d'une voix tendue. Est-ce que ça veut dire que vous nous croyez ? »

Le rabbin eut un sourire encore plus caressant que d'habitude.

« Au tribunal, nous pouvons poser des questions et en attendre des réponses directes — mais notre formation juridique nous empêche de répondre nous-mêmes directement.

— Qu'allez-vous dire de nous quand nous serons partis ? » se risqua à demander M. Smith.

Au bout d'un moment, le rabbin répondit avec un sourire magnanime :

« Bon débarras.

— Mais pourquoi ? balbutia le Vieil Homme, perplexe.

— Vous êtes hors de notre expérience. Peu importe si nous vous croyons ou pas. Franchement, vous n'êtes pas ce à quoi nous nous attendions et donc pas ce que nous espérions. Vous abaissez notre seuil d'exultation, vous réduisez les louanges à la conversation, la psalmodie au bavardage. Nous sommes amèrement déçus.

— Et moi qui croyais que le chemin qui menait au cœur des hommes passait par la voie ordinaire, celle du quotidien», dit le Vieil Homme dans un souffle ; et il ajouta avec un brin de malice : «Je vous assure, le désappointement n'est pas que d'un côté.»

M. Smith tendit la main au Vieil Homme.

«Qu'est-ce que ça veut dire ? demanda celui-ci, irrité.

— Au Japon ?

— Qu'est-ce que vous direz aux Américains, au FBI ?

— Nous dirons la vérité, comme toujours, répondit le rabbin séfarade. Nous dirons que vous avez disparu. Ils ne devraient pas être étonnés.»

Ils se dévisagèrent un long moment, exprimant successivement la douleur, le chagrin, le regret et, dans le cas du rabbin séfarade, un amusement distant, à peine perceptible. Puis le Vieil Homme laissa sa main glisser dans la paume ouverte de M. Smith, et leurs doigts s'entrecroisèrent.

Alors ils disparurent lentement aux regards.

Le docteur Tischbein aussitôt se mit à hocher de la tête en entonnant une prière. Les autres l'imitèrent. Des hébraïstes auraient sur-le-champ reconnu dans ces paroles celles d'un chant d'action de grâces.

## 17

Ils se posèrent maladroitement et péniblement dans un vaste espace découvert au pavé inégal, au milieu d'une foule de gens qui se dispersèrent, affolés, au premier signe de leur apparition.

Le Vieil Homme resta allongé un moment, et semblait choqué. M. Smith, même échevelé et l'air un peu égaré, paraissait moins immédiatement affecté par les rigueurs du voyage.

« Pourquoi, au nom du ciel, avez-vous choisi quelque chose d'aussi incommode que ces enveloppes mortelles alors que vous auriez pu adopter une infinité de déguisements beaucoup plus athlétiques, c'est ce qui me dépasse », dit-il sur un ton de reproche.

Le Vieil Homme gisait, inanimé, tandis qu'une foule à l'allure orientale le considérait avec un respect qui prévenait tout geste dans sa direction.

« Secouez-vous, lança M. Smith. Je sais qu'il est hors de question que vous soyez mort ou même blessé, alors n'essayez pas de me faire peur, surtout devant des gens que nous n'avons jamais vus.

— C'est le Japon ? » finit par demander le Vieil Homme d'une toute petite voix.

M. Smith testa son meilleur japonais sur certains des badauds, mais sans résultat. Il se risqua au vietnamien, au thaï, au birman, au laotien, au kampuchéen et à l'indonésien. Les gens avaient tendance à reculer prudemment à mesure qu'il faisait étalage de sa connaissance des langues de l'Asie du Sud-Est. Ce fut en dernier ressort que l'idée lui vint d'essayer le chinois mandarin.

Une jolie fille au visage garçonnier, les cheveux ceints d'un bandeau blanc qui ressemblait de façon inquiétante à un pansement, s'approcha d'eux.

«Vous êtes sur le territoire de la prétendue République populaire de Chine, annonça-t-elle. A Beijing, pour être précis, sur la place Tien Anmen.

— La place Tien Anmen, répéta M. Smith, horrifié.

— Pourquoi ce mot semble-t-il vous inspirer une telle répulsion? demanda le Vieil Homme, qui avait maintenant tout à fait repris ses esprits.

— Levez-vous, levez-vous, cessez de faire comme s'il y avait eu un accident de la circulation, grommela M. Smith en aidant le Vieil Homme à se mettre debout. Tien Anmen a connu dans un passé récent de grandes épreuves : l'Armée a massacré une foule d'étudiants qui se livraient à une manifestation pacifique. Cette mesure a alarmé et inquiété de nombreux pays étrangers qui avaient cru que la Chine était en voie de devenir une société plus libérale. Est-ce que je me trompe?

— Je ne peux répondre de la réaction des pays étrangers, dit la jeune fille, comme si elle se trouvait à une réunion publique, mais votre description de ce qui s'est passé sur la place est, pour l'essentiel, correcte.

— Je dois vous demander d'excuser les questions de mon ami, expliqua M. Smith. Il ne manifeste d'intérêt que pour les événements de ces dix mille dernières années.

— Dans ce cas, dit la fille, il serait parfait pour servir notre gouvernement.

— Vous parliez de la prétendue République populaire de Chine. Qu'est-ce donc en réalité?

— La Dictature du Pavillon de Gériatrie.»

M. Smith eut un rire un peu gêné. Le Vieil Homme n'esquissa pas le moindre sourire.

Deux policiers ordonnèrent à la foule de se disperser.

«C'est une technique qu'ils ont apprise des Américains», précisa la fille.

Un jeune homme vint la rejoindre, indiquant par son évidente attitude de propriétaire qu'il y avait entre eux des liens affectifs et que lui-même était d'un caractère jaloux et instable. Il y avait sur son serre-tête des symboles chinois suggérant qu'il préférait la facilité des slogans au défi des mots.

«Mon ami me dit qu'ils prennent de nouveau des photographies, comme pour prévenir les événements futurs», murmura la fille d'un ton furtif, son regard inquiet cherchant à pénétrer les remous de la foule. A titre de précaution, le jeune homme tira une chaussette sur son visage; comme un terroriste, seuls ses yeux restaient visibles.

«Prendre des photos comme preuve de quoi? interrogea le Vieil Homme.

— De nous. Preuve de ce qui s'est passé la dernière fois. Nous avons donné des fleurs aux soldats pour nous gagner leur sympathie. La Bande des Vieux a cherché à gagner du temps. Quand ils ont vu que nous étions en train de l'emporter, ils ont envoyé des soldats des provinces, qui ne devaient avoir eu avec nous aucun contact émotionnel. Ils nous ont massacrés en grand nombre et ont traqué les autres, sur la base de photographies et de cassettes vidéo prises les jours précédents par des agents provocateurs. Ils sont encore à nos trousses, pour nous faire passer sommairement en jugement et nous exécuter.

— Vous exécuter?

— Oui, en tant que rebelles à l'autorité du Parti et de la Bande des Vieux. Ils n'auraient jamais cru que leurs actions allaient avoir de telles répercussions. Ils s'imaginaient qu'il était encore possible, à notre époque, de faire comme si nous n'avions pas existé, ce qui aurait été le cas au cours des siècles précédents. Ils ont été étonnés et horrifiés quand certains pays ont provisoirement abrogé les traités ou même imposé des sanctions limitées tant ils étaient furieux de ce qui s'était passé. Le seul calcul juste qu'ils ont fait a été d'adopter une attitude de cynisme total. Ils ont deviné que la tentation que constituait l'énorme marché chinois potentiel était trop grande pour laisser la fureur durer plus longtemps qu'une période symbolique, et qu'avant longtemps tout reprendrait sa place, avec la fleur de notre jeunesse sous terre. A cela près qu'à part le fait que les vieux sont encore plus vieux, tout est exactement comme avant. Mais nous avons rendu service à la famille humaine. Sans notre sacrifice et sans l'obstination de nos dirigeants, les révolutions pacifiques de Pologne, de Hongrie et, plus encore, d'Allemagne de l'Est et de Tchécoslovaquie n'auraient pas pu prendre la forme qu'elles ont prise. Pendant quelque temps après Tien Anmen, plus aucune force de police ne pouvait brandir une arme contre les étudiants. Alors aujourd'hui, nous tâtons l'eau, pour voir si, même ici, un autre Tien Anmen est possible ou non.

— Et si c'est le cas? demanda prudemment le Vieil Homme.

— Nous rattraperons les autres nations.

— Et sinon? demanda carrément M. Smith.

— Ceux qui s'en sont tirés la dernière fois mourront.»

Avant qu'ils aient pu en dire davantage, le jeune homme au visage masqué par sa chaussette pivota et décocha un coup de poing bien expédié à un passant qui laissa un appareil photo glisser le long de sa tunique et tomber sur le pavé. Un instant, tous deux luttèrent pour s'emparer de l'appareil. Bizarrement, l'autre homme, bien qu'il ne fût pas aussi jeune que l'étudiant, portait également un serre-tête sur lequel était inscrit un slogan enflammé.

«Un agent provocateur», expliqua la jeune fille.

L'étudiant parvint à s'emparer de l'appareil photo qu'il lança à son amie avant de reprendre sa lutte contre le photographe. Celle-ci eut tôt fait de retirer la pellicule, puis elle reposa l'appareil sur le sol.

«Venez, ordonna-t-elle.

— Où ça? demanda le Vieil Homme, déconcerté par la précipitation des événements.

— On nous a ordonné de circuler. Mon ami va sans doute être arrêté. Nous avons la pellicule. Il ne faut pas qu'on la trouve. Vous devez être dessus aussi. C'est mauvais pour les étrangers.»

Même le Vieil Homme ne se doutait pas à quel point c'était mauvais, ni qu'un autre œil indiscret le surveillait, et de l'endroit le plus inattendu, de l'espace intersidéral, normalement son domaine à lui.

★

Tandis que les agrandissements des photographies prises par le satellite espion séchaient, l'homme qui dirigeait ce département technique quelque part dans les environs de Washington exprima sa surprise en émettant un petit sifflement. Il s'employa alors, suivant les instructions, à passer quelques mystérieux coups de téléphone extrêmement codés qui aboutirent à une rapide convocation des intéressés dans une salle de réunion très bien protégée, quelque part à l'abri de tout, sauf du café américain dans des gobelets en carton.

Moins d'une heure après la découverte initiale, Lougene W. Twistle, planté devant l'énorme agrandissement de la photographie aérienne, une baguette à la main, discourait devant un groupe d'experts, penchés en avant comme des coureurs sur leur bloc de départ.

« Voici la photographie AP-MS-11932417, prise à quatorze heures vingt et une, heure locale, au-dessus de la place Tien Anmen à Pékin, autrement dit Beijing, le 4 novembre. Comme vous pouvez le voir, on observe sur la place une activité inhabituelle, l'endroit étant généralement vide ou peu occupé depuis les événements qui s'y sont déroulés voilà quelques mois. Je fais allusion, bien sûr, à l'émeute des étudiants et à l'intervention de l'Armée.

— Allons à l'essentiel, ordonna Milton Runway, un des chefs du FBI, aucun de nous n'a beaucoup de temps.

— J'agis suivant mes instructions, monsieur. Tous mes clients ne sont pas aussi bien informés que vous l'êtes, messieurs. Il s'agit de sénateurs, de membres du Congrès, de gens comme ça, expliqua Twistle.

— Nous apprécions en connaissance de cause, lança Runway.

— Avant de commencer, quelqu'un veut-il encore du café ? »

Comme personne ne répondait, Twistle reprit à son rythme mesuré.

« Pourquoi cet agrandissement ? Eh bien, il y avait de nombreuses petites touches de blanc, généralement des bandeaux d'étudiants ou, dans certains cas, des bannières qui sont dans l'ensemble rectangulaires, même vues d'une distance de quelques milliers de kilomètres. Mais cette tache blanche était arrondie et même à la loupe n'avait pas du tout l'air d'un bandeau — elle était trop large — et pas de nature à être déployée entre deux perches. J'ai donc décidé de procéder à l'agrandissement maximum. Voici, messieurs, le résultat du beau travail de nos laboratoires. Ici... » et il agita sa baguette au-dessus de la masse humaine «... des étudiants, quelques miliciens et autres, dont on n'a pu établir avec exactitude pour quelle raison ils se trouvaient sur la place — mais ici... » et il désigna la rotondité blanche dont il parlait «... ici nous découvrons un homme d'une corpulence comprise entre modérée et importante, qui semble être tombé sur le sol, ce qui expliquerait qu'il occupe une surface anormalement large. Auprès de lui, si vous voulez regarder attentivement, messieurs... on ne le distingue pas facilement parce qu'il est brun sur un fond sombre... se trouve un petit personnage aux cheveux longs et avec ce qui a l'air d'être une barbe mal taillée. Il tend une main, peut-être pour aider le corpulent personnage à se remettre debout. On serait tout d'abord en droit de penser que cet individu est chinois comme les autres, mais quand on regarde bien le corpulent personnage ci-dessus mentionné, on remarque une barbe blanche et un crâne chauve ou du moins dégarni, ainsi que l'espace considérable occupé par sa section centrale, ou région ventrale, rendue d'autant plus visible par la position allongée, alors que tous les autres dans la portion de la place photographiée se trouvent debout.

— C'est assez pour me convaincre, fit Runway. C'est bien eux.

— J'allais justement, messieurs, rafraîchir vos souvenirs sur l'aspect des deux hommes recherchés au moment où ils étaient encore aux États-Unis », remarqua Twistle, tandis qu'un projecteur commençait à faire apparaître sur un écran les silhouettes du Vieil Homme et de M. Smith à la télévision avec Joey Henchman ainsi que les photos d'identité des passeports saoudiens confisqués, entre autres pièces à conviction.

« Je n'ai nul besoin de les revoir. Bon sang, est-ce qu'on ne pourrait pas oublier ces deux abrutis qui nous ont infligé la plus grande humiliation de toute l'histoire du FBI ? C'est bien eux, pas de doute. Maintenant... » Et tandis que la colère montait en lui devant ce défilé de photos souvenirs : « Voudriez-vous, je vous prie, monsieur, arrêter cette foutue machine ! »

Twistle, un peu déconfit comme tous les techniciens dont le numéro au tribunal a été interrompu par ceux qui s'imaginent trop haut placés pour avoir besoin d'être minutieux, éteignit le projecteur tout en laissant l'agrandissement brillamment éclairé.

« Messieurs, si vous avez besoin de ma présence, je suis au poste 72043 », dit-il en sortant discrètement. Son travail comme simple rouage de la vaste machine était terminé.

Runway se leva et se mit à marcher de long en large. C'était manifestement chez lui un signe de profonde méditation.

« Maintenant, les gars, écoutez bien, dit-il d'une voix qui laissait percer une vive satisfaction, nous revoilà sur la piste. D'après les services du Mossad, ces types ont annoncé à leurs interrogateurs israéliens que leur prochaine étape était le Japon. Ils se retrouvent en Chine. La question est donc maintenant de savoir : s'agit-il d'un changement de plan ou bien leur rayon d'action est-il limité comme celui d'un avion ?

— Je ne vois pas quelle différence..., commença Lloyd Shrubs, un autre membre du groupe.

— Toute la différence du monde », s'exclama Runway, toujours impatient, les yeux fermés, le visage grimaçant. Il se détendit cependant pour expliquer sa vision des choses.

« Un changement de plan, n'importe qui peut en avoir. D'accord ?

— D'accord, fit Shrubs en écho.

— Mais disons que leurs plans n'ont pas changé. Ils voulaient aller au Japon. Mais ils se sont trouvés à court du mystérieux carburant qu'ils utilisent. Compris ? Et ils font un atterrissage à Beijing !

— Qu'est-ce que ça nous indique ? insista Shrubs avec obstination.

— L'autonomie dont ils sont capables ! déclara Runway, comme s'il s'adressait à un simple d'esprit. Mettez la pointe d'un compas sur la carte à partir de Tel-Aviv, l'autre sur Beijing. Maintenant faites tourner le compas, la pointe restant sur Beijing. Vous avez à présent la distance exacte qu'ils peuvent parcourir à partir de Beijing sans se poser !

— Autrement dit, observa Shrubs, nous savons qu'ils ne peuvent pas aller plus loin que le Yukon, Djakarta, le Bangalore ou retourner à Tel-Aviv sans faire une étape. Voilà une information.

— Bon. » Runway prit un ton spectaculairement calme et essaya un autre angle d'attaque. «Nous savons qu'ils ont traversé l'Atlantique Nord à bord d'un Concorde. Pourquoi? Le risque était absurde pour des gens recherchés par la police. Cette décision leur a-t-elle été imposée par la conscience qu'ils ont de leurs propres limites? Existait-il un risque réel d'amerrissage forcé?

— Je ne peux pas répondre à ça, dit Shrubs.

— Je sais bien. Et moi non plus. Mais n'est-ce pas notre devoir d'étudier la nature de la bête? Est-ce qu'un bon agent de renseignements ne devrait pas s'efforcer de savoir tout ce qu'il peut de son adversaire? Pouvez-vous me dire à l'avance quelles bribes d'informations se révéleront utiles et à quel moment précis?

— Bien sûr que non, renchérit Shrubs, mais il doit y avoir des degrés de probabilité, et il faut tenir compte aussi bien d'intuition que de pressentiments.

— Je n'écarte rien, répondit Runway d'un ton serein.

— Bon, alors quelle est votre intuition sur leur prochaine destination? demanda Shrubs, en glissant dans sa bouche une tablette de chewing-gum pour venir en aide à sa réflexion.

— Mon intuition? répliqua Runway, comme s'il faisait appel à la plus haute autorité qu'il connût. Le Japon. C'est là où ils ont dit qu'ils allaient. C'est là où ils seraient allés s'ils n'avaient pas eu un problème de carburant.

— Le Japon? J'ai un autre scénario pour vous, fit Shrubs, inlassable.

— Oh?

— Ils ont menti au Mossad. Le coup du Japon est une superbe fausse piste. Ils sont en Égypte, en Jordanie ou en Irak, l'un de ces trois pays.

— Vous avez oublié une chose, murmura Runway, en abattant une de son apparemment inépuisable provision d'atouts. Le gros raconte qu'il est Dieu. Or, Dieu ne ment pas. Et un type qui dit qu'il est Dieu ne ment pas non plus. Pourquoi ? Parce qu'il veut que son histoire de Dieu tienne. Par-dessus le marché, les gens ne mentent pas au Mossad. Le Mossad de toute façon suppose que vous mentez et vous ferez n'importe quoi pour confirmer la triste opinion qu'ils ont de vous.

— Alors ?

— Alors, nous optons pour le Japon. Nous alertons tous nos agents à l'intérieur du rayon d'action présumé de notre couple.

— On peut se préparer à pas mal de nuits sans sommeil.

— Ça vaut mieux que de les laisser encore une fois nous filer entre les doigts. Ce n'est plus seulement une question de maintien de l'ordre, Lloyd. C'est une question d'honneur.

— Il y a un point que nous ne pouvons laisser tomber, intervint Stanley Rohdblokker, qui avait jugé préférable de ne pas les interrompre jusqu'à maintenant. Ce sont les allégations d'après lesquelles ces criminels travaillent pour les Russkis et se procurent grâce à eux leur mode de propulsion secret.

— Je ne veux rien écarter, si ridicule que ça puisse paraître, insista Runway. A première vue, la théorie semble peu plausible. Voyons, les Cocos n'ont même pas de carburant solide pour leur programme de missiles. Comment pourraient-ils être si avancés dans certains domaines et si en retard dans d'autres ? On sait en outre qu'ils sont plus versés dans les secteurs plus vastes et moins subtils de la science et de la mécanique que dans la miniaturisation. Cela étant dit, il est vrai que le vieux et son compagnon se sont bien rendus à Moscou, même si ce n'était que pour une brève visite. Maintenant, était-ce afin de consulter les gens du KGB pour recevoir de nouvelles instructions ? Il est trop tôt pour le savoir, même s'il semble, d'après nos informations, que leur séjour dans la capitale soviétique n'a pas duré plus de trois heures, une grande partie de ce temps ayant été consacrée à une séance au Congrès où tous deux ont pris la parole. Ça ne me semble guère laisser de temps pour un briefing. Toutefois...

— Comment avons-nous obtenu cette information ? reprit l'infatigable Shrubs.

— Par des sources russes et par d'autres qui nous sont propres.

— Il nous faut maintenant compter sur des sources russes pour obtenir des renseignements sur la Russie ? fit Shrubs, incrédule.

— Oui, d'après les termes de notre traité d'assistance mutuelle ; ce sont les choses de la vie, Lloyd. Naturellement, nous vérifions chaque fois que la chose est possible.

— *Chaque fois que la chose est possible ?* répéta Shrubs, comme s'il s'agissait d'une trahison.

— Oui. Bon sang, qu'est-ce que vous insinuez, Lloyd ? Que nous nous sommes vendus en signant n'importe quel document avec eux ? cria Runway.

— Tout juste.

— Essayez de trouver autre chose.»

Ce fut dans cette atmosphère qu'intervint Declan O'Meeaghan (prononcer O'Minn), qui avait un numéro aussi pervers que le laissait entendre son nom.

«Pour changer un instant de sujet, et tout en restant dans le cadre de nos termes de référence, existe-t-il une preuve pour ou contre une hypothèse assez répandue concernant nos deux faux-monnayeurs renégats, autrement dit sont-ils homos ?

— Oh ! bonté divine, Declan, en quoi seriez-vous plus avancé de savoir ça ?

— Ces gens-là sont souvent vulnérables à la tentation qu'on pourrait subtilement lancer sur leur chemin tandis qu'ils parcourent le monde. Nous pourrions, j'en suis persuadé, les prendre au piège si nous jouions nos cartes comme il faut.»

Runway s'éclaircit la voix.

«Tout d'abord, nous disposons des rapports médicaux confidentiels de l'hôpital où on les a conduits lors de leur première arrestation. Je ne veux pas entrer dans les détails. Sachez seulement qu'ils ne semblent pas posséder les moyens qui leur permettraient d'être issus d'une forme d'existence végétative. Je ne sais pas si je me fais bien comprendre ?

— Non, fit Shrubs.

— Ils n'ont ni veine, ni artère.

— Vous êtes sérieux?

— Tout à fait. Comment ils font, il s'agit encore d'un mystère. A partir de là, il est plus difficile de les imaginer sous n'importe quelle forme physique, avec les tentations que cela implique. Cela dit, Declan, même si nous avons bien des esprits brillants dans nos rangs, admirablement qualifiés, je ne vois à première vue personne capable de tendre un piège à deux pédés en pleine République populaire de Chine.

— Demain, ce peut être le Japon, le Népal, le Kamtchatka...

— Est-ce que c'est plus facile?

— Il doit y avoir un moyen... », marmonna Declan, en mordillant le bout de son crayon comme un écolier, une mèche de cheveux d'un noir de jais tombant sur son œil aussi bleu que la glace, tout le portrait d'un cardinal corrompu sur le point d'être démasqué.

★

Là-bas, sur la place, la jeune fille entraîna le Vieil Homme et M. Smith comme si elle savait ce qu'elle faisait et qu'elle maîtrisât parfaitement la situation. L'atmosphère devenait vaguement oppressante.

« Pourquoi continuons-nous à nous déplacer de cette façon épuisante? demanda le Vieil Homme.

— Ce serait de la folie de rester immobile, répliqua la jeune fille.

— Si nous devons bouger, est-ce que nous ne pouvons pas quitter la place?

— Ce serait du suicide. Ils vont arrêter tous ceux qui s'en vont.

— Comment savez-vous qu'ils ne vont pas arrêter tous ceux qui restent?

— Je n'en sais rien.

— Comment vous sentez-vous? s'enquit M. Smith avec inquiétude.

— Aussi bien qu'on peut s'y attendre. Pourquoi nous sommes-nous justement posés ici ? interrogea le Vieil Homme, hors d'haleine.

— Nous étions à court de carburant, de jus, appelez ça comme vous voudrez. Nous ne nous sommes pas à proprement parler posés, nous sommes tombés. Deux mortels se seraient grièvement blessés.

— C'est peut-être seulement mon imagination, mais il me semble que je me suis bel et bien blessé.

— Si vous devez parler, faites-le en chinois, conseilla la fille d'un ton sévère.

— En chinois ? Mais nous n'avons pas l'air chinois, observa le Vieil Homme.

— Il y a de forts sentiments xénophobes maintenant que les puissances occidentales tentent de se comporter comme si Tien Anmen n'avait jamais eu lieu.

— Avez-vous la force d'atteindre le Japon si nous étions amenés à disparaître rapidement ? demanda M. Smith.

— Je n'en sais rien, répondit le Vieil Homme en cantonais, fermant les yeux d'un air accablé.

— Pas de cantonais ! s'exclama la fille. Ils sont pour l'instant aussi impopulaires que les étrangers.

— Nous serons peut-être obligés de partir d'une seconde à l'autre, déclara M. Smith en mongolien extérieur.

— Quand la situation deviendra suffisamment désespérée, on en trouvera toujours la force, murmura le Vieil Homme.

— Pourquoi parlez-vous ouzbek quand je vous parle dans l'argot d'Oulan Bator ?

— Bien sûr que je connais le mongol, soupira le Vieil Homme. C'est un des principaux à-côtés de l'omniscience. Mais je ne l'ai jamais entendu parler. Je ne sais absolument pas le prononcer.

— J'ai effectué là-bas une foule de tentations élémentaires en des temps meilleurs. Les pauvres chéris, c'étaient des proies faciles. Ils avaient si peu de chose. Et ils réagissaient à chaque émotion — la gaieté, la grosse comédie, le charme, la tragédie, le désir — avec des cris d'orfraie. Il était souvent difficile de déchiffrer leurs véritables sentiments. »

M. Smith fut interrompu dans sa rêverie par un filet qui parut se déployer entre deux lampadaires pour tomber sur eux comme une énorme cloche. Il eut tôt fait de se resserrer comme un collet, projetant violemment les uns contre les autres la vingtaine de personnes qui se trouvaient emprisonnées dans ses mailles. Ils étaient aux mains des miliciens qui les rassemblèrent, grimaçant de satisfaction, prenant un plaisir évident à les menacer de leurs armes.

La fille jura sous cape. «Le plus vieux truc du répertoire, et je ne l'ai pas vu arriver.» Puis elle redevint d'un calme de glace. «Cette pellicule ne doit absolument pas tomber entre leurs mains. Ils vont me déshabiller. Ils adorent ça.

— Donnez-la-moi, fit doucement le Vieil Homme.

— Peut-être s'abstiendront-ils de vous fouiller parce que vous êtes un étranger, encore que dans l'humeur où ils sont j'en doute.

— Passez-la-moi. N'ayez crainte, je vais me débrouiller.»

Ils étaient si serrés l'un contre l'autre que la jeune fille eut quelque mal à atteindre sa poche pour passer le rouleau au Vieil Homme.

«J'ai envie d'allumer quelques feux, cria M. Smith, isolé du Vieil Homme par plusieurs étudiants qui se débattaient furieusement contre les mailles de corde rêche.

— Pas d'initiative irréfléchie! supplia le Vieil Homme. Commençons par sortir d'ici. Un faux mouvement de notre part et le tout pourrait s'embraser ainsi qu'un feu de joie.»

Plus loin, les étudiants en appelaient à la police, distribuant des fleurs, mais on leur faisait la sourde oreille. Un camion arriva en marche arrière dans le secteur débarrassé de ses manifestants. Son hayon s'abaissa et la pression du filet diminua. On en souleva un bord et on fit sortir les prisonniers un par un, les miliciens matraquant leurs victimes au passage avant de les pousser brutalement vers le camion où on les obligea à monter, en les encourageant à coups de crosse de fusil et de matraque. La jeune fille trébucha et fut sauvagement rossée alors qu'elle gisait sur le sol. Puis on l'isola des autres prisonniers. Le Vieil Homme eut droit à sa ration de coups de crosse de la part d'un milicien que la seule taille de sa victime avait paru incliner au badinage. Le Vieil Homme s'empara doucement du fusil, en tordit le canon pour en faire un nœud et le tendit à son utilisateur avec un sourire.

«Allez donc expliquer ça à votre sergent», dit-il en chinois mandarin.

Le milicien contempla son arme avec stupéfaction, ouvrant de grands yeux, la bouche crispée dans un sourire de triste incrédulité.

«J'ai l'énergie nécessaire! lança le Vieil Homme à M. Smith en montant dans le camion. Tout dépend de l'esprit qu'on y met.»

M. Smith reçut un violent coup de manchette au moment où il se glissait hors du filet, et un crachat l'atteignit en pleine figure, sans doute à cause de sa qualité d'étranger abhorré. M. Smith rendit la pareille à son adversaire en lui lançant un jet de salive dans les yeux. Le milicien se mit à hurler en portant les mains à son visage avec un air de souffrance.

«De toute façon, déclara M. Smith en mandarin, vous en avez trop vu», et il ajouta : «Maintenant allez donc inventer un proverbe chinois à partir de ça.»

En montant dans le camion, il poussa un hurlement terrifiant, un peu comme le bruit d'une lime à métaux en action, amplifié au-delà de ce que pouvait endurer l'être humain. Le milicien qui se frottait les yeux se plia soudain en deux en se bouchant les oreilles de ses mains, mais pas assez vite cependant.

Comme le camion démarrait avec une brusque secousse, le Vieil Homme demanda à M. Smith :

«Qu'avez-vous fait?

— Il peut encore parler, répondit M. Smith d'un ton impassible. Il pourra raconter ça à ses enfants.»

Le Vieil Homme regarda son collègue, par moments si précieux, si compréhensif, si surprenant, contemplant sa pâleur veinée de vert et de bleu d'un gorgonzola à point, ses lèvres humides comme un sentier en hiver, ses narines pareilles à des cavernes creusées dans la craie d'une falaise, ses yeux tachetés d'autant de reflets que l'eau stagnante des étangs, les nuits de pleine lune, lorsque les nuages courent dans le ciel. Tout ce qu'il put trouver à dire, ce fut d'une grande monotonie : «Smith, Smith, Smith...»

Le camion grinçait et gémissait, progressant lentement au milieu de la foule hostile. Le Vieil Homme et M. Smith n'eurent rien à se dire jusqu'au moment où des maisons de chaque côté indiquèrent qu'ils roulaient enfin sur une route normale.

«Nous avons quitté la place, murmura le Vieil Homme. Quand vous voudrez...

— Vous vous sentez d'attaque? interrogea M. Smith, soucieux.

— En ces rares occasions où je suis en colère, je me sens prêt à n'importe quoi. Mais pourquoi Tokyo?

— Il y a un homme que nous devrions rencontrer avant que notre aventure se termine. Matsuyama-San.

— Qui ça?

— Silence, vociféra le garde du fond du camion. Vous aurez bien le temps de parler quand le colonel vous posera des questions dans son style inimitable.»

M. Smith se coula jusqu'auprès du garde en passant devant quelques étudiants qui semblaient ou bien découragés ou bien uniquement préoccupés de garder leur énergie intacte. Il s'adressa à lui en mandarin d'une voix très basse.

Le garde tendit l'oreille. «Quoi?»

M. Smith réitéra sa question, qui concernait presque à coup sûr son besoin de se rendre aux toilettes.

Le garde se pencha plus bas pour entendre la question.

En un éclair, M. Smith saisit l'oreille de l'homme entre ses dents acérées et s'y pendit comme un chien.

Le garde se mit à hurler, mais il ne pouvait même pas se débattre pour se libérer, tant son oreille lui semblait alors fragile. Soudain une nouvelle douleur tout aussi intense attira son attention. Ses deux bottes étaient en feu. D'un méchant mouvement de tête, M. Smith lui arracha la moitié de l'oreille et jeta le garde à bout de résistance par-dessus le hayon sur la chaussée. Bientôt l'homme aux bottes en feu disparut aux regards, demeurant à se tordre et à hurler dans la rue déserte.

M. Smith rabattit le hayon et eut un geste magnanime en

direction des étudiants. L'un après l'autre, ils sautèrent à bas du camion, de plus en plus excités. Le Vieil Homme et M. Smith furent bientôt seuls.

«On y va?»

M. Smith se contenta de secouer la tête.

«Quel est ce répugnant objet que vous avez dans la bouche et qui vous empêche de parler?

— Oh!»

M. Smith avait tout à fait oublié qu'il avait dans la bouche quelque chose qu'il mordillait nerveusement. Il ôta le bout d'oreille du garde et le jeta à terre comme un paquet de cigarettes vide.

«Laissez-leur quelques instants pour s'enfuir.»

Après un long silence, M. Smith dit :

«Donnez-moi la main.

— Qu'est-ce que vous voulez faire?»

Des cris d'affolement montèrent de l'avant du camion.

«Qu'est-ce que vous avez fait?» demanda le Vieil Homme, tandis que le lourd véhicule s'arrêtait dans un crissement de roues.

«Le moteur et les quatre pneus sont en feu.»

Le chauffeur et les deux gardes qui étaient assis dans la cabine discutaient furieusement sur la route et manifestaient leur consternation en voyant l'intérieur du camion vide et le hayon qui pendait mollement.

«Vous savez, dit le Vieil Homme, quand j'ai tout d'abord conçu l'oreille humaine, j'y pensais comme à un objet d'une indicible beauté... une merveille d'équilibre...

— Pas maintenant. Plus tard», dit M. Smith avec tact, et tous deux disparurent discrètement, tandis que les gardes vidaient plusieurs chargeurs de mitrailleuse dans l'espace que les deux fugitifs avaient occupé quelques instants plus tôt.

## 18

Il pleuvait abominablement sur Tokyo lorsqu'ils firent un atterrissage parfait dans une ruelle déprimante, quelque part dans le quartier le plus pauvre et le plus fermé de la ville.

« Vous avez fait ça parfaitement, dit M. Smith, saluant avec une surprenante tendresse le talent du Vieil Homme. Vous êtes toujours en colère ?

— En colère, non. Mais ma sensibilité a été aiguisée par notre aventure chinoise. Nous n'avions pas l'intention d'aller là-bas. Qu'est-ce qui nous y a poussés ? Oui, oui, je sais, vous allez me dire que nous sommes tombés à court d'énergie, mais pourquoi la place Tien Anmen ? Pourquoi pas n'importe où ailleurs dans cet immense pays, dans une rizière isolée ou un temple détruit pendant la Révolution culturelle ?

— Vous êtes au courant de cet épisode ? demanda M. Smith, stupéfait.

— Je suis toujours fasciné par les vieillards qui perdent la tête, qui déclarent la guerre à l'impuissance, à l'immobilisme, aux esprits embrumés. Mao Zedong a tout de suite attiré mon attention. Quand le problème a été de marcher, il a choisi de nager. Comme cet autre vieux type d'Afrique du Nord.

— Bourguiba, à Tunis.

— C'est ça, il nageait partout pour montrer qu'il pouvait encore bouger, le plus éloquent des retours à la matrice, nager dans du placenta. Seulement Mao a fait beaucoup mieux : il nageait d'une seule main tout en brandissant de l'autre son petit recueil de platitudes, un effort de promotion plutôt sordide pour un volume qui de toute façon ne valait rien. Et puis, quand son désir d'immortalité est devenu insupportable, il a ordonné à ses jeunes disciples de s'en aller détruire tout ce qui était vieux à l'exception de lui-même. L'ultime revanche, l'ultime preuve de sénilité d'un esprit rouillé par l'usage.

— Vous me semblez avoir étudié soigneusement le sujet.

— Ça vous étonne, à mon âge ? » murmura le Vieil Homme d'un ton mélancolique ; puis il ajouta, en fronçant les sourcils : « Pourquoi la place Tien Anmen ? Sans doute avions-nous encore quelque chose de précis à apprendre. Mais qu'est-ce qui nous a conduits là-bas ? Le destin ? Mais le destin, c'est nous... »

Ils restèrent un moment silencieux sous la pluie battante. L'eau ruisselait des gouttières dans des tonneaux, puis sur le pavé de la chaussée, tandis qu'une vieille femme de temps en temps passait sur ses sabots, dont l'écho retentissait dans la rue étroite.

« Où allons-nous ? demanda le Vieil Homme.

— C'est difficile à savoir au Japon, puisque les maisons sont numérotées d'après l'année de leur construction, mais je crois que c'est vers cette ouverture noire, là-bas.

— Il n'y a pas de porte dans cette ouverture.

— Ça ne devrait pas vous surprendre dans un des quartiers les plus pauvres de la ville. Mais voyez-vous ce petit objet qui brille sous le toit ? Nous sommes déjà sous surveillance électronique.

— On peut nous voir de l'intérieur ?

— Chacun de nos gestes est enregistré.

— Et que nous attendons-nous à trouver là-bas ?

— Matsuyama-San. »

Ils entreprirent de traverser la rue, enjambant soigneusement l'eau qui ruisselait, jaunie par la terre qu'elle entraînait avec elle, dévalant la pente en cascade et se frayant un chemin entre les pavés. Comme ils se dirigeaient vers la maison de Matsuyama-San, coincée entre plusieurs maisons de différentes tailles, le Vieil Homme déclara soudain :

« Oh oui, l'oreille humaine ! Je me souviens. Il fut difficile de parvenir à prendre une décision tout à la fois belle et fonctionnelle. Un vrai problème. Après bien des tentatives, je fus assez content du résultat. Je m'étais vaguement inspiré des coquillages marins, je l'avoue, mais ça n'était pas plus mal. Dans l'ensemble, elle était plus réussie que le pied, une partie du corps qui m'a causé des ennuis dès le début. J'ai essayé de le faire aussi harmonieux que la main, mais le corps moyen ne pouvait tout simplement pas tenir en équilibre sur une base aussi fragile, et j'en ai été réduit à l'épaissir jusqu'à ce qu'il devienne l'objet fonctionnel et quelque peu rabougri qu'il est aujourd'hui. Mais l'oreille... ah ! l'oreille.

— Pardonnez-moi mon geste. Il a dû vous choquer, dit M. Smith, en tendant la main pour aider le Vieil Homme à négocier la descente qui glissait.

— Je m'étais habitué à autre chose, reconnut le Vieil Homme. Par moments, j'avais même oublié qui vous étiez. Mais le contact avec une civilisation qui est peut-être, pour autant que je sache, un rien trop vieille, fait ressortir chez vous une sorte de brutalité primitive, une sauvagerie que vous m'aviez fait oublier.

— Pourquoi un homme a-t-il besoin de voir et d'entendre quand il a tiré si peu profit de ces privilèges lorsqu'il les possédait ?

— Dans ce cas, c'était de la cruauté et non pas de la charité que de lui laisser la faculté de parler.

— Bien sûr. Pour le laisser assommer les autres par le récit de sa calamité jusqu'à son dernier jour.

— Et, puisque nous y sommes, pourquoi lui avoir arraché la moitié de l'oreille ? Était-ce nécessaire ?

— Il n'a qu'à se laisser pousser les cheveux. C'est très à la mode ces temps-ci. J'ai trouvé tout cet incident assez décevant. Il n'y a pas beaucoup de chair sur une oreille. Je crois qu'on pourrait en acquérir le goût, comme pour celui du calmar. »

Bien qu'un peu écœuré, le Vieil Homme partit d'un petit rire.

« Vous êtes vraiment un petit bonhomme sauvage et sans principe.

— Il le faut bien dans ce métier, dit M. Smith, se rengorgeant à la chaleur du compliment. Il faut avoir une conception peu sentimentale de la vie et une dureté d'âme bien enracinée pour soutenir votre intégrité dans l'action.»

Le radar s'était déplacé comme l'œil d'un cyclope et le résultat fut que quatre féroces chiens Akitas se précipitèrent dans la rue, jaillis de la sombre ouverture, l'air méchant, silencieux, impitoyables. M. Smith poussa un hurlement et courut se réfugier derrière le Vieil Homme.

«Inutile de vous transformer en quelque bête impressionnante. Ces chiens-là n'ont peur de rien.

— Qu'est-ce que c'est? murmura M. Smith, qui claquait des dents de peur.

— Des Akitas. Avec quatre chiens pareils, nul besoin de porte.»

Le Vieil Homme tendit la main et dit : «Assis», en japonais bien sûr.

Les quatre Akitas s'assirent docilement, attendant de nouvelles instructions, leurs yeux clairs en alerte.

«C'est remarquable. Mais ils pourraient facilement se lever», suggéra M. Smith.

Le Vieil Homme abaissa la main, la paume vers le bas. «Couchés», dit-il en japonais.

Les quatre Akitas s'allongèrent, leurs yeux toujours aussi vigilants.

«Ils pourraient faire une petite sieste, proposa M. Smith, même une longue. Éternelle, peut-être.

— Vous êtes sûr que vous ne voulez pas croquer d'abord le bout d'une de leurs oreilles? demanda le Vieil Homme.

— Pardonnez-moi.»

Le Vieil Homme agita lentement les doigts, comme s'il battait langoureusement la mesure en l'air.

«Ça va être plus difficile, dit-il, puis sa voix prit des accents rêveurs. Vous avez très envie de dormir, annonça-t-il aux Akitas. Vous voulez rêver d'os... d'os... d'os...»

Les chiens n'eurent pas l'air de s'assoupir mais fixaient toujours le Vieil Homme d'un regard aussi vif.

«Je vous dirais que ce serait plus difficile, observa le Vieil Homme.

— Puis-je faire une suggestion?

« — Laquelle ? » Le Vieil Homme était un peu agacé que quelqu'un dans une situation aussi périlleuse que M. Smith voulût lui prodiguer des conseils.

« Est-ce qu'il ne serait pas plus efficace de continuer à parler japonais, au lieu de vous mettre au polonais comme vous venez de le faire ?

— C'est ce que j'ai fait ? Ça montre bien que je ne vais pas tarder à me mettre moi-même à nager en brandissant mes tablettes d'une main. »

Le Vieil Homme passa à une sorte de japonais-toutou.

« Vous avez très envie de dormir... vous avez envie de rêver d'os... »

L'un après l'autre, les yeux clairs se fermèrent.

« Vous rêvez d'intrus. »

Dans leur sommeil, seize pattes de chiens furent agitées de soubresauts.

« Vous leur avez mordu les chevilles. »

Quatre paires de crocs se montrèrent et se refermèrent, un peu d'écume apparaissant brièvement sur leurs museaux.

« Maintenant vous ne pensez qu'à dor-mir... dor-mi-ir... »

Les quatre Akitas s'affalèrent comme s'ils étaient drogués.

« Et s'ils s'éveillent avant que nous ayons eu le temps de repartir ?

— Ce ne sera pas le cas. Venez, entrons. »

Quand les deux hommes arrivèrent sur le seuil, un mouvement de panique s'esquissa chez quelques femmes minuscules et un jeune homme ou deux se mirent à courir en tout sens, s'inclinant, marmonnant et multipliant les expressions d'une déférence médiévale.

« Matsuyama-San », lança M. Smith, avec l'arrogance d'un samourai en quête d'un combat singulier.

Les domestiques s'écartèrent comme l'eau pour les laisser passer. Les pièces étaient absolument nues, à l'exception çà et là d'un matelas plié ou d'une table basse, mais il y en avait plus qu'on n'aurait pu le deviner de l'extérieur.

Dans la dernière pièce, juché sur des coussins et soutenu par un dossier d'osier, se tenait un homme extrêmement âgé. Si vieux, en fait, que les détails du crâne étaient mieux mis en évidence que ce qui restait des traits du visage. On aurait dit que la peau s'était tendue sur les os comme à la surface d'un tambour. Cela ne permettait pratiquement aucun mouvement à Matsuyama-San. Il avait la bouche ouverte de façon presque permanente, puisqu'il ne disposait plus de la peau nécessaire pour la fermer. Un mince filet humide était visible d'un côté de sa bouche tandis que ses mâchoires s'efforçaient d'articuler des mots avec une vacillante incertitude. Ses yeux, dans les rares occasions où ils étaient visibles, étaient couleur d'argile. Ils se déplaçaient dans des ouvertures qu'on aurait dit taillées dans le visage à coups de dague. Quelques cheveux isolés persistaient sur sa tête ravagée, semblables à des roseaux au bord d'un étang.

« Matsuyama-San ? » demanda M. Smith.

Un hochement de tête imperceptible répondit à la question.

M. Smith s'accroupit et il invita le Vieil Homme à faire de même, mais celui-ci estima plus prudent de s'asseoir sur le plancher.

« Nous sommes des amis venant de régions étrangères », dit M. Smith d'une voix forte, en supposant à juste titre que Matsuyama-San était sourd.

Matsuyama-San leva un index décharné. C'était toujours le signal, qu'on pût l'entendre ou non, pour annoncer qu'il parlait. Il s'adressait en anglais aux étrangers, en japonais aux chiens et aux autres serviteurs.

« J'ai vu comment vous avez traité mes Akitas.

— Comment ? » cria M. Smith.

Le même doigt fébrile chercha un bouton sur un clavier. Il le pressa et toute la cloison de bambou disparut dans le plafond pour révéler une batterie de rien moins que quarante téléviseurs, tous laissant voir différentes activités sur différents lieux de travail. Seul le premier montrait la cour avec les quatre Akitas endormis, là où le Vieil Homme les avait laissés.

« Puissante médecine, murmura Matsuyama-San.

— Ce n'est pas de la médecine, répondit M. Smith, mais un des meilleurs échantillons de la magie de Dieu. »

Matsuyama trouva cela d'une drôlerie irrésistible et trembla d'une joie silencieuse.

« Qu'est-ce qui vous fait rire, si je puis me permettre ?
— Dieu. »

Le Vieil Homme s'efforça de prendre un air digne et distant. Matsuyama-San parut soudain ricaner. Son changement d'humeur était brusque et déconcertant.

Il pressa un bouton dont le voyant s'éclaira.

Un jeune homme en costume traditionnel entra, s'inclinant très bas. Matsuyama-San leva trois doigts, puis deux. Le jeune homme regarda les écrans en murmurant : « Numéro trente-deux », puis il émit un de ces sons typiquement japonais, exprimant une désapprobation exagérée, une note soutenue sur le registre inférieur d'un trombone.

« Qu'est-ce qui ne va pas ? » demanda M. Smith.

Le jeune homme se tourna vers Matsuyama pour demander la permission de répondre. Ce qui lui fut accordé d'un geste si menu qu'il était invisible à ceux qui ne faisaient pas partie de la maisonnée.

« Dans l'atelier numéro 32, dans la préfecture de Yamatori, où nous fabriquons des turbines sous-marines et des orgues électroniques, la pause matinale a dépassé deux minutes et il y a encore des employés qui rient à la cantine. » Il décrocha un téléphone et composa seulement deux chiffres. C'était de toute évidence une ligne directe. Il eut quelques phrases brèves et énergiques, puis son regard se porta sur l'écran numéro 32. Les employés se dispersaient à l'instant pour retourner au travail. Matsuyama-San tourna un bouton et on entendit leurs conversations. Un homme entra dans le champ du petit écran, en aboyant avec zèle et en énumérant des noms sur une liste. Les deux employées réprimandées s'inclinèrent, elles avaient l'air au bord des larmes, comme si on leur infligeait un châtiment dans quelque infernal jardin d'enfants.

« Que se passe-t-il ? interrogea M. Smith.

— Des employées de la section clavier du service des orgues électriques sont punies pour avoir ri après la fin de la récréation, expliqua le jeune homme.

— Quelle punition ?

— Seulement un demi-salaire cette semaine. Si cela arrive

deux fois, on les congédie et, une fois congédié, personne ne peut trouver d'emploi pendant cinq ans dans une autre grande compagnie japonaise. C'est un agrément entre les grosses sociétés, à l'initiative de Matsuyama-San, le plus important.

— Tout ça pour avoir ricané après la fin de la période de détente?

— Même punition pour rire avant la période de détente.

— Et pendant la récréation?

— La période de récréation s'appelle ainsi pour qu'on puisse se débarrasser pendant ce temps de toute envie de rire.

— Ça semble très dur pour le rieur invétéré.»

Matsuyama-San ne comprit pas cette dernière remarque, mais estima qu'il aimerait apporter sa propre contribution à la discussion sans trop s'appuyer sur un intermédiaire.

«Matsuyama-San emploie plus de deux millions de personnes, dit-il en parlant de lui tout en brandissant deux doigts.

— Deux millions! s'exclama le Vieil Homme, qui n'en croyait pas ses oreilles.

— Vous, Dieu?

— C'est exact.»

Matsuyama-San eut un petit ricanement enjoué et brandit un doigt.

«Mon nom, M. Smith, cria M. Smith.

— Amélicain.

— Pas forcément.

— Dieu aussi Amélicain.»

Le Vieil Homme et M. Smith se regardèrent. Il était difficile de décider si Matsuyama-San était très stupide ou profondément ironique.

«Qu'est-ce que Dieu peut être d'autre qu'Amélicain? demanda-t-il avec le peu de jovialité dont il disposait. Est-ce que l'Amélique n'est pas le pays de Dieu?»

Le Vieil Homme comprit qu'il y avait une malveillance appuyée sous le côté mordant de ces allusions.

«Comme il est étrange de trouver un homme, dont la richesse est aussi considérable que la puissance, vivant dans un quartier aussi relativement populaire de la ville, observa le Vieil Homme.

— Dieu pas comprendre ? » demanda Matsuyama-San, puis son humeur s'assombrit, si bien qu'il se mit à ressembler à la mort elle-même. «Les Japonais n'ont pas un dieu unique, dit-il doucement. Japonais préfèrent garder culte en famille, culte ancêtres. Moi pas adorer ancêtres ; ancêtres pas bons ; m'obligent à tout faire moi-même. Moi né ici, dans cette maison. Mes ancêtres nés ici. Cuisiniers, menuisiers, plombiers, voleurs, tous partagent. Beaucoup de gens. Vieux, jeunes, nouveau-nés, oncles, tantes, cousins, tous vivent ici. Beaucoup de bruit, beaucoup d'agitation, pas de silence. Maintenant, moi, seul. Beaucoup de silence, beaucoup de contemplation, beaucoup de réflexion. Mes frères, tous morts. Mes sœurs, toutes mortes. Mes enfants, les uns morts, les autres vivre dans de grandes maisons, piscines, barbecues, ponts de bois sur canal artificiel, luxe partout. Deux de mes fils, kamikazes, couler des navires. L'un se tuer à la fin de la guerre. Plein de honte. Les hasards du jeu. Moi survivre à la guerre. Continuer tradition japonaise. Employer deux millions de personnes. Bientôt, peut-être plus. Fini couler navires ennemis. Autrefois. Maintenant couler automobiles ennemies, téléviseurs, caméras, montres, Hitech, nouvelle époque. Critères du passé bons et mauvais. Vieille époque. Polarité de l'avenir, efficacité et inefficacité, en avoir ou pas. Aujourd'hui samourai revit, mais dans l'industrie, pas en combat singulier mais en conseil d'administration.

— Attendez une minute, rugit le Vieil Homme, voulez-vous dire par là que le bien et le mal ont été supplantés par l'efficacité et l'inefficacité ? Est-ce que je vous ai bien compris ?

— Tout à fait correctement. Cela est nouvelle dimension du comportement humain. Les concurrents parlent beaucoup d'efficacité, mais ne poussent jamais idée à conclusion logique. Créent contrôle de qualité, et autres trucs, mais permettent rire pendant heures de travail. Les deux incompatibles. Pas possible avoir exception dans recherche pour efficacité totale. Équation : totale efficacité égale totale vertu.

— Curieux, fit le Vieil Homme d'un ton songeur. Nous faisons de notre mieux pour parler comme des mortels, afin de ne donner aucune impression de supériorité, nous faisons ça par politesse, vous comprenez, par égard pour les autres. Et vous, en revanche, Matsuyama-San, vous parlez comme un immortel, pour des raisons que je n'ose comprendre. »

L'ombre d'un sourire tomba sur la bouche édentée comme de la dentelle. «Très astucieuse observation», murmura Matsuyama-San, son index se posant sur un autre bouton. L'écran de bambou derrière son trône disparut dans le plancher, révélant une étrange machine.

«Cette machine, dernier cri machine survie. Dernier pas sur la route de l'immortalité. Dans cinq ans, mes usines ont l'ordre de maîtriser la technique de la vie éternelle. Un rapport confidentiel hier me donne grand bonheur. M'annonce que travail avance bien. Prendra peut-être moins de cinq ans.

— Mais que se passera-t-il si vous mourez avant que vos experts aient terminé leur travail?

— Moi branché aussitôt sur machine à survie. Des trous déjà percés dans ma chair pour recevoir palpeur. Ai aussi fente dans la nuque. Pour recevoir disque. Enregistrer toutes les pensées pendant coma. Permet donner instructions codées pendant perte connaissance. Un dernier pas nécessaire pour ouvrir perspectives d'immortalité à tous ceux qui méritent.

— Et cette perspective vous fait plaisir, pauvre idiot? »

Matsuyama-San mit un moment à absorber l'insulte, comme un médicament qui a mauvais goût.

«Depuis des années je me passe de plaisir. Plaisir remplacé par réussite.

— Vous n'avez jamais aimé? interrogea le Vieil Homme.

— Détesté? lança M. Smith, pour ne pas rester en dehors de la conversation.

— Ah si! Depuis dernier demi-siècle réserve au moins une heure par jour pour épouse, une heure pour geisha, une heure pour prostituée. Je ne sais pas du tout si ces femelles sont les mêmes que quand j'ai édicté la règle. Je pense improbable. Mais, quelles qu'elles soient, elles ont instruction d'être bonnes amies. » Une ombre passa sur le visage émacié de Matsuyama-San et il hésita. «Vous comprenez, avoua-t-il lentement, l'index levé, depuis quelques années j'ai difficulté à reconnaître gens. Je reconnais seulement réussite et écarts conduite.

— Combien d'enfants avez-vous eus ? fit le Vieil Homme, avec autant de tact qu'un médecin.

— Ne me demandez pas l'impossible, protesta Matsuyama-San. Je n'ai pas idée. Dans un sens, tous mes employés, deux millions deux cent quarante et un mille huit cent soixante-trois, sont mes enfants, pour être félicités et punis. Les jeunes gens dans la maison ici peut-être mes enfants. Je les traite assez mal. D'un autre côté, je peux encore, avec vue déclinante, distinguer entre mes quatre Akitas. Je les connais par leur nom. Divin Tonnerre, Céleste Volcan, Éclair Vengeur et Impérial Guerrier. Et je me souviens de leurs parents avec respect. Souffle Dragon et Fleur Fragile.

— Vous dites que votre vue décline. Comment remplacerez-vous vos yeux, même dans l'immortalité ? » demanda M. Smith.

Matsuyama retrouva son esquisse de sourire.

« Lentilles spéciales déjà expérimentées avec remplacement plastique du nerf optique, abritant palpeur spécial. Pour oreille aussi, techniques évoluent à partir de hi-fi, avec microphone gros comme la moitié d'un petit pois implanté dans tympan. Entendre et voir mieux qu'enfant.

— Et vous ne craignez pas l'effet de l'arrogance sur votre caractère ? articula lentement le Vieil Homme.

— En voilà une question, ricana Matsuyama-San. Arrogance ? Je ne connais rien d'autre. Je commande. L'arrogance est mon existence.

— Vous aimez ça ?

— Aimer est une faiblesse, un vice, une mollesse. Vilain mot. Je n'aime rien. Je suis. C'est tout.

— Alors, je vais vous enseigner l'humilité, cria le Vieil Homme, martelant ses mots. Je vais vous remettre sur la défensive, là où est votre place. Regardez-moi !

— Je regarde, Dieu, fit-il avec une trace de moquerie dans la voix.

— Vous êtes sûr ? D'ici je ne peux pas voir vos yeux. Ne me faites pas faire ça plus d'une fois. Je suis trop vieux, et ça demande un certain effort. Êtes-vous prêt ?

— Qu'est-ce que vous allez faire ? Me prouver que Dieu a encore un reste de pouvoir ?

— Précisément. Je vais compter jusqu'à trois et vous pourrez remarquer chez moi une transformation. Ne me quittez pas des yeux. Ne regardez rien d'autre.

— Je croyais que vous détestiez compter sur des miracles pour faire votre effet, siffla M. Smith.

— Il n'y a pas d'autres moyens devant une telle stupidité, tonna le Vieil Homme. Un. Deux. Trois ! » Et il se volatilisa.

Ce fut à peine si Matsuyama-San parut remarquer son absence, alors que cela rendit M. Smith nettement nerveux. La perspective de se trouver seul dans cette calme maison de fous ne le rassurait guère, et il passa son temps durant l'absence du Vieil Homme à surveiller l'écran numéro un sur lequel les Akitas étaient bienheureusement endormis. Au bout de dix secondes, qui lui parurent dix minutes, le Vieil Homme réapparut, d'humeur sereine.

« Eh bien ? » demanda-t-il.

Pas de réponse. Rien chez Matsuyama-San n'avait apparemment changé. Il était toujours assis là, raide comme un piquet, le visage dénué de toute expression, mais il ne bougeait absolument pas.

« Il dort, déclara le Vieil Homme.

— Ou bien il est mort ? suggéra M. Smith. Il a peut-être été choqué de vous voir disparaître. Faut-il que j'appelle ce jeune homme pour le brancher sur la machine à survie, ou voulez-vous que j'essaie ? Il y a un tas de fils là-bas.

— Il dort », répéta le Vieil Homme, et il s'éclaircit la voix avec un bruit de tremblement de terre.

Quelque chose bougea sur le visage de Matsuyama-San.

« Je vous présente mes excuses, marmonna-t-il, par politesse et non parce que j'y suis obligé. Je me suis endormi. A mon âge, c'est pratiquement tout ce qui me reste d'imprévisible de ce côté-ci de la mort.

— Vous n'avez rien vu du tout ? s'exclama le Vieil Homme.

— J'ai eu l'impression, peut-être tout à fait erronée, que pour une raison quelconque vous aviez quitté la pièce et qu'au bout d'un moment vous aviez regagné votre place sur le tatami.

— En passant par la porte ?

— Comment faire autrement?

— C'est justement ça, cria le Vieil Homme. Maintenant, vous êtes reposé. Cette fois, vous n'avez pas d'excuse. Regardez-moi bien. Je ne m'en vais pas faire ça une troisième fois. Je vous laisserai simplement mariner dans votre abominable jus, c'est clair? Maintenant. Regardez-moi!»

Il agita les mains dans le champ de vision de Matsuyama-San. Celui-ci, d'un faible hochement de tête, montra qu'il avait vu le geste. «Je ne dors pas, confirma-t-il.

— Bien. Maintenant, concentrez-vous. Un, deux, trois!» Et il disparut.

Cette fois, M. Smith eut l'impression de voir Matsuyama-San jeter un regard prudent autour de la pièce et particulièrement vers le plafond. Au bout des dix secondes réglementaires, le Vieil Homme réapparut, provoquant chez Matsuyama-San un tremblement perceptible.

«Alors?

— Combien? s'entendit-il répondre.

— Je vous demande pardon?

— Combien pour les droits?

— Je n'y crois pas, murmura le Vieil Homme, accablé.

— Je paie bien, mais pas de façon excessive, précisa Matsuyama-San. C'est un bon tour, mais pas capital. Disons cent mille dollars américains. Si vous refusez, sachez que nous maîtriserons nous-mêmes la technique plus tard, alors c'est votre intérêt de conclure accord maintenant.

— Acceptez! supplia M. Smith. Au moins nous aurons enfin de l'argent qui ne sera pas faux. Cent mille dollars!

— Je ne peux pas, cria le Vieil Homme. Je sais faire le tour, mais je n'ai rien à vendre. Je ne peux donner d'instructions à personne; je le fais naturellement.

— Qu'est-ce que ça peut faire? Vous ne pouvez pas faire semblant? Alors, je vais le faire. Je sais disparaître aussi bien que vous. Je vendrai n'importe quoi.

— Vous allez le rouler.

— Il le mérite!

— C'est une autre question et qui va au-delà de l'échelle des valeurs morales.

— Au diable l'échelle des valeurs morales.»
Matsuyama-San leva son doigt.

«Je vous vois discuter, mais je n'entends rien. Je vais vous faire ma dernière offre. Cent vingt mille dollars américains ou leur équivalent en yen pour droits mondiaux du tour de disparition.

— Il a rabaissé cela jusqu'à en faire un tour! C'est la goutte qui fait déborder le vase!» rugit le Vieil Homme qui fut vite interrompu par un cri hystérique de M. Smith.

«Regardez, regardez, écran numéro un. La police!»

En effet, l'écran numéro un montrait plusieurs policiers en tenue anti-émeutes qui approchaient prudemment de la maison. L'un d'eux donna un coup de pied à un Akita qui s'éveilla et lui saisit la cheville.

«Les chiens sont réveillés!

— Oh! je ne peux pas penser à tout, fit le Vieil Homme, écœuré.

— Moi appeler police quand vous ai vus dominer Akitas», expliqua Matsuyama-San, son doigt désignant un bouton rouge. Il en tourna un autre et la conversation devant la maison en fut amplifiée. Le farouche grognement de l'Akita éveillé, les cris de la victime et les efforts des autres policiers pour libérer leur compagnon, tout cela arrivait en désordre par le haut-parleur. Un grand homme aux cheveux blonds surgit soudain au côté d'un petit policier japonais avec des caractères inscrits sur son casque, un signe sans doute de son rang supérieur. Le visage de l'homme aux cheveux blonds était déformé par la configuration un peu en œil de poisson de l'objectif.

«Bon, nous sommes bien d'accord. Vous entrez les premiers. Je vous suis. Nous ne voulons pas leur donner l'occasion de disparaître avant que nous ayons eu la possibilité de leur donner lecture de leurs droits. Quoi que vous fassiez, ne les effrayez pas. Donnez-leur l'impression qu'il s'agit simplement d'un contrôle de routine en réponse à une fausse alerte. Autrement dit, bercez-les dans un sentiment de sécurité. Ensuite j'interviens, au moment voulu. J'essaierai de conclure un accord avec eux.»

L'officier japonais acquiesça.

«Le FBI! s'exclama M. Smith. Eux et les chiens! C'est trop.

— Comment nous ont-il trouvés? fit le Vieil Homme, nerveux. Il doit exister déjà des appareils électroniques capables de nous repérer. Peut-être cet homme a-t-il raison?

— La seule chose que personne d'autre que nous ne peut faire, c'est disparaître.

— Ce n'est pas le stratagème le plus constructif», dit le Vieil Homme, en donnant sa main à M. Smith.

A cet instant précis, le premier policier japonais fit irruption dans la pièce avec des airs conquérants et en poussant un grand cri.

«Oh! que ma télévision me manque, soupira M. Smith.

— Où va-t-on?»

L'officier japonais fit son entrée, une main levée. Les autres abaissèrent leurs mitraillettes.

«En Inde.

— En Inde?

— Notre dernière étape avant de nous dépouiller de cette enveloppe mortelle.

— C'est joli. Qui a écrit ça?»

Le grand blond s'avança dans la pièce avec une nonchalance étudiée.

«Allons, les gars. Pour vous, la route s'arrête ici. Je pense que vous le savez.»

Les yeux fermés, leurs visages arborant un sourire béat, le Vieil Homme et M. Smith traversèrent lentement le toit en état de lévitation, une variante de leur numéro habituel.

«Merde! s'écria le grand blond. L'un de vous a dû leur faire peur!»

Le jeune assistant de Matsuyama-San était entré juste à temps pour assister aux derniers échanges et à l'ascension. Il examina son maître avec une certaine appréhension. Puis il donna l'alarme tandis que les policiers attendaient toujours des instructions et que les Akitas bâillaient d'un air ensommeillé sur l'écran numéro un.

«Vite. Matsuyama-San est mort. Il faut que d'ici à deux

minutes je le branche sur la machine à survie. Que l'un de vous me lise les instructions pendant que je le branche!»

Tandis que l'assistant trimbalait Matsuyama-San tout en essayant de trouver les trous dans le dos du vieillard, ce dernier s'éveilla en sursaut.

«Idiot! Je me suis endormi un instant. Qu'est-ce qui s'est passé?»

## 19

L'avant-dernier voyage, sans être le plus lointain, n'en fut pas moins le plus éprouvant, sans doute à cause des épreuves qu'ils venaient de traverser. Ils ne savaient absolument pas où ils avaient atterri, puisqu'ils avaient sombré dans un profond sommeil un peu avant de toucher le sol. Combien dura cette torpeur, ils n'en savaient rien mais, lorsque le Vieil Homme ouvrit un œil, pour le refermer aussitôt, le soleil de midi leur tapait dessus sans répit. Le Vieil Homme se tâta le ventre, qui était exposé au soleil à cause du déplacement vers le haut de sa robe lors de l'atterrissage, mais il retira aussitôt sa main.

« Bonté divine, murmura-t-il, on dirait que mon ventre est brûlant. Je n'ai jamais connu avant une telle sensibilité dans ma main. »

M. Smith s'agita. « Qu'est-ce que c'est que ça ? Le ventre brûlant ? Je croyais que c'était ma prérogative lors des examens médicaux ! » et il éclata de rire. « J'ai eu besoin de dormir un peu.

— Vous n'avez encore jamais eu besoin de sommeil ?

— Nous en avons tous les deux besoin. C'est devenu peu à peu un préalable indispensable pour endosser avec succès la condition de mortel. Pour moi, ça a commencé avec cette horrible prostituée à New York. Aujourd'hui encore, je vois les marques d'élastique sur son corps, comme des traces de pneus dans la neige. Cette fois-là, le sommeil m'a été inspiré par le simple ennui d'être contraint de partager avec elle une expérience sexuelle. Attention, je n'ai jamais poussé jusque-là, mais je voyais la chose arriver et ce fut suffisant pour m'inciter à chercher une façon de m'évader. Tous ces halètements théâtraux, ce regard embrumé, ce déhanchement rythmé, la litanie commerciale "c'est si bon", l'orgasme simulé quand on approche des quinze minutes réglementaires.

— Ce ne sont guère des expériences que je puisse partager avec vous..., murmura le Vieil Homme.

— Je n'en parle que parce que ce fut pour moi une sorte de tournant, la première fois de mon existence où je me suis endormi, la première fois où j'ai tâté de ce doux oubli qui nous a été refusé...

— Nous avons d'autres avantages.

— Très peu. La faculté de disparaître, c'est tout.

— Voyager sans billet, sans faire la queue, sans compter sur les transports publics...

— Est-ce une compensation suffisante à une vie sans rêves, sans repos, sans fin? J'en doute...

— Pourtant, ça me préoccupe...

— Quoi donc?

— Qu'en simulant une existence mortelle nous soyons en train lentement de devenir mortels — du moins certainement d'une façon plus réussie et même plus gracieuse que Matsuyama-San aura de devenir immortel.

— Ce qui veut dire, j'imagine, qu'il est temps pour nous de partir, dit M. Smith.

— Voilà maintenant un bon moment que ça dure. Posez votre main sur mon ventre.»

M. Smith fit ce qu'on lui demandait.

«Est-ce que ça ne vous paraît pas presque intolérablement brûlant? interrogea-t-il.

— Non. Non, c'est une température tout à fait raisonnable pour un ventre sous ce climat.

— J'ai choisi le mauvais exemple. Mais le climat, vous sentez le climat?

— Pour moi il est tempéré, ce qui veut dire qu'il est terriblement chaud pour la plupart des gens normaux.

— Je n'ai jamais su ce que c'était que de ressentir le froid ou le chaud. Maintenant j'en ai du moins une idée. Si ça continue, je commence à m'inquiéter sur la possibilité que nous avons de retourner là où nous devrions être.

— Une fois que ces pouvoirs sont en notre possession, ils ne disparaissent jamais, ça j'en suis sûr. Tout ce que nous pourrions perdre, c'est notre énergie. Les grabataires se rappellent comment on marche, mais ils en sont devenus incapables.

— Un exemple gai, comme d'habitude », remarqua le Vieil Homme en rajustant sa robe et en se soulevant sur un coude. Ses yeux commençaient à s'habituer à la lumière intense et perpétuellement vibrante du soleil qui faisait trembler les buissons au loin. A l'ombre d'un arbre immense, il remarqua les silhouettes de ce qu'il prit d'abord pour des animaux, absolument immobiles, et pourtant étonnamment attentives.

« Qu'est-ce que c'est ? demanda-t-il à mi-voix.

— Des gens, répondit M. Smith en se redressant.

— Vous êtes sûr ?

— Absolument. Ils sont pratiquement nus. Tous des hommes. Plus minces que moi. Chauves. Portant des lunettes à monture métallique.

— Tous ? Combien sont-ils ?

— Cinq, à moins qu'il n'y en ait d'autres cachés dans les hautes herbes. Cinq de visibles.

— Ma parole, vos yeux ont bien tenu le coup. »

M. Smith eut un sourire, un sourire diabolique.

« Ils se sont si souvent posés sur de ravissants spectacles. Je crois que c'est ce qui a conservé à ma vue son acuité.

— Gardez vos raisons pour vous. Ma question suivante est : qui sont-ils ?

— De Saints Hommes. » La réponse provint d'un des membres du groupe, de cette voix haut perchée mais douce, qui a la cadence chantante de l'Inde profonde.

« Ils peuvent nous entendre de là-bas ? s'enquit le Vieil Homme, intrigué.

— Je ne l'aurais pas cru, chuchota M. Smith.

— Nous entendons chacune de vos paroles, poursuivit la voix, et cela nous confirme dans notre opinion que vous êtes aussi de Saints Hommes d'un grand pouvoir et d'une grande influence, et que nous sommes rassemblés ici pour entendre la sagesse de vos propos.

— Comment avez-vous su que nous étions ici ?

— Nous avons reçu, nous tous, un mystérieux message, nous disant où nous rendre. A n'en pas douter il y en a d'autres en route qui ont un plus grand voyage à faire. Et puis, quand nous vous avons vus tomber du ciel au milieu d'un champ, rester allongés là sous les cruels rayons du soleil de midi, dans une région du pays infestée de serpents et où l'on rencontre souvent des tigres, nous nous sommes dit : ce sont bien des Saints Hommes du premier rang, tout en haut de l'échelle et nous nous sommes rassemblés sous cet arbre pour protéger nos crânes plus fragiles en attendant votre réveil.

— Comment saviez-vous que nous étions encore en vie ? cria M. Smith.

— Nous vous entendions respirer, bien sûr.

— Ce qui, sans aucun doute, signifie ronfler, ajouta le Vieil Homme.

— Je dois reconnaître qu'un ronflement bizarre ponctuait parfois votre respiration. »

Il était difficile de savoir si c'était toujours le même Saint Homme qui parlait ou s'ils s'exprimaient chacun à leur tour.

« Eh bien, voilà quelque chose de nouveau, murmura le Vieil Homme à M. Smith. Avoir été traqués sur toute la terre par le FB je ne sais quoi, arrêtés en Angleterre, attaqués par un avion au-dessus de l'Allemagne, appréhendés en Chine, emprisonnés au Japon, traduits en justice en Israël, forcés par les circonstances de nous déguiser en frelons, en grizzly, en voyageurs arabes et en délégués d'une région imaginaire de la Sibérie soviétique, voici que nous sommes enfin bien accueillis pour plus ou moins ce que nous sommes. Pourquoi si tard dans notre aventure ?

— Parce que nous ne sommes pas comme les autres, répondit une voix qui venait de sous l'arbre.

— Vous avez pu m'entendre chuchoter ?

— Par beau temps, nous nous entendons même penser les uns les autres », reprit la voix avec un petit rire complice ;

et elle continua : « Vous devez savoir que l'Inde est depuis longtemps un endroit où les possibilités matérielles sont si inaccessibles, du moins pour ceux de basse caste, que nous avons tendance à diriger nos énergies vers des buts spirituels qui sont à la portée de tout le monde mais dont les fonctionnaires du gouvernement, les hommes politiques, les industriels et autres couches de la société corrompues ou corruptibles, ou bien les rares individus comme les maharadjahs ou les dirigeants héréditaires qui sont au-dessus de la corruption, n'ont pas besoin de chercher à acquérir.

— Voilà une bien longue phrase, observa le Vieil Homme.

— Nous sommes portés aux longs discours, pour la simple raison que nous avons beaucoup de souffle. C'est l'un des attributs du caractère dominant par rapport aux créatures inférieures. Nous respirons beaucoup moins que les gens qui n'ont aucun but spirituel, et ces circonstances, s'ajoutant au fait que nous sommes extrêmement instruits, avec très peu d'occasions de faire étalage de notre érudition, nous amènent à être extrêmement ennuyeux quand le besoin s'en fait sentir.

— Je vois, fit le Vieil Homme d'un ton songeur. Vous tirez le meilleur parti du peu que vous avez.

— Brillamment résumé, si je puis me permettre. L'humanité, telle que nous la voyons, a bien des dénominateurs communs, même s'ils s'expriment avec la plus grande diversité. Si l'humanité aperçoit devant elle une échelle ou, dans le cas de l'Inde, une corde, elle éprouve un désir irrésistible d'y grimper, où qu'elle puisse mener — dans le cas de l'Inde, nulle part. Tout le poids symbolique du truc de la corde tient à cette observation. Mais l'instinct fondamental de la société nous pousse vers le haut. Dans notre cas, nous reconnaissons en frissonnant non seulement combien l'on gagne à grimper, mais combien plus encore on perd à le faire.

— Nous arrivons justement du Japon où l'on nous a expliqué cela, dit M. Smith. Il y avait là-bas un vieil homme, il ne doit pas avoir loin de cent ans, et il employait plus de deux millions de personnes.

— Voilà qui est en soi immoral, à condition qu'elles soient payées. Si deux millions de personnes sont payées par le même

295

homme, elles ne le sont jamais assez. C'est presque une règle. Pour maintenir son personnel dans le droit chemin, l'employeur doit se conduire comme un grippe-sou, un père cruel, activités qui n'ont rien d'incompatible. Il perdra son âme en accroissant ses bénéfices.

— Mais qu'entendiez-vous quand vous disiez qu'il est immoral d'employer deux millions de personnes à condition qu'elles soient payées ? On pourrait certainement prétendre que ne pas payer deux millions de personnes et tirer quand même des bénéfices de leur travail est encore plus immoral, puisque ce n'est rien d'autre que de l'esclavage ? demanda le Vieil Homme.

— L'esclavage dans ce sens appartient au passé. Il existe encore sous bien d'autres formes. Mais je voulais parler, bien sûr, de notre seigneur Bouddha, lequel emploie bien plus de deux millions d'âmes, qui ne sont pas payées, et qui sont donc totalement libres de corruption.

— Je vois ce que vous voulez dire, murmura le Vieil Homme. En fait, vous répétez la vieille scie d'après laquelle l'argent corrompt.

— Avec quelle brillante brièveté vous résumez cela !

— Beaucoup l'ont dit aussi brillamment et aussi succinctement avant moi.

— Cela n'atténue en rien le rayonnement de votre remarque. Je ne l'avais encore jamais entendue. L'argent corrompt.

— Le centenaire japonais nous a dit que ses usines étaient sur le point de créer une machine capable de prolonger indéfiniment la vie — autrement dit, une machine à immortalité, expliqua M. Smith.

— Le projet échouera.

— Comment pouvez-vous en être si sûr ? La chose nous a quelque peu inquiétés.

— Mais non, mais non. Une petite chose clochera. Il y aura une broche défectueuse ou un commutateur en court-circuit. Quelque chose d'insignifiant. Et quel genre d'existence un homme peut-il avoir quand il dépend d'un contact électrique ? C'est déjà assez pénible de dépendre d'un foie, d'un rein ou d'un cœur, mais ceux-là, il est possible de les oublier dans le courant de la journée, même pour un hypocondriaque. Un contact défectueux, vous n'arriverez jamais à le chasser de votre esprit. Une rage de dents vous fait mal, mais ce n'est jamais le même genre d'angoisse que l'instabilité d'une fausse dent. Ce qui fait partie de vous ne provoque jamais les insomnies qu'occasionne quelque chose qui aurait été artificiellement ajouté à votre personne. Puisque ce vieillard japonais n'a conçu au départ cette machine que pour son propre usage, en vue d'une commercialisation éventuelle par la suite, quand il pourra continuer à donner des ordres depuis son oreiller, toute cette folle initiative va échouer misérablement, avec un plomb qui saute ou une ampoule qui grille. C'est un projet trop insolent pour réussir.

— Voilà qui est très rassurant. Mais, dites-nous, comment parvenez-vous à avoir une aussi large vision du monde, vous qui n'avez rien ? » C'était le Vieil Homme qui venait de parler.

« Nous n'avons rien et nous avons tout. Mais même si vous avez tout, vous ne pouvez jamais avoir assez de tout. C'est pourquoi nous sommes ici pour vous suivre et pour en savoir encore plus.

— Et si nous n'avons pas envie qu'on nous suive ?

— Naturellement, nous respecterons vos souhaits. Mais vous n'arriverez jamais à vous débarrasser tout à fait de nous.

— C'est réconfortant, fit le Vieil Homme d'un ton narquois. Mais pendant que vous y êtes, vous pourriez aussi bien nous apprendre comment vous avez réussi à faire tant de choses à partir de rien.

— En résistant à cette tentation de dépasser le rayon de nos perceptions dans cette course folle qu'on appelle progrès. Mais examiner ce qui est le plus près de nous, se donner la peine de le comprendre, voilà le premier pas vers la compréhension de toute chose.

— Vous parlez de… ?

— Du corps humain. Maîtrisez-le et vous êtes bien plus près de comprendre le monde que quand vous tournez dans la stratosphère au bout d'un fil.

— Et cette compréhension, vous l'avez maîtrisée ?

— Nous avons commencé à grignoter la coquille extérieure

de la compréhension mais, même là, nous avons connu une certaine réussite. Tout d'abord, nous sommes tous certainement un peu plus âgés que votre ami japonais. La plupart d'entre nous ont largement dépassé cent ans et, même si nos corps sont un peu desséchés, ils ne sont pas corrodés par l'angoisse. Ils sont minces et fonctionnels. Même dans des régions désertiques, nous ne redoutons pas la déshydratation, puisque nous pouvons absorber la rosée par les pores de notre peau. Un brin d'herbe peut nous faire un repas et nous apprécions les mille subtilités de son parfum. Deux brins d'herbe, c'est un banquet, un signe de gourmandise, un premier pas vers la déchéance. Nous pouvons, si besoin est, vider une petite mare de son eau en l'absorbant par le rectum et en la régurgitant quelques kilomètres plus loin. Cela, nous ne le faisons qu'en privé, puisque cela a tendance à choquer la sensibilité des gens qui n'ont pas ce don; je dois pourtant dire que parfois les pompiers de certaines régions rurales éloignées ont fait appel à nos services. Chaque ouverture, chaque sphincter du corps humain peut être utilisé comme une soupape pour absorber ou pour rejeter. Grâce au yoga et à ses variantes, les sens sont aiguisés au point que nous parvenons à entendre plus loin que ne le fait l'oreille humaine et à voir par-dessus la courbure de l'horizon, surtout si des nuages bas permettent de réfléchir la vision. Inutile de développer nos voix jusqu'à une ampleur déplaisante, puisque nous avons maîtrisé l'utilisation des ondes. Aucune de nos perceptions n'est extrasensorielle. Elles ne sont jamais arbitraires, mais guidées par la pleine application à l'anatomie d'une science naturelle développée.

— Ma foi, murmura le Vieil Homme, en choisissant ses mots avec soin, je ne peux pas vous révéler précisément qui je suis, de crainte de vous offenser — ce qui est de ma part un complexe ridicule étant donné l'attitude pleine de respect que vous avez envers moi — mais c'est comme ça. Je peux simplement vous dire que je suis ravi de voir jusqu'où vous avez amélioré le projet original auquel j'ai participé. Pas un instant je ne me suis douté de l'étendue des améliorations qu'on pouvait y apporter, de ses perfectionnements. Cette création n'a jamais été conçue pour fonctionner sur un seul brin d'herbe en guise de plein, mais si vous y êtes parvenus, et si vous réussissez à étancher votre soif en exposant votre peau à la rosée du petit matin, toutes mes félicitations. Ce que vous avez fait est infiniment flatteur.

— En effet, nous ne savons pas qui vous êtes, puisque de toute évidence vous êtes déguisé, tout comme votre homme de main. Et nous ne sommes pas sûrs d'avoir vraiment envie de le savoir. La seule partie de votre anatomie qui nous soit plus que familière, ce sont vos yeux souriants et l'aimable rondeur de votre ventre. Après votre atterrissage, nous l'avons vu émerger des broussailles comme une coupole dorée, reflétant le soleil d'une façon pénible pour les yeux. Nous en avons remarqué les contours majestueux et le fait que sa peau satinée n'était nulle part entaillée par les traces d'une naissance normale. C'est à cet instant que nous avons décidé de vous écouter avant de nous mettre à vous adorer.»

Il y eut un long silence, après lequel la voix haut perchée reprit : «Nous espérons sincèrement qu'il s'agit de larmes de joie.»

Le Vieil Homme se couvrit le visage avec son bras.

Cette atmosphère sirupeuse de dévotion sans mélange en était trop pour M. Smith, qui éclata littéralement de colère iconoclaste.

«Je ne suis pas un homme de main, hurla-t-il enfin, d'une voix si désagréable que les Saints Hommes tressaillirent.

— Nous avons choisi un terme erroné, et vous nous en voyez contrits. Est-ce que compagnon de route ferait l'affaire?

— J'ai égalité de statut, égalité d'influence.

— C'est de toute évidence une question de sémantique céleste, un domaine dans lequel nos esprits ne sont pas qualifiés pour chercher pâture.

— Il faut nous pardonner, dit le Vieil Homme, en se redressant soudain, mais il faut vraiment que nous y allions. Nous sommes tous les deux fatigués. Notre temps ici touche à sa fin. On nous appelle ailleurs...

— Nous ne venons pas tous les deux du même endroit», s'écria M. Smith. Le timbre de sa voix attira l'attention d'une tigresse qui surgit soudain non loin d'eux, persuadée que ces vociférations à vous écorcher les oreilles annonçaient la présence d'une forme rare et succulente de gibier qui méritait plus ample examen.

« Si vous ne vous taisez pas, je vais disparaître en vous laissant seul avec le tigre là-bas, murmura le Vieil Homme.

— Un tigre ? Où ça ? murmura M. Smith.

— Assis là-bas, à flairer le vent.

— Ne faites pas ça, ou je disparaîtrai moi aussi !

— Et nous ne nous retrouverons jamais. »

Cette remarque réduisit au silence M. Smith qui se mit à frissonner.

« C'est une tigresse, ce qui est bien plus dangereux. A en juger par ses tétons enflammés, elle est en train de nourrir une portée, dit la voix d'un Saint Homme. Un tigre se contente de traquer du gibier pour lui-même, comme un chasseur britannique, pour se faire plaisir, vous comprenez. Une tigresse chasse pour ses petits, dans un esprit de redoutable altruisme. Elle approche lentement.

— Vous n'avez pas peur ? demanda le Vieil Homme.

— Nous avons, au long des années, acquis une odeur émanant du corps humain qui, tout en étant impossible à percevoir pour la narine moyenne, a un effet repoussant sur celle d'un tigre ou d'une tigresse.

— Mon cher, vous avez été bien actif dans vos recherches.

— Bien des Saints Hommes, hélas ! ont été dévorés par des tigres avant que nous ayons mis la formule au point, quand nous en étions encore au stade du développement. Ils ont été des martyrs de la cause. »

La tigresse commença à s'approcher avec prudence, baissant la tête, préservant son énergie pour l'assaut final.

Le Vieil Homme se mit debout.

M. Smith, cramponné à la robe du Vieil Homme, se mit à hurler : « Ne m'abandonnez pas ici ! »

La tigresse s'arrêta et cligna les yeux, le cri stimulant ses glandes salivaires.

« Pas un mot de plus, pas un cri », tonna le Vieil Homme en tendant une main impérieuse agitée de gestes caressants.

La tigresse se mit sur le dos, rentrant ses griffes, comme si elle s'attendait à ce qu'on vienne lui frictionner la poitrine.

Le Vieil Homme et M. Smith s'éloignèrent par un petit sentier, tandis que les Saints Hommes leur faisaient des gestes d'adieu, et une voix s'éleva de leur groupe, accompagnant les voyageurs avec une intensité qui ne se démentait pas, même si chaque pas les éloignait les uns des autres.

«Nous venons d'être témoins d'un grand pouvoir pour le bien, ce qui nous confirme dans notre foi que toute la nature ne fait qu'un et que chaque partie en est aussi sacrée que le tout. Où que vous portent vos pas, voyageurs, nous ne serons pas loin. Plus jamais.»

★

Ce fut le Vieil Homme qui rompit le silence, une bonne demi-heure plus tard. M. Smith était toujours cramponné au pli de sa robe.

«Toute la nature ne fait peut-être qu'un et chacune de ses parties est peut-être aussi sacrée que le tout. Mon seul regret dans tout ce magnifique numéro d'équilibre, c'est que ces malheureux petits tigres vont devoir attendre pour dîner.

— En tant qu'élément potentiel de ce dîner, dit M. Smith, je suis tout à fait satisfait de l'arrangement actuel.

— J'espère que maintenant nous sommes hors de portée d'oreille.

— A moins, bien sûr, qu'ils ne puissent lire sur nos lèvres par-dessus la courbure de l'horizon.

— Nous leur tournons le dos.»

Ils pénétraient peu à peu dans ce qu'ils prirent pour un village mais qui se révéla être les faubourgs d'une petite ville. Les vaches sacrées déambulaient, obstruant la circulation et broutant nonchalamment les légumes aux étals des boutiques, avec l'exacte expression de ces douairières somnolentes à qui on ne peut rien refuser. Il ne leur manquait qu'un diadème. M. Smith était mal à l'aise devant les chiens parias qui levaient vers lui des yeux au regard furtif et coupable et qui semblaient être des aéroports miniatures pour puces et termites.

« Va-t'en. Saleté », répétait-il inlassablement sans lâcher la robe du Vieil Homme, et en essayant d'éviter tout contact avec les pauvres créatures galeuses perpétuellement en quête de quelque chose d'amical à quoi se frotter. La foule se fit de plus en plus dense à mesure que la chaleur de midi déclinait vers la lumière moins brutale de la journée. Les gens traversaient et retraversaient la route jaune de poussière, évoluant entre les tricycles au grelot fébrile et les piles de bouse abandonnées par les vaches sacrées. Sans crier gare, M. Smith lâcha la robe du Vieil Homme et dit : « Attendez-moi un instant, voulez-vous. » Là-dessus, il se dirigea d'un pas vif vers une petite boutique où l'on vendait de tout, depuis des ventilateurs électriques jusqu'à des sorbets, et il disparut à l'intérieur.

Cette soudaine détermination ne manqua pas d'inquiéter le Vieil Homme. Il devait y avoir une tentation majeure pour amener M. Smith à vaincre sa lâcheté. Le Vieil Homme fut contraint de bouger à cause d'une vache sacrée qui choisit de marcher précisément à l'endroit où il se trouvait. L'expression « qu'on leur donne des brioches » de son visage blasé ne souffrait aucun compromis. Le Vieil Homme fit comme s'il avait toujours eu l'intention de se déplacer, ce qui était loin d'être la vérité.

Il aperçut alors un homme gisant dans le caniveau, et dans un tel état qu'auprès de lui même M. Smith semblait tiré à quatre épingles. Le Vieil Homme s'adressa à lui en ourdou. L'homme, qui non seulement était couvert d'une carapace de crasse, mais encore avait laissé ses cheveux en faire à leur guise depuis bien des années, répondit, d'une voix assourdie par l'alcool ou par la drogue, du ton pommadé des propriétaires terriens anglais.

« Je ne parle pas un mot de ce fichu patois. Parlez anglais, s'il vous plaît. Ou bien taisez-vous.

— Je vous demande pardon. Je croyais que vous étiez parti.

— Parti ? Parti d'où ?

— D'Inde.

— Mon paternel est parti. Moi, je suis revenu. Manque de bol. Vous ne me croirez pas, j'étais une vedette de cinéma. Benedict Romaine. Drôle de nom. Jamais entendu parler de moi ? Bien sûr que non. J'avais trop de succès parmi les plus jeunes pour que personne d'autre ait jamais entendu parler de moi. J'ai fait la chose à la mode. Je me suis trouvé un gourou et je suis venu en Inde en subvenant moi-même à mes besoins. Fichtrement cher, si on pense que je ne mangeais rien et que je buvais pas mal en douce. Maintenant, il ne me reste pas un fifrelin pour rentrer. C'est une sorte de tragédie, vous ne trouvez pas ? Puisque nous parlons de ça, vous n'auriez pas une roupie de trop, par hasard ?

— Malheureusement non. L'argent est le seul bien qui me manque complètement, répondit le Vieil Homme avec compassion.

— C'est ce qu'ils disent tous. J'ai l'habitude. Pour mendier ici, il faut être indien et bouddhiste. Je vais vous dire une chose, ils ont trouvé une caste encore inférieure aux célèbres intouchables pour un mendiant dont la couleur de peau doit plus à la crasse qu'à la pigmentation et qui appartient obstinément à l'Église d'Angleterre, par confirmation plutôt que par conviction. Est-ce que je peux faire quelque chose pour vous pendant que je suis encore en vie ?

— Ça va vous paraître absurde, je sais, mais je cherche le mont Everest.

— Vous voulez l'escalader, n'est-ce pas, et en chemise de nuit ? Il y a des gens que rien n'arrêtera pour figurer dans le Livre des Records. Je vous le dis, c'est une idée assez dingue pour avoir un succès fou à cette époque démente. Si je me sentais moi-même d'attaque, je viendrais avec vous, mais je crois malheureusement que je ne dépasserais pas le camp de base. Je vais vous dire ce qu'il faut faire : continuez dans la direction où vous êtes jusqu'au moment où vous sortirez de la ville. Ensuite, tournez à droite et continuez tout droit. Vous n'aurez plus à demander votre chemin, vous verrez l'Everest, mais ne le confondez pas avec certaines autres montagnes qui ont souvent l'air plus hautes vues sous certains angles.

— Merci infiniment.

— Je vous en prie. Présentez mes respects à mes vieux, si vous passez par là. Le général Sir Matthew et Lady Tumbling-Taylor, Rabblestock Place, Stockton-upon-Tees. Dites-leur que je serai probablement mort le temps qu'ils aient ce message. Benedict Romaine. Vous comprenez, je ne pouvais tout de même pas m'appeler Robin Tumbling-Taylor à l'écran, n'est-ce pas ? »

Le Vieil Homme était terriblement embarrassé par ce triste récit. Il ne pouvait guère côtoyer autant de dignité décrépite sans en avoir des remords de conscience, encore une de ses récentes acquisitions lors de son séjour sur la Terre. Jetant autour de lui un coup d'œil furtif pour s'assurer que personne ne le regardait, il plongea la main dans sa poche et laissa discrètement tomber une pluie de roupies sur le vagabond qui les saisit et les regroupa de ses doigts fébriles.

« Et vous disiez que vous n'aviez rien ! fit le mendiant avec un rire hystérique.

— Je n'ai rien, vraiment, dit le Vieil Homme. Prenez garde à la façon et à l'endroit où vous le dépenserez. Tout ça est de la fausse monnaie. Je le sais, je l'ai faite moi-même. Investissez d'abord dans une savonnette et achetez-vous des ciseaux. Ça augmentera beaucoup votre crédit.

— J'ai tout vu », annonça M. Smith d'un ton venimeux. Il serrait un carton sous son bras. « Oh non, pas d'argent de poche pour le pauvre M. Smith, n'est-ce pas ? Tout pour de parfaits étrangers.

— Qu'est-ce qu'il y a dans ce carton ? demanda le Vieil Homme avec appréhension.

— Un poste de télévision. Japonais.

— Vous l'avez emprunté ? Pour quoi faire ?

— Comme vous n'imagineriez jamais de fabriquer pour moi un peu d'argent, j'ai dû le voler, comme d'habitude. Et nous ferions mieux de nous mêler à la foule, avant que le propriétaire du magasin s'aperçoive que son poste a disparu.

— Je vous demande bien pardon de tout cela, dit le Vieil Homme au vagabond.

— Oh ! c'est charmant d'être témoin d'une scène entre deux pédales. Ça me rappelle le pays.

— Venez. »

Comme le Vieil Homme entraînait M. Smith et que tous deux s'éloignaient rapidement de la scène de leurs multiples crimes, le Vieil Homme dit d'un ton de reproche :

« J'aimerais que vous ne vous comportiez pas de façon aussi efféminée. Ça nous donne à tous les deux une réputation extrêmement regrettable.

— Ça *vous* donne cette réputation. Moi, je l'ai déjà. En tout cas, c'est vous qui avez fait ressortir ce qu'il y a de pire en moi.

— Et qu'avez-vous besoin d'un téléviseur ? Vous n'arriverez jamais à le faire fonctionner sans antenne, et comme vous vivez dans un endroit qui n'est pas ventilé, vous ne pourrez pas vous en servir.

— Je le ferai marcher. Il le faut ! Maintenant que nous allons regagner la monotonie de nos salles d'opération, j'ai commencé à penser à ce qui me manquera vraiment. La télévision. Je suis devenu accro de télévision. Ce n'est qu'un long film publicitaire qui vante mon point de vue et mon style de vie. Destruction arbitraire, trahison en haut lieu, vulgarité et stupidité sans mélange. Ce que je regrette, c'est tout ce qu'on appelle les niaiseries. Tous les morts se font démaquiller à la fin de chaque émission et s'en vont retrouver leurs épouses, leurs maîtresses ou Dieu sait qui pour se reposer jusqu'à la projection du lendemain. Ma consolation pourtant, c'est que des abrutis regardent la télévision en hordes abêties et que quelques-uns d'entre eux y trouvent assez d'inspiration pour transformer ces cauchemars fétides en réalité. Ils s'en vont tuer. Des idiots croient que la vie est ainsi, et ils ne veulent pas la manquer. Même ceux qui n'ont pas d'imagination personnelle peuvent faire appel à une imagination sociale : ça s'appelle la télévision. S'il y avait une justice dans le monde, dans *votre* monde, on devrait me payer des droits d'auteur !

— C'est extrêmement perturbant et, aussi, décevant, dit le Vieil Homme, un peu essoufflé par leur marche rapide, que le fait de regagner votre royaume solitaire suffise à vous faire retrouver vos vraies couleurs, vous fasse devenir hostile et franchement désagréable. Bonté divine, vous rendez-vous compte qu'il y a eu des moments au cours de notre aventure où j'ai bel et bien complètement oublié qui vous étiez... ou plutôt qui vous êtes ?

— Voilà qui est mieux », dit M. Smith, un peu de meilleure humeur, et serrant son téléviseur comme une mère inquiète tiendrait dans ses bras un bébé enclin à pleurer.

Soudain le Vieil Homme s'arrêta net.

« Qu'est-ce que c'est ? demanda-t-il.

— Je n'ai rien entendu, répliqua M. Smith, sur le qui-vive.

— Il ne s'agit pas d'un bruit, mais d'une odeur. Je sens quelque chose. »

M. Smith huma l'air.

« Ce n'est rien, dit-il. Je ne sens rien.

— Une odeur de cuisine, annonça le Vieil Homme. Oh, par tous les saints. J'ai faim ! » Et il se mit à trembler comme un petit garçon pris d'un besoin urgent.

« Je n'ai pas faim, mais vous vous rappelez quand nous avons traversé en courant les hautes herbes pour éviter la tigresse ?

— Oui.

— Il y avait des épines près du sol. Regardez ça... »

M. Smith releva sa jambe de pantalon en lambeaux pour révéler au-dessus de ses chevilles des lacérations qui s'entre-croisaient.

« Qu'est-ce que c'est que ça ? s'enquit le Vieil Homme en se penchant.

— Du sang.

— Du sang ? »

Il y eut un silence électrique tandis que leurs regards se croisaient.

« Encore une nuit sur la Terre, et il faudra partir », déclara le Vieil Homme d'une voix étranglée.

## 20

Ils passèrent leur dernière nuit sur les marches d'un temple en ruine qui dépassait d'une jungle de broussailles enchevêtrées. La dureté de la pierre était adoucie par des touffes d'herbe qui s'étaient frayées un chemin par les fêlures. C'était un décor qui flattait la sensibilité de M. Smith pour sa dernière nuit sur la Terre, puisque les peintures murales étaient d'un érotisme assez poussé, même s'il fallait être un peu expert en la matière pour se retrouver dans la multitude de corps qui semblaient à première vue uniquement composés de fesses et de genoux, avec des doigts de pied, comme des boules sur un boulier.

Le jour tombait rapidement tandis qu'ils s'installaient pour leur ultime période de méditation et de sommeil. La rumeur des animaux de la jungle emplissait l'air du soir, d'étranges hulu- lements et caquètements évoquaient une vivante parodie des communications humaines, cependant que des bandes de sin- ges se jetaient en plein délire d'un pan de mur à l'autre, leurs silhouettes se découpant sur un ciel qui s'obscurcissait peu à peu.

« J'espère que vous êtes content du cadre que j'ai choisi pour nos dernières heures sur Terre, dit le Vieil Homme.

— Ce choix témoigne d'une compréhension inhabituelle, répondit M. Smith, en se débattant avec le carton de son poste de télévision.

— Pourquoi le déballez-vous ?

— Ce sera plus facile à transporter. Et puis, une fois sorti de sa boîte, je pourrai toujours dire que je l'ai acheté. Tel qu'il est, il a terriblement l'air d'avoir été volé.

— Vous en êtes encore à vous préoccuper des apparences quand il n'y a personne ?

— Demain il faudra que j'aille jusqu'à l'endroit le plus bas que je pourrai trouver. Je rencontrerai sûrement des gens en chemin. Pour vous, c'est plus facile. Vous n'avez qu'à gagner le plus haut des cieux. Ce sera certainement vide. Vous vous rappelez l'Olympe ?

— Qu'avons-nous appris au cours de ce voyage, compte tenu des moments d'égarement ou d'inspiration que nous avons pu connaître tout au long de nos difficultés ?

— Oh ! Nous allons être sérieux ?

— Sinon, à quoi bon être venus ?

— Ah ! Quelle ravissante chose ! s'écria M. Smith, en sortant le téléviseur de son emballage pour l'examiner plus attentivement.

— C'est le modèle Pétale. Fabriqué par le groupe Matsuyama. Avec le système de commande Peta-lite Matsuyamatic. Il y a de quoi vous faire vomir !

— Il ne saurait y avoir de meilleur thème pour nos réflexions, vous ne trouvez pas ? En une seule phrase, vous êtes passé du délice sans mélange à la révulsion la plus profonde. Rien n'est comme il paraît. »

M. Smith resta un moment songeur.

« Non, rien n'est comme il paraît. Vous vous souvenez de l'Amérique ? Tout le monde a envie d'aller là-bas pour faire fortune, pour trouver la liberté...

— C'est vrai ? demanda prudemment le Vieil Homme.

— Pourquoi avez-vous choisi d'aller là-bas, pour commencer ? »

Le Vieil Homme hocha la tête et resta silencieux.

« C'est un mirage de richesses inouïes, de dur travail récompensé. Mais nul mirage ne peut évoquer, même en passant, ces gens allongés dans la rue, drogués, ivres ou morts. Rien n'est comme il paraît. Demandez pourquoi ce genre de situation existe, et on vous répondra que c'est le prix de la liberté. La liberté étend ses tentacules jusque dans le ruisseau. Les pauvres ont envie d'être pauvres, les sans-abri désirent être sans abri, les indigents ont choisi leur style de vie. La liberté, vous comprenez, est obligatoire. Mais si la liberté est obligatoire, l'individu n'est plus libre. C'est un point qui dépasse leur compréhension.

— Vous êtes vraiment dur.

— Ne vous méprenez pas sur ce que je dis, fit M. Smith avec un sourire engageant. De tous les pays que nous avons visités, c'est celui où j'aimerais le mieux vivre. Celui où je pourrais prospérer. Ces gens-là n'aiment rien tant que laver leur linge sale en public, à la télévision. Et, quand il n'y a pas assez de linge sale pour satisfaire les besoins nationaux, ils en inventent, dans des feuilletons délicieusement nauséeux sur la corruption des riches. La liberté fleurit, c'est vrai, mais parfois par segments enrégimentés et strictement contrôlés. »

Là-dessus, M. Smith lâcha la bride à ses talents d'impitoyable imitateur.

« "Dans les trente secondes qui nous restent, madame Tumblemore, voudriez-vous expliquer à nos téléspectateurs dans quels termes exacts le docteur vous a annoncé que votre maladie était incurable." Ou bien : "Il ne vous reste plus que vingt secondes, monsieur le Secrétaire d'État. Dans le reste du temps qui nous est imparti, quel devrait être notre message aux terroristes fondamentalistes ?" »

Le Vieil Homme se mit à rire franchement, retrouvant sa bonne humeur.

« Le centenaire japonais avait raison, vous comprenez. L'efficacité est de la première importance dans une société composée de gens qui veulent être des vainqueurs, mais quand il ne reste que vingt secondes au Secrétaire d'État pour formuler un message qui sera repris par toutes les agences de presse du monde, leur efficacité s'en va à vau-l'eau. L'efficacité, c'est le dogme, mais sa pratique est remplie de charmantes erreurs, de négligences et de sacrifices dus à la pire précipitation, comme si un agent de la circulation ne cessait de faire accélérer les voitures en sifflant dans son exaspérant sifflet et en agitant les bras. La liberté, c'est aussi de rire une fois la récréation terminée, la liberté, c'est le droit d'être inefficace.

— Mais aussi d'en subir les conséquences ?

— Bien sûr, la liberté dans son sens le plus large mène tout droit à coucher sous les ponts. Ou bien à posséder une fortune inouïe. C'est là le truc, la tentation. Un criminel est libre de duper, d'escroquer, de trafiquer les comptes jusqu'au moment où il se fera prendre...

— Je ne trouve pas cette dernière observation pleine de tact...

— Écoutez, si vous deviez recréer le monde parce qu'il ne vous a pas plu, le FBI à n'en pas douter vous accuserait de contrefaire l'ancien.

— Mais pourquoi, à votre avis, y a-t-il tant de pauvreté dans un pays si fondamentalement riche et où la richesse qui existe est souvent brillamment exploitée ?

— Le sens du salut personnel est ici très développé, grâce au besoin de certains critères spirituels dans une civilisation qui en est normalement tout à fait dépourvue, et où la culture est un mot obscène, réservé aux homosexuels et aux pacifistes. Il ne manque pas de volontaires pour faire le travail que tout gouvernement qui se respecte devrait revendiquer comme son objectif. Mais il est vrai que gouvernement est un autre mot obscène et la majorité qui pense de cette façon n'est absolument pas obligée de reconnaître la jungle qui vous entoure. Vous gardez toujours la liberté de ne pas voir ce qui offense votre regard.

— Et vous me dites que vous pourriez vivre dans cette jungle, au milieu des hurlements de sirènes et des crépitements de mitraillettes ?

— Je me vautrerais là-dedans avec bonheur. Et je ferais fortune — facilement — en tenant une chronique de potins reprise par toute une chaîne de journaux, en écrivant avec l'assurance d'un oracle sur des sujets que je n'aurais pas nécessairement besoin de comprendre ; je pourrais aussi gagner ma vie en blanchissant de l'argent ou en exerçant quelque autre des nouvelles professions que la corruption a fait jaillir ; ou, mieux encore, je pourrais exploiter la plus grande de toutes les corruptions, devenir évangéliste à la télévision, avec des millions de téléspectateurs, le révérend Smith, avec son chœur d'anges coiffés en choucroute et vêtus de robes de bal provinciales, qui seraient les bienvenus dans tout foyer chrétien. Pauvre Jean-Baptiste, avec son petit cercle de sceptiques dans le désert. Que pouvait-il connaître de la grande vie ?

— Que vous soyez fasciné par la corruption et les occasions qu'elle présente, je peux le comprendre, l'interrompit le Vieil Homme. Pour vous, c'est une question de vocation, et je ne le conteste pas. Mais, dites-moi, la corruption est-elle la conséquence inévitable d'une liberté sans frein ?

— La corruption, comme vous le savez, existe partout. C'est un des éperons du progrès. Manifestement, elle se développe là où la liberté lui sert de planche de surf pour chevaucher les vagues. La corruption au Japon était le privilège personnel de Matsuyama-San, et il avait quarante récepteurs de télévision pour l'étouffer dans l'œuf partout ailleurs où elle apparaîtrait. En Amérique, c'est une tentation pour tous, et laissez-moi vous dire que la corruption dans un monde d'abondance mène à une prospérité accrue pour tous. C'est seulement quand il y a peu à partager que la corruption sert l'un aux dépens de l'autre.

— Déguisez un peu vos idées, rendez-les un peu moins compréhensibles et vous pourriez aussi bien devenir un brillant économiste, grommela le Vieil Homme.

— C'est vous qui me laissez parler, dit M. Smith.

— J'aime bien vous écouter, même si je ne suis pas toujours d'accord. Mais je n'ai pas grand-chose à ajouter avant d'avoir médité un peu plus profondément, et pour cela il me faut être seul. Tout d'un coup, quand je n'ai plus de forme corporelle, tout devient clair et limpide. Tant que je suis confiné dans cette enveloppe en forme de tube, j'ai soudainement peur de m'exprimer. Il me semble que je fais des erreurs de jugement indignes de ma divinité.

— Vous n'êtes pas une divinité, corrigea M. Smith. Vous savez parfaitement bien qui vous êtes et vous vous devez à vous-même de ne pas perdre confiance. Si ça vous arrivait, je me croirais obligé de perdre confiance aussi, et je me sentirais perdu. N'oubliez pas que je dépends de vous. »

Le Vieil Homme passa une main sur son visage, aussi blanc que celui d'un clown.

« Peut-être que je suis simplement épuisé. Tous ces déplacements éclair. D'une civilisation à une autre. D'un hémisphère à l'autre. Je commence à avoir l'impression que...

ça fait un bout de temps depuis la Création et tous ces rêves démesurés. Dites-moi... franchement... à votre avis... les hommes ont-ils trouvé une route ou l'ont-ils irrévocablement perdue?

— Pourquoi des pensées aussi pessimistes?

— Je leur ai donné le sens de l'agression après coup, comme un cuisinier ajoute du sel et du poivre à un plat. Je ne m'attendais pas à ce qu'ils concoctent quelque chose à partir de ces condiments. Vous vous rappelez les militaires en Union soviétique, arborant les traces étincelantes de leurs redoutables exploits sur leurs poitrines comme les cloches d'un temple oriental, et ce général en Israël, abandonnant ses études de philosophie afin de faire sauter quelques maisons pour d'absurdes représailles? Quel gâchis!

— Ne cédez pas à la déprime, monsieur.»

Le Vieil Homme leva les yeux.

«Vous m'appelez monsieur? demanda-t-il, incrédule.

— Parfaitement», dit M. Smith, qui jouait un rôle, mais qui le jouait fort bien. «Qu'est-ce qui vit le plus longtemps dans l'esprit: les cruautés gratuites de la place Tien Anmen ou la sérénité d'un cheval T'ang? Les débats au parlement soviétique ou les accents du chœur dans une église orthodoxe? Et Dieu le Laitier n'est-il pas un petit salut adressé au génie surréaliste de Lewis Carroll, qui mérite de s'asseoir à la même table qu'Alice et le Chapelier, pour prendre le thé avec, dieu merci, un nuage de lait?

— Vous êtes vraiment fou, fit le Vieil Homme en riant, mais on peut dire que vous restaurez un certain sens des valeurs. La culture évidemment survit à tout. Même aux constructions sur lesquelles nous faisons reposer notre mortalité provisoire. On ne plaisante plus depuis longtemps, mais les images subsistent pour le plus grand bénéfice des babouins.

— Chaque potentat du passé avait son fou. C'est un privilège de tenir le rôle du vôtre, monsieur.

— N'en faites pas trop, ou bien je vais penser qu'il y a dans votre civilité une part de sarcasme.

— Vous me connaissez assez bien pour savoir qu'avec moi pareille impression est inévitable.»

Ils échangèrent un regard à la fois affectueux et amusé, comme des égaux. Ce fut curieusement M. Smith qui redevint grave le premier.

« Il y a juste un élément que j'aimerais tirer au clair, dit-il.

— Ah oui ?

— Il y a une telle abondance de condamnations dans les Saintes Écritures visant les prières aux faux dieux, les idoles aux pieds d'argile, toute cette propagande interne, cette publicité faite en faveur d'une seule croyance aux dépens de toutes les autres. Ça me paraît totalement erroné dans la mesure où c'est la croyance qui est importante, et non pas les objets de la croyance. La foi implique une leçon d'humilité. Il est bon pour l'âme d'un homme de croire à quelque chose de plus grand que lui, non parce qu'il magnifie son dieu, mais parce qu'il se rapetisse ainsi lui-même. Eh bien, s'il en est ainsi, un homme primitif qui adore un arbre, le soleil ou un volcan, trouve le même bénéfice dans son geste de prosternation qu'un homme cultivé devant le dieu de sa tradition, et les effets sur l'adorateur sont identiques. C'est l'acte d'adoration qui est important, et jamais l'objet du culte. Ça vous paraît une hérésie ?

— Je peux simplement dire que, pour tout le monde sauf pour un théologien, c'est l'évidence même. Comme je suis tout, il s'ensuit que je suis aussi l'argile des pieds des faux dieux, sans parler du volcan, de l'arbre, du soleil. Il n'existe pas de faux dieux, il n'y a que Dieu.

— Bien des hérétiques ont été brûlés sur le bûcher et horriblement torturés parce qu'ils adoraient de faux dieux. On aurait dû tout au contraire les féliciter pour leur adoration.

— Non, je vous en prie, ne me demandez pas l'impossible, à savoir un commentaire sur les imperfections du passé. Je ne suis pas d'humeur à attiser les braises de conflits où des convictions l'ont emporté sur des doutes. Souvenez-vous seulement que l'humanité est unie par ses doutes, divisée par ses convictions. Il va de soi que ceux-ci sont bien plus importants pour la survie de la race humaine que de simples convictions. Voilà. J'en ai déjà trop dit.

— Vous ne m'en voulez pas d'avoir abordé ce sujet ?

— Je vous en aurais voulu si vous ne l'aviez pas fait. »

Le Vieil Homme tendit la main et la posa sur l'épaule de M. Smith. «Pourquoi êtes-vous bon avec moi? Si tolérant pour mes erreurs? Si soucieux de mon bien-être?»

M. Smith répondit avec une désarmante simplicité. «Vous oubliez que j'ai été formé pour être un ange.» Et, comme une arrière-pensée à peine audible, il ajouta : «Seigneur.»

Le Vieil Homme ferma les yeux, visiblement satisfait. «Dormons, dit-il. Mes pensées avaient besoin d'aliments. Vous m'avez offert un banquet. Nous aurons besoin de toutes nos forces pour demain.»

M. Smith ferma les yeux, s'installa confortablement comme le fait un chien d'arrêt après une bonne journée de chasse.

«Bonne nuit», dit-il, mais le Vieil Homme avait déjà sombré dans le sommeil.

Après un moment de calme, une image d'abord un peu floue apparut dans l'inconscient des deux dormeurs. Les Saints Hommes étaient encore assis comme des lutins sous leur arbre énorme, mais ils étaient maintenant plus de vingt. Les nouveaux venus s'étaient mis à l'ombre, tout comme les cinq premiers, mais ils semblaient aussi peu vêtus et d'une calvitie aussi luisante que leurs compagnons. Leurs lunettes à monture de métal brillaient dans les ténèbres sous l'arbre.

«Comme vous le remarquez, nous sommes toujours en contact avec vous», dit la voix flûtée.

Le Vieil Homme et M. Smith s'agitèrent dans leur sommeil.

«Nous avons estimé de notre devoir de vous informer que nous avons eu une visite de la police indienne, du service qui est chargé du bien-être et de la protection des Saints Hommes. On leur avait signalé un important rassemblement sous cet arbre et ils sont venus enquêter. Il semble que les autorités américaines de New Delhi aient déclenché une alerte générale concernant deux messieurs qui correspondent à votre signalement et qui sont recherchés à Voshington pour un crime non précisé. Je dois vous dire que nous avons tous été un peu inquiets d'apprendre que votre assistant avait volé un symbole flagrant des tristes valeurs d'aujourd'hui sous forme d'un récepteur de télévision, mais nous sommes quelque peu rassurés par l'exposé qu'il vient de faire de toutes les horreurs de la société de consommation. Certains d'entre nous ont eu la tentation d'aider la police à vous rechercher, d'autres se sont davantage fiés à notre instinct, en général infaillible, et nous avons envoyé les inspecteurs dans la direction opposée.

— Mais comment savez-vous tout cela? cria le Vieil Homme dans son sommeil. Comment pouvez-vous entendre nos conversations confidentielles?

— Nous sommes sur la longueur d'onde de votre inconscient, déclara la voix. Nous n'avons besoin que d'un certain quorum de Saints Hommes, qui en ont maîtrisé la technique, pour obtenir cette petite hallucination.

— Vous voulez dire que nos pensées les plus intimes sont à votre portée? s'écria le Vieil Homme, scandalisé.

— Dès l'instant que vous restez à une distance raisonnable.

— C'est terrible.

— Nous savons qui vous êtes. Ou, du moins, qui vous croyez être. Vous avez peut-être raison. Peut-être pas.

— Mais comment la police a-t-elle su que nous étions ici? s'écria M. Smith. Et les Américains?

— D'après ce que nous avons pu apprendre d'un coup de téléphone confidentiel émanant de leur Jeep, votre dernier mot en quittant le Japon, retransmis par la police japonaise à ses homologues indiens et par les services de renseignements américains à leur correspondant auprès de la mission militaire des États-Unis, ce dernier mot était "Inde", ce à quoi votre complice, paraît-il, a répondu "Inde".

— Et à la suite de cette simple indiscrétion, toute cette opération a été montée, et aussi vite? demanda M. Smith, horrifié. Cela me semble à peine crédible.

— Les communications sont devenues d'une stupéfiante rapidité, dit la voix caressante. Des informations peuvent maintenant être transmises d'une extrémité de la Terre à l'autre à une vitesse qui dépasse de loin celle du son. Il va de soi que de fausses informations peuvent voyager tout aussi vite. Le mensonge a les mêmes possibilités que la vérité. Grâce aux moyens électroniques, l'homme a accéléré la transmission de la pensée. Ce qu'il a remarquablement omis de faire, c'est d'améliorer la qualité de cette pensée. Il est quand même drôle d'utiliser de telles merveilles de technologie dans le simple dessein d'informer d'autres policiers que vous et votre complice avez prononcé le mot "Inde"! On dirait des commérages entre geôliers. Quel gâchis! On pourrait presque dire, quel sacrilège!

— Je ne suis pas le complice du vieux monsieur, protesta M. Smith.

— Nous l'avons compris, poursuivit la voix, et c'est ce qui nous a convaincus d'envoyer la police sur une fausse piste. En écoutant la conversation que vous venez d'avoir, nous en sommes arrivés à la conclusion que vous êtes une sorte de pouvoir complémentaire, et qu'à vous deux vous couvrez tout le spectre du choix humain, des aspirations humaines.

— Tout à fait exact! s'écria le Vieil Homme.

— Et comme nous avons réussi à extraire du mécanisme humain des possibilités qui, à courte distance, sont plus efficace que l'électronique, nous avons pu détourner l'attention de vos activités.

— Nous vous en sommes extrêmement reconnaissants, je vous assure, fit le Vieil Homme, un peu nerveux. Vous comprenez...

— Arrêtez! lança M. Smith, son angoisse faisant une fois de plus vibrer dans sa voix des notes discordantes. Vous allez leur dire des choses dont vous n'avez pas voulu me parler, des choses dont vous ne pourrez discuter qu'après vous être de nouveau désincarné!»

Le Vieil Homme s'éveilla en sursaut. Il avait le front baigné de sueur.

«Oh! ciel, j'ai fait un rêve épouvantable», murmura-t-il.

M. Smith était déjà éveillé, le ton de sa voix l'ayant lui-même fait sursauter.

«Êtes-vous sûr que c'était un rêve?

— Ne soyez pas ridicule, dit le Vieil Homme avec agacement. Bien sûr que c'était un rêve. C'était si épouvantable qu'il ne peut en être autrement.

— Je crois que j'ai fait le même cauchemar que vous, murmura M. Smith.

— Allons donc. Les rêves, ça ne se partage pas.

— Fermez les yeux et dites-moi. Ils sont toujours là?

— Qui ça?

— Sous leur arbre?»

Le Vieil Homme ferma les yeux et les rouvrit aussitôt.

«Ils sont toujours là. Tous, chuchota-t-il, horrifié.

— Nous n'allons pas nous rendormir, annonça M. Smith d'un ton catégorique.

— Vous voulez dire qu'ils ont envahi même notre solitude? demanda lentement le Vieil Homme.

— Regardez!

— Quoi donc?

— L'écran de mon téléviseur», murmura M. Smith, en y jetant un coup d'œil à la dérobée.

Une pâle image du grand arbre était apparue, avec la vague silhouette des Saints Hommes, mais cette image ne cessait de disparaître vers le haut de l'écran, comme des cartes qu'on battrait sans arrêt.

«Éteignez ce poste, supplia le Vieil Homme.

— Il n'est pas allumé, répondit M. Smith.

— Mais alors comment...?

— D'une façon que j'ignore, ils produisent leur propre électricité. Nous pouvons même les voir dans le noir.

— Essayez une autre chaîne. Vous vous rappelez comment ça marche?»

M. Smith obéit. Les Saints Hommes occupaient tous les canaux disponibles.

«Ce sera une punition pour le vol que j'ai commis si, quand je serai rentré, tout ce que je peux voir sur mon poste, ce sont les Saints Hommes assis sous leur arbre.

— Oh! merci pour votre sens de l'humour. Il émousse le tragique de la plupart des situations.

— Que faisons-nous?

— Nous nous séparons maintenant.

— Maintenant? Dans l'obscurité?»

L'esquisse d'un soleil rougeâtre filtrait à travers les nuages comme l'œil d'un monstre énorme qui s'éveille.

«Il va bientôt faire jour.

— Et jusque-là ?

— Nous méditons, mais, au nom du ciel, pas de méditation transcendantale. Rien qu'une petite méditation sans ambition, voire superficielle. Ne leur donnez rien dont ils puissent faire leur pâture. Qu'est-ce que j'allais dire d'absolument idiot quand vous m'avez réveillé ?

— Ça me paraissait plutôt quelque chose de terriblement profond, dont vous aviez refusé de me parler, mais qui serait sorti de la bouche d'une personne âgée, un peu folle.

— Merci de m'avoir arrêté dans ma confusion. Encore une nouvelle preuve de votre fondamentale loyauté.

— Je n'ai fait que mon devoir », dit M. Smith, avec une piété quelque peu excessive.

Et tous deux méditèrent superficiellement un moment.

Alors que le soleil rouge virait à l'orange et tandis que les singes célébraient l'événement en se livrant à d'incroyables acrobaties, le Vieil Homme se releva brusquement.

« C'est peut-être aussi bien que nous nous quittions dans ces circonstances. Le fait que nous soyons observés empêche notre séparation de prendre un caractère trop émotionnel.

— Merci d'avoir pensé à moi.

— Sans regret ?

— Comment peut-on avoir des regrets ? »

Ils se regardèrent longuement dans les yeux.

« C'est probablement contre toutes les règles et contre tous les usages, mais... », dit le Vieil Homme en étreignant affectueusement M. Smith.

Tous deux fermèrent les yeux pour conserver précieusement cet instant dans leur mémoire. Inévitablement, dès qu'ils eurent fermé les yeux, les Saints Hommes réapparurent.

« Ils sont toujours là ? murmura le Vieil Homme.

— Ils sont toujours là, mais ils ont l'air d'être moins nombreux.

— Peuvent-ils lire nos intentions aussi ? »

M. Smith eut un sourire satanique.

« Quelle revanche ! caqueta-t-il.

— Une revanche ?

— Nous sommes chassés de ce monde comme j'ai été chassé

du jardin de l'Éden, en étant témoin de la première copulation de l'Histoire.»

Le Vieil Homme se débattit pour se libérer de leurs embrassades.

«Je ne veux pas entendre parler de ça, dit-il, agacé et déçu.

— Et ce n'était même pas encore un péché, rien qu'une petite expérience du meilleur goût. Ce n'est devenu un péché qu'après l'invention de la feuille de vigne.

— Vous avez toujours du venin à lâcher.

— Ce n'est pas ma faute si vous m'avez donné la forme d'un serpent.»

Malgré son énervement, le Vieil Homme éclata de rire. «Incorrigible», dit-il d'une voix robuste, et il s'éloigna à grands pas.

M. Smith le regarda s'en aller, les larmes aux yeux, puis il se tourna vers le téléviseur, le ramassa et dit d'une voix sans émotion : «Désormais, c'est toi mon compagnon.»

Là-dessus il s'éloigna du temple aux frises érotiques, sans même jeter un dernier coup d'œil aux sculptures, dans la direction opposée à celle que venait de prendre le Vieil Homme.

★

Bien qu'il s'efforçât de ménager son énergie, le Vieil Homme s'accorda un ou deux considérables bonds en avant sous sa forme désincarnée, s'étant rendu compte que, s'il ne prenait pas de raccourcis, il n'arriverait jamais au sommet de l'Everest avant le soir. A une ou deux reprises, il fit l'expérience de fermer les yeux et n'aperçut rien que du noir. Il était content d'être hors de portée des saints vigiles. L'air ne tarda pas à se raréfier et, comme le Vieil Homme était peu à peu devenu sensible à la température, il se mit à frissonner tandis que ses pieds mouillés, dans leurs fragiles chaussures de tennis, s'enfonçaient dans la neige. Il consomma encore de l'énergie à alimenter sa chaudière interne, de façon à demeurer insensible au froid, péripétie qu'il n'avait pas prévue.

Il atteignit le sommet du mont Everest assez tard dans l'après-midi. Sa barbe et ses cheveux blancs tout comme ses sourcils, sur lesquels s'étaient formés des cristaux, étincelaient, lui donnant l'air clinquant d'un Père Noël de grand magasin. Il se sentait faible et peu préparé à faire l'ascension jusqu'à son royaume. Pendant un moment, il parla tout haut pour chasser le sentiment de solitude qu'il commençait déjà à éprouver.

« Allons, secoue-toi. Ce n'est rien du tout. Tu n'as qu'à te représenter ta destination en esprit, et puis, hop, on y va! Tu n'as même pas à y réfléchir beaucoup : ça n'aboutit qu'à des complexes, des inhibitions. C'est ton droit de naissance, comme marcher pour les mortels. Allons! Tu seras content quand ce sera fini. »

Il s'était bercé de l'espoir d'un dernier regard à la Terre dans toute sa gloire, mais il n'y avait qu'un brouillard impénétrable, des tourbillons de brume et des rafales de vent. Un adieu qui manquait de chaleur.

Ce fut donc avec un sentiment de rancœur et d'agacement qu'il décolla soudain, se prenant lui-même au dépourvu. Pour commencer, tout se passa bien. Il s'éleva lentement d'abord, puis sa vitesse augmenta, comme une fusée. Ce ne fut qu'au bout d'une minute ou deux qu'une extrême fatigue l'accabla, en même temps qu'une envie de ne pas dépenser toutes les forces qui lui restaient dans un bond avorté; alors il se détendit et, avec un immense soupir, redescendit en spirales vers la Terre. Il se posa si doucement qu'il s'enfouit dans un énorme tas de neige et qu'il dut se débattre pour ne pas s'enfoncer plus profondément. En descendant, il crut apercevoir une quantité de points noirs sur les pentes de la montagne, comme des raisins de Corinthe sur un petit pain. Mais il convint que cela résultait sans doute de son imagination.

S'étant dégagé de la neige, il essaya d'analyser rationnellement sa situation, et sans affolement. Sa pénurie de carburant céleste était un élément nouveau qu'il n'avait encore jamais connu. Y avait-il en fait des limites à ses pouvoirs, ou n'était-ce que la crainte que lui imposait le fait d'avoir adopté la forme humaine ? Il fit de gros efforts pour venir à bout de ces pensées, mais fut interrompu par ce qu'il crut être des cris de femmes apportés par le vent. Il cessa de se concentrer et regarda vers le bas pour apercevoir une longue file de femmes, encordées et armées de pics, qui gagnaient péniblement le sommet.

« On ne peut pas être tranquille, marmonna-t-il. On se croirait de plus en plus sur l'Olympe. »

Il avait maintenant une raison de plus de s'enfuir. Il regarda vers le ciel, se mit mentalement en état d'apesanteur et fila dans l'air comme une flèche. Mais, au lieu de gagner de la vitesse, il recommença à planer puis, après un moment d'attente insupportable, il redescendit, cherchant désespérément des poches d'air ainsi qu'un oiseau ; mais comme il n'en trouvait aucune, il fut projeté contre une roche déchiquetée à hauteur des femmes qui continuaient leur pénible ascension. Elles l'aperçurent et se mirent à crier, supposant qu'il était un aigle ou une météorite. Le langage dans lequel elles communiquaient était du suisse-allemand et de grosses lettres sur un de leurs sacs à dos proclamaient qu'elles étaient des institutrices d'Appenzell, qui faisaient l'ascension de l'Everest pour occuper leurs vacances avec certaines de leurs meilleures élèves.

Le Vieil Homme n'avait pas de temps à leur consacrer. Il avait été pris de sueurs froides, et la douleur qu'il ressentait dans son corps s'atténuait devant la terrible impression qu'il ne parviendrait plus jamais à quitter la Terre ! Il était destiné à rôder autour du sommet de l'Everest en faisant d'innombrables tentatives de départ, chacune s'achevant de façon plus embarrassante que la précédente. Il s'apitoyait sur lui-même d'une façon qui ne lui ressemblait pas, et il finit par éclater en sanglots, ses larmes se transformant en glaçons sur ses joues.

Soudain ses yeux bleus retrouvèrent leur calme et un pétillement les envahit. Il poussa un rugissement de triomphe et les dames suisses, qui en grand nombre étaient suspendues la tête en bas comme des chauves-souris, se mirent à lui lancer des regards affolés et à échanger leurs impressions dans le patois du canton d'Appenzell.

Leur perplexité ne connut pas de solution. C'est-à-dire qu'elles ne virent jamais ce qui se passa ensuite. Il se trouvait simplement que le Vieil Homme, que l'âge rendait distrait, avait tout bonnement négligé la nécessité de se rendre invisible. Alors que le vol en état de visibilité était économique une fois atteinte l'altitude requise, il ajoutait au décollage un poids prohibitif. Le Vieil Homme devint aussitôt invisible et, comme personne ne le revit jamais, il faut bien supposer que sa troisième et dernière tentative réussit pleinement. Précisons toutefois que, lorsque les dames suisses atteignirent le sommet, environ une heure plus tard, pour planter sur la crête les drapeaux de la Confédération helvétique et du canton d'Appenzell et pour déposer entre les drapeaux un petit coffret blindé contenant une montre-bracelet, un morceau de fromage et une barre de chocolat, elles ne manquèrent pas de remarquer le vaste cratère provoqué par l'atterrissage du Vieil Homme. Elles le photographièrent au flash sous tous les angles. Était-ce enfin la preuve de l'existence du yeti ?

A peu près à la même heure, l'enveloppe vide du corps de M. Smith suivait le courant comme la peau d'un reptile qui vient de muer. Malgré leur transparence, ses traits étaient parfaitement reconnaissables et, entre ses bras qui avaient la consistance de la toile cirée, était blottie la coque vide d'un téléviseur : pas d'écran, pas de bouton, rien que le coffre.

La dépouille était accompagnée d'un cortège de fleurs et de bougies flottantes, déposées avec amour ou lancées avec soin par une centaine au moins de Saints Hommes qui avaient su où il fallait aller et qui maintenant suivaient les reliques dans de longues barques étroites.

« Nous sommes unis dans notre chagrin de voir disparaître de grandes forces spirituelles, dit la voix frêle, des forces qui nous ont donné tant à méditer, tant à déchiffrer, tant à démêler. Nous savons qu'il ne s'agit pas ici de mort sous sa forme habituelle, et qu'il n'y a aucune raison d'édifier un bûcher funéraire, d'entonner des chants funèbres ni de se répandre en gémissements. Ce n'est que le passage d'une saison à une autre, comme le symbolise l'abandon de cette enveloppe. Mais, dans notre profonde réflexion, soyons reconnaissants qu'aucune vérité plus grande n'ait été révélée. Nous sommes aussi ignorants du but profond de la vie que nous l'étions. Même si, à force de persévérance, nous avons pu façonner la clé, la serrure, comme toujours, nous résiste. Remercions notre ignorance qui nous permet de continuer à être comme avant de Saints Hommes en donnant à nos doutes la liberté qu'il leur faut, comme disait le Vieil Homme, et en tenant la bride serrée à nos convictions. »

Lentement ils se mirent à entonner un chant, commençant par les notes les plus basses, qui s'épanouissaient peu à peu en une harmonie prudente, comme un orgue au rythme mesuré, plein de résonances acidulées et inexorables. Le parfum des bâtonnets d'encens montait dans l'air tandis que sur la rive, à bord d'une Jeep qui roulait lentement, un grand gaillard aux cheveux gris fer coupés en brosse prenait au téléobjectif un cliché après l'autre des restes mortels de M. Smith, à la faveur de la lumière encore disponible.

# ÉPILOGUE

Les conséquences immédiates du retour de M. Smith et du Vieil Homme dans leur habitat respectif furent nombreuses et déconcertantes, même si très peu de gens, à l'exception du docteur Kleingeld et d'une poignée de Saints Hommes indiens purent trouver à ces événements une explication. Les écologistes du monde entier eurent tendance à reprocher à la race humaine sa criminelle négligence qui l'avait empêchée de respecter certaines lois naturelles.

Peut-être les événements les plus immédiatement dramatiques furent-ils les violentes tempêtes de neige qui s'abattirent sur le Sahara et les terribles inondations qui s'ensuivirent. On vit dans les journaux des photos d'un malheureux chameau enfoncé jusqu'aux boulets dans la boue, la souffrance et la perplexité se lisant manifestement sur son visage désolé. Partout des groupes pop répondirent aux appels à l'aide, comme ils le font toujours en cas d'urgence, et une organisation intitulée FUPSSNI (Fonds d'Urgence pour Sauver le Sahara de la Neige et des Inondations) se mit à solliciter les dons du public, tout comme un groupe plus acharné encore qui s'appelait CRPSS (Chanteurs de Rock Pour un Sahara Sec).

Le gouvernement canadien mit en place une navette pour transporter des Eskimos et des Inuits frappés d'insolation bien au nord du Cercle arctique vers des hôpitaux et des camps de repos sur ses frontières sud. On avait trouvé ces malheureux prostrés sur des fragments de banquise où ils regardaient leurs igloos fondre inexorablement : il fallut des hydravions pour les ramener vers le sud. Des vagues gigantesques s'abattirent sur les côtes occidentales de l'Europe, envoyant des fauteuils pliants jusqu'à Amsterdam et Limoges, tandis qu'un catamaran venait se fracasser dans un champ près de Cognac. L'épidémie de malaria près de Göteborg étonna vivement les autorités suédoises, de même que la présence de mouches tsé-tsé en Suisse, avec des cas de maladie du sommeil. La bilharziose surgit sans crier gare dans les eaux cristallines de la Grande Barrière d'Australie et il y eut près de Düsseldorf un grand tremblement de terre très haut sur l'échelle de Richter. Les autorités firent de leur mieux pour assurer au public que tous ces bouleversements avaient leur raison, un homme de science alla même jusqu'à proclamer que c'était un vrai miracle si la région de Düsseldorf n'avait pas encore connu de pareilles secousses. Des gens superstitieux consultèrent Nostradamus et prétendirent avoir trouvé là entre les lignes tout ce qui se passait ; d'autres blâmèrent l'énergie nucléaire, les essais atomiques souterrains, le trou dans la couche d'ozone, l'effet de serre et les pluies acides. Personne au fond ne savait très bien de quoi on parlait, mais, comme d'habitude, cela n'empêchait nullement les gens de donner leur avis. Bien au contraire, les hypothèses les plus folles rassemblèrent leurs disciples les plus ardents et de violentes manifestations eurent lieu dans la plupart des grandes villes. En Bulgarie, des foules rendirent le gouvernement responsable du mauvais temps et l'événement fut salué à Washington comme une confirmation de l'enthousiasme populaire pour le processus démocratique.

A Washington, tout était d'un calme inhabituel. Le docteur Kleingeld continuait d'arriver tous les matins à huit heures pile, devant la Maison Blanche, avec son Thermos et ses sandwiches enveloppés dans du papier d'argent. Il était accompagné comme toujours par l'énorme brute du nom de Luther Basing, qui avait tué deux hommes pour avoir cru que lui-même était Dieu et qui suivait maintenant comme un esclave Kleingeld en l'absence du Vieil Homme, devant qui il s'était agenouillé en adoration. Ils déployaient leur grande bannière tendue entre deux piquets qui proclamait à tous les passants :

*Dieu et le Diable*
*sont à la coule.*

Un jour une voiture s'arrêta devant eux. Au volant se trouvait la redoutable Miss Hazel McGiggy, l'ancienne réceptionniste de la clinique du docteur Kleingeld. Elle portait maintenant l'élégant uniforme d'une femme commandant de l'Armée américaine.

« Coucou. Vous vous souvenez de moi? cria-t-elle de sa voix de baryton, alors qu'elle ressemblait plutôt à un dieu maya aux cheveux décolorés.

— Bonté divine! C'est Miss McGiggy, n'est-ce pas?

— Je pense bien. Seulement, c'est commandant McGiggy maintenant. J'ai été affectée à l'état-major du colonel Harrington B. Claybaker, comme attachée de presse au GQG de l'USAF.

— Je ne sais absolument pas ce que ces initiales veulent dire, rétorqua le docteur Kleingeld.

— Vous croyez que je le sais, mon chou? fit-elle en riant. Ça n'a aucune importance. Je vais vous avouer : nous sommes si nombreux que, si dix d'entre nous mouraient demain, personne ne s'en apercevrait avant la fin de l'année.

— Vous avez abandonné la clinique?

— Oh! je pense bien. Je n'aimais pas ce travail. Cinquante pour cent des gens qui y entraient n'en ressortaient pas vivants. J'exagère peut-être, mais peut-être que non. J'ai fait un petit séjour dans les forces armées quand j'ai renoncé au patin à roulettes de compétition. Maintenant je travaille à mi-temps pour le Pentagone et à mi-temps sur une base secrète de Virginie. Tout cela est extrêmement confidentiel mais, comme il n'y a pas de secret à Washington, on peut bien en parler.

— Pas de secret à Washington?

— Mais non. C'est la ville de l'esbroufe. Pleine de gens qui en savent plus que d'autres. Qui inventent ce qu'ils ignorent. Et de secrétaires avec des confidences à vendre, leur corps aussi, et on fait un prix pour les deux; de filles qui photocopient tout ce qui doit passer au broyeur au cas où ça pourrait se vendre. »

Elle se remaquilla dans le miroir de sa voiture et changea de ton.

« Je pense souvent à vous, mon chou, et je me dis toujours : quel dommage que ce brillant docteur Morton Kleingeld, qui aurait pu avoir le prix Nobel de médecine, soit planté là devant la Maison Blanche en compagnie de Dieu numéro Trois, simplement parce que deux dingues ont croisé sa route et l'ont détourné de sa vraie mission.

— Vous ne comprenez pas, commandant....

— Bien sûr que si. Vous étiez un docteur formidable. Vous gagniez tellement d'argent. Qu'est-ce qu'il y a d'autre, après tout ? La satisfaction personnelle ? Ne me faites pas rigoler. A quoi est-ce que je pensais dans les compétitions de patin à roulettes après avoir fait tomber deux concurrentes ? A ma satisfaction personnelle ? Non, mon bon monsieur. La seule chose qui me faisait continuer tandis que je crachais mes dents, c'était la perspective de mon chèque en fin de mois. Dites donc, Dieu Trois a pris du poids. Je ne pensais pas que c'était possible. Et comment l'avez-vous fait sortir de l'asile ?

— On l'a castré, ce qui faisait partie de la sentence. Depuis, il est bien plus calme et, bien sûr, il prend du poids, comme la plupart des eunuques. Mme Kleingeld m'a quitté quand j'ai décidé de changer mon mode de vie.

— Oh ! je suis navrée d'apprendre ça.

— Elle est bien plus heureuse maintenant, et moi aussi. Ça n'est pas bien drôle d'être mariée à un psychanalyste. Elle a fait son chemin dans le monde, ce qu'elle avait toujours voulu. Elle est maquée avec un croupier de Las Vegas. Ils ne se voient jamais et ils sont parfaitement heureux. Depuis qu'elle est partie, j'ai adopté Dieu Trois. Il dort dans un hamac dans le garage. Je n'ai plus de voiture.

— Fichtre. » Le commandant McGiggy ne savait vraiment pas comment réagir devant une telle infortune, surtout qu'on lui présentait tout cela comme s'il s'agissait d'une succession d'événements heureux. « C'est moche », dit-elle, mais elle changea bientôt de ton pour reprendre sa vivacité habituelle. « Vous savez, j'ai des potins pour vous à propos... à propos des deux dingues que vous aimiez tant.

« — Dieu et le Diable ?

— Comme vous voudrez. Vous savez que le FBI court toujours après eux.

— Bien sûr.

— Oh ! ils ont failli les coincer en Angleterre, puis en Israël, ainsi que dans d'autres endroits, à ce qu'on m'a dit, et finalement en Inde. Ils ont des photos de Smith, flottant dans ce fleuve qu'ils ont là-bas, et une autre d'un grand trou dans la neige, un cliché je veux dire qui correspond à la forme du vieux type, Dieudonné.

— J'ai le plus grand mal à suivre ce que vous dites, commandant. Où était ce trou dans la neige ? demanda le docteur Kleingeld.

— Au sommet du mont Himalaya.

— Il n'y a pas de montagne de ce nom.

— Eh bien, citez-m'en d'autres.

— Le K2, l'Anapurna, l'Everest.

— C'est ça. Au sommet du mont Everest. »

Le docteur Kleingeld éclata de rire.

« Qui donc a pu prendre la photo d'un trou dans la neige au sommet de l'Everest ?

— Un groupe d'institutrices suisses. C'était plus qu'un trou. C'était un vrai cratère, de la taille du vieux. Elles ont envoyé la photo au *National Geographic*, en pensant que c'était peut-être une preuve de l'existence de l'abominable homme des neiges. Le FBI a des exemplaires du magazine pour ses archives.

— Alors, où ça les mène-t-il ? » demanda le docteur Kleingeld, encore amusé.

Le major McGiggy s'approcha.

« Je ne sais si vous savez que le FBI travaille en collaboration avec le Massachusetts Institute of Technology sur un projet qui jusqu'à maintenant a coûté une fortune. Vous comprenez, ils en avaient assez que, chaque fois qu'ils rattrapaient ces criminels, les deux gars disparaissaient. Ça les mettait dans une rage folle et maintenant — seulement ce que je vous dis, vous comprenez, est extrêmement confidentiel — ils ont réussi à faire disparaître une souris et puis à la faire réapparaître. On pourrait appliquer la technique à un homme, ou à une femme, mais ce qui les retient c'est le coût. S'ils devaient poursuivre, il faudrait sabrer des millions de dollars dans le budget de la Défense, de la Santé et de l'Éducation. Est-ce que ça en vaut la peine? Certains des grands pontes du FBI considèrent que c'est une question d'honneur et estiment que les expériences devraient être poursuivies à tout prix. D'autres, comme certains sénateurs et membres du Congrès, ne voient pas pourquoi le pays devrait entreprendre des dépenses aussi astronomiques pour appréhender des délinquants primaires qui se sont simplement rendus coupables de contrefaire une quantité relativement modeste de billets de banque.

« "Faites une exception, et c'est le premier pas vers l'abolition de la loi et de l'ordre dans ce pays", a déclaré Runway, un des pontes du FBI.

· « "Tout ça pour se débarrasser d'une souris et la faire réapparaître. N'importe quel habile prestidigitateur peut réussir ce tour-là. Seulement, la plupart du temps, on procède avec des pigeons." Telle a été la réaction du sénateur Polaxer.

« Le sénateur Del Consiglio a vu les choses autrement. "On a la preuve photographique qu'ils ont disparu. Envolés. Volatilisés. De l'Himalaya et du Gange."

« C'est exactement ce qu'une merde comme Shrubs, du FBI, attendait. "Disparus? Volatilisés? Peut-être que oui, et peut-être que non, a-t-il dit en les regardant chacun dans le blanc des yeux comme s'il leur donnait une dernière chance de revenir sur leurs déclarations. Bon, a-t-il continué d'un ton tout à fait raisonnable. Montrez-moi que vous pouvez accepter le scénario suivant : ils reviennent, voyez-vous, comme ils l'ont toujours fait chaque fois qu'ils ont eu l'air de disparaître. Ils reviennent, fabriquent des milliards et des milliards de faux dollars à Cuba, au Nicaragua — même chez nos amis du Panama. Ou bien en Union soviétique, au Japon, en Chine, en Corée, dans les endroits où nous n'avons pas la possibilité d'envoyer deux ou trois divisions aéroportées pour les arrêter. Ils ont amélioré leur technique de contrefaçon depuis leur première tentative — et ils produisent suffisamment de billets pour saper en un après-midi notre suprématie financière, pour couler notre économie, pour ébranler la confiance dans le dollar. Pouvons-nous laisser une chose pareille arriver ? Pouvons-nous en prendre le risque ? N'avons-nous pas certaines responsabilités envers la race humaine ?"

« Ça a marché, je vous le dis. L'allusion à la race humaine. Vous savez ce qu'ils pensent tous de la race humaine.

— Qu'est-ce qu'ils ont fait quand il leur a fallu exprimer leurs sentiments à propos de la race humaine ? demanda discrètement le docteur Kleingeld.

— Ils ont ajourné la réunion, déclara le major McGiggy d'un ton définitif.

— Et le Président ? s'enquit le docteur Kleingeld que tout cela commençait à ne plus amuser.

— Il est aussi indécis que d'habitude », répondit le commandant McGiggy.

Là-dessus un motard de la police vint s'arrêter près de la voiture.

« Vous ne pouvez pas stationner ici, commandant. Je suis désolé. »

Le commandant McGiggy prit juste le temps d'allumer une cigarette, de se permettre une brève mais violente quinte de toux et d'envoyer du bout des doigts un baiser au docteur Kleingeld avant de démarrer.

Le docteur Kleingeld soupira. Puis il fit un sourire à Dieu Trois.

« L'homme n'a pas changé, hein ? fit-il. Toujours à vouloir être plus près de Dieu, même avec l'aide du FBI. »

Dieu Trois ne comprit pas, mais il hocha quand même la tête.

*Achevé d'imprimer en janvier 1993*
*sur presse CAMERON,*
*dans les ateliers de la S.E.P.C.*
*à Saint-Amand-Montrond (Cher),*
*pour le compte des éditions Belfond*

— Nº d'édit. : 2960. — Nº d'imp. : 054. —
Dépôt légal : janvier 1993.
*Imprimé en France*